JN274405

ヴァルター・ベンヤミン解読

Walter Benjamin

希望なき時代の希望の根源

高橋順一
Takahasi Junichi

社会評論社

ヴァルター・ベンヤミン解読
希望なき時代の希望の根源

目次

［初出］

第一部
第一章～第六章　『ヴァルター・ベンヤミン』、講談社現代新書、4～7章、一九九一年。

第二部
第一章　『現代思想』一九八五年三月号、青土社。
第二章　『現代思想』一九九二年一二月臨時増刊号、青土社。
第三章　ハイナー・ミューラー『ゲルマニア　ベルリンの死』、早稲田大学出版部、一九九一年、解題。
第四章　『思想』一九九四年六月号、岩波書店。
第五章　飯島昇藏編『両大戦間の政治思想』新評論、一九九八年。
第六章　『学術研究』三八号、早稲田大学教育学部、一九八九年。

第三部
第一章　早稲田大学講義ノート。
第二章　『アソシエ』一六号、御茶の水書房、二〇〇五年。
第三章　『ドイツ文学』一三〇号、日本独文学会、二〇〇六年。
第四章　『学術研究』三七号、早稲田大学教育学部、一九八八年。
第五章　『舞台芸術』九号、京都造形芸術大学舞台芸術研究センター、二〇〇六年。
第六章　植谷雄高『幻視のなかの政治』、未来社、二〇〇一年、解題。
第七章　『Ｗａｓｅｄａ』十三号、早稲田大学ドイツ語学・文学会、二〇〇六年。

＊本書収録にあたり、いくつかの加筆訂正を行ない、標題も一部変更した。

プロローグ　ヴァルター・ベンヤミンの肖像

本書は、一九二〇年代から第二次世界大戦が始まって間もない一九四〇年にかけての、まさに危機と絶望の極みのうちにあった時代を、流星のように光芒を放ちながら過《よぎ》っていった一人のユダヤ系ドイツ人思想家の残したテクストをめぐる一個の星座表といってよいだろう。ヴァルター・ベンヤミン（Walter Benjamin 1892-1940）という名のこの思想家のテクストを読むとき私はいつも、ちょうど難破船から海中に投じられた瓶入りの手紙（Flaschenpost）のように、特定の名宛人のいないまま、いや、それどころか誰かに届くことさえ覚束ないままに発せられたメッセージが彼の生きた暗い時代をかいくぐってようやく私のもとに届いたという印象を禁じえない。そしてそのメッセージによって織りなされてゆく思考の星座のうちから、私たち自身の時代と重ねあわされるかたちで彼の過った時代の相貌が透かし絵のようにして浮かび上がってくるのを同時に感じる。そういえばこの星座（Konstellation）という言葉はベンヤミンが独特な意味をこめて使った彼特有の用語の一つだった。この言葉には、「煌き」と「哀しみ」がないまぜになった彼の生涯と思考の軌跡が投影されているように思える。

一

もともとコーヒーすら一人でいれることの出来ないほど生きることにかけて極端に不器用な人間だったベンヤミンにとって、その人生はつねにおもいがけない陥穽や迂路の連続だった。類稀な知性と強靭な思考力の持主でありながら、一七世紀ドイツ・バロック悲劇について論じた教授資格論文《ハビリタチオーン》が審査する側の教授たちによって理解不能とされ不受理になったために大学に残り研究者としての道を歩む望みを絶たれて不安定な「物書き《シュリフトシュテラー》」として生きざるをえなくなったことも、美しく聡明な妻がありながらラトヴィアからやってきた急進的なコミュニストの女性との破滅的な恋愛へと傾斜してゆくことも、そして悲劇的な自死を遂げることも、そうしたベンヤミンの生涯を支配していた宿命の現われだったような気がする。と同時にそうした彼の生涯を突き動かしていた宿命ゆえにこそ、彼は表面的な生活の安定やそこから生まれるささやかな自足に甘んじることなく、この世界の根源的な解放と救済の思想をラディカルに追い求めてゆくことにもなったのかもしれない。

ベンヤミンが生涯にわたって追求しようとしていたのはある種の歴史哲学の構想であったが、その根幹をなしていたのは、早くから彼が関心を抱いていたタルムードやカバラ、さらにはトーラーなどの文書によって体現される中世以来の伝統的なユダヤ思想とマルクス主義の独特な結びつきだった。彼は「物書き」として、生活を支えるために新聞や雑誌への寄稿を行うかたわら、ユダヤ思想の伝統に根ざす秘教的な救済理論《メシアニズム》とマルクス主義からの触発にもとづく歴史的唯物論《マテリアリスムス》とを独特な形で結合する歴史哲学の構想をじょじょに温めていったのである。もしかするとベンヤミンは本当は歴史哲学をまとめる作業に専念したかったのかもしれない。とはいえそのことによって私たちは、ハイネ以来、あるいはジンメル以来というべき、ドイツ語で書かれたもっとも知的で美しく深い内容を含んだ彼の多彩なエッセイ群を所有することが出来たのである。それらのエッセイはいずれもベンヤミンの思考の軌跡をアクチュアルな形で指し示している。だが宿命は、彼の人生の軌跡を意地悪く翻弄するのをなお止めなかった。ようやく新聞や雑誌への寄稿者としてジャーナリズムの世界で一定の地歩を確立し、歴史哲学の構想を、「一九世紀の首都パリ」の屋根（アーケード）付き商店街「パサージュ」によって形象化される資本主義社会の夢と覚醒の弁証法の解明作業を通して具体化しようとした矢先、この世界から希望の証しをことごとく奪い去り、あらゆる「人間の条件」（H・アーレント）に関わる諸要素、諸条件を根こそぎカタストローフに向かって引きさらってゆく「褐色のペスト」（D・ゲラン）の嵐が吹き荒れ始めるのである。

いうまでもなく反共産主義・反ユダヤ主義を掲げ、一九一九年に成立したワイマール共和国体制の打倒を呼号するＮＳＤＡＰ（国民社会主義ドイツ労働者党）、いわゆるナチスの急速な台頭である。一九三三年一月、総選挙に勝利したナチスは党首であるヒトラーの首相指名を勝ち取り、さらに帝国議事堂放火事件を口実に授権法を成立させると、ヒトラーを総統《フューラー》に戴くナチス・ドイツ全体主義国家体制を確立する。その結果共産主義者や社会主義者だけにとどまらず、ユダヤ系の知識人はもとより、トーマス・マンのようなリベラルなヒューマニズムの立場に立つ文学者に至るまで、多くの人びとが敵性分子として、即座に虐殺されたり、強制収容所へ送られたり、ドイツを追われて生存すらもが脅かされるような苛酷な亡命生活を余儀なくされることになる。ベンヤミンもまたドイツを追われ亡命者の一人となっていった。

＊

ベンヤミンは流竄の亡命者として、地中海にあるスペイン領のイビサ島、友人だった詩人で劇作家のブレヒトが流寓先として居を定めていたスウェーデンのスヴェンボル、そしてパリと、ヨーロッパの中を転々と漂流しながら、ナチスの暴圧のもとであらゆる人間的なものの証しが無残に奪われてゆく世界のただ中において、散乱し埋没してしまった解放と救済の希望への証しの断片、痕跡を丹念に拾い集め、そこになお残されている、この世界が生きるに値するものであることを確証しうる真理の潜勢力のかすかな徴候を読み取りながら、全体主義の暴威におののく世界に向けて「希望なき時代の希望」――これは、ベンヤミンの初期のエッセイ「ゲーテの『親和力』」の末尾にある言葉のもじりである――のためのメッセージを発信し続けるという困難な営為を続けたのだった。そのメッセージの根源に潜んでいるのは、解放と救済の理念の断片や痕跡の収集（Sammelung）を通して描き出される、たとえ「今―ここ」において十全なかたちで全体像を現前させることは出来ないとしても、来るべき世界への道標（Wegzeichen）として希望の道筋を照らし出す力を持っているような真理内容の予兆的なかたちに他ならなかった。そのかたちこそが「星座」という言葉によって示されようとしたものに他ならない。例えばすでに亡命のさなか、スイスの出版社からデートレフ・ホルツという変名で刊行され、ナチス支配下のドイツでも書店の店頭に並んだ

『ドイツの人々』という本があるが、これはベンヤミンが編纂しコメントを付した、一八世紀末から一九世紀後半にかけてのドイツ市民の手になる二七通の書簡のアンソロジーである。その中には啓蒙主義者でフランス革命を賛美したゲオルク・フォルスターが妻にあてた手紙や、優れた詩人であり作家であったドロステ＝ヒュルスホーフの友人への書簡、一九世紀ドイツにおけるもっとも「革命的」な文学者であったゲオルク・ビューヒナーが若きドイツ派の作家カール・グツコウにあてた書簡などが含まれる。この手紙のアンソロジーは、まさにナチズムの暴力の前で粉々に砕け散ろうとしているドイツ人文精神の「真理」の命脈に対してそれを救うべく差し出されようとする一個の星座表に他ならない。

しかしこの、危機と絶望の時代のただ中における「希望なき時代の希望」のよすがとなるべき思考の星座を紡ぐ困難な作業にもついに終焉が訪れる。一九四〇年、フランスがナチス・ドイツの手に落ちたために、彼はヨーロッパにとどまり続けることをついに断念しアメリカへの亡命を企てる。そしてその当時唯一のアメリカへの脱出口となっていたスペインへと出国しようとするが、フランスとスペインの国境の町ポル・ボウで国境警備官からゲシュタポへと引き渡すという脅迫を受けたために絶望の中でモルヒネを服用して自ら命を絶ってしまったのである。暗い時代に向けられた彼のかぼそいメッセージはついに途絶えてしまうことになる。彼の生涯に執拗につきまとってきた宿命はついに悲劇的な自死へと彼を追いやったのだった。

だが彼が伝えようとした暗い時代に向けたメッセージとその核をなす思考の星座は、ヴァルター・ベンヤミンという彼の名前への記憶と、決して多くの読者を得たとはいえないながら二〇世紀に書かれたもっとも美しいドイツ語散文というべき珠玉のようなテクスト群への敬意と愛惜に満ちた記憶とともに、そして何よりも彼が最後まで固執し続けながら未完に終わった『パサージュ論（Das Passagen-Werk）』の膨大な草稿群と、自殺するその瞬間まで彼が携えていた黒いかばんの中に残されていた『歴史の概念について（Über den Begriff der Geschichte）』という断章稿とともに、彼の後からやってくる世代における解放と救済に向けた希望を紡ぐ作業へと受け渡され、その作業の核心部分へと深く刻み込まれていったのだった。そして今ベンヤミンの名はその死から七〇年たった今も、彼の友人であったテオドーア・W・アドルノ、ゲルショム・ショーレム、さらにハンナ・アーレントやジョルジュ・バタイユらの努力で湮滅をまぬがれて公刊へと至った上記の『パサージュ論』や『歴史の概念について』を含む彼の著作群（Benjamin: Gesammelte Schriften.7 Bänden, Suhrkamp）によって、さらにはそうした著作の読解を通してベンヤミンの思考の星座に内包されたモティーフや課題を自らの問題として深く受け止めていったジャック・デリダやジョルジョ・アガンベンを始めとする多くの優れた思想家たちの仕事によって、あるいは逆にベンヤミンによる読解を通じてはじめてそのテクストに潜む根源的な力が開示されたといってよいカフカやブレヒト、またベンヤミンによってそれまで誰もが思いつかなかったような新しい再解釈の可能性が与えられたカントやマルクス、ボードレールなどの名によって記憶され、私たち自身の「希望なき時代の希望」を紡ぐ思考作業のもっとも大切な拠りどころとなっているのである。

二

最初にベンヤミンの生涯を概観しておこう。ベンヤミンは一八九二年ベルリンで富裕なブルジョア家庭に生まれた。父は美術商を営むかたわら事業投資に成功して財をなしたユダヤ系のドイツ人だった。一九世紀後半の典型的なブルジョア家庭の雰囲気の中で育ったベンヤミンは、一九〇二年カイザー・フリードリヒ校という文科系ギムナジウムに入学するが、学校になじめず一九〇四年にドイツ中東部のテューリンゲンにあるハウビンダ林間学校に一時転校する。そこは、当時のドイツの権威主義的な学校教育に反対する教育者グスタフ・ヴィーネケンが創立した一種の私塾であった。ベンヤミンはヴィーネケンから強い精神的影響を受け、二年後にベルリンに戻った後もヴィーネケンの提唱した「自由学校共同体」という青年運動体との関わりを保ちながら、ギムナジウム修了後の一九一二年に大学へ進学し、フライブルク、ベルリン、ミュンヘンで学生生活を送った。その間彼はベルリンで「談話室」という学生たちの交流の場を創設し、さらに当時のドイツの学生青年運動のなかの最左派であった「自由学生連合」の議長を務める。一九一四年の議長就任の際に彼が行った講演の記録が、ベンヤミンの最初期のテクストの一つである「学生の生活」である。そこには対抗文化としての学生青年運動の意義を明らかにしつつ、それを独特な歴史哲学的考察に結び付けようとするベンヤミンの思想的個性が早くも現れている。

そうしたさなかに第一次世界大戦が勃発する。ヴィーネケンが戦争を礼賛したことに怒ったベンヤミンはヴィーネケンと訣別する。そして徴兵を忌避してスイスのベルン大学になかば亡命の形で転校する。ベルンで学位論文「ドイツ・ロマン主義における芸術批評の概念」を完成したベンヤミンは戦争終結後ベルリンへと戻り、執筆活動を本格的に開始する。この間にはドーラ・ケルナーと結婚している。一九一〇年代の終わりから一九二〇年代の前半にかけて書かれた、カント哲学に対する彼の批判的立場をまとめた「来るべき哲学のプログラム」、戦争とその後の「ドイツ革命」運動の高揚と挫折の体験がもととなっている「暴力批判論」、そしてすでに言及した「ゲーテの『親和力』」などのエッセイには、若書きの晦渋さを伴っているとはいえ彼の生涯にわたる思想的モティーフ、課題がすでに充分な深みをもって展開されており、感覚の繊細さと知性の強靭さが一つに融合している練り上げられた文体の、語の真の意味におけるエッセイ的な見事さとともに、そのテクストとしての水準の高さには驚かされる。じっさい「ドイツ・ロマン主義」論文は、大学修了の際の卒業論文というその成立事情をはるかに超えて、ドイツ・ロマン主義に固有な思考内容とその構造についての内在的な解読の試みとして、アルベール・ベガンの『ロマン的魂と夢』やマリオ・プラーツの『ロマンティック・アゴニー』などとともに二〇世紀のロマン主義研究の古典としての地位を得ているし、「暴力批判論」は、一九八〇年代にデリダがこの論文をもとにする形で『法の力』を書いていることにも現れているようにやはり二〇世紀における暴力論の重要な古典としての評価を受けるまでに至っている。「ゲーテの『親和力』」は当時のドイツ語圏におけるもっとも優れた文学者の一人であったフーゴー・フォン・ホーフマンスタールの激賞をうけて、彼の主宰する雑誌『ノイエ・ドイチェ・バイトレーゲ』に掲載された。こうしてベンヤミンは、とりわけ彼をよく知る友人たちを中心とする精神圏の中で次第に神韻を帯びた一個の伝説ともいうべき存在となっていったのである。

＊

ベンヤミンの生涯の大きな転機となったのは、一九二五年にフランクフルト大学へ教授資格論文として提出されようとした『ドイツ悲劇の根源』をめぐる一つの「事件」であった。この当時ほとんど忘れられていた一七世紀ドイツのバロック悲劇を取り上げたこの論文は、たんなる文学研究でも歴史研究でもなかった。それは、ベンヤミンが、友人だったゲルショム・ショーレムからの触発もあって早くから関心を持っていたユダヤ思想やカント哲学、プラトン哲学などとの格闘を通じて、あるいはボードレールの『悪の華』の翻訳作業を通してつかみとった、ほんの些細な存在物からさえも世界の本質と真理の徴候を読み取ることが可能となるような暗号解読めいた性格を持つ存在認識の方法、つまりドイツ・ロマン派の詩人ノヴァーリスの言葉を借りるならばある種「魔術的観念論」的とでも呼びうるような秘教的《エゾテーリッシュ》な認識の方法を、歴史の忘却の淵へと追いやられていたドイツ・バロック演劇の世界へと適用することによって、歴史の表層の底深くに埋もれて見えなくなってしまっている「根源の歴史（Urgeschichte）」を再生させようとする野心的な試みだった。

それは別な角度からいえば、そのつどの時代の固定化された表層、ベンヤミンのやはり初期のエッセイ「運命と性格」の中の言葉を使えば「罪連関」のもとに組み込まれて硬化し不毛化してしまっている歴史の諸断片を、そのうちに潜在する解放と救済のポテンシャルを寓意的《アレゴーリッシュ》に示表する記号態として、言い換えればいっさいの抑圧や罪障の消滅によってはじめて可能となる真理の全き顕現というヴィジョンに最終的にはつながってゆく解放と救済の根源的な力（デュナミス）を暗示する一個の徴候、指標として読み換えようとする試みということも出来よう。そこには、ユダヤ思想やプラトン、あるいはカントの哲学の徹底的な読み込みの中から形づくられた経験的なものと形而上学的なものの関係をめぐるある種神学的ともいえる認識論のモティーフと、さらにはそこに底流する終末論的な救済のモティーフが含まれるとともに、マルクス主義の核心的な課題、とりわけベンヤミンと同時代のマルクス主義者であるジェルジ・ルカーチの『歴史と階級意識』、あるいは親しい友人でもあったエルンスト・ブロッホの『ユートピアの精神』などによって示されようとした、政治・経済的次元に限局される社会主義的変革のイメージを遥かに超えた存在の根源からの全的な変革と解放のモティーフ――「革命」のユートピア的本質といってもよい――と通底する要素も含まれていたのであった。

とくに注目すべきなのは、ベンヤミンがこの論文でキーワードとして使っている「アレゴリー（寓意）」という概念と、この当時まだほとんど着目されていなかったマルクスの「物神性」および「物象化」という概念との深い関わりである。この「物神性」「物象化」という概念には、マルクスが経済学批判という枠組みを通して試みようとした、それまでのヨーロッパ思想の歴史の中ではまったく存在しえなかったといってよいラディカルな反形而上学的認識論を提起するという課題、すなわちヨーロッパ形而上学の決定審級ともいうべきいっさいの物心二元論と一義的・因果論的決定論およびその土台となる超越性の構図の否定の上に立つ認識＝批判の方法を確立するという課題にとっての核心的モティーフが、過去のすべての歴史はいまだ「人類史の前史」にとどまっており、その前史を終わらせるという意味での革命、すなわち終末論的な革命が今要請されているというモティーフとともに埋め込められているのだが、そのモティーフはまさにベンヤミンが『ドイツ悲劇』論文のなかで「アレゴリー」という概念、あるいはその関連概念である「歴史の腐朽化」「廃墟」などの独特な用語群によって示されようとした問題と照応している。その照応関係は、ベンヤミン自身が悲劇論の再論と位置づけた一九世紀近代の根源史の復元の試みとしての『パサージュ論』の中の「認識論」と「マルクス」の章において明確に証明されることになる。ちなみにこのマルクスの認識論の要諦はそのまま、一九世紀後半の時代にあってマルクスとともに形而上学批判の道を開いたニーチェの、「系譜学（Genealogie）」と名づけられた認識論のモティーフと重なり合う。そしてベンヤミンの悲劇論の出発点には、ニーチェの『悲劇の誕生』におけるギリシア悲劇観への批判的な距離の意識が存在した。

このような『ドイツ悲劇の根源』論文の問題意識が当時の大学アカデミズムによって理解されうるはずもなかった。審査にあたったフランクフルト大学の教授ハンス・コルネーリウスとルードルフ・カウチュの勧めで結局は論文申請そのものが取り下げられ、ベンヤミンは不安定な身分の「物書き（Schriftsteller）」としての生き方を選択せざるをえなくなる。もし彼が大学にポストを得ていたら後の悲劇的な死もなかったのではないかという気もするが、それは今いっても詮のないことだろう。

*

その後ベンヤミンはアフォリズム集『一方通行路』や数多くの文学的エッセイなどを通して次第に名前を知られるようになってゆくが、その一方実生活におけるベンヤミンの軌跡からは、悲劇論文執筆のために滞在していたカプリ島で知り合ったリガ出身のコミュニスト、アーシャ・ラツィスとの破滅的な恋愛、彼女を追ってのモスクワ行き、妻ドーラとの離婚、ベルリンでのアーシャとの同棲と破局、生活の破綻を取り繕うようなヨーロッパ各地の遍歴など、どこか運命の糸に翻弄されるように人並みな人生のコースを外れ自ら破局の淵へと自分自身を追いやってゆくような不吉な印象が感じられる。そうした軌跡の涯にやってくるのが一九三三年のナチスによる政権掌握と独裁体制の確立だった。すでに少し前からジャーナリズムの世界での執筆の機会をほとんど奪われつつあったベンヤミンは、ドイツにとどまることを断念して亡命生活に入る。そして基本的にはパリを拠点に、スペイン領だった地中海の島イビサ、さらには友人だったベルトルト・ブレヒトの亡命先であったデンマークのスヴェンボルとやはり遍歴を重ねる。そうした亡命生活のさ中にあってベンヤミンを支えていたのは、別れた妻ドーラを始めとする少数の友人たちの援助であり、パリの国立図書館《ビブリオテク・ナシオナル》所蔵の膨大な資料をもとにして進められつつあった『パサージュ論』の執筆作業であった。

この時期とくにベンヤミンの生活に深い関わりを持ったのが、古くからの年下の友人であるテオドーア・W・アドルノが属していたフランクフルト社会研究所であった。ベンヤミンが「あるドイツの自由な研究所」というエッセイで紹介しているこの研究所は、フランクフルト大学の若い経済学の講師だったフェリックス・ヴァイルが、一九二三年にドイツ中部の村イルメナウにルカーチやカール・コルシュら非正統派マルクス主義者たちや、さらにはまだ当時無名だったヘンリック・グロスマン、ユリアン・グンペルツなどの若手研究者を招いて開催した「第一回マルクス主義研究週間」の成果を恒久的なものにするため、アルゼンチン在住の大富豪だった父から資金を出してもらって一九二四年に創設したものだった。初代の所長カール・グリュンベルクの時代を経て、一九三一年フランクフルト大学の若い社会哲学の教授マックス・ホルクハイマーが二代目の所長に就任すると、研究所は「批判理論」および「学際的唯物論」という方法的指標を掲げて、例えば心理学者のエーリヒ・フロムが中心となった共同研究プロジェクト「権威と家族」のような多くのユニークな業績を残してゆく。

だが迫りくるナチズムの脅威は、ユダヤ系ドイツ人のマルクス主義者を多く抱える研究所に不吉な影を落とした。ホルクハイマーたちはナチスのナチスによる政権掌握前にいち早く基金をスイスのジュネーヴに移し、三三年のナチス政権掌握後は研究所をロンドン経由でアメリカのニューヨーク、さらにロサンジェルスへと移転させた。そのため苛酷な亡命生活の中でも研究所は財政面で比較的恵まれた状況にあり、パリのフェリックス・アルカン書店から研究所紀要『社会研究誌』(Zeitschrift für Sozialfolschung) を発刊し続けるとともに、研究所のメンバーを中心に亡命者に対する経済的支援を行うことが出来たのである。そしてアドルノの仲介で研究所はベンヤミンに対し『パサージュ論』の構想と関連するいくつかの論文の『社会研究誌』への寄稿を要請する。それに応えて「フランスの作家たちの現在の社会的立場」「ボードレール論」「複製技術時代における芸術作品」「エードゥアルト・フックス論」が執筆されるが、この『社会研究誌』への寄稿は物心両面にわたってパリ時代のベンヤミンの大きな支えとなる。なかでも最初ピエール・クロソウスキーの仏訳の形で『社会研究誌』に発表され、後になってオリジナルのドイツ語版が公刊された「複製技術時代における芸術作品」は、メディアを中心とする二〇世紀都市文化の未来を予言する仕事として、写真、映画、テレヴィなどについての見方に絶大な影響を与え、ベンヤミンのもっとも有名なテクストとなる。さらに社会研究所は、『パサージュ論』全体の構想のまとめの執筆もベンヤミンに依頼した。その結果『パサージュ論』の綱要《エクスポゼ》となる「パリ――一九世紀の首都」が書かれる。これによって未完に終わった『パサージュ論』のモティーフと全体構想を把握することが可能になったのであった。

他にも、当時パリにいたハンナ・アーレントの仲介で、国立図書館の司書をしていたジョルジュ・バタイユが『パサージュ論』の草稿を国立図書館の内部に隠してくれたために、『パサージュ論』の草稿が湮滅を免れるということがあった。こうしたアーレントやバタイユの協力があったからこそ『パサージュ論』は、隠された草稿の発見に時間がかかったのとその後の編集作業の困難さのために、じつにベンヤミンの死から四二年目の一九八二年によようやく公刊されるに至ったとはいえ、日の目を見ることが出来たのである。こうしたベンヤミンへの深い友情から出た援助や協力が極度に困難であったベンヤミンの亡命生活をかろうじて支えるとともに、ベンヤミンの名が忘却の淵へと追いやられてしまうのを阻止したといってよいだろう。ともあれベンヤミンは、『パサージュ論』の仕事のためにぎりぎりまでパリにとどまり続ける道を選んだのだった。

＊

しかし一九三九年にドイツのフランス侵略が始まり、フランス全土が事実上ナチスの支配下に入ると、ベンヤミンがパリにとどまり続けることは困難になる。開戦時には敵性外国人として一時収容所に隔離されるという事態にも見舞われる。一九四〇年、ようやくベンヤミンはパリを離れることを決断する。すでにアメリカへと亡命していた社会研究所のホルクハイマーやアドルノの配慮でアメリカ入国ヴィザを手に入れることは出来たのだが、問題は事実上のナチス支配下にあったフランスからの出国だった。ナチス支配下のフランスで、ユダヤ系ドイツ人であるベンヤミンが出国ヴィザを正式に取得することは不可能だった。そのためピレネー山脈を越えてスペインへ入り、さらにポルトガルへ出てそこからアメリカを目指すというルートでの亡命が企図された。

九月二六日、他の亡命希望者たちとともにフランスとスペインの国境の町ポル・ボウに到着したベンヤミンを待っていたのは、スペイン側の国境警備官の、フランス出国ヴィザを持たない者はすべてフランス側に送還してゲシュタポに引き渡すという脅しだった。絶望したベンヤミンはその晩大量のモルヒネを飲みついに二度と目を覚ますことはなかった。彼の遺体はポル・ボウの墓地に葬られたらしいがその場所は今でも明確にはなっていない。(注)一九九二年のベンヤミン生誕一〇〇年にあわせて終焉の地ポル・ボウにイスラエル出身の芸術家ダニー・カラヴァンの設計になるベンヤミン追悼のためのメモリアル〝パサージュ〟が建設されるはずだったがこれは完成せず、代わりにカラヴァンのデザインした墓石がポル・ボウの墓地内に置かれている。

［注］ スチュアート・ジェフリーズが『オブザーヴァー』二〇〇一年七月八日号に発表した「スターリンの殺し屋がヴァルター・ベンヤミンを抹殺したのか?」によると、ベンヤミンの死は自殺ではなく、遺稿『歴史の概念について（歴史哲学テーゼ）』の中にソ連社会主義に対する致命的な批判が含まれていたため、スターリンの殺し屋によって殺害されたのだという（スラヴォイ・ジジェク『パララックス・ヴュー』山本耕一郎、作品社、十三頁参照）。にわかには信じがたいが紹介しておく。

三

ベンヤミンに関しては相対立する二つのイメージがある。一つは高雅な文人としての、あるいは二〇世紀におけるもっとも卓越した文芸批評家としてのベンヤミンのイメージである。そこにさらにユダヤ神秘主義との精神的紐帯を保つ異貌の神学的思想家のイメージを重ねてもよいかもしれない。その一方、二〇世紀におけるもっともラディカルな――もちろん思想的意味においてであるが――マルクス主義者ベンヤミンというイメージも存在する。それと関連させてメディア・都市理論のパイオニアとしてのベンヤミンというイメージを挙げることも出来るだろう。こうなってくるといったいどのベンヤミンがほんもののベンヤミンなのかという疑問が出てくるのはある意味で当然である。じっさい戦争後、ベンヤミンの名が、一九五五年、友人だったショーレムとアドルノの編纂でズーアカンプ書店から出た二巻の『著作集』によって脚光を浴びると、ベンヤミンを「我が陣営」に引き込もうとする我田引水めいた試みが次々に現れる。

　だいたいがアーデナウアー時代の反共国家西ドイツで刊行された上記の『著作集』からしてすでにある種のバイアスを含んでいた。ショーレムとアドルノが『著作集』の編纂にあたって腐心したのは、ベンヤミンのイメージからマルクス主義の要素を出来るだけ消し去ることだったからである。つまり「文人ベンヤミン」のイメージを演出することによって彼らはベンヤミンを世に出そうとしたのである。やむをえない事情があったとはいえ、これがベンヤミンのイメージ形成に対するある種の政治的干渉・演出の契機を含んでいなかったとはやはりいえないだろう。その一方、六八年革命の時代になると、うって変わって「解放のバイブルとしてのベンヤミン」というイメージが登場してくる。おりからの青年反乱の高揚のなかで、フランクフルト学派の仕事が見直され再評価される流れが出てきたこととあいまって、ベンヤミンは一躍反乱と革命のための理論的支柱とみなされるようになった。その反乱の季節が過ぎ、サブカルチュアと消費資本主義の結びつきが顕著になる七〇年代以降になると、今度は「サブカルのパイオニア・ベンヤミン」というイメージが登場する。写真家やアーティスト、デザイナーたちがこぞっておしゃれな小道具としてベンヤミンをもてはやすという状況が生まれてくる。

　こう書いてくるときりがない感じだが、いずれにせよベンヤミンの本当の顔はどこにあるのかという疑問への答えがいっこうに出てこないことは確かである。では私たちはいったいどのような形でベンヤミンの遺した仕事を受けとめればよいのだろうか。ベンヤミンの友人の一人だったハンナ・アーレントは、『暗い時代の人々』という本の中のベンヤミンについての章の中で次のように言っている。「かれの仕事を正しく記述し、われわれの通常の思考の枠組みのなかでの著述家としてかれを描こうとするなら、われわれはきわめて多くの打消的な叙述をこころみなければなるまい。たとえば、かれの学識は偉大であったが、しかしかれは学者ではなかった。かれの論題には原典とその解釈に関するものが含まれていたが、言語学者ではなかった。かれは宗教ではなく神学に、また原典自身を神聖なものとみなす神学的な型の解釈に強くひきつけられていたが、神学者ではなかったし、またとくに聖書に関心を寄せてもいなかった。生まれながらの文章家であったが、一番やりたがっていたことは完全に引用文だけから成る作品を作ることであった。かれはプルースト（フランツ・ヘッセルとともに）とサン＝ジョン・ペルスを翻訳した最初のドイツ人であり、またそれ以前にボードレールの『パリの風景』を翻訳していたが、翻訳家ではなかった。書評を行い、また存命中の作家についても死亡した作家についても数多くエッセイを書いたが、文芸評論家ではなかった。ドイツ・バロックに関する書物を著し、また一九世紀フランスについての膨大な未完の研究を遺したが、文学史家でも、あるいは何か他の分野に関する歴史家でもなかった。私はかれが詩的に思考していたことを明らかにするつもりであるが、しかしかれは詩人でも哲学者でもなかった」（阿部斉訳　河出書房新社　一九〇頁）。

アーレントの流儀に従えば、ここにはさらに「かれはマルクスについてそれまで誰もなしえなかったほどに犀利で新鮮な解釈を示したが、マルクス主義者ではなかった」とか、「かれは革命の暴力についてのもっとも根源的な洞察を行ったが、革命家ではなかった」とか、「かれは近代の産物であるメディア技術や文化、あるいはそれが発展する場としての現代都市の本質と性格について誰よりも早く優れた考察を示したが、メディア論や都市論の専門家ではなかった」というような表現を付け加えることも出来るだろう。ベンヤミンを画一的なやり方である特定の型や党派に当てはめようとする試みはすべて無意味だということである。

ようするにベンヤミンの本当の顔を捜そうとしても無駄なのだ。むしろその多様な仕事の連なりのなかから、テクストを読みぬくことを通して自分なりのベンヤミン像を作り上げてゆくことが大切なのである。ただしベンヤミンの仕事につねに底流している、文字通りノン・コンフォーミスティックな批判精神の強靭さだけはけっして見落としてはならないという条件をつけた上でだが。デリダ風にいえばベンヤミンは、コンフォーミズムの源泉としての「法」の世界の外部、つまり「法-外なもの」に属する思想家なのである。彼のテクストに現れる「神的暴力」（「暴力批判論」）、「絶対的形式」（『ロマン主義』論文）、「根源」（『ドイツ悲劇』論文）、「天使」（「歴史の概念について」）、「夢」（『パサージュ論』）などの特異な用語群をたどってゆくと、ベンヤミンにおける「法-外なもの」の輪郭が次第に明らかになってゆく。「法─外なもの」の出現は、いっさいの現状肯定的な思考が終わり、代わって無制約な想像力と厳密な反省が一体となった真に革命的な思考が飛翔を始める瞬間を告知するとともに、すべての「罪連関」の起源としての「法」が、つまり神話的暴力としての法措定暴力と法維持暴力が神的暴力の摂理によって消滅してゆく瞬間をも同時に告知する。それは別な角度からいえば、過去の歴史のなかで忘却されてきた死者たちが、「今のとき（Jetztzeit）」の介入によって蘇り、「哀悼」が成就される絶対的な「正義」の行使の瞬間といってもよいだろう。

とはいえこの「今のとき」は極めて危うくはかないものでしかない。過去から現在、未来へとつながる歴史の全体像をくまなく恒常的に見通すことが出来るのは神だけだからであり、だからこそ「今のとき」の瞬間は廃墟の連なりとしての歴史のうちにある私たち人間にとってはすばやく過ぎ去ってゆく天使のようにしか現れないのである。だとするなら私たちがなしうるのは、つねにこの「今のとき」の瞬間を、つまりは「法‐外なもの」の出現の瞬間を正確にキャッチできるための認識と思考の力をいつも研ぎ澄ましておくこと以外にはないだろう。一瞬きらめく「今のとき」の彼方に、人類の歴史の全行程とその真の成就の様を透視すること──、これこそベンヤミンの思考の課題が収斂する臨界点に他ならない。

「過去を歴史的に関連づけることは、それを『もともとあったとおりに』認識することではない。危機の瞬間にひらめくような回想を捉えることである。歴史的唯物論の問題は、危機の瞬間に思いがけず歴史の主体のまえにあらわれてくる過去のイメージを、捉えることだ。危機は現に伝統の総体をも、伝統の受け手たちをも、おびやかしている。両者にとって危機は同一なものであり、それは、支配階級の道具になりかねないという危機である。どのような時代にあっても、伝統をとりこにしようとしているコンフォーミズムの手から、あらたに伝統を奪いかえすことが試みられねばならぬ。メシアはたんに解放者として来るのではない。かれはアンティクリストの征服者として来るのだ。過去のものに希望の火花をかきたててやる能力をもつ者は、もし敵が勝てば〈死者もまた〉危険にさらされる、ということを知りぬいている歴史記述者のほかにはない。そして敵は、依然として勝ちつづけているのだ」（「歴史の概念について」Ⅵ　野村修訳〔邦訳名「歴史哲学テーゼ」〕今村仁司『ベンヤミン「歴史哲学テーゼ」精読』岩波現代文庫より重引用　六〇頁）。

第一部　ベンヤミンの思考の軌跡と諸断面

Walter Benjamin

第一章　認識の星座

『ドイツ・ロマン主義における芸術批評の概念』

まずベンヤミンの前半生における仕事、とりわけドイツ文学研究に関する仕事におけるもっとも重要な業績というべき『ドイツ・ロマン主義における芸術批評の概念』と『ドイツ悲劇の根源』についてふれておきたい。

『ドイツ・ロマン主義における芸術批評の概念』は、第一次大戦を逃れてなかば亡命するように赴いたスイスのベルン大学に、一九一九年学位論文として提出されたものである。この論文の問題意識について一九一七年六月のショーレムあての手紙でベンヤミンは次のようにいっている。

さしあたってぼくは、初期ロマン派に、なかんずくフリードリヒ・シュレーゲルに、ついでノヴァーリス、アウグスト・ヴィルヘルム〔・シュレーゲル〕、およびティークに、そのあとできればシュライエルマッハーに、目を向ける。ぼくは、フリードリヒ・シュレーゲルの諸断片をその体系的な思考の基本線に沿って整理することから出発する。（中略）初期ロマン派の核心は、宗教と歴史だ。それは後期ロマン派のすべてに較べて、無限に深く、美しい。それは、二つの領域を内面的に結合させるにあたって、宗教上・歴史上の事実を引き合いに出したりはせず、もっぱら自身の思考と生活のなかに、両者が必然的に一体化する高次の領域を生み出そうとつとめた。その結果、生まれたものは「宗教」ならぬ白熱の気圏であって、そこでは宗教以外のものや、宗教と呼ばれていたものは、すべて焼きつくされ、灰と化している。(1)

ここで「白熱の気圏」と呼んでいるものこそ、ベンヤミンがこの論文でドイツ・ロマン派の批評概念の核心として取り出そうとしたものにほかならない。そして何よりも私たちの関心をそそるのは、こうしたドイツ・ロマン派の批評概念の核にある「白熱の気圏」を取り出そうとするベンヤミンの試みの中から、とりわけユダヤ思想の大きな影響下で形づくられつつあった当時のベンヤミンの認識論の構図が明瞭に浮び上がってくるということである。そしてこの認識論の問題はベンヤミンの終生にわたる基本的な思想的課題であり続けることになる。認識という概念の中にベンヤミンは、彼が宗教の領域からもぎ取ってきた啓示のモティーフや、啓示の背景をなしている聖なるものの存在論的境位の問題を、宗教の色彩をぬぐい去った形ではあるにせよ、しかし宗教の中に内在する精神のラディカルな契機を決して捨て去ることなく注ぎ込む。そのことによってベンヤミンの認識概念には、認識される対象の開示と認識する主体の相互の結びつきが、そしてその両者をより高次の超越的な次元における真理の発現を通じて包みこむこと、いいかえれば真理の発現を通した両者の救済《エアレーズング》＝解放という契機がつけ加わることになる。この、認識と救済＝解放の不可分な一体化こそ、ベンヤミンの認識論のかなめであるといってよい。

　さて、このような認識論の構図がどのように具体的に論じられようとしているのか、論文に直接あたってみよう。

　まずベンヤミンは「芸術批評のロマン主義的概念[2]」が認識論的諸前提を含んでいること、そして芸術批評のロマン主義的な概念規定がそうした認識論的諸前提のうえに構築されていることを指摘する。この認識論的前提が批評という概念の核をなすものである。そしてこの批評が、詩《ポエジー》として現出する芸術の理念を問うものであるとするなら、批評に含まれる認識論的前提とは、かかる芸術の理念の客観的構造を明らかにする方法であることになる。

反省する思惟

　ではこの認識論的前提の核心をなしているものは何か。それは「反省」である。「自己意識のうちで自己自身について反省する思惟は、そこからフリードリヒ・シュレーゲルはもちろん、ノヴァーリスの場合も大体において、その認識論的熟慮が出発する根本的事実である[3]。」

　反省において、「思惟の思惟への関係」における直接性と無限性が現出する。思惟の思惟、知の知における絶対的な透明性、すなわち純粋な自己への還帰としての自己認識の透明性が直接性——直接的認識——であり、反省の対象に反省が重ね合わされていくものとしての認識過程の非完結性が無限性である。こうした反省の直接性と無限性をはじめて捉えたのはフィヒテである。

——フィヒテは、ある直接的で確実な認識は、相互に他のうちへ移行しあい、かつ自己自身のうちへ還帰するところの二つの意識形式（形式と、形式の形式、もしくは知と、知の知）の連繋によって根拠づけることができると考えている。自由の活動がそこへのみ関係するところの絶対主体が、この反省の中心点であり、それゆえ直接的に認識されるものである。問題になっているのは、直観による対象の認識ではなく、方法すなわち形式的なものの自己認識——これこそ絶対主体を代理している——である。(4)

ここでフィヒテに即しつつ重要なことが二ついわれている。一つは、反省における反省するものとされるものの関係の中心点にあるのが絶対主体《ダス・アブソルーテ・ズブイエクト》であること、そしてもう一つは、反省において直接的に認識されるものが対象ではなくかかる絶対主体としての自己であることである。このことによって反省は根本的には絶対主体の自己認識の展開過程という意味を持つことになる。この認識がフィヒテとシュレーゲルやノヴァーリスの共有する出発点であった。

しかしフィヒテは、こうした絶対主体の自己認識の展開過程としての反省を自我と非我の関係、もう少し正確にいうならば、自我による非我の定立《ゼッツエン》を通じた主—客分立関係の枠の中に限定する。この結果、フィヒテにおける絶対主体は、主観の柱としての自我ということになる。自我の直観（その同一性）がすべての反省過程の源泉となり、このことによって反省の無限性が制限される。というのも反省は一方の柱としての自我と、それに対立する定立された非我との相互反照の枠の中にとどまることになるからである。このことは、フィヒテがカント以来の主観的観念論の枠内にとどまったということを証明しているといってよいだろう。と同時に、それはフィヒテの反省概念、そしてその根底をなす自我ないしは主観概念が主客分立に根ざした対象化の機制に属しているということも示している。

ロマン派はこうしたフィヒテの反省概念における限定性を突破しようとする。このときロマン派とフィヒテの分かれ道となったのは、反省の無限性にほかならない。ではロマン派における反省の無限性とは何か。それは「連関の無限性」(5)である。反省は主体と客体の相互反照において停止するのではなく、あらゆる存在相互間の媒介としての連関のうちに無限化される。もっともこの「連関の無限性」は、自己への還帰にもとづく思惟の直接性と決して矛盾しない。

むしろこの思惟の直接性そのものが、連関を媒介するのである。いいかえれば、自己への還帰としての直接的な自己認識と連関の無限性（そこにおける媒介）が、反省において同一のものとなるのである。このことは別な側面からいうならば、思惟と思惟の思惟の関係が主体と客体の分立関係というフィヒテ的な図式においてでなく、その両者を相対化する、さらに高次な第三項としての「思惟の思惟の思惟……」という無限累乗過程において規定されるということを意味する。このことによって生じる反省の意味の劇的な転換こそが、ロマン派の反省概念の根本的な契機となる。

反省の無限性において、フィヒテ的な主―客分立構造は解体される。それに替って現れるのは、主体（自我）も客体（対象）も、相対化された多くの契機の中の一要素にすぎなくしてしまうような「多義性」[6]である。そしてそれは、存在の発現のあらゆる様態を自らの中に内包する。すなわちこの「多義性」において思惟と存在が、そして反省と存在が同一なものとなるのである。ここには明らかに反省を存在の生成・発出の源泉としてみようとする視点が働いている。存在世界は反省が生み出す無限性の宇宙となる。

では存在の生成・発出の源泉としての反省の中心をなすもの、すなわち絶対主体とは何か。それはもはや自我（主観）ではありえない。ここで絶対主体の意味が変容する。絶対主体とは、主体と客体の区別を超越する絶対者、より正確にいえば、そうした絶対者の自己認識ということになる。そして反省の無限性が生み出す多義性とは、絶対者の自己認識のヴァリエーションの無限性となるのである。さらにこのヴァリエーションは、反省の無限累乗の過程の中で最終的な絶対者の自己認識へと到る階梯として分節化される。「絶対者は自己自身を再帰的に、完結した反省のうちで直接にとらえる。これに反してより低次の諸反省は、直接性の媒介によってのみ最高の反省へ接近しうる」[7]。

反省はもはや外側から対象に対して加えられる内容なき思惟ではない。存在それ自身の、絶対者の自己認識という最高度の達成段階に向けて展開される、自己認識の高まりが反省なのである。思惟とは存在自身の思惟であり、存在自身の思惟の過程を通して発動されるもの、いやむしろ、正確にはその過程そのものを発動させるものが反省である。「――シュレーゲルは、全現実がその完全な内容をもって、絶対者における最高度の明断さにいたるまで、しだいに明瞭度を高めてゆきながら、反省のうちで自己を展開するのを目撃するのであり、しかもこれについてはいかなる証明も不要であるとみなしている」[8]。

　ここから、反省を無限に充実させるものとして、自我とそれに反立する反自我――「汝」（シュレーゲル）――を包みこむ宇宙全体の拡がりとしての原自我への信仰が生じる。いっさいの存在（制約された存在）が、「無限な自我性のたんなる部分にすぎな[9]」くなる。こうした反省の中にあるすべてのものが絶対者によって直接的に媒介されているという意味で、絶対者は「反省の媒質《メディウム》[10]」となるのである。

「産出する自然」としての芸術

　ここでベンヤミンは、シュレーゲルに即しつつ重要な認識を提示する。それは、「初期ロマン主義の意味では、反省の中心は芸術であって、自我ではない[11]」という認識である。反省が自我という限定された主観性の枠ぐみから完全に自由になるとき、反省の中心は芸術となる、というのである。別なところでベンヤミンはノヴァーリスを引きつつこういっている。「芸術とは『いわば自己自身を観照し、自己自身を模倣し、自己自身を形成してゆく自然なのだ[12]』」。芸術はもちろん美的な形式であるが、それ以上にそれが「自己産出する自然」であるということが重要である。このことによって、反省についてのロマン派の認識の核心がよりいっそう明確になる。

　反省は対象に対して外側から加えられる分析的判断や評価、すなわち主観性の側から構成主義的に行なわれる対象操作ではない。「ロマン派にとっては、絶対者の立場からすれば、非我、つまり自己とならない存在者という意味での自然は存在しない。『自己性はあらゆる認識の根拠である』とノヴァーリスの場合には述べられている。あらゆる認識の胚種は、それゆえひとつの思惟する存在者の中での反省という事象であり、これによって、存在者は自己自身を認識するのである。思惟する存在者が認識されるということはすべて、思惟する存在者の自己認識を前提とする[13]」。

　こうした認識が反省概念に基礎づけられた「対象認識の理論におけるロマン主義的な根本命題[14]」である。とするならば、反省は存在者が絶対者の境位において遂行する自己開示であり、かつそうした自己開示において自らへと還流（反照）する自己認識であることになる。こうしたベンヤミンのとらえ方には、ロマン派の認識にことよせる形でのユダヤ思想の影響、すなわち世界を「神の言葉の啓示」から捉えようとする秘教的《エソテリック》な認識への志向が明らかにうかがえる。またそれは、カントからフィヒテへと到る主観的観念論の批判、つまり反省概念がもっている悟性的認識論の枠組の解体とそれへのプラトン的なイデア論の接合――不動の一者としてのイデアの自己流出《エマナチオ》に基づく存在論的視点と認識論との接合——としてみることもできよう。ともにベンヤミンがエルンスト・ブロッホと共有する「自然の主体」の思想の基底もまたここに求められるであろう。

「批評」の捉えかた

さてこうした反省のありよう、そして反省の中心である「産出する自然」としての芸術に対して累乗される反省としての批評もまたかかる反省の性格から捉えられねばならない。この点において本論文におけるベンヤミンの中心的な認識が明らかになる。反省が外側から対象に対して加えられる悟性的な判断や評価ではありえない以上、批評もまたそうした悟性的なものからは捉えることはできない。

芸術という反省媒質（絶対者—筆者）における認識が芸術批評の課題である。この認識にとっては、一般に反省媒質のなかでの対象認識のために存在しているあらゆる法則があてはまる。（中略）批評とは、いわば芸術作品における実験なのであって、この実験をつうじて芸術作品の反省が喚起され、また、芸術作品は自己自身を意識し認識するようになる。（中略）反省の主体は、根本的には芸術形成物それ自身であって、実験は、ある形成物についての反省——このような反省は、ロマン主義的芸術批評という意味におけるようには、本質的にその形成物を変更することはできないだろう——のうちに成立するのではなくて、反省の展開、すなわち、ロマン派にとっては、精神の展開のうちに、ある形成物のうちで成立するのだ。批評が芸術作品の認識であるかぎり、それは芸術作品の自己認識である。(15)

批評は、後からやってくる反省として、先行する反省の中でいまだ潜勢的な形でまどろんでいる芸術作品の真理——絶対者の自己認識としての芸術作品の自己認識——に覚醒を促す。その意味では批評もまた芸術作品における「詩《ポエジー》」＝創造《ポイエーシス》の内在的な一要素にほかならないし、またそうであらねばならないのだ。こうしたベンヤミンの批評の捉え方は、期せずして二〇世紀における創造的批評の系譜、すなわちイギリスにおけるウォルター・ペーター、ドイツにおけるルカーチやルードルフ・カスナー、さらには第二次大戦後のフランスおよびスイスにおけるヌーヴェル・クリティクの流れ、あるいは最近のドイツにおけるヤウスやイーザーらの受容美学の流れにつらなる内容を孕んでいる。批評を作品評価の尺度確立の手段や作品の背景をなす社会環境や作者の伝記的要素の実証研究といったものに解消せず、むしろ作品そのものに対して後から追体験的につけ加わる作品解釈（読むこと《レクチュール》）を通した作品の再＝創造作業としてみようとすることが、ベンヤミンの批評概念のかなめとなるのである。

ただ、ベンヤミンの批評概念、そしてその根底をなしている反省の秘教的な認識論としての捉え返しの視点には、ジャンルとしての批評の系譜という枠内ではおさまらない問題が含まれていることも事実である。それは、この時点でのベンヤミンの思考の中ではいまだ自覚的にはなっていなかったにせよ、後の彼のマルクス主義の理解において大きな問題になる、唯物論《マテリアリスムス》の基礎をどこにおくか、という課題に、ここでのベンヤミンの批評（反省）概念が深くつながっているということである。

すなわち、ベンヤミンの、絶対者の自己認識としての反省という視点にうらづけられた「産出する自然」――存在における「自己触発」――の発想は、人間＝主体による対象化の手前にある自然＝存在の始源的な自己性こそが唯物論的態度の基礎であるという認識を導くのである。

この認識は正統マルクス主義の認識の中にある産業主義的傾向、すなわち近代主義の持っている自然の対象化＝支配（搾取）への志向にねざした形でのマルクス主義の産業主義的イデオロギー化（労働＝生産主義イデオロギーとしてのマルクス主義の理解）という傾向に対して、ラディカルな異議申し立てとしての意味を持つ。自然に対する支配ではなく、自然との和解――ベンヤミンの言葉を用いれば「ミメシス（類似）的能力」を通した自然との関わり――を通して、対象化の暴力――近代においてその極点に到った文明化の暴力――を克服するという、ユートピア的でありながら、同時にきわめてアクチュアルな課題に、こうしたマルクス主義（唯物論）の捉え直しは結びつく。

とするならば、『ドイツ・ロマン主義における芸術批評の概念』における、一見すると時代ばなれしたドイツ・ロマン派の批評概念の読み直しの作業は、じつはベンヤミンのそれ以降の仕事にとっても、またよりグローバルな二〇世紀の思想状況における課題にとっても、ひじょうに大きな意味を持っているということができよう。

『ドイツ悲劇の根源』

『ドイツ悲劇の根源』は、一九二五年教授資格論文としてフランクフルト大学に提出されたが、受理を拒否された。

この間の事情をショーレムあての手紙から引いておこう。

> ——二人の古狸、［ハンス・］コルネーリウスと［ルードルフ・］カウチュが、前者はおそらく好意的で、後者はむしろ意地悪なのだが、どちらもぼくの論文をまるっきり理解しない、ということだった。ぼくはすぐザーロモンに、正確な知らせをもとめた。だがかれも、公然と拒否されるのを避けるために申請を急いで取りさげたほうがいいというのが、一般の空気だ、としかいってこられなかった。シュルツは（学部長として）まえから、公然たる拒否決定だけはさせない、とぼくに請け合っていたのに、うんともすんともいってこない。かれがきわめて不誠実にふるまったと仮定するには、確実な根拠がある。けっきょくのところ、ぼくは喜んでいる。ここの大学の宿駅を経てゆく古くさい駅馬車旅行は、ぼくの道じゃないし——フランクフルトは、ラングの死後、まさに陰鬱きわまる荒野になっている。けれどもぼくは申請をひっこめなかった。拒否決定のリスクを、学部から取り除いてやる気はない。事態が今後どうなるかは、まったく闇のなかだ。むろん、良いほうに転ずることはありえぬだろう。[16]

また邦訳者の一人である川村二郎は次のようにいっている。

> 『ドイツ悲劇の根源』はベンヤミンの生涯においてほとんど唯一のまとまった著作であるが、一読してわかるようになみたいていの代物ではない。ただでさえ一般になじみの薄い対象について、ベンヤミンは、およそ啓蒙的な配慮抜きで、ひたすら本質に迫り、根源を捉えようという熱意のみに駆り立てられて、神学、哲学の秘教的な用語を駆使し、活動させる。アレントは「今日、彼とその友人とが、普通の大学教授のもとで資格取得の試みが破局に終るにちがいないことを、どうして疑い得たかを理解するのは困難である」といい、「資格審査に関係した紳士方が、後に、この仕事の一言も理解できなかったと語っているとすれば、それは掛値なしの本音と受け取ってよかろう」といっている。[17]

この著作は標題にもある通り、バロック期（一七世紀前後）のドイツの悲劇作品《トラウアーシュピール》を素材としつつ、そこから取り出されるそうした作品に特有な哲学的構造、とくにその最も決定的なカテゴリーとしての「アレゴリー（寓意）」の持つ認識論的意味について論じようとしたものである。（ここで一言つけ加えておけば、ベンヤミンは英雄の不死の死を描くものとしての悲劇《トラゲーディエ》（Tragödie）と、そうした不死の死が喪なわれた後の悲劇《トラウアーシュピール》（Trauerspiel）をはっきりと区別している。野村修氏は、前者を「悲劇」と訳し、後者を「哀悼劇」と訳しておられる。卓見と思うが、川村二郎氏・三城満禧氏の翻訳のタイトルである『ドイツ悲劇の根源』がすでに定着していると思われるので、ここではトラウアーシュピールにも「悲劇」という訳語をあてることとする。）

　したがって本書の真の主題は、『芸術批評の概念』の場合と同様に、文学（芸術）作品に内在する認識論の構造の解明ということになるだろう。そしてそれは『芸術批評の概念』における認識論のありようと重なり合いつつ、さらにそこから一歩踏み出る問題の場、すなわちベンヤミンにおいて認識論とつねに表裏一体をなしている歴史哲学の問題の場へとわけ入っていくのである。

　ここで『悲劇の根源』全体について論じる余裕がないため、こうした認識論と歴史哲学の相関領域に問題の焦点をしぼりつつ、全篇の中でとりわけ難解という誉れの高い（!?）「認識批判的序論」の内容を中心に論をすすめたいと思う。

表現と真理

　まずはじめにベンヤミンは「哲学」の課題に「表現」の問題があることを指摘する。ここで彼のいう表現は一般的な意味でのそれではなく、とくに数学的方法と区別される意味での「言葉の志向する真理の領域[18]」を問う方法としての意味を持っている。いいかえれば、哲学の根本問題の一つは、「真理の表現」をいかにして成就するかという点にあるのである。

　しかし真理は決してストレートな形で表現となるわけではない。そこには「迂回」が、不連続性が存在する。真理と表現は、帰納的な実証によっても、演繹的な思弁によっても、媒介されない。それを媒介するのは「トラクタート（論考）」の方法である。「意図の連続を断念するところにトラクタートの第一の特徴がある。思考は根気よくたえず新たに考えを起こし、まわりまわって再び事象そのものへ戻っていく。このようにたえず息をつくことこそ、観想のもっとも本来的なあり方である[19]」。

　トラクタートを通して究明される真理と表現は、そのつどの表現の個々の細部に真理への媒介が宿るようなモナドロジックな関係構造を発現させる。それは『芸術批評の概念』における絶対者の自己開示＝還帰としての自己認識が持っている「連関の無限性」の構造に比定しうるものである。表現はここで、それが媒介する真理を自らのうちに分有するという形で真理と表現の連関を形づくる。それは別なところでベンヤミンが用いている表現を使えば、中世以来の「自然という書物[20]」というメタファーによって捉えられうるものであり、また「類似するものの教説」という、一九三三年に書かれたきわめて秘教性のにおいの強いエッセーの中の表現を使えば、「ミクロコスモスとマクロコスモス」の照応《コレスポンデンツ》[21]を通して捉えられるものである。個々の表現の細部に真理がいわばネオ・プラトニズム的な自己流出《エマナチオ》を通して宿るのである。この背後にあるのが、根源的創造者である絶対者の似像として被造物が生成する――逆にいえばあらゆる被造物が相似を通して絶対者を潜勢的に分有し、表示する――というプラトニズム的宇宙論（＝存在論）である。この認識は『芸術批評の概念』以来ベンヤミンの中で基調音となっている認識にほかならない。

　ここでこうしたベンヤミンの認識の意味について考えるとき、ベンヤミンと同時代の美術史家であり、一九二〇年代のドイツ人文科学の歴史において特異な一中心となるヴァールブルク研究所の創設者であるアヴィ・ヴァールブルクの有名な言葉「愛する神は細部に宿りたまう」が想い起こされる。ベンヤミンもまた「細部」の思想家であった。それは表現をめぐるベンヤミンの次のような叙述によく現れている。

> 　思考細片は基本的構想をもって直接はかることが不可能であればあるほど、その価値はいよいよ決定的なものとなり、そして、モザイクの光彩がガラスの溶塊の質に依存しているのとちょうど同じように、表現の生彩は、思考細片のこの価値にかかっている。事柄の細部にまで正確に沈潜してはじめて、真理の内容が完全にとらえられるということは、造形的および知的な全体像の規模に対する細密な細工の関係をみればわかる[22]。

もちろん、たんに事実としての細部が問題なのではない。細部が真理を宿し、真理を媒介する能力を持つがゆえに重要なのである。ただ、こうした表現の細部への拘泥がベンヤミンの思考に、単純な神秘主義的観念論といった印象を超える深いニュアンスと生気を与えていることは確かであろう。

現象と理念の星座＝状況

ところで、こうした個々の細部を通した真理と表現のプラトニズム的媒介関係はベンヤミンによってあらためて理念と現象の関係として捉え返される。ここで論議の平面に重要な転換が生じる。それは先にふれたベンヤミンにおける認識論と歴史哲学の関係にも関わってくる重要な転換である。真理と表現の関連において真理は完全に自足する根源的一者（無媒介的直接性）として想定される。そして表現はそうした真理の内属物となる。しかし真理が理念として捉え返され、そうした理念としての真理に対する現象の関わりが問われるとき、理念と現象の関係は、真理と表現の関係の中にある充足性とは異質なものにならざるをえなくなる。こうした理念と現象の関係についてベンヤミンは次のようにいっている。

——現象はしかしながら、仮象の混和したままの経験的な存続状態においてそのまま丸ごと理念の世界に入るのではなく、構成要素に分解されてはじめて、救い上げられて理念の世界へ入るのである。分割された形で真理の真の統一にあずかることができるように、現象はいつわりの統一を放棄するのである。この分割のさいに、現象は概念に従属する。事物を構成要素へと分割する役割をはたしているのがこの概念である。（中略）概念はその媒介者的役割によって、現象をして理念の存在にあずからしめる。そしてまさにこの媒介者的役割によって、現象は、同じように根源的な哲学のもう一つの課題、すなわち理念の表現にとって有用となるのである。理念による現象の救出によって、理念の表現が経験によって遂行される[23]。

経験的所与としての現象はそれ自体としては理念と不連続である。したがって現象はそのままでは理念に内属することは出来ない。いいかえれば、現象はそれ自体としては理念の表現たりえないのである。現象が理念へと救い上げられるためには現象に対する概念の媒介が必要である。概念は現象のいつわりの統一を分割し、現象を理念へと救出する。

ここでベンヤミンが概念ということばを用いている点に注目しなければならない。この概念はふつうの意味での悟性的・分析的概念をさしてはいない。それはあくまで理念の真理としての発現という超越的・形而上学的事態への媒介（指示）関係の中で捉えられねばならない。しかしながら一方で、概念はあくまで概念であって、決してそれ自体が理念の十全な表現であるわけではない。概念にも明確に理念との不連続性が刻印されている。とするならば、こうした概念と概念が媒介する理念の境位は、もはや絶対者（根源的一者）の自己開示の枠組の中での相似関係だけからは捉えられえない。

概念による現象と理念の媒介は、真理の全き自己開示とそこに内包される絶対的な同一性の形式によって遂行されるのではない。真理の同一性が解体し、個々の不連続な要素に分解されてしまっている事態の中で、個々の構成要素をそのまま無媒介に真理へと結びつけるのではなく、概念の媒介によって個々の構成要素の真理の分割としての性格の再認と、それをつうじた「いま―ここ」においていまだ潜勢的なものにとどまっている真理の境位、すなわち理念の境位の媒介的な指示――、これが概念による現象と理念の媒介の意味である。概念には、現象における真理からの分割と真理への救出の両義性が刻印されている。

ここで別な文脈に即していえば、こうした概念の両義性が、真理の十全な自己開示にねざす「象徴《シンボル》」とは区別される「アレゴリー」の本質性格ということになる。ベンヤミンは、こうした現象と理念の関係を個々の星と星座の関係になぞらえる。

理念の表現にとって有用な主な概念は、理念を構成要素の配置として描き出す。というのは現象は理念の中に同化されていないからである。現象は理念の中に含まれていないのである。むしろ、理念は、現象の客観的で潜在的な配置であり、現象の客観的な解釈である。（中略）理念の事物に対する関係は星座の星に対する関係に等しい。（中略）理念は永遠の星座の星座なのであり、構成要素が点としてこのような星座の中におさめられることによって、現象は分割されると同時に救われるのである。(24)

「星座」、すなわちコンステラツィオーンという言葉は、ベンヤミンの生涯の中で特殊な意義を持つ言葉である。それは何よりも真理の配置図の謂である。そしてコンステラツィオーンとしての真理の配置図はその中にある個々の事物（現象）を根本的に規定しつつ、そうした事物（現象）からはつねに逃れ去っていく。ベンヤミンはつねに個々の存在をこうしたコンステラツィオーンの視点から、もう少し正確にいえば失われたコンステラツィオーンの再現という視点からみようとした。それこそが各々の存在の真理を認識する道だからである。（コンステラツィオーンの訳語をどうするかというのは、ベンヤミンのテクスト解釈上の難問の一つである。星座とすると何のことだかわからなくなるし、配置とか布置とすると味もそっけもなくなる。本書では小林康夫氏の『起源と根源』における訳語「星座＝状況」を借用させて頂くことにする。今のところ一番ニュアンスを伝えうる訳語であると思われるからである。）

歴史哲学

理念（真理）の星座＝状況《コンステラツィオーン》に注がれるベンヤミンのまなざしの中から、『ドイツ悲劇の根源』全体の中心的な課題が浮かび出る。それは現象の分割と救出の二重性からすけてみえる真理と現象の関係への問いにほかならない。ここでベンヤミンが問おうとする問題領域は歴史へと移行する。なぜなら、現象として現れる経験的世界は不可避的に時間が孕んでいる真理の根源性からの遠ざかりとしての歴史過程に帰属するからである。ここで「自然という書物」に「時間という書物」[25]が重ね合わされねばならない。

「自然という書物」の中にあるプラトニズム的宇宙論（＝存在論）の立場からすれば、あらゆる現象は根源的一者の「現在《いま》」における現出として捉えられる。現象はそこで、ミクロコスモスないしはモナドとしてマクロコスモス総体を十全な形で表象しうる。個別としての現象において普遍としての全体が現前するのである。時間的側面からいえばそれは、あらゆる「現在」が永遠の現在としての根源の反復としてあるということを意味する。そこには歴史の介入を拒否する等質な根源的時間の永劫回帰が現れる。

しかしベンヤミンは、こうした真理の無時間的な永劫回帰を彼の真理認識の核心において拒絶する。ベンヤミンにあって真理の根源性は現象の個別性において十全に現出するのではなく、歴史的時間という、うつろいゆく腐朽・衰亡の過程——真理の十全なる照応《コレスポンデンツ》の弱まり——の中で分割＝細分化され、断片的形態として現象の個別性の下に潜在化される。

本来のプラトニズム的思考にあっては、あらゆる現象が自らの中に真理の全体性へ到る象徴的回路を内在させているのに対して、ベンヤミンにおいては真理は歴史過程の中で自己解体して、いわば「破片」化するのである。この破片はもはやミクロコスモスやモナドではありえない。むしろ真理の星座＝状況を潜勢的に内在化する暗号《シフル》のごときものである。ベンヤミンにとっての細部とは、かかるものであり、それゆえベンヤミンの細部への執着には単なる趣味以上の歴史哲学的契機がかくされているというべきである。

ここで現象をめぐって二重のまなざしが生じる。一つのまなざしは、現象が真理の破片たる資格において喚起する、「かつて—ありえた」真理の星座＝状況への追想《アインゲデンケン》のまなざしである。今一つは、真理の破片としての現象に含まれている「かつて—ありえた」真理の星座＝状況との不連続性（断続）の契機が強いる、「かつて—ありえた」を「いまだ—ない」へと転換させる未来への投企のまなざしである。それは、現象に対する「外から」のまなざしの介入から生じる。

「かつて—ありえた」真理への追想が、現象と真理の不連続性を媒介としつつ「いまだ—ない」真理への投企へとつねに転換させられてゆくこと、別ないい方をすれば、現象の外にある真理への志向——それは現在《いま》における認識に内在している——を通して現象に潜在する真理への回路を再生させようとすることがベンヤミンの基本視座である。そこには、歴史の腐朽・衰亡過程の不可避性の中にあって、真理が伝達する暗号化されたメッセージを読みとろうとする歴史哲学のかまえがみてとれる。

根源・アレゴリー・廃墟

こうしたベンヤミンの視座が最もよく現れているのが、「認識批判的序論」の中の次の条りである。

> 根源とは、生成の流れにおける渦であり、発生の素材を自己のリズム体系の中に巻き込んでしまうのである。根源的なものは、むき出しの、あらゆる事実の山の中に、その真の姿を見せることは絶対的にない。そのリズム体系は、二重の洞察によってのみうかがい知ることができる。その本質は、一方では復古、復元であり、他方ではまさに復古、復元における未完成、未完結であることが明らかにされなければならない。（中略）根源は事実見られた通りの世界から際立つことはなく、この事実の世界の前史および後史にかかわるのである。[26]

永劫回帰する現在はもはや真理の現出の場ではありえない。真理の場としての「根源《ウアシュプルング》」は、現在の前史——復古、復元——と後史——未完成、未完結——からのみ捉えられうる。

現在はこの前史と後史の渦にのまれて解体し、変容する。

それは現在にとって歴史の腐朽・衰亡のはての死にほかならないが、この死においてのみ転生が可能となるのである。

こうしたベンヤミンの認識が、バロック論としての本書のかなめであるアレゴリーの復権という課題につながっていく。ベンヤミンのモティーフは、たとえば次のような叙述によく現れている。

> ゲレスやクロイツァーが、寓意的志向を認めるあの世俗的な、すなわち歴史的な広さは、博物史として、意味作用ないしは意向の原始史として、弁証法的性格をもっている。（中略）象徴においては、没落の美化とともに、変容した自然の顔貌が、救済の光のもとで、一瞬その姿を現わすのに対して、寓意においては、歴史の死相が、凝固した原因系として、見る者の目の前にひろがっている。歴史に最初からつきまとっている、すべての時宜を得ないこと、痛ましいこと、失敗したことは、一つの顔貌――いや一つの髑髏の形をとってはっきり現れてくる。[27]

アレゴリーは歴史における没落と死のしるしであり、いわば根源としての真理が解体した後に残された「廃墟《ルイーネ》」にほかならない。ベンヤミンの「廃墟」のイメージには、もはやあのジンメルの比類なく美しいエッセイ「廃墟」にみられるような美への牧歌的な賛嘆はみられない――ジンメルのエッセイは明らかに第一次大戦によって失われた文明や教養の質を代表している――。真理の破砕された断片が累々と屍をさらす寒々とした風景こそ、ベンヤミンにおけるアレゴリーとしての「廃墟」にほかならない。

こうしたベンヤミンのアレゴリー観の中に、真理からの疎隔がもたらす生気の喪失、意気阻喪としてのバロック悲劇の「悲哀《トラウアー》」概念の核心をみることができよう。それはさらにベンヤミンの「土星的メランコリー」という資質にも結びついていく。

だがこの悲哀やメランコリー、そしてそれを核とするアレゴリーの概念は、決して退行だけを意味するものではない。こうしたアレゴリーの否定性そのものの中に、先ほどふれた二重のまなざしをてことするベンヤミンの認識論的戦略の契機が存在している。

アレゴリーにおいて、現在に真理の非時間的、非歴史的な真理の永遠性の十全かつ同一的な現出をみようとする「現前の形而上学」（丸山圭三郎）に代わって、真理の分割＝死という非同一性のうちに真理（根源）の同一性の再生をみようとする弁証法的な視座が可能になる。前史――復古、復元——における「かつて—ありえた」真理は、後史における「いまだ—ない」真理——未来——を通じて初めて完成する、という両者の弁証法的結びつきがその核心となる。

そしてそこから「もっとも退行的なものがもっとも前進的である」という認識のかまえが生まれてくる。根源としての真理は、かかる退行（太古）と前進（新しさ）の弁証法の中にしかその姿を現わさないのである。

救出する批評

そしてこうした弁証法の過程において現象の救出もはじめて可能となる。現象の現在が現在それ自体から引きはなされて、「かつて—ありえた」真理への追想の場と変容されること、そしてその変容がそのまま「いまだ—ない」真理の未来性への投企と化してゆくことこそが、現象の救出にほかならない。そしてそれは、逆説的にきこえるかもしれないが、現象の持つ現在性のアクチュアリティ、もう少し正確にいうならば、現在を今までのべてきたような弁証法的過程の中へ投げ入れ、引き裂き、変容させることができるような強靱な認識の現在性によってのみ可能となるのである。それはいうまでもなく「批評《クリティク》」としての認識にほかならない。ユルゲン・ハーバーマスのすぐれたベンヤミン論「意識化させる批評か、救出する批評か」の中のきわめて示唆的な一節をここで引いておこう。

ベンヤミンの批評は芸術的感受性が進歩という被いをかけられた運命に停止を命じ、それが弁証法的なイメージのなかで得られるユートピア経験、すなわち、繰り返し同じものにおける新しいものを暗号化する瞬間を、確認する。ベンヤミンにあっては、近代を太古史へと転換させることには、二通りの意味がある。ただ神話からの抽き出されたさまざまなイメージの内実と同じように、神話もまた太古に通じている。そして、神話から抽き出されたこのようなイメージは、真の進歩にとっての伝説として保持されつづけるためには、いまひとつの、いわば期待された現在のうちに批判的に再生され、「解読可能なもの」へと導かれてゆかなくてはならない。(28)

こうしたベンヤミンの思考的特質が、ベンヤミンに固有なまなざしを可能にしている。このまなざしの中ではつねに認識と救済が一体化する。ベンヤミンの思考においては、救済の核をなすユートピア的契機——太古の真理——が、歴史という苛酷なやすりにかけられてどこまで生きのびることができるかがつねに問われ、実験されているのだ。このことが強いる「批評」としての認識の内的緊張に支えられて、あらゆる事象を表徴として読みかえていこうとするベンヤミンの志向がアクチュアルな性格を持ちうるようになる。

【註】（『ベンヤミン著作集』（晶文社）からの引用は巻数と頁で表示する）

（1）第一四巻、一九一七年六月ショーレム宛、八二―八三頁。
（2）「ドイツ・ロマン主義における芸術批評の概念」（大峯顕・佐藤康彦・高木久雄訳）第四巻、一〇頁。
（3）同、一九頁。
（4）同、二一～二二頁。
（5）同、二九頁。
（6）同、三五頁。
（7）同。
（8）同、三六頁。
（9）同、四〇頁。
（10）同、四一頁。
（11）同、四四頁。
（12）同、七四頁。
（13）同、六三頁。
（14）同。
（15）同、七五～七六頁。
（16）第一四巻、一九二五年七月二一日ショーレム宛、二一八～二一九頁。
（17）『ドイツ悲劇の根源』（川村二郎・三城満禧訳）法政大学出版局、訳者（川村二郎）解説、二九七頁。
（18）同、五頁。
（19）同、七頁。
（20）同、一六七頁。
（21）Gesammelte Schriften II・1 S.20.
（22）『ドイツ悲劇の根源』七頁。
（23）同、二二～一四頁。
（24）同、一四頁。
（25）同、一六七頁。
（26）同、三〇頁。
（27）同、一九九～二〇〇頁。
（28）ユルゲン・ハーバーマス「意識化させる批評が、救出する批評か」（小岸昭訳）『ベンヤミンの肖像』所収、西田書店、一〇八頁。

第二章　三人の女性

ヴァルターには肉体がない

　ベンヤミンの生涯にはさまざまな女性の影がみえかくれしている。

　ところで、ベンヤミンという人間が女性にどう映っていたかについて、ショーレムの興味深い証言が残されているので引いておこう。

　わたしは後年、かの女（ドーラ）のほかにも幾人か、ベンヤミンを個人的によく知っていた女性たちと話す機会をもった。そのうちのひとりは、かれが一九三二年に結婚を申し込んだ相手だった。かの女たちは異口同音に、かれの精神、かれの会話はじつに印象的であり、魅惑的でさえあったが、男性としてのかれには少しも引かれなかった、と強調した。かれとごく親しかった一女性にいわせると、かの女やその女友だちにとって、男性としてのベンヤミンはおよそ実在していなかった、そういう次元がかれのなかにもあるなんて、みんな思いも寄らずにいた、という。「ヴァルターにはいわば肉体がなかったのよ」。その理由は、多くのひとが憶測したようになんらかの生命力の欠落だったろうか？　それともかれがあのころしばしば激しく溢れでた自己の生命力をせきとめ、それにきわめて形而上学的な方向をあたえていたことが、かれに、肉体から離反したひとという評判をもたらしたのだろうか？(1)

　そうしたベンヤミンにとって、彼の生涯の星座＝状況を彩る三人の女性が存在した。それはまさしく、彼がパリで描いた彼の交友図の「迷宮」の最も重要な要素の一つであったといってよい。

　その三人の女性とは、妻であったドーラ・ケルナー、青年運動時代からのガールフレンドであったユーラ・コーン、そしてラトヴィア生まれのソ連人女性アーシャ・ラツィスである。この女性たちとの関わりが持った意味について、ベンヤミンは一九三一年五月六日付けの日記に次のような記述を残している。

　きのうゲルト（ゲルトルート・ヴィシング）とエゴンにあった。恋愛の中にある経験について話をしたがその話の中ではじめて私にとって明らかになったことは、私にたいして大きな愛が力をふるっているときにはいつも私が根本から、全くおもいもかけないようなことを口にし、予測もつかない態度をとる、と驚きをもっていわねばならぬほどに激しく変化したということである。その変化のもとになっているのは、真の愛が私を私の愛した女性と似た存在にかえていくことであり、私がうれしかったのは、おどろくほど印象的にゲルトがそのことを証明してみせてくれたことであった。彼女はそれを女性的な愛に特有な性格として語ることで証明してくれたのである。この似たものへの変化は最も強力なものであった――それは、そもそも教会のみかたにおいては結婚の秘蹟によって保証されているほどに不可欠なものである。というのももともと結婚生活をおくることほど人間どうしを似たものにするものはないからである――。つまり最も強力であったのはアーシャ（・ラツィス）とのむすびつきにおいて経験したものであり、その結末として私は多くのものを私の中に初めて発見したのであった。しかし全体としてみるなら私の生涯における三つの大きな恋愛体験はこうしたことを、その経過や時期という側面にしたがって規定づけたばかりではなく、体験しつつあるものという側面においても規定づけたのであった。私は三人の異なった女性を人生において相知った。そしてそれによって三人の異なった男性を私の中に知ったのである。私の生の歴史を記述することは、この三人の男性の成り立ちと没落および三人の男性の間の妥協を叙述することを意味するのかもしれない――あるいはこうもいえるかもしれない。私の生を今叙述しているのは、（三人の男性による）三頭政治《トリウムヴイラート》であると。(2)

エロティクな感受性

ベンヤミンの生の根底には、決して肉体的な意味ではないにせよエロティクとしか名づけえないような感受性の働きが存在していた。それはブロッホの言葉を借りれば「共《ジンビ》生《オーゼ》」の感覚といってよいかもしれない。

　凝縮された形態としては形而上学的な志向性として現れてくるベンヤミンの思考のありようの内奥には、このエロス的な感受性がひそやかに働いていた。そしてそれが、ベンヤミンの対象をみるまなざしに、細部や個々の表徴から思いもかけない輝きや魅惑を引き出す能力を与えている。

それは対象とのあいだの壁を一挙に超えて、相互に触発しあう内密な関係に入っていく能力であるといいかえてもよい。ベンヤミンのまなざしの中で、対象は異様な生気を帯びつつ自らの秘密を語り始めるのである。ちょうどすぐれた狩人がどんな遠くにいる獲物の気配ものがさないように、ベンヤミンのまなざしは、対象の内奥から寄せられる最もかすかな信号さえも触知するのである。それは、好きな異性の表情やしぐさのどんな微細な動きも、「好き」という感情中では深い意味をともなって心に響いてくるのと同じである。

ベンヤミンは対象に対してつねにこうした一種の恋愛感情を、いいかえればエロティクな感受性を持ちうるような人間であった。彼の思考の持つ形而上学的な志向性は、こうしたエロティクな感受性の昇華された形といってもよいだろう。かれが体験した実際の恋愛関係もまた、こうした非肉体的な意味でのエロティクな感受性を核におく形で展開される精神のドラマ――ベンヤミンの世界経験のありようのプロトタイプとしての――であった。

妻　ドーラ・ケルナー

ベンヤミンがドーラ・ケルナーと知り合ったのは、一九一四年ベルリンにおいてであった。彼女の父レオン・ケルナーはウィーンの英文学者で、シオニズムの理論的基礎を築いたテオドール・ヘルツルの著作の編者であった。

ベンヤミンと初めて出会った頃、ドーラは既にマックス・ポラックと結婚していた。にもかかわらず、彼女はベンヤミンたちの「自由学生連合」の青年運動に参加し、ベンヤミンと親しくなってゆく。一九一六年、彼女はマックス・ポラックとの離婚にふみきり、翌一七年四月にベンヤミンと結婚する。ショーレムが残しているドーラのポートレートを引いておこう。それはまだ二人が正式に結婚する前の一六年のときのものである。

ドーラは文句なしの美人で、エレガントで、濃いブロンドの髪をもち、ベンヤミンより少し背が高かった。最初の瞬間からかの女は、友人らしい心づかいをわたしにしめした。大部分の時間、かの女は熱意と明らかな感情移入能力とを傾けて、わたしたちの会話に加わった。要するにかの女の印象はすばらしかった。(3)

結婚してからしばらく後に、二人は第一次大戦下のドイツを逃れて、スイスのベルンへ赴く。翌一八年には息子のシュテファンが生まれる。

このベルンの日々と、それに続く数年間は、ベンヤミンの中でようやく本格的な仕事の構想が醱酵し始めた時期であった。それは直接的には、彼の学位論文『ドイツ・ロマン主義における芸術批評の概念』や「ゲーテの『親和力』」に収斂することになるが、たんにそれだけにとどまらず、生涯にわたる彼の思索の歩みの原型ともなるものであった。

こうした日々にベンヤミンのかたわらにあって彼をささえたのがドーラであった。とりわけ第一次大戦後の破滅的なインフレーションの時代——一九二〇年にベンヤミンたちはベルリンへ戻っている——に、ドーラは通訳として当時きわめて貴重であった外貨を得ることができた。それは両親との関係が次第にまずくなってきたため、家を出て一家をかまえねばならなかったベンヤミンにとって大きな経済上の支えであった。

にもかかわらず、いやそれゆえにというべきか、ドーラの中にはベンヤミンとの関係に対する一種のもどかしさ、焦慮とでもいうべきものが芽生えてきたようである。彼女がショーレムにあてた手紙には、そうしたトーンがうかがえる。

もしあなたに手紙を書かねばならないとしたら、私は、それが書くだけのことにすぎないがゆえの耐えがたさをおぼえるでしょう。私はとてもあなたにお会いしたいのです。仕事が外面的なことがらよりも内面的なことがらに関わっているという徴候があるときは、私は元気です。（中略）しばらく前にピアノを手にいれて、とても幸せです。借りただけですが。でもとてもよい音のピアノです。最終的にベートーヴェンまでいく前にモーツァルトとシューベルトを弾いています。たぶん私はどんどんうまく弾けるようになるでしょうし、そのときはあなたに聴いて頂けると思います。

私たちをどうか見捨てないで下さい。私は、私たち全員が考えるよりももっと早くユダヤ的なことがらに関して私たちがひとまとまりになれることを切望します。私のやっていることすべては、手段をめぐる闘いにすぎないのです。どうかお元気でゲルハルト（中略）。

ドーラ(4)

この一九二一年の手紙にうかがえるのは、ドーラの孤独感である。そしてその孤独感の強いる息苦しさを、ショーレムという第三者にうったえることで振り払いたいという思いである。聡明であればあるほど、ドーラの中にはそうした鬱屈した思いが積み重なっていったのだとおもわれる。

ドーラとの離婚

この時期、ドーラはベンヤミンの親友エルンスト・シェーンに激しい恋心をいだき、それをベンヤミンに告げてもいる。ベンヤミンの方はベンヤミンの方で、かつてのガールフレンド、ユーラ・コーンとの関係が復活する。ちょうどベンヤミンが論じることになるゲーテの『親和力』における二組の恋愛関係と同じような状況が生まれるのである。

結局、ドーラとシェーンの関係も、ベンヤミンとユーラの関係も、両方とも成就しないが、ドーラとベンヤミンの結婚生活はショーレムが証言しているように⑤、この時点で実質的な意味を失うことになる。それでも二人の共同生活は、とくに長男シュテファンの養育という目的もあってしばらく続く。決定的な転機になるのは、一九二四年カプリ島でベンヤミンがアーシャ・ラツィスと出会ったことであった。この頃ドーラとベンヤミンの関係は、友人どうしとしては理想に近いものであったようだが、アーシャとの関係はベンヤミンを新たな結婚生活への希望へとかりたてることになる。

一九二六年、モスクワへ戻っていたアーシャを追うように、ベンヤミンはモスクワへ赴く。そして一九二八年にベルリンへソヴィエト連邦文化代表の資格でやってきたアーシャと共同生活を送るのである。ついで一九二九年、ベンヤミンはアーシャと結婚するためにドーラに対し離婚訴訟を起こす。このことはドーラもベンヤミンも激しく傷つける結果となった。二人のあいだの友情関係にひびが入り、感情的もつれが事態を混迷へと追いやった。結局、翌三〇年に離婚は成立し、ベンヤミンはドーラに慰謝料を払うことになる。この負担はベンヤミンの生活状態を完全に破壊し、後年のさまざまな悲劇の伏線ともなってゆく。にもかかわらず二人はその後徐々にではあるが友情関係を回復し、再び完全な和解にいたるのである。

ドーラとベンヤミンの関係とは何だったのだろうか。二人はたしかに結婚し、子までもうけた。しかしそこには、見事なほど肉体的なリアリティの感触が欠落している。だが同時に、きわめて密度の濃い精神的交流――まさしく友情《フロイントシャフト》と呼ぶべきもの——が二人のあいだには存在する。「かれらのあいだの嫉妬とか不幸とか怨恨とかを、わたしは一度も見たり聴いたり感じたことがない。かれらの友情のなかに、わたしは人間の成熟と規律の理想を見てとっていた」(6)。ドーラは後にイタリアを経てロンドンへ亡命し、そのあいだパリ亡命中のベンヤミンの生活を助けたりしている。そして戦後まで生き延び、一九六四年ロンドンで亡くなった。

天使の女性的形姿　ユーラ・コーン

ユーラについて、ベンヤミンは『ベルリン年代記』の中で印象的なエピソードを残している。

第一次大戦の始まった頃、ベンヤミンは友人のアルフレート・コーン、彼の婚約者ドロテーアと三人で、ベルリンのとある古い骨董店へ出かけていった。そこで三人は四つの指輪を買い求める。四つの指輪の中の一つはドロテーアに、もう一つは共通の友人であったエルンスト・シェーンに、さらに三つめはベンヤミンの当時の婚約者で結局結婚には到らなかったグレーテ・ラートに贈られることになった。そして最後の四つめは？　ベンヤミンの記述をみてみよう。

その頃すでにわたしの心は、あの四つの指輪のうち、友が自分の妹のためにとっておいた最後のものとともにあったのである。たしかにこの少女は、わたしたち仲間の運命の本来の中心となっていたのだ。けれども、わたしたちがそれを意識するまでには、何年かの月日が流れたのである。というのは、かの女は美しい少女だったとはいえ——その美しさそのものが、絢爛たるものではなく目立たない、むしろ冴えない美しさだった。かの女を決定的に中心にするようなものをもたなかった。そして実際的にも、かの女は人びとの中心ではなくて、厳密な意味で、実際に、めぐり合わせの中心だったのだ。さながらかの女の植物めいた受動性ともの静かさとのゆえに、あらゆる人間事のなかでも植物の法則にもっともよく服しているらしいこれらのめぐり合わせに、かの女も加えられたかのようであった。その中心との関連において、当時萌芽として伸びはじめ、半ばまだまどろんでいたもの、あの運命がはっきりと現れてくるまでは何年もの月日が必要だったのである。(7)

この記述は、パリにおける交友図の「迷宮」のくだりのしめくくりの部分にあたる。とするならばベンヤミンがこの記述の中で「友の妹」――友とはアルフレート・コーンのことである――という形で名ざされているユーラを、あの交友図の「迷宮」がさし示している宇宙（星座＝状況）の中心とみなしていたのは明らかであろう。後にベンヤミンは「アゲシラウス・サンタンデル」という草稿の中でもそれと名ざしてはいないが、「天使《エンゲル》の女性的形姿」という形でユーラを描き、ユーラの存在が彼にとって宿命的な意味を帯びていたことを示唆している(8)。

しかし、この草稿にもあるように、二人の関係は「廻り道と遅延」を孕んだものでもあった。すでにふれたように、ユーラとベンヤミンが決定的な形で再会したのは一九二一年であるが、そのときベンヤミンはすでにドーラと結婚していた。しかしそうした事情を超えて、ユーラとの結びつきをベンヤミンは求めることになる。いや、それればかりではない。そもそもドーラとの結婚自体に、当初からユーラは大きな影を落としていたようだ。エルンスト・シェーンあての一九一七年ないし一八年頃の手紙の一節に次のような記述がみられる。

きみは最近の二通の手紙で、ユーラの仕事について語っていた。ぼくはそれにいまようやく返事をするわけだが、ありていにいって、そのへんをはっきりさせておかねば、ぼくらの文通は続けようがあるまい。ぼくの確信するところでは、ぼくたち（ユーラとぼくの妻とぼく）がそのあらゆる努力にもかかわらず、調和のとれた確固たる関係を見い出せずに終ったことは、ユーラには多かれ少なかれ明瞭に自覚されている。思うにユーラは、もうずいぶん長く続いている相互の沈黙のなかでこの関係が解消していったことで、ぼくたち三人のうち誰ひとり、真に何かを失った者はいないことを、根底においてぼくらに劣らず明瞭に、悟っているのだ(9)。

ユーラのイメージがベンヤミンの生涯の星座＝状況の隠された中心をなしているとすれば、ユーラはベンヤミンのここでいう「天使」であったということができるかもしれない。「生涯の天使《エンゲル》」でいう「天使」は、単に一般的イメージにおけるそれにとどまらない宿命的な意味を持っている。「天使」はベンヤミンにとって、隠された、「いまだ―ない」真理（本質）と腐朽・衰亡のもとにあるこの世界のあいだをつなぐ、もっとも根源的な表徴にほかならない。この表徴をベンヤミンは自らの親しい友人たちに、また彼らとの関係のありかたに求めようとした。ユーラは「天使」としてそうした交友圏の宇宙の中心をつかさどっていたのである。[10]

ユーラとベンヤミンの現実的な関係は、一九二〇年代の前半にほぼ解消へと到る。ユーラとベンヤミンが結局結ばれなかった理由はよくわからない。ユーラが好きだったのは、結局、ドーラも好きだったシェーンだというみかたもある。とするならば、ベンヤミンのこの「親和力」劇の中での位置は、とんだ狂言まわし的なものだったということになる。いずれにせよ、現実のベンヤミンがこと恋愛関係においては、最後の一点でおあずけをくらうタイプであったことは間違いないようである。

ユーラは後に彫刻家になり、ベンヤミンの肖像を作品に残している。

コミュニストの女　アーシャ・ラツィス

一九二四年、ベンヤミンは教授資格論文『ドイツ悲劇の根源』の仕上げのため、イタリアのカプリ島に行った。彼はここで古くからの知り合いであるグートキントとその妻やエルンスト・ブロッホらといっしょになり、一種のインナー・サークルめいたつきあいを持った。しかし、それらにもましてこのカプリ島滞在がベンヤミンにとって重要な意味を持つことになるのは、「リガから来たボルシェヴィキでラトヴィア人の女性」[11]アーシャ・ラツィスとの出会いである。

ベンヤミンは、瀟洒なパリ・スタイルのモードに身をつつんだアーシャにずっと注目していたらしい。アーシャの回想によると、ベンヤミンは買物にきた彼女に実際に声をかける二週間も前から、彼女に注目をしていた。アーシャとの関わりについてベンヤミンはショーレムへの書簡の中で、こういっている。

> 起っているのは、危なかしいまでに中断されているぼくの仕事にとっては最善ではなく、またどんな仕事のためにも不可欠な市民的な生活のリズムにとってもおそらく最善ではないが、しかし生命力の解放のためには、そしてラディカルなコミュニズムのアクチュアリティーを集中的に洞察するためには、無条件に最善のことなのだ。ぼくはリガから来たロシアの革命的女性と知り合った。かの女は、ぼくがこれまでに知り合った女性たちのうちで、もっともぬきんでたひとりだ。[12]

ベンヤミンにとって、アーシャが「ラディカルなコミュニスト」であったことが重要であった。ショーレムやエルンスト・ブロッホとの出会いは、ベンヤミンに対してすでにマルクス主義あるいは社会主義運動の意味についての思考の芽を植えつけていた。引用したショーレムへの手紙の中で、ベンヤミンが一九二三年に出版されたルカーチの『歴史と階級意識』に関するブロッホの書評に言及していることからもそれは明らかである。しかし、いまだ潜在的なものにとどまっていたマルクス主義との関わりが一挙に顕在化するのは、アーシャとの出会いがきっかけとなってであった。

物象化された世界の奥

では何がベンヤミンにマルクス主義への関心を呼び起こしたのか。そしてそれは、彼の思想的資質ともいうべきメシアニズム的傾向とどのような関係にあるのか。

モノの現れの中に真理内容とその表現とのあいだの表徴的関係をみようとするベンヤミンのまなざしは、つねにモノの現れの中にそうした表徴的関係の生み出す距離を感じとっていた。たとえば、ベルリンの都市風景が「かつて―ありえた」古代の風景と二重化されるのは、この距離によってであった。

この距離を中に孕むモノの現れは、一面からいえばモノにひそむ真理の潜勢力のしるしであり、他面ではモノがそうした真理から遠くへだてられ、真理に対して不発状態におかれているという否定性のしるしでもあった。この肯定・否定の両義性としての距離、そして距離を核につつみこんでいる真理とモノとの表徴的関係をベンヤミンがメシアニズム的思考において、「ここ―いま」の特権的なまなざし＝認識の介入をとおして、いわば「聖なるものの空間」の解読という形で真理の顕現へと到らしめようとしたことは――ユダヤ思想における「神の言葉」の啓示の解釈におけるように――周知の通りである。

しかしこの「聖なるものの空間」における啓示・顕現という形式によって、本当にその真理内容をくみ尽くすことができるのだろうか。ここで問題は二つの方向から捉え返されねばならなくなる。

一つは、「聖なるものの空間」を構成する要素のありかたに関してである。ベンヤミンには初めこうした要素をもっぱら文学的・哲学的テクストに求めようとする傾向が強かった。もちろん、それは文学批評で身を立てようとしたベンヤミンの生活上の戦略もからんでいる。しかし、問題はそれにとどまらない。特権的な文学的・哲学的テクストの持っている真理と表現の密着度が、彼の構想するメシアニズム的な解釈学によりぴったりするものであったろうことも容易に想像できるからである。

　だが現実は、こうした特権的な表徴要素によってのみ構成されているわけではない。むしろそうしたもの以上にありふれたトリヴィアルな個々の事実こそが現実の重要な構成要素をなしているといわねばならないであろう。

　こうしたトリヴィアルな事実によって構成されるザラザラした、抵抗にみちた現実のただ中にベンヤミンの志向する表徴的関係をみようとするならば、それは「聖なるものの解釈学」の方法的意識だけでは不十分だったはずである。何よりもそこには、個々のモノや事実をぎっしりととりまいている真理の開示への抵抗の皮膜を打ち破らねばならない。文学的・哲学的テクストの場合には不要であった真理と表現の距離を埋める作業が、まずそこでは要求される。それはルカーチの言葉を借りるならば、物象化された第二の自然としての現実世界の中で、真理の潜勢力をほりあてるための作業にほかならない。個々のトリヴィアルな事実の現れを微細に検証するまなざしと、そうした現れに強制される物象化のメカニズムをあばくまなざしが一つのものにならねばならない。

　このことは、もう一つの問題、すなわち「聖なるものの空間」を歴史化するという問題とつながる。既にふれたように、ベンヤミンの歴史哲学は、歴史を真理の腐朽・衰亡過程としてみる視点によって支えられている。物象化のメカニズムがこうした歴史の腐朽・衰亡過程の中で生じたものであるとするなら、そうした物象化のメカニズムを生み出す歴史の腐朽・衰亡過程のありようの解析が、個々の事実とそれを含む現実の分析に結びつく形で行われねばならない。それは結局はベンヤミンが共有する時代の現実、すなわち一九世紀資本主義とそれが作りだした物象化のメカニズムの分析につながっていく。そしてそれは、さらにそうした物象化のはての破局、すなわち危機の飽和状態が救済への転換点ともなるという歴史観ともつながっていく。

　ベンヤミンはマルクス主義——彼はそれをコミュニズムと呼んだり、歴史的唯物論《ヒストリッシャー・マテリアリスムス》と呼んだりしているが——からまずこのような物象化批判の視座をつかみとったのであった。

物からあたたかみが消えてゆく

　その一つの例証がすでに何度かふれた『一方通行路』という著作である。そしてこの本はアーシャとの出会いの記念碑にほかならなかった。この本の冒頭の献辞には「この道は／アーシャ・ラツィス通りという。／技師として、／著者のなかに、／この路をつけた女性《ひと》の名にちなんで(13)」とある。ベンヤミンはこの本で、物象化されたザラザラとした現実を構成するトリヴィアルな事実に彼の微細なまなざしを向けている。

生活の構造を左右するものは、現在ただいまのところ、論証とか何かより、もっぱら事実の力である。それをほとんどいまだかつて、またどこにおいても論証のタネになったことのないような事実である(14)。

こうした事実へのまなざしを通じてベンヤミンは、第一次大戦後の、インフレーションと革命が亢進する強烈な秩序潰乱期のヨーロッパの時代の現実を、ミクロとマクロの両義的な弁証法に即してモンタージュするのである。

中でも注目すべきなのは「皇帝パノラマ館」という長い章である。そこにはベンヤミンの時代をみる生々しい眼がうかがえる。ベンヤミンはここで、個人と集団のねじれた関係、ちょうどヘーゲルのいう「理性の狡智」のような逆説的関係を指摘し、人間関係の中にしのび入る金の魔力をあばきだし、いっさいが没落の衰貌をまぬかれえないことを明らかにする。そしてそうした没落の向こうにのぞいているのが、没落の中にあることに対して無感覚になっていたり、むきになって没落を隠蔽し自己を正当化しようとしたりする貧困な精神である。――この問題は、後に「経験と貧困」というエッセーで再び論じられる――。

こうした没落と貧困の核にあるものをベンヤミンは「物からあたたかみが消えてゆく(15)」といっている。それはまさしく物象化された現実の問題であるといってよい。それは次のような現実として現出する。これが『一方通行路』のモンタージュしようとした現実の関係にほかならない。

物は何によらずみな、とめどない混合と汚染の過程のなかで、その本質的表情を失い、曖昧なものが本来的なものにとって替わってゆくが、都市もまた同様である。大都市は、その創り手を一領内にとじこめ、また地平線の光景によって、四六時中眠ることのない四大の諸力をさえ、一時的にかれの意識の埒外に追いやってしまう鎮静力と裁可力とを具えている。が、それが、ここのところ、田舎の侵攻に次々と地壁を突破される姿が、いたるところに見られる。敵はその風景ではなくて、宏大無辺の自然が持つこの上なく苛酷なもの、耕地、街道、紅くふるえるような夕焼けにおおわれることのない夜空、である。繁華な辺りですらこの敵に迫られているのだ。そのため、都市の人間は荒寥たる平地の災厄に耐える一方で、都市の建築学の悪しき産物を受け入れざるを得ないという、あの不透明な、極度におぞましい状況に完全に放りこまれてしまっている。[16]

「廃墟」としての現実

ここに描かれているのは「廃墟《ルイーネ》」としての現実である。歴史過程の中で第二の自然として生み出された現実が、再び一次的な自然過程へのみこまれることによって生じた「廃墟」である。それは、歴史という苛酷な腐朽・衰亡の過程で生じる一個の摂理にほかならない。歴史が自らの内部に歴史そのものの解体という事態を生みだすのである。歴史に含まれている過剰が、不均衡が、強欲と乱費が、つまりは人間によって蓄積されてきた歴史的時間の厚みそのものがこの「廃墟」を作りだす。物象化された現実とは、かかる歴史のメカニズムによって蹂躙された自然（真理）の「廃墟」にほかならない。

マルクス主義がベンヤミンに教えたものはこうした「廃墟」の歴史哲学であったといってよいかもしれない。もちろん、こうした歴史哲学は、一方でメシアニズムにも根を持っている。しかしきわめて象徴的なのは、ここで用いた「廃墟」ということばが、彼の教授資格論文『ドイツ悲劇の根源』のキーワードの一つであること、そしてそれがまさしくメシアニズムからマルクス主義への過渡にあったカプリ滞在の時期に書かれていたことである。そうであるなら、「廃墟」の歴史哲学はメシアニズムへの志向の中で胚胎した思考要素の、マルクス主義との出会いによる開花の産物ということも許されるであろう。

ところで、この「廃墟」の歴史哲学には、ベンヤミンがマルクス主義から受け取ったもう一つの重要な要素――じつはこれもメシアニズムの中にその因子を持っていたのだが――が含まれている。それはこの「皇帝パノラマ館」の章をしめくくる文章に現れている要素である。

　諸民族の最古の風習を訪ねてみると、ぼくらが自然からかくもふんだんに恵んでもらっているものを、受け取る際には、強欲の身振りは慎むべし、という警告みたいなものが、そこから発せられてくるように思われる。手持ちのもののなかに、母なる大地への贈物にできるようなものが何ひとつないから、というわけだ。だから、頂戴する際に、毎度受け取るすべてのもののうち、ぼくらの取り分をわがものとするまえに、あらかじめその一部を相手にお返しすることによって、畏敬の念を表示するのが至当だ、ということになる。この畏敬は、例の灌奠《リバティオ》［古代ローマにおける死者への献酒］なる古い習慣に見ることができる。（中略）――ひとたび、社会が貧するや、貧するというところまで堕ちに堕ち、自然の施しはもはや奪うようにしてしか得られず、果実も、市場で高く売りつけんがために熟れ切らぬうちにもぎ取り、ただひたすら満腹感を得んがために何でも口に放り込まねばならない、といったぐあいになったひには、その大地は痩せ、国土の収穫はひどいものとなるだろう⒄。

ここに示されているのは、ブロッホにもある「自然の主体」の思想である。マルクスは『ゴータ綱領批判』の中で、富の源泉が労働であるというラサールの考えかたを批判し、富の源泉は何よりも自然であるといっているが、ベンヤミンの、あるいはブロッホの「自然の主体」の思想は、マルクスの考えかたのこうした側面を継承するものであるといってよいだろう。

それは、自然を人間の一方的な収奪の対象、いいかえれば、生産＝労働の素材的媒体としてみる――それこそが歴史のメカニズムの源泉である――のではなく、自然自体の能産性に定位して自然を捉えようとする考えかたである。自然の能産性、すなわち自然自体に潜在する自己触発的な潜勢力から人間の作りだした二次的自然の世界をみるとき、二次的自然が負っている物象化の諸相は何よりもこうした自然の潜勢力の消尽の結果として捉えることができる。逆にいえば、物象化された自然に対する批判的なまなざしは、こうした自然の潜勢力を回復することによってはじめて可能になるのである。ベンヤミンにとって、マルクス主義はこうした「自然の主体」の思想を教えてくれるものでもあった。それは自然からの「贈与」の思想といってもよい。

神話学的なまなざし

同時に、もう一点みておかねばならないのは、にもかかわらずベンヤミンが決してそうした自然の潜勢力を退行的に神秘化しようとはしなかったことである。トリヴィアルな事実への注視によってベンヤミンは、自然の潜勢力が歴史の腐朽・衰亡の過程の中で見失われ、物象化された二次的自然がまさに自然の「廃墟」として現出せざるをえない事態を見据えながらも、そうした現実を構成する事実の一つ一つに自然の潜勢力の痕跡を見届けようとする。それは、ちょうど「ここ―いま」の瞬間の中に「太古」をみようとする歴史的なフィードバックの眼のようなものである。しかし同時にそれは救済へと投企するアクチュアルな弁証法的なまなざしでもあるのだ。

ベンヤミンの表徴的まなざしは、現実に対してこうした弁証法的まなざしを通じて鋭く介入する。そしてその介入の結果、ベンヤミンのまなざしを通して現実の風景が思いもかけぬ姿へと変貌する。

アーシャとの出会いがベンヤミンに『一方通行路』の中の思考を芽生えさせ、それがベンヤミンのマルクス主義に媒介される歴史哲学の輪郭を決定づけたとするなら、アーシャとベンヤミンの出会いは、ドーラやユーラの場合と違う意味にせよ、ベンヤミンの生涯にとって決定的な出会いの一つであるといってよいであろう。この出会いがもたらしたベンヤミンの変貌については、ショーレムの次のような記述がその意味を教えてくれる。

わたしたちが再会したとき、わたしの出会った相手は、強烈な発酵過程のなかにあり、これまでの閉じられた世界観を爆破し崩壊させて、新しい岸辺へ赴こうとしていた――かれ自身にもまだ定義の不可能な新しい岸辺へ。形而上学的な世界観を志向するあの根源的な衝動は、依然としてかれの内部で活動していたけれども、それは弁証法的な解体作用をこうむっていた。そしてかれの視野に出現してきた革命は、この弁証法を完全に特殊化された形象にかたちづくるまでには、まだ至っていなかった。かれが朗読してくれた『一方通行路』のための手稿にふくまれているマルクシズムの用語は、わたしの耳にはもっぱら、遥か遠くでの雷鳴のようにひびいた。[18]

ベンヤミンは、一二四年にアーシャと知り合ってから、アーシャへの思いを深めていった。翌二五年には彼女の故郷リガまで出かけていく。そのときの記憶がやはり『一方通行路』の一つの断章に残されている。

ぼくは、ある女友達を訪ねようと、リガに到着したのだった。彼女の家も、町も、言葉も、ぼくは知らなかった。誰ひとりぼくを待ってくれてはいなかったし、ぼくを知っている人間などひとりもいやしなかった。二時間も、ひとりぼっちで通りをほっつき歩いた。このときのような街路を、ぼくは二度と見たことがない。家という家の戸口からは火焔が細く吹きだし、舗道のへり石というへり石が火の粉をまき散らし、かなたから疾駆してくる市街電車は、どれもみなまるで消防隊のようだった。そうだ、彼女はひょっとしたら、門を出て、角を曲がって、市電にのっているかも知れない。ぼくは、しかし、なんとしても、二人のうちでさきに相手を見る方にまわらねばならなかった。なにしろ、逆をとられたら、彼女に眼差しの導火線を結びつけられて——、ぼくは、弾薬庫のようにあえなく、こっぱ微塵になるほかなかったろう。[19]

アーシャとの関係には、ドーラやユーラの場合とは異質な緊張がつねに存在していたことについてはすでにふれた。この断章にもそのニュアンスが読みとれる。ドーラやユーラとのとき以上に、二人のあいだでは、鋭敏な精神どうしのつばぜりあいが、そしてどちらかが屈伏して下手に立たないかぎり終わらないような、心理的葛藤があったのだと思う。それは、二六年モスクワへ行ったときにベンヤミンが残している日記から最もよくうかがえる。

直接には『大ソヴィエト百科事典』の「ゲーテ」の項の原稿の完成と、革命ロシアの文学的環境への関心をみたすため、ベンヤミンはモスクワへ赴いたのだが、もう一つの重要な目的は、当時精神を病んで入院していたアーシャを見舞うことであった。しかしアーシャの傷ついた精神はベンヤミンを迎え入れようとはしなかったようだ。

アーシャとの関係が現実のものになるのは、一九二八年から二九年にかけてである。すでにふれたように、アーシャはベルリンにやってきた。二人はデュッセルドルフ街で同棲する。このことがきっかけでドーラとの離婚訴訟が起きたこともすでに述べたとおりである。結局アーシャとベンヤミンとはいっしょにならなかった。ソ連へ戻ったアーシャを待っていたのはスターリンによる粛清の嵐であった。彼女は死はまぬがれたが、長く強制収容所ですごさねばならなかった。彼女の生存をショーレムたちが確認したのは、じつに一九六六年のことであった。

【註】

（1）ゲルショム・ショーレム『わが友ベンヤミン』、晶文社、一二一頁。
（2）Gesammelte Schriften VI S.427.
（3）『わが友ベンヤミン』、四〇頁。
（4）Walter Benjamin 1892-1940. Eine Ausstellung des Th.

W. Adorno Archivs in Verbindung mit dem Deutshen Literaturarchiv S.149.

(5) 『わが友ベンヤミン』、一一九頁～二一〇頁。

(6) シャルロッテ・ヴォルフの証言。野村修『ベンヤミンの生涯』、平凡社、一三五頁より引用。

(7) 「ベルリン年代記」第一二巻、一六～一六七頁。この引用箇所の少し前でベンヤミンは、パリでのある日の午後、「人びとにたいするわたしの伝記的な関係が、わたしの友人・朋輩にたいする、恋人・愛人にたいする関係」、つまり交友図の「迷宮」がすみずみまで明らかになる瞬間が「雷光のように、霊感のような烈しさ」を伴なって訪れた、と記している（同一六二～三頁）。

(8) 『ベンヤミンの生涯』、一一頁参照。

(9) 第一四巻、一九一七年末か一九一八年初め　シェーン宛、九三頁。

(10) 『ベンヤミンの生涯』、一三七頁参照。

(11) 第一四巻、一九二四年六月一三日ショーレム宛、一八九頁。

(12) 同、一九二四年七月七日ショーレム宛、一九三頁。

(13) 『一方通行路』第一〇巻、一〇頁。

(14) 同、一一頁。

(15) 同、三九頁。

(16) 同、四〇頁。

(17) 同、四一頁［　］内筆者による補足。

(18) 『わが友ベンヤミン』、一六五頁。

(19) 『一方通行路』第一〇巻、六三頁。

第三章　旅する人のまなざし

ホーフマンスタールの支援

一九二五年は、ベンヤミンの生涯にとって大きな転機になる。ベンヤミンは『ドイツ悲劇の根源』を教授資格論文としてフランクフルト大学に提出するが、拒否されるのである。大学の教職につくという道は閉ざされ、ベンヤミンは以後、自由な物書《シュリフトシュテラー》きとしての道を歩まざるをえなくなる。しかし、ベンヤミンには気の毒かもしれないが、この教職断念のあたりからベンヤミンの執筆活動にはあぶらがのってくる。

少し前に書き上げた「ゲーテの『親和力』」は、当時のドイツ語文学圏の最もすぐれた作家の一人であり、またすぐれた文芸批評家でもあったフーゴー・フォン・ホーフマンスタールに激賞され、彼の主宰していた雑誌「ノイエ・ドイチェ・バイトレーゲ」に掲載された。ホーフマンスタールは、フランクフルト大学の文学部教官の誰もがさじをなげたベンヤミンの『ドイツ悲劇の根源』をも「絶品」と礼讃し、やはり『ノイエ・ドイチェ・バイトレーゲ』にその一部を載せている。

不安定な物書きとしての道を歩もうとしていたベンヤミンにとって、このホーフマンスタールの知遇は何にもまして心強いものであったに違いない。ホーフマンスタールは、ベンヤミンに対してさまざまな形で仕事上の支援を惜しまなかった。

> しかし何よりも先に、ホーフマンスタール様、あなたが旅行中でもわたしのことを考えてくださったご好意にたいして、わたしは深く感謝しなくてはなりません。パリに在住する友だち、ヘレン・ヘッセル夫人をつうじてわたしは、サン＝ジョン・ペルスの「アナバーズ」の翻訳がわたしにまかされたのが、あなたのおかげだったことを知りました。わたしはいまその仕事にかかっていますが、あなたの推輓にこたえ、ベストをつくすことを約束します。[1]

ちなみにこのサン＝ジョン・ペルスの翻訳は、当初リルケが行うはずのものであった。リルケもまたベンヤミンを評価して、この翻訳の仕事をまわしたのである。少々意外な感じがするかもしれないが、ベンヤミンはリルケの詩の愛読者であった。リルケの『新詩集《ノイエ・ゲディヒテ》』の中のソネットは、彼の愛読詩の一つであったとショーレムもいっている。

ついでにつけ加えておけば、ベンヤミンの文学趣味には一種の「反動」愛好癖があったように思われる。ホーフマンスタールもリルケも、またやはりベンヤミンが何かにつけて関心を払っていたゲオルゲも、決して「進歩的」文学者ではなかった。また、パリでベンヤミンはフランスの右翼の機関紙『アクション・フランセーズ』を購読したりしている。

こうしたことは、単にベンヤミンが柔軟なもののみかたの持ち主だったということを証明しているだけではない。通常の、あるいは左翼的な歴史観からみれば、進歩に乗りおくれたもの、進歩に背を向けたものにみえるような存在の中に、むしろ隠された真理への表徴を、いいかえれば、真にアクチュアルなものの潜勢力をみてとることが出来る、というのはベンヤミンの一貫した認識であった。

それは歴史空間を一個の神話として解きあかしていこうとする彼の歴史哲学と通底するものであった。といって、ベンヤミンが新しいもの、前衛的なものを拒否していたわけではない。後のブレヒトやフランス・シュルレアリスムとの関わりは、ベンヤミンのもう一方における志向を示している。ベンヤミンの思考の中では、歴史という神話空間の中で、「かつて―あった」根源（前史）と「いまだ―ない」根源（後史）の両義的な関係が、ちょうど渦のようになって「いま」のアクチュアルなダイナミズムを支えている。このダイナミズムの中で、「時代おくれのもの」と「時代にさきがけるもの」の両者が、「古いものと新しいものの弁証法」の運動を構成し、この運動の彼方に時代の真のアクチュアリティが透視される。ベンヤミンが自らの思考の対象としたのは、つねにこうした弁証法を彼の思考に対して触発してくれるような存在であった。

多産の時期

こうしたベンヤミンの思考上の特質が、ベンヤミンを同時代の最も独創的なエッセイストの一人にしたのである。一九二六／二七年頃から、ベンヤミンは多産な仕事ぶりをみせ始め、決して有名とはいえないにせよ、一部の人間たちにとってはまぎれもなく同時代の最も重要な書き手の一人であると思われるような位置を獲得していった。

　一九二六年から一九三三年の亡命までの時期に彼が発表した主な仕事を挙げてみよう。『一方通行路』（二六年）『モスクワ』（二七年）「ゴットフリート・ケラー」（同）「ワイマール」（二八年）「プロレタリア児童劇の綱領」（二九年）「シュルレアリスム」（同）「プルーストのイメージについて」（同）「ローベルト・ヴァルザー」（同）「ジュリアン・グリーン」（同）「ベルト・ブレヒト」（三〇年）「ドイツ・ファシズムの理論」（同）『左翼的メランコリー』（同）「カール・クラウス」（三一年）「フランツ・カフカ『支那の長城が築かれたとき』」（同）「写真小史」（同）「破壊的性格」（同）「マルセイユのハシーシュ」（三二年）「ミメシス的能力について」（三三年）「思考像（デンクビルダー）」（同）……

　これらはこの時期のベンヤミンの仕事のほんの一部にすぎない。

　こうした仕事の背景をなしていたものは何であったのか。既にみてきたように、この時期のベンヤミンの立場は決して恵まれたものではなかった。不安定な経済基盤はドーラとの離婚を経て破局的なものになりつつあった。最も親しい友であるショーレムが、遠くパレスティナの地に去ったことにも象徴されるように、ベンヤミンの青年時代をとりまいた交友圏は、いま徐々に彼から遠ざかりつつある。それはベンヤミンの心に深い孤独感を生んでいったに違いない。

　二〇年代から三〇年の初めにかけての多産な仕事ぶりは、こうしたむしろ暗澹とした状況を背景にして生み出されてきたものである。いいかえれば、この時期の彼の仕事は彼の生涯の危機の星座＝状況の深まりとともにあったということである。この危機の星座＝状況の中で、彼の思考はその触手を時代のさまざまな諸要素、諸現象にのばしつつ時代をかけぬけていった。

旅する人

　こうしたベンヤミンの仕事と生活のありように、もう一つの重要な要素が結びついてゆく。それは旅である。この時期のベンヤミンは明らかに「旅する人」であった。それは彼の不如意な生活条件から考えれば異様なほどである。何かがベンヤミンを旅へとかりたてたのであり、そしてそれは深く彼の生涯の星座＝状況と結びついていたのである。

　もちろん、旅へ出ることによってベンヤミンが日頃の不如意な生活の重圧から逃れようとしたというみかたもあるだろう。しかし旅に対してベンヤミンが求めていたものは、決して単純な慰撫やエキゾティシズムといったものではなかった。

『ベルリンの幼年時代』の冒頭に次のような文章がある。

　ある都会で道がわからないということは、たいしたことではない。だが、ちょうど森のなかをさまよい歩くということには、修練が必要なのだ。そうなると、街の名は、枯れた小枝が折れてポキッと音を立てるように、さまようかれに語りかけてこなければならないし、都心の細い裏通りは、山あいの小さな沢をたどるときのように、一日の時刻の移ろいをあざやかに写し出してくれねばならない。(2)

　ここでベンヤミンがいっているのは、なれ親しんだ都市を「迷宮」として眺めることができる能力のことである。それは見慣れた都市の風景の中に表徴的まなざしによって距離を生み出す能力にほかならない。この距離において、都市は「迷宮」と化し、自らの内奥に太古の真理を宿す神話的な空間として、自らの謎を開示する。

　こうした、都市を「迷宮」としてみる眼の働きは、いわば自らの故郷を異郷としてみる眼の働きである。このとき、まなざしが生み出す距離のただ中で、まなざしの主体はその距離を旅する人となる。『ベルリンの幼年時代』におけるベンヤミンのベルリンにそそがれるまなざしは、まさしくそうした「旅する人」のまなざしであるといってよいだろう。したがって、ここでいう旅がベンヤミンの思考上の特質である表徴的まなざしと深い関係にあることは明らかである。いやむしろ、旅する人のまなざしこそが、表徴的まなざしの最も凝縮した現れにほかならないといいうるだろう。

　とするならば、旅はベンヤミンの世界をまなざす眼の様態そのものであることになる。旅する人のまなざしは、ベンヤミンの世界認識のプロトタイプなのだ。そしておそらくベルリンという故郷を異郷として旅することも、異郷を異郷として旅することもベンヤミンにとっては本質的に同じことであった。

風景のコラージュ

　ここで彼の具体的な旅の来歴をみておこう。既にふれたように、一九二四年、彼はカプリ島へ行っている。そしてその後一九二五年にはリガとスペインとイタリア、一九二六年にはパリと地中海地方とモスクワ、二七年には再びパリ、一九三〇年パリと北極圏、三二年地中海のイビサ島とイタリア、そして三三年にはナチス政権成立に伴ってパリへ亡命する。

これらの旅にともなって、さまざまな文章が書かれている。それらを通して、メシアニズムとマルクス主義という二つの極の振幅の中からつむぎ出されていったベンヤミンの思考が、外側の世界のさまざまな現実との出会いや衝突のただ中でどのように成熟していったのかを読み取ることができる。それは同時に、先に挙げたこの時期のベンヤミンの文学的・思想的エッセーの性格をも規定づけている。

まず、ベンヤミンの旅をめぐるエッセーからみてとれるのは、ベンヤミンによって切りとられた旅のおのおのの瞬間の風景のあざやかさである。それは『一方通行路』において典型的な形で現れていたモンタージュの手法のあざやかさと通じるものである。街の風景の微細な断片の一つ一つが、ちょうどスナップショットのように一個の像（形象）として定着され、それらが一見何の脈絡もないかのように並列されていく。しかし、そうしたスナップショットのランダムな並列の中から、思いがけない謎めいた風景のコラージュが浮かび上がってくる。

ベンヤミンは後年「弁証法的像《ディアレクティシェス・ビルト》」という言葉をしばしば用いている。像においてかぎりなく静止状態へと凝縮しようとする志向と、逆にそれをゆさぶり流動化する運動のダイナミズムが一つになる。彼が、旅の途上の街々の風景をスナップショットのように定着させ像として形象化するとき、そこに働いているのは、こうした静止状態と運動のダイナミズムの両義性から生じる弁証法にほかならない。そしてこの弁証法は具体的には謎めいた風景のコラージュの効果として生じる。

こうした弁証法によってみえてくるのは、街の風景の中に重層的に折りこまれている歴史の古層の厚みである。風景はこうして表層に現れた数々の断片的像と、それに対して垂直に潜在している古層のあいだのメタフォリカルな関係の場と化す。それはいうまでもなく、あの表徴的関係のヴァリエーションにほかならない。たとえば「ワイマール」というエッセーがある。ワイマールは、かつてゲーテやシラーに代表されるドイツ古典文化の中心であった町である。ベンヤミンはこの町の描写を朝市の喧騒から始める。

九時に近く、私が目覚めた時、舞台は生に酔った祝祭であった。市《いち》とは朝に祝われる生の祝祭であり、ジャン・パウルならば、食欲が一日の始まりの鐘を響かせ、恋が一日の終りを鳴らす、と言っただろう。硬貨の響きがせき立てるようにざわめきに加わり、少女たちの群れが一杯にふくらんだ網の買物袋を腕に持ってゆるやかに押し合い、ひしめき合い、四方八方から、そのはち切れそうな丸みを享受するようにと誘いかける[3]。

なぜこうした描写からベンヤミンは始めたのか。いま引用したすぐ後で彼は、そうした喧騒が自分の出ていったときにはすべて消えていたといっている。とするなら、市の喧騒は実在していたにもかかわらず、じつは「すでに―ない」もの、喪われたものではなかったのか。

――あれは、商業の朝焼けであったのではなかったのか。今、それは、紙と野菜の屑の下に葬られている。踊りと音楽に代って、ただ交易と売買のみが支配する。ひとつの朝ほどに、一度去って、二度と呼び戻せぬものはない[4]。

ベンヤミンがみた市の喧騒は、そのまま喪われたものとしての「商業の朝焼け」という歴史の記憶と結びつく。それはワイマールのドイツ古典文化の時代と同じ一八世紀の、ブルジョワジーの勃興期、すなわち、いまだ経済とそれの担い手が「死にいたる」物象化のくびきの下に屈伏する以前の、ブルジョワジーが変革の担い手としてのアクチュアリティを保持していた時代の記憶である。ベンヤミンは、ワイマールの風景を、ワイマールの歴史的記憶を媒介としつつ、一九世紀近代（産業資本主義の世紀）によって喪われた「太古の記憶」――「かつて―ありえた」真理――の再現へと結びつけていくのである。そしてそれは、そのまま このエッセーの後段におけるゲーテの捉え方につながっていく。

だが、この部屋（ワイマールのゲーテハウスの中のゲーテの仕事部屋）の静かさに耳を傾けることを許されたものは、そこにある生の様式が、富んだ者もまた生の酷薄さを自らの肉体で知るほかなかった時代の最後の時期にあって、再び戻りくることのない恩寵、その時代の最高の収穫を刈り入れるべく、定められ、つくり上げられたものだということを理解する。市民的安逸さの地獄の朝焼けが窓辺に忍び寄る直前の時間にあって、老人はこの

部屋に坐し、かの心労、罪障、困苦らとともに、恐るべき夜々を祝ったのだった。(5)

このささやかなエッセーにすら、まぎれもなくベンヤミンの歴史哲学が刻印されている。こうした歴史哲学へと媒介される表徴的なまなざしは、たとえば同時期の「ゴットフリート・ケラー」というエッセー、あるいは「ヨハン・ペーター・ヘーベル」というエッセーなどにも現れている。

こうしたまなざしによって、ベンヤミンは歴史の古層へと埋もれ潜勢化している太古の真理を救済しようとする。と同時に、ここにはベンヤミンがマルクス主義から得た一九世紀近代（市民社会）への批判のまなざしも共存していることを見逃してはならない。太古の記憶の再生は、そのままそうした記憶を廃墟へと埋没させていった歴史のメカニズムへの批判でもあるのだから。もっとも、その批判は決して声高なものではない。それはつねに歴史の腐朽・衰亡の相に対する表徴的まなざしの微細さの中にめだたない形で埋め込まれている。

陶酔経験への憧憬

ここで、別な角度から、ベンヤミンの思考の特質を浮かび上がらせる特異なエッセーにふれておきたい。それは「マルセイユのハシーシュ」というエッセーである。

ベンヤミンはハシーシュすなわち麻薬への関心を持っていた。それは、麻薬そのものというより、それがもたらす陶酔経験への関心といった方がよいだろう。ショーレムによれば、ベンヤミンは一九二八年から三一年にかけて、ベルリンとマルセイユで青年運動時代からの知人で医師のエルンスト・ヨーエルの協力を得てハシーシュ服用実験を行った。「マルセイユのハシーシュ」はその経験に基づくエッセーである。

このエッセーの中で描かれているハシーシュのもたらした陶酔は、ベンヤミンの世界経験のありようのいちばん内奥にある核を、というよりも彼の憧憬の内容を、最も生々しく示しているように思われる。それは表徴的まなざしによって生み出された経験内部の距離が再び、だが物象化された現実の貧困な一元性とはまったく異なる真理顕現の絶対的な一元性において零になる至福の瞬間である。そこでは通常の遠近法は消え、対象との親和状態が現れる。それはあの「迷宮」の謎をとくアリアドネの導きに似ている。

酔いの幸福がはらんでいる謎にさらに近づくためには、

アリアドネの糸について考えをめぐらせるべきかもしれない。糸玉をほどいてゆくという、むきだしの営みには、なんという悦びがあることか。そしてその悦びは、創造の悦びにと同様、酔いの悦びにこのうえなく深く通じ合っている。私たちは、あえてはいりこんでいった洞窟の曲がりくねり方を発見するだけではない。そこで糸玉をほどいてゆくそのときに感じとられる、あの別なリズムをもった至福のうえに成り立っているだけの、そうした発見者の幸福にもあずかるのだ。私たちがときほどいてゆく、その精巧に巻きつけられた糸玉のもつこうした確かさ——それは、すくなくも散文の形をそなえている創造力には例外なく授けられている幸福ではないか？そしてハシーシュの懐にとどまっている私たちは最高の潜勢力を授けられた散文としての享楽的な存在なのだ。(6)

ベンヤミンにとって旅とは、あるいはこうした陶酔への憧憬が促す世界の異貌化の方法なのかもしれない。旅する人として世界経験のただ中をかけぬけてゆくベンヤミンの精神の運動と、世界が自らの謎を開示するそのありようが一つになって、ほとんどユートピア的としか名づけようのない「真理の風景」が顕現するのである。北極圏への旅の一瞬間を形象化する次の文章から、そうした「真理の風景」がいかなるものであったのかが読みとれる。

光——。スヴォルヴヤルの街には、人影がない。そして窓々には、紙のブラインドが引き下ろされている。人々は眠っているのだろうか。真夜中過ぎの時刻だ。ある家からは声が聞こえ、他の家からは食事時のざわめきが洩れてくる。そして、街路の上に響くひとつひとつの音が、その夜を、暦に載せられていない架空の日へと化身させる。君は時間の貯蔵庫のなかへ入り込み、大地が数千年前にこの地の氷の上に凍結しておいた、いまだ費やされざる日々の堆積を目撃する。人間は自分の一日を二十四の時間のうちに使い果す——この大地はその一日を使い尽すに、半年を要する。だからこそ、ここの物たちは、かくも無傷のままにあり続けてきた。時間も人間の手も、風の吹き過ぎることのない庭園の灌木たち、波立たぬ水面に浮ぶボートらに自らの痕跡を残すことはできなかったのだ。永遠に静止するそれらの物たちの上で、黄昏れとしののめが出会い、物たちと雲たちとを互いに分かち合い、そして君を何の獲物も手にしえぬままに空しく家へと送り返す。(7)

これは、いっさいの歴史の腐朽・衰亡の過程の介入をうけない、無垢な自然の原風景のイメージである。このイメージに、ベンヤミンの陶酔への憧憬が重なり合う。しかし、ベンヤミンが生きる現実は、いやおうなくそうした歴史の腐朽・衰亡の過程の介入をうけてゆく。無垢な自然の原風景のユートピア的なイメージと、歴史の腐朽・衰亡の過程の中で硬化し、物象化されてゆく現実のあいだの距離は、拡大していかざるをえない。だからこそ、この二つの極の距離が、表徴的まなざしの中で真理内容と表現のメタフォリカルな（神話的な）関係の中の距離へと変容しなければならないのだ、しかも空間的な比喩と時間的な比喩が一つになる場において。その場が、まさしく旅にほかならない。旅する人ベンヤミンの中に、ベンヤミンの思考の原質が透けてみえる。

パリもしくは遊歩者《フラヌール》

旅を通じて世界風景を異貌化するベンヤミンの表徴的なまなざしにとって、他のどこにもまして重要な意味を持つ場所があった。それはパリである。一九一三年の初めての旅行以来、ベンヤミンとパリとのあいだにはある内密な精神的関係ができあがっていった。

その直接的な要因の一つは、ベンヤミンがフランス文学に大きな関心を抱いていたことである。とくにその中でもボードレールの『悪の華』の第二部「パリ風景《タブロー・パリジャン》」の翻訳（一九二三年）はベンヤミンのパリとの関わりにとって重要な意味を持つことになる。ベンヤミンにとってのパリとは何よりもボードレールのパリ、そしてボードレールが生きた「一九世紀の首都」パリであったからである。ショーレムはベンヤミンのパリへの関わりについてこういっている。

しかし一九二六年以降、かれがどこよりも心にかけた土地は、パリだった。かれはこの年の大半をそこで過ごし、プルーストの翻訳の仕事をした。この都市からじつに生き生きと語りかけられるのを覚えたかれは、その後事情さえ許せば、そこへ戻っていっている。仕事の都合でかれはベルリンにくりかえし長く滞留せざるをえなかったが、ここからの手紙にはどこかおちつけずにいる感じがあるのにたいして、パリからの手紙にははるかにゆとりがあり、陽気なところすらある。(8)

ここでショーレムがいっているように、ベンヤミンが本格的にパリとのつながりを持つようになったのは一九二六年であった。このパリへの旅は直接には友人のフランツ・ヘッセルと共同で引き受けたプルーストの『失われた時をもとめて』の翻訳のためであった。このときからベンヤミンはパリをしばしば訪れるようになる。

　パリはベンヤミンにとって一個の読まれるべきテクストであった。「パリは、セーヌが貫流する巨大な図書室である」(9)。このテクスト＝図書室の内部においては、あらゆる個々の部分が照応しあい、一個の鏡像体を形づくる。「千の眼・千の対象においてこの都市（パリ）が映し出される。なぜならパリを〈光の都〉にしたのは空や雰囲気や夕べのブールヴァールのネオンサインだけではなかったからである。――パリは鏡の都市である。鏡の表面となっているのは自動車道路のアスファルトである」(10)。しかし、こうした鏡＝表徴の形づくる万華鏡としてのパリには、パリの歴史的なパースペクティヴが相重なっていく。鏡の乱反射は記憶の乱反射に結びつく。

　くもったまま、雑然と居酒屋の壁にかけられている鏡はゾラの自然主義の象徴《ジンビルト》である。それらの鏡はたがいにおもいもかけない形で反射し合い、記憶の無限の記憶の片われをなしている。そしてこうした記憶の無限の記憶にマルセル・プルーストの生涯が彼のペンの下で変容するのであった(11)。

　パリにおいては、あらゆるものが場所の表徴であると同時に、時間（記憶）の表徴となりうる。パリがテクストとなるのは、こうした空間的・時間的表徴としてのパリの触発力によってである。こうした表徴的構造を作り上げているもの、それは「パリの土着民《ペイザン・パリ》」（L・アラゴン）である。旅人の表層的なエキゾティシズムによってでも、歴史を博物化する巨大なモニュメントによってでもなく、パリにおける生活そのものの堆積によって、パリが一個の表徴空間、すでに用いたいいかたでいえば神話空間となる。

　ベンヤミンが『一方通行路』に象徴される思想的転回を通じて求めようとした、都市風景のモンタージュの方法、そしてそこで試みられたトリヴィアルな現実の水位そのものにおける真理の顕在化の志向にとって、かかるパリの性格がきわめて触発的であったろうことは容易に想像がつく。そこには、ベンヤミンの中にある夢と現実がはげしく交錯する瞬間がみてとれる。そしてこの夢は、歴史のパースペクティヴの中では一九世紀近代の経験、すなわち第二帝政期のパリを舞台とする資本主義の発展と成熟がもたらした世界経験のありようを通じてパリと結びつくのである。

痕跡としての表徴構造

では、ベンヤミンにとってパリを構成する表徴とはどのようなものだったのだろう。「シュルレアリスム」というエッセーの中でブルトンの『ナジャ』における現実へのアプローチのしかたを紹介しているが、それはそのまま、ベンヤミン自身のパリへのアプローチと重なると思われる。

かれ（ブルトン）はまず、最初の鉄骨、最初の工場建築、最初期の写真、すたれはじめた物たち、サロンのひらき扉、五年前の衣服、社交婦人の集会所など、流行からとり残されはじめた、「時代おくれのもの」のうちにあらわれる、革命的なエネルギーに出会った。これらの事物が革命とどんな関係にあるか――それについては、だれもこの著者ほど正確な概念をもちえないだろう。社会的な貧困だけでなくまさに建築的な貧困や家具の貧困、奴隷化されつつ人間を奴隷化する事物が、どのようにして革命的ニヒリズムに転化するかに、この見者、予言者のまえにはだれもまだ気づかなかったのだ。[12]

ベンヤミンはパリを構成する諸要素の中に、歴史的な表徴構造をみようとする。それは現代のパリの中に、いわば痕跡として残されている一九世紀の歴史の表徴構造である。いうまでもなく、それは発展しつつあった一九世紀資本主義によって根底的に規定づけられている。もう少し具体的にいえば、引用したベンヤミンの文章の中にある「奴隷化されつつ人間を奴隷化する事物」という言葉によって示されているモノの商品化がもたらす物象化の構造である。もちろんこの物象化の構造はベンヤミンの生きる現代にまで及んでいるわけだから、それはいわば一九世紀から現代に及ぶ資本主義的近代の基底であるといってもよいだろう。こうした基底の掘り起こしによって、現代の土台としての一九世紀の歴史の表徴構造の基盤が明らかになる。

だがベンヤミンの、一九世紀の歴史の表徴構造の解読作業は、こうしたレトロスペクティーフな形をとった「資本のとざされた宇宙（地獄）」の暴露というところでは終わらない。この「資本のとざされた宇宙」としての表徴構造自体が、さらに表徴的なまなざしによって両義化され、その内部に距離が作り出される。

それは「資本のとざされた宇宙」の永久に続く反復（ブラ

ンキ『天体による永遠』）にみえる一九世紀の歴史風景の中に、そこから逸脱するもの、それに乗り遅れたものの痕跡を浮かび上がらせることで、物象化それ自体の中に夢（真理）の痕跡をみようとする試みといってよいだろう。「かつて—ありえたもの」と「いまだ—ない」ものへの距離の中から生じる表徴的まなざしは、物象化された世界の現実に対してもその触手を伸ばそうとする。そこから、物象化を強いる一九世紀近代の支配メカニズムとしての資本主義の中に、ありえたかもしれない＝ありえるかもしれない夢——神話学的にいいかえれば太古の真理——をみようとするまなざしが可能になる。それは「一九世紀の根源の歴史《ウアゲシヒテ》」をみようとするまなざしといってもよいだろう。このことによって歴史の腐朽・衰亡の極みに現れた資本主義的近代の物象化された現実にさえ、真理への潜勢力が回復されるのである。

ところで、こうした表徴的まなざしを保証してくれるのが、物象化された現実の中に埋め込まれた「時代おくれのもの」「役立たずになったもの」である、というのはどういうことだろう。それはたしかに、進歩の強風によって積み重ねられた歴史の廃墟にほかならない。が、この廃墟には、物象化された世界が一元的に私たちの生をおおい尽くしてしまう以前の、あるアクチュアルなものの痕跡が残されている。それは、あるいは「よき趣味《ボン・グウ》」が生命力をもって現れうるような、またあるいは資本主義の担い手としてのブルジョワジーがいまだ解放の担い手としての性格をもって現れうるような時代の記憶が、物象化されつつある周囲の現実への抵抗としての「時代おくれ」や「逸脱」という属性を孕んで個々の事物や場所、風景へと結びついていった結果生じたものである。こうした痕跡へのまなざしを通して、世界は根源の歴史への潜勢力を孕んだ弁証法的像として定位される。

物象化を促す歴史の腐朽・衰亡過程の不可逆性と、それに対して両義的な関係にある根源の歴史の夢としての境位が、パリという都市の個々の風景の一つ一つにおいて弁証法的運動の両極として結合し、パリ全体を一個の表徴（神話）空間へと変容する。くり返していおう。こうしたパリを可能にしたのは、パリに資本主義的近代の支配メカニズムを持ち込もうとするさまざまな試み——たとえばオスマンの都市改造——に対して、微妙な抵抗の位相をたもち続けた「パリの土着民」の生活経験の質であった。そこには他の資本主義国家や都市——ベルリンを含めて——には存在しない、パリの資本主義的近代に対する不透過性がみてとれる。

　パリを遊民の約束の国にし、ホーフマンスタールがかつて呼んだような「ただ生活だけでつくられた」風景にしたのは、他所から来る者たちではなく、かれらパリ市民自身であるからである。風景――じつはパリは遊歩する人間にとって風景となる。あるいはもっと正確にいえば、かれにとってこの都会は、その弁証法的な両極に分離する。パリは風景となってかれに開かれ、部屋となってかれを閉じこめる。(13)

　さて、そうしたパリに対してベンヤミンがとりうる具体的な態度とは、この引用にもあるように「遊歩する人間」、すなわち遊歩者《フラヌール》のそれである。遊歩者ベンヤミンがテクストとしての、表徴空間としてのパリを踏査する。そして路地が、広場が、建物が、遊歩者のまなざしに対して自らの謎を開示する。

遊歩者のまなざし

　では遊歩者とは何か。そこには既に述べた幾重にも折り重なる表徴的まなざしの複合的構造が内在している。それは一九世紀近代の一種の境界経験のありかたといってもよいだろう。「資本のとざされた宇宙」としての物象化された世界の個々の細部に向かって微細にうがたれる表徴的まなざしから生じる夢と現実の境界経験――、それこそが遊歩者の経験の質にほかならない。そしてそのことは、遊歩者自身が一個の境界的存在であることを証明する。

　遊歩者が境界的であるのは、彼らが自らの内面的経験の完結性、自閉性にとどまりえず、そこから都市の路上へとはみ出していかざるをえないからであった。遊歩者はパリの路上をあてどもなく歩きまわる。このぶらぶら歩き《フラネリー》にお
いて遊歩者が出会うのは、すでに述べたように一九世紀近代の歴史的経験の痕跡である。その痕跡へ向けられるまなざしの中で、一九世紀近代がもたらした夢と現実の弁証法が炸裂する。このとき資本の運動が世界をおおい、商品の宇宙がすべてをのみ尽くそうとする過程の中に潜在する夢のアクチュアリティがあらわになる。ところでこうした遊歩者のまなざしのありようが形象化されるのは、いかなる場においてなのか。それは、群衆体験においてである。

　遊歩者は、一方において、単独者としての自らへの自足とそれがもたらす精神の孤高な自律への憧憬を抱きつつ、他方で、一九世紀近代がもたらした都市の新たな要素とし

ての群衆の存在に、いやおうなく自分が引き寄せられてゆくのを感じる。この精神の孤高な自律と群衆の集合的意識の境界に立つことを遊歩者は強いられる。このことが遊歩者のまなざしに一九世紀近代の夢と現実の弁証法を喚起する。

ベンヤミンによれば、こうした意味での遊歩者の最初の、そして最も典型的な現れがボードレールであった。ベンヤミンはボードレールをめぐるエッセイの中で、ボードレールの詩的経験の中核にあるものを、伝統と「いま」の新しさとの、個人の精神的自律と一九世紀近代が生み出した物象化された世界における集合的意識との両義的関係から捉えようとする。そして「それは、一つには、ボードレールにおいて衝撃の形象と、大都市の群衆との接触とのあいだにある密接な関連を教える。さらにそれは、この群衆とは本来どのように考えられるべきものなのかを教える。階級、あるいは、どのようにしてであれ構成された集合体は問題の埒外にある。問題になるのは、ただ、通ってゆく不定形の群衆、街路の歩行者たちだけである。ボードレールがその存在をけっして忘れることのないこの群衆が、かれの作品のモデルになったことはない。しかしかれらは、上に引用した断片のなかでも隠れた形象をなしているように、隠れた形象としてかれの詩作に刻み込まれている[14]」。

このような群衆存在との境界に立つ遊歩者のまなざしにおいて、一九世紀近代の都市の風景が形象化される。それは、一面からいえば個人の精神の自律が、群衆の膨張する集合的意識によって追い詰められ、解体へと追いやられてゆく状況と相関している。さまざまな大量消費の発生（流行品店《マガザン・ヌボオテ》、百貨店……）、マス・メディアの隆盛（絵入り新聞……）等々はそうした状況の指標といってよいだろう。

だがベンヤミンは、こうした物象化された世界のありようについて、謎めいたテーゼをかかげる。それは「象徴形象《エンブレーム》は商品として回帰する[15]」というテーゼである。エンブレームとは、寓意的象徴、すなわちアレゴリーを意味する言葉である。ベンヤミンは群衆の集合的意識と相関する物象化された世界に、こうしたアレゴリーの契機をみようとする。商品の宇宙はアレゴリーの宇宙であるのだ。

群衆体験の不定形性の中にも、じつは一途な物象化による世界の画一化や均質化——資本のメカニズムによる全的な支配——という要素を逸脱する経験の質が宿されている。ちょうど、ボードレールが自らの世界経験のありようを「万物照応《コレスポンダンス》」というアレゴリー的な象徴構造によって形象化しようとしたことに現れているように[16]、群衆体験とそれが相関する物象化された世界（資本と商品の宇宙）には、モノとしての現実を超え出るあるシンボリックな契機が宿されるのだ。

もちろん、それは生きた象徴作用においてではなく、バロック時代のアレゴリーがそうであったように「廃墟」としての、くだけちった破片としての蒼白な死せる象徴作用を通して働くほかはない。そのかぎりでこの象徴作用は、決して物象化が示す歴史の腐朽・衰亡過程を逃れえない。だが同時に、この象徴作用は、一九世紀近代の歴史経験がもたらす物象化のメカニズムに対して断層と亀裂をもたらす。この断層と亀裂が一九世紀近代を異貌化し、そこから一九世紀近代の「根源の歴史」をかいまみせてくれる。それが夢と現実の弁証法の成果にほかならない。

ベンヤミンにとって、パリとはこうした経験を可能にしてくれる場所であった。アーシャ・ラツィスは、ベンヤミンほどある都市や街区の真の独自性を認識させることに巧みであった人はいなかったといっているが、ベンヤミンのパリという都市の認識にはまさにそうした彼の性格が典型的な形で現れている。

パサージュへの着目

ところでベンヤミンのこうしたパリの認識にとって一個の神話的トポスとなったものがある。それはパサージュである。パサージュとは何か。ベンヤミンはある絵入りパリ案内を引用して説明する。

これらのパサージュは、産業による贅沢の生んだ新しい発明であるが、これは、いくつもの建物をぬってできている通路で、ガラス屋根に覆われ、壁には大理石がはられている。建物の所有者たちが、このような大冒険をやってみようではないかとして協同したのだ。光を天井から受けているこうした通路の両側には、華麗な店がいくつも並んでおり、このようなパサージュはただひとつの都市、縮図化された世界になっている。[17]

パサージュは、群衆時代の消費経験の独自なありようと結びつく。そこではまさしく群衆時代の夢と現実の弁証法が、いいかえれば神話作用が、消費を軸とする都市経験を舞台としつつ発動される。ベンヤミンは一九二七年のパリ再訪のあたりから、このパサージュを素材とするパリの都市論を計画し始める。その計画への直接的言及は、一九二八年一月三〇日付けのショーレムあての手紙にある。

ぼくが目下慎重に、一時的に、かかわっている仕事――「パリの遊歩街《パサージュ》・弁証法的夢幻劇《フエリー》」という、大いに注目に値するがきわめて危かしくもある試み――が、なんとかして（中略）片づくならば、ぼくの生産のひとつの円環――『一方通行路』に始まる――は、閉じられることになるだろう。(18)

この仕事は、結局ベンヤミンの死まで続けられ、未完に終わるが、ベンヤミンの仕事の中でおそらく最も重要な意味を持つことになる。ベンヤミンの生涯も、いまようやく一つのくっきりとした輪郭を描くところまできたようだ。だが、そこにはきたるべき破局の、悲劇の予感もまた感じとれる。たえざる経済的困窮が彼をうちのめし、一度は自殺を考えたこともあった。しかし残酷なようだが、ベンヤミンの生涯の星座＝状況にはこうした破局への道が、どこか宿命のように中に孕まれているという気がしてならない。時代はファシズムの到来の予感にふるえながら、新たな段階へと入っていく。

［註］

（1）第一四巻、一九二五年六月一一日　ホーフマンスタール宛、二二六頁。
（2）『ベルリンの幼年時代』第一二巻、九頁。
（3）「ヴァイマル」（柴田翔訳）第一一巻、七〇頁。
（4）同、七一頁。
（5）同、七二～七三頁。
（6）「マルセイユのハシーシュ」（丘澤静也訳）第二巻、一〇四～一〇五頁。
（7）「北方の海」（柴田翔訳）第一一巻、九一頁。
（8）『わが友ベンヤミン』、一五七頁。
（9）Gesammelte Schriften IV・1 S.356.
（10）ebd. S.358.
（11）ebd. S.359.
（12）「シュルレアリスム」（針生一郎訳）第八巻、一八～一九頁。
（13）「遊民の回帰」（小寺昭次郎訳）第一三巻、八四頁。
（14）「ボードレールのいくつかのモティーフについて」（円子修平訳）第六巻、一七七～一七八頁。
（15）「セントラル・パーク」（円子修平訳）第六巻、二四八頁。
（16）「ボードレールのいくつかのモティーフについて」、第六巻、二〇八～二〇九頁参照。
（17）「パリ――一九世紀の首都」第六巻、一一頁。
（18）第一四巻、一九二八年一月三〇日ショーレム宛、二五四頁。

第四章　ナチズムと革命

歴史状況との対決

一九三三年、ナチスが政権を掌握する。それは人類を戦争、迫害、抑圧そして身の毛のよだつような大量殺戮の悲劇と破局へと追いやる歴史の始まりであった。ベンヤミンもまた、そうした悲劇と破局へと追いやられた一人にほかならなかった。一九三三年三月二〇日付けのショーレムへの手紙で、ベンヤミンはドイツを後にして亡命する決意を固めたことを伝えている。

ぼくについていえば、ぼくのなかに、それもやっと一週間まえに、あいまいなかたちで、ドイツを去る決心を急速に発展させたものは、こういう――ずっと前から多少とも予見できていた――状況ではなかった。ほとんど数学的な同時性をもって、およそ言うに足りるすべての箇所から原稿が返却され、進行中ないし、成約まぎわの交渉が打ち切られ、問い合わせが返事もなしに打ち棄てられたことだった。公認のものにそっくり右へナラエしないようないっさいの態度や表現法にたいするテロルは、考えられる極限に近づいている。こういう事情のもとでは、ぼくが以前から理由あって持してきた極度の政治的自制も、自制している者を計画的な迫害からは守るかもしれないが、餓死からは守りはしない。(1)

ベンヤミンはまずパリへ行き、すぐにパリから前年も滞在していた地中海のスペイン領の島イビサに向かった。この亡命行には後にアドルノの妻になるグレーテル・カルプルスのすすめが大きく預っていたようである。イビサでの滞在はほぼ半年におよび、秋に再びパリに戻る。この間にイビサでマラリアにかかったりもしている。

さて、こうしたナチズムによる抑圧下での亡命という状況についてベンヤミンは何を考えていたのだろう。先に引用したショーレムあての手紙の別のところでベンヤミンは「事態の核心をなすものは、個別的なテロルよりもむしろ、文化の総体的状況である」といっている。ベンヤミンにとってナチズムがもたらした問題は、直接的、物理的な抑圧状況そのものというよりは、ナチズムの登場によって象徴される歴史状況総体の性格、構造の方にあった。それは、ベンヤミン個人に即していえば、彼の思想の根源にある救済のモティーフ――別なことばを使えば、ユートピアと革命のモティーフ――が最も苛酷なかたちで歴史的現実の検証にさらされねばならないことを、すなわち思想の力とリアリティが真の意味で現実とわたりあわねばならないことを意味している。

ベンヤミンは「極端なもの」こそが現象と真理の関係を明らかにするといっているが、ナチズムという「極端なもの」の登場によって照射される歴史状況の本質は、ナチズムのみならずさまざまな同時代現象を含み込んだ一九世紀以来の近代という歴史状況の普遍的な本質にほかならなかった。そうした近代――モダン＝モダニティの星座＝状況――の経験こそが、自由な物書きとしての生活基盤をも奪われ、ぎりぎりの生存条件へと追いこまれていく中で、なおかつ考えること、書くことをやめるわけにはいかなかったベンヤミンの対決すべき対象――「文化の総体的状況」――であった。

この時期以降のベンヤミンの仕事には、そうした歴史状況との対決から生じた、異様なほどアクチュアルな性格がみてとれる。そこでは根源としての真理の存在論的条件そのものよりも、そうした根源としての真理が歴史の腐朽・衰亡の過程のはてに辿り着いた近代という歴史状況の中でいかなる力学にさらされ、いかなる変容をこうむっていったかが、近代そのものの歴史条件の検証を通じて追求されようとしている。それは別なかたちでいえば、バロック時代におけるアレゴリーの存立条件を近代の歴史状況の中に求めようとする試みといってもよいだろう。ナチズムもまたそうした歴史状況の一構成要素にほかならない。

とはいえ、ベンヤミンの現実生活が亡命状況の中でみるみる悪化していき、しばしばぎりぎりの生存条件さえおびやかしかねなくなっていたことも事実である。彼には大学の教員という資格も、芸術家の持っているスペシャリティも欠けていた。ベンヤミンは二重、三重の意味で自由な物書き（オム・ド・レットル）であるほかなかった。これは亡命者の立場としてはかなり致命的なことであったといわねばならない。パリのかたすみの安ホテルや当時パリにいた妹のドーラの下宿を転々とし、またときにはいよいよ喰いつめてサン・レモにあった別れた妻ドーラの下宿屋に転がりこみながら、彼の孤独な、ほとんどどんづまりというべきフランスでの亡命生活がつづく。

ベンヤミンを支えたもの

この時期にあってベンヤミンを支えていたものは、内面的にいうならば『パサージュ論』完成への執念であった。先ほどふれた近代の歴史条件の検証を通じた近代のアレゴリー的な解読の試みは、何よりもパリのパサージュを、そしてそれが象徴している一九世紀の「根源の歴史《ウアゲシヒテ》」を舞台にして行なわれるべきものであった。もはや根源としての真理についての抽象的な思弁が問題なのではなく、それを潜勢化したかたちで自らの中に内在させる近代のアレゴリー的要素、いいかえれば破砕された星座＝状況の断片（暗号符）とそれをつつみこむ近代の廃墟としてのありようを表徴的に踏査しぬくことこそが問題なのである。ベンヤミンは『パサージュ論』のために連日国立図書館《ビブリオティク・ナシオナル》に通い、膨大な一九世紀に関するカードを作製する。この引用カードのモザイクの中から一九世紀近代の根源の歴史が透視されうるはずだからである。

さて、この時期のベンヤミンを支えていたもう一つの要素は、ベンヤミンの生涯にとって宿命的な意味を持ち続けた友人たちとの関わり、すなわち「友情《フロイントシャフト》」であった。

この友情の存在のおかげで、この時期のベンヤミンは悪化した生活条件の中ではありながらも仕事を続け、一九四〇年までかろうじて生きのびることができたのだ、といってよいだろう。遠くパレスティナの地から手紙を送り続けたショーレム――ショーレムとはパリで再会する――、別れた妻ドーラなどの古い友人たちはもとよりだが、この時期のベンヤミンの交友圏には新しい要素が加わってくる。その中でとりわけ重要なのは、古くからの友人テオドーア・W・アドルノを介したフランクフルト社会研究所とのつながりと、一九二九年頃知り合ったベルトルト・ブレヒトとの友情、そして少数のフランス人たちとの関わり、とりわけ「社会学研究会《コレージュ・ド・ソシオロジー》」のメンバーであったバタイユたちとの関わりであった。

そして彼らとの交遊を通して、先ほどふれた近代のアレゴリー的解釈の試みとしての『パサージュ論』と、それとの関連で成立したいくつかの仕事の星座＝状況が形成される。

こうした仕事についての検討に入る前に、近代のアレゴリー的解釈という形で性格づけられる、ベンヤミンの近代へのアプローチのしかたを、もう少し具体的にみておこう。

近代のアレゴリー的解釈というとき、そこでいちばん問われねばならないのは、根源の歴史の星座＝状況がいかなる歴史の相対的条件にさらされているかを把握することである。別ないい方をすれば、根源の歴史の諸要素がアレゴリーとしての諸断片に破砕され潜在化される際の、その破砕のされ方、そしてそこに働く力学、メカニズムの分析である。それは、遊民《フラヌール》として都市を遊廻するベンヤミンのまなざしの中に潜む表徴的特質を方法的に支えている基盤にほかならない。そこでは一九世紀近代の支配メカニズムとしての資本主義の運動とそれがもたらす物象化（資本と商品の宇宙）という事態の基本要素が問われねばならない。しかもそれは単に経済的な意味においてだけではなく、社会の客観的構造と文化の内面的・イデオロギー的要素が結びつく場において問われねばならないのである。

技術の問題

ベンヤミンがこのとき見出した基本要素は二つあった。一つは、歴史的現実が構成される際に働いている技術の問題である。それは社会を構成する諸要素の生産条件のありかたの問題といってもよいだろう。いうまでもなく、一九世紀近代は産業資本主義的生産様式が拡大・発展した時代である。この産業資本主義的生産様式の下で社会的生産条件は大きく変容した。その焦点はこれまたいうまでもないことだが、工場制度を媒介とする同一商品の大量生産システムの定着である。モノはこうした大量生産システムの中ではもはやその独自性や固有性、永続性を維持しえない。それはモノの使用価値としての側面が二義的なものとなり、交換価値としての側面が前面に出てくるということを意味する。

こうしたことはモノを経済的なレヴェルで捉えた場合にのみあてはまるだけではなく、モノをおし包む文化の諸条件に関してもあてはまる。すなわち文化に関して存在していた伝統的なみかた、すなわち個々人の内面性やそれに由来する精神的・超越的価値、あるいはとくに芸術の場合にいえることであるが、そうした内面的なもの、根源的なものから生じる個々の「作品」のかけがえのなさ、個性やオリジナリティの価値といったものが、この大量生産と交換価値の優位という傾向の中で解体へと追いやられるのである。

産業資本主義的生産様式の主導下で生じた一九世紀近代のこうした時代性格は、そうした時代様相の基盤をなしている生産条件の転換、とりわけその技術的条件の転換に大きく依存をしている。機械技術の発展はいうまでもなくその最大の要素である。しかし重要なのは、単に技術が従来の手工業的技術のレヴェルから機械技術のレヴェルに転換したということだけではない。それにともなってモノと人間の関わりのスタイルやそこで働いている価値意識、趣味判断、モラルといったものの総体が、やはり大きな変容を迫られたということが重要なのである。

たとえば文化の次元でいえば、大量印刷技術の発達にともなうメディアの変化、写真技術の登場による視覚芸術としての絵画の領域の侵犯——それはさらに映画の登場によって加速される——、ラジオ放送の技術の登場などが、文化（芸術）の一部社会的エリートによる専有やそうした専有にみあうような閉鎖的な文化（芸術）観の解体という事態を生み出すとともに、文化（芸術）の質そのものの、あるいはその享受のスタイルの劇的な転換をもたらしたのであった。

ベンヤミンは、こうした一九世紀近代における生産条件の基礎としての技術の転換がもたらした社会や文化の質的変化にきわめて敏感であった。ベンヤミンの表徴的まなざしには一見すると高踏的な秘教性が色濃くまとわりついているようにおもえる。じっさい、彼の分析やそれを表現する文体にそうした秘教性めいたものがうかがえることは否定できない。しかし根本のところで、ベンヤミンはそうした秘教性が示唆する自閉的な精神主義やスノビズムを拒否する。それは彼の中にある歴史へのまなざしに根ざしている。歴史過程が強いる容赦ない相対化のメカニズムに、ベンヤミンはむしろ自らの方から身を投じ、歴史の腐朽・衰亡の様相のただ中において根源としての真理への思考を発動させようとする。

したがってベンヤミンの近代認識のあり方は、ドイツにおける近代認識によくみられるような文化批判のスタイル、すなわち精神の内面的自律や自足性に根拠をおく形での、近代社会の物質的諸条件への批判・反抗のスタイルとは根本的に異質である。すでに『芸術批評の概念』の中でベンヤミンは、反省という認識の産出過程を主体＝自我の内閉性へと解消することに対して異議を申し立てているが、このことはベンヤミンの思考スタイルを理解するうえで重要である。ベンヤミンにとって、根源としての真理を無媒介にある種の実体化された精神や理念や美的形象と同一視する俗流神秘主義ほど無縁なものはないのだ。このことは、ベンヤミンの思考の持っているドイツ精神科学《ガイステスヴィセンシャフト》や文《クルト》化史《ウアゲシヒテ》の方法スタイル——たとえばディルタイなどに典型的な――との異質性につながっている。

ついでにつけ加えておけば、もう一方でベンヤミンの歴史認識における批判対象となっているのが歴史主義である。歴史主義は実証研究というスタイルをとりながら、歴史をすでにあった過去のさまざまな事象の収蔵庫として形象化する。そこでは過去は既に生命力を失い、標本化された遺物（文化財）として、あたかも博物館のガラスケースの中の陳列物のように、整然とした分類体系の中に収められる。そしてこの分類体系に基づく遺物の配置図が、そのまま歴史のありのままの姿として捉えられることになる。

こうした歴史主義は、二重の意味で歴史に対して冒瀆的であるといわねばならない。一つは、こうした歴史主義によって過去から救済のポテンシャルが完全に失われてしまうということである。ベンヤミンの歴史認識がその核心に根源の歴史を土台とする救済史的構図を孕んでいることはすでにふれた。このことは決してベンヤミンの歴史のアレゴリー的解釈と矛盾しない。根源の歴史へのまなざしにおいて発動される「かつて―あった」真理と「いまだ―ない」真理の両極の間の弁証法、そしてその弁証法の発動される場としての「いま」の介入が歴史のアレゴリー的解釈と、そしてその土台とする救済史的構図を可能とする。歴史主義はこうした救済史的構図を客観主義のスタイルを通じて破壊することで、根源の歴史の認識可能性を根だやしにしてしまう。

さてもう一つは、歴史主義の形象化する過去が一見客観的よそおいを有しつつ、じつは勝者の歴史にすぎないということ、いいかえれば、歴史主義は過去におけるさまざまな支配形態の正当化の論理にすぎないということである。このこともまた救済史的構図の不在ということと無縁ではない。ようするに歴史主義には「いま」の介入を通じた歴史のアクチュアルな認識（＝救済）の契機が欠落しているのだ。

――歴史主義の歴史記述者はいったいだれに感情移入しているのか、という問いを提起してみればよい。かれは明らかに勝利者に感情移入しているのだ。しかし、いつの時代でも支配者は、かつての勝利者たち全体の遺産相続人である。したがって勝利者への感情移入は、いつの時代の支配者にも、しごく都合がよい。これだけいえば、歴史的唯物論者には、十分だろう。こんにちにいたるまでの勝利者はだれもかれも、いま地に倒れているひとびとを踏みにじってゆく行列、こんにちの支配者たちの凱旋の行列に加わって、いっしょに行進する。行列は、従来の習慣を少しもたがえず、戦利品を引き廻して歩く。戦利品は文化財とよばれている。(3)

ベンヤミンが歴史の生産条件の基礎としての技術の問題に着目するのは、こうした歴史主義と、もう一方における精神科学や文化史の抽象性、観念性に対抗しつつ、歴史認識の真のアクチュアリティを求めようとする姿勢に由来しているのである。

群衆現象

さて、技術の問題と同時にベンヤミンが注目するもう一つの要素は、ある意味で技術の問題と並行関係にあるといえるのだが、近代における群衆（大衆）の問題、いいかえれば集団の問題である。

すでにボードレールとの関わりでふれたように、群衆の登場は一九世紀近代の重要な現象であった。群衆の登場は明らかに一九世紀近代における主体概念の変容を示す。近代における技術の転換が主体＝自我の自足性に対して解体を迫ったのと同様に、群衆の持つ集団性は、個々人の主体＝自我の自律性、能動性に対して変容を迫る。歴史的にみれば、ちょうど技術の転換が一九世紀近代の支配メカニズムである産業資本主義的生産様式の現象形態としての大量生産システムを促進させる要因であるとともに、その結果でもあったのと同様に、群衆現象は産業資本主義的生産様式を支える大量の労働者群の産出の要因であり、また結果である。そして技術の問題が生産条件と主要に関わっているとするならば、群衆現象はそうした生産条件によって生み出された大量の商品の消費（享受）のあり方に深く関わっているのである。こうして技術の問題と群衆（集団）の問題は、近代における生産と消費の領域に関わることによって、いわば近代の歴史的現実の総体を決定づける重要な問題極となる。

そしてこの問題極の振幅の中で問われているのは、近代の生産条件を通して生み出されるさまざまな生産物（大量生産されれめ商品）が群集による消費＝享受を通してどのような意味や夢や神話にむすびついていくかということである。そこに近代におけるモノの形而上学的意味をめぐる神話学的問いが生じる。

ところでここでもう一点つけ加えておかねばならないのは、こうした技術の問題と群衆の問題がベンヤミンの中でナチズムの登場によってますます先鋭化する支配の論理か支配の廃絶の論理かという歴史の方向性の二者択一にとって共通の前提となっているということである。

近代における技術の転換とそれが生み出した結果も、群衆（集団）の登場による主体の変容もともに、ナチズムに象徴される近代社会の最も極限的な支配形式の源泉にもなりうるし、また一方では、マルクスによって「生産力と生産関係の矛盾」を通して導き出された無階級社会の可能性の源泉ともなりうる。いいかえれば、技術の問題の領域と群衆の問題の領域において、支配か支配の廃絶かという選択が最もラディカルな形で問われるのだ。生産と消費の関係という社会的下部構造の構成要素と、モノの形而上学的意味をめぐる文化的上部構造の構成要素の間の関わり方というところで、ナチズムも支配の廃絶をめざす革命もその本質的性格を問われることになる。なぜなら、ナチズムにも革命にも近代における技術の所産とモノの形而上学的意味の結びつきがうかがえるからである。たとえば、ナチズムならばアウトバーンや機甲師団と「血と大地」の神話の結びつきというようにである。

ベンヤミンはナチズムにも革命にも向かいうる両義性を孕んだこの技術の問題と群衆の問題という視角から、近代を、そして彼自身が帰属する同時代の社会状況を問おうとした。それは当時の左翼的・進歩的立場からの、ナチズムや革命へのアプローチのしかたとまったく異質な問い方であった。ただ、少数ではあったがそうした問いの問題意識を共有しうる思想家や文学者がいた。それは『この時代の遺産』のエルンスト・ブロッホであり、後にベンヤミンの影響もうけつつ『啓蒙の弁証法』を著したフランクフルト社会研究所のマックス・ホルクハイマーとアドルノであり、『試み』におけるブレヒトである。

ベンヤミンも含めたこうした人たちの同時代状況の分析は、ナチズム登場の歴史的意味に関する一方的断罪に終わらない内在的な問いかえしという意義を持っている。そしてそれは、この希望なき時代における最もラディカルな希望への問いかけにほかならない。

［註］

（1）第一五巻、一九三三年三月二〇日ショーレム宛、六六六〜六七頁。
（2）同、六六六頁。
（3）「歴史哲学テーゼ」（ただし現行のズーアカンプ版全集では「歴史の概念について」となっている）（野村修訳）第一巻、一一七頁。

第五章　フランクフルト学派とブレヒト

フランクフルト社会研究所

亡命してパリへきたベンヤミンにとってさしあたり最も緊急な問題は、ただでさえ逼迫していた生活基盤をどうたて直すかということだった。その際ベンヤミンが希望を託そうとしたのがフランクフルト社会研究所の紀要『社会研究誌』への寄稿であった。

フランクフルト社会研究所は、一九二四年フランクフルト大学に設立された。中心になったのは一九二三年イルメナウで開催された第一回マルクス主義研究週間の主催者であったフェリックス・ヴァイルである。彼はユダヤ系の富豪ヘルマン・ヴァイルの息子で経済学者であった。マルクス主義研究週間の試みは一回でとだえたが、ヴァイルはその成果を四散させずに持続的なものにするための恒久的な研究機関の創設を思い立つ。彼は父から財政的援助を引き出して、一二四年に研究所を設立したのであった。この研究所の研究テーマの中心は、労働運動の歴史と理論であったが、みのがせないのは経済と文化の相関関係というテーマがすでにこのときとりあげられていたことである。結局、研究所の成果の主要な分野となるのは後者のテーマであった。

研究所の初代所長は、オーストリア・マルクス主義の立場に立つカール・グリュンベルクであったが、マルクス主義の科学理論としての正当性に固執するグリュンベルクの所長時代には研究所の独自な性格はまだ現れていない。研究所の活動が軌道にのり、真の固有性を発揮しはじめるのは、一九三〇年にフランクフルト大学の社会哲学の教授になったマックス・ホルクハイマーが翌三一年第二代所長に就任してからである。彼は就任講演「社会哲学の現状と社会研究所の課題」の中で、社会哲学を基盤とする実証主義批判と個別科学の諸分野の学際的交流という方針をかかげ、研究所の仕事のあるべき方向性を明確に規定づけた。

研究所の成果を具体的な形で発表する場として一九三二年『社会研究誌』がライプツィヒで創刊された。創刊号にはホルクハイマーのほか、フリードリヒ・ポロック（国家独占資本主義論）、エーリヒ・フロム（精神分析と社会心理学）、ヘンリック・グロスマン（経済学）、レオ・レーヴェンタール（文学社会学）、アドルノ（音楽論）らの名前がみえる。この多様な分野にわたる脱領域的な仕事のスタイルと、それを貫く社会哲学的視点、具体的にいうならば、マルクス主義の現代的再生と社会科学的・人文科学的言説の「批判」概念を軸とする再編成の視点が研究所の仕事の基本的方向性を示している。

ホルクハイマーの所長時代、研究所の運営の中心となっていくのは、ホルクハイマーと彼の古くからの友人であるポロックおよびアドルノであった。彼らは研究所全体の人間関係の拡がりの中で、より親密なインナー・サークルとしての関係を形成していく。そして一九三三年、ナチスの政権掌握とともに研究所が亡命を余儀なくされたとき、研究所活動の維持の中心となっていくのもこの三人であった。彼らはいち早く、ナチズムによる政権掌握とそれに続く弾圧という事態を予測し、研究所の財産をジュネーヴに移し、三三年の二月には亡命下の新体制を発足させる。『社会研究誌』もパリで刊行されることになる。

こうした状況の下で、ベンヤミンに対して寄稿者として研究所の活動に協力することが要請されたのである。既にふれたアドルノの妻グレーテル・カルプルス（アドルノ）にあてた手紙には、次のような文章が残されている。

マクス〔・ホルクハイマー〕からは、ジュネーヴ発信の詳細な手紙を受けとった。それから読みとれる限りでは、紀要の刊行は続けられ、ぼくの寄稿も依然として予定されている。ぼくがまず書くべきテーマはフランス文学の社会学〔的考察〕だが、これがここにいては書きにくいことは、自明だ。とにかくできるだけは、パリにいたときに準備してきたが。そのあとでは、たぶんまた書評を書くことになるだろう。(1)

ベンヤミンの『社会研究誌』への寄稿は、一九三四年から三九年にかけて書評をのぞくと四回行なわれた。「フランスの作家たちの現在の社会的立場について」（三四年）、「複製技術時代における芸術作品」（三六年）――この論文はピエール・クロソウスキーの訳による仏文で掲載された――、「エードゥアルト・フックス――収集家と歴史家」（三七年）、「ボードレールのいくつかのモティーフについて」（三九年）である。

一九三八年にベンヤミンが書いた「あるドイツの自由な研究所」という、フランクフルト社会研究所についてのエッセイを読むと、ベンヤミンがどういう点で研究所の活動に共感したかがわかる。このエッセイでベンヤミンは、研究所の仕事が学問と社会的実践の関わりについての本質的な反省と方法論の捉え返しの問題意識を含んでいることを高く評価する。そして亡命という形で加えられつつある不正を、単に外在的な暴力として捉えるだけでなく、自分たちもまたそれに対してなんらかの連帯責任を逃れえないという自己批判の視点を持っていることも、ベンヤミンの研究所に対する評価のポイントとなっている。

社会学研究所の仕事は、ブルジョワ意識の批判という一点に収斂する。この批判は外部からではなく、自己批判としてなされる。時流に捉われずに、根源へ向かう。(2)

ベンヤミンと社会研究所をつなぐ問題意識の環は、左右を問わず時代をおおいつつあるアフィルマティーフ（現状肯定的）な文化概念に対して、真に批判的な視座を獲得するという点にあった。そしてこの批判的視座は、ナチズムの登場によって明確になりつつあった近代の根本的な危機状況に対する最もラディカルな思想的対決の意味を持つことになる。先にもふれたエルンスト・ブロッホの『この時代の遺産』とそれに続く記念碑的大著『希望の原理』、ホルクハイマーとアドルノの共著『啓蒙の弁証法』、そして研究所の共同研究『権威と家族』は、社会研究所につらなる人脈から生まれた。そうした時代との対決の最も輝かしいドキュメントにほかならない。もちろんベンヤミンの仕事もまたこうした時代との対決の文脈の中で捉えられねばならない。

「複製技術時代における芸術作品」

さてベンヤミンが『社会研究誌』に寄稿した論文の中で、最も重要かつ有名なものが「複製技術時代における芸術作品」である。この論文においてベンヤミンは、先にふれた近代における技術の問題を徹底的な形で論じている。そしてベンヤミンのまなざしは、技術の問題を通してあらわになる文化の内部におけるファシズム的傾向と革命的傾向のはげしいせめぎ合いに向けられている。そのせめぎ合いの焦点となるのが、技術の転換によってもたらされた文化（芸術）の生産条件の変容と、その結果現れた事態、すなわち文化（芸術）の大量生産システムへの組み込みやそれにともなう享受の大衆化といった諸現象をファシズムと革命のどちらが自らのヘゲモニーに取りこめるかという問題である。

> ここでは、ただ現在の生産条件のもとにある芸術の発展傾向にかんするテーゼだけが問題になりうる。もちろん、生産の諸条件がもつ弁証法は、経済におけると同様、上部構造においてもきわめて顕著であり、したがって、このテーゼのもつ戦闘的な意義を軽視することは、誤りであろう。このテーゼは、創造性とか天才性、永遠の価値とか神秘性といった数多くの伝来の概念をあくまでも排除するものである。これらの概念を無制限に応用することは（中略）、おのずからファシズムの意味での事実的材料の捏造につながってしまう。以下の各章において芸術原理のなかへあらたに導入しようとする概念は、しかし、慣用の概念とちがって、ファシズムの目標のためにはまったく役にたたない。そのかわりそれは、芸術政策における革命的要求を明確に表現するのに役立つ(3)。

この論文でベンヤミンが扱おうとしているのは、一九世紀近代以降の芸術の歴史において複製技術の発展がもたらした意味である。複製技術の発展は、単に芸術の伝達媒体や享受形態の変化だけでなく、芸術作品の生産条件と内容そのものの変化ももたらした。それをベンヤミンは芸術作品におけるかけがえのない一回性や固有性の源泉としての「アウラ（光背）」の喪失という形で捉える。

> ここで失われてゆくものをアウラという概念でとらえ、複製技術のすすんだ時代のなかでほろびてゆくものは作品のもつアウラである、といいかえてもよい。このプロセスこそ、まさしく現代の特徴なのだ(4)。

アウラの喪失は、伝統的な枠組みとの結びつきの中で保持されてきた芸術観の核心に対して、はげしい変容をせまる。それは、伝統的芸術観の中にある芸術の祭祀性――「芸術＝宗教《クンストレリギオーン》」としてのあり方――からの芸術の解放につながる。すなわち複製技術の拡大・発展にともなって、芸術の「脱呪術化《エントツァウベルング》」（ウェーバー）がはじめて可能になるのである。このことは別な面からいえば、芸術の持つ「礼拝的価値」が後退し、かわって「展示的価値」が前面に出てくることを意味する。その最も典型的な例が写真の登場にほかならない。「写真の世界では、展示的価値が礼拝的価値を全面的におしのけはじめている」[5]。

この展示的価値そのものについてベンヤミンはあまり明確に述べていないが、少なくともアウラと結びつく礼拝的価値の後退とともに、芸術をめぐって生み出されたさまざまな擬似宗教的神話——「芸術のための芸術《ラール・プール・ラール》」もその一要素である——が解体したこと、そして展示的価値の増大とともに芸術享受の本格的な大衆化が始まったことは確かであろう。

一九世紀に、絵画と写真のあいだに、その作品の芸術的価値をめぐってつづけられた論争は、こんにちではすでに傍道にそれ、紛糾したかたちでしかおこなわれていない。ということは、しかし、この論争の重要性を否定するものではなく、むしろ強調することになるかもしれない。事実この論争は、絵画も写真とともにそれとは自覚していなかったひとつの世界史的変革のあらわれであった。芸術が技術的に複製可能になり、その礼拝的基盤が失われることによって、芸術の自律性という幻影も永久に消え去ったのである[6]。

こうした展示的価値の増大の帰結点として、ベンヤミンは映画をとりあげる。映画を決定づけている最大の特色は、俳優の演技が機械（カメラ）を通してのみ観客の前に展示されているという点にある。この演技と機械の結びつきは俳優の演技の持っている「いま」「ここ」の一回性、すなわちアウラを完全に解体する。俳優の演技はフィルムに定着されて、いつどこへでも持っていくことができる。そしてそのことによって展示の量的規模は、劇場という限定された空間における観客を前にしたそれに比べて飛躍的に増大する。ちょうど工場で生産された製品と同じように、フィルム上の演技は不特定多数の購買者＝観客からなる市場に投入される。「俳優は、器械装置のまえにいても、いま自分が勝負している相手は結局は市場を形成する買い手すなわち観客なのだ、ということをよく知っている[7]」。

ここでベンヤミンは映画と市場との関係について興味深い視点を提起する。それは、アウラの喪失によって性格づけられる映画が、市場における購買価値を高めるために擬似アウラとしてのスター崇拝を作り上げるという視点である。この視点に立つとき、近代が生み出した技術の支配の下にある芸術において、あらゆる芸術の神話的意味づけは虚偽であることになる。もう少し正確にいうならば、そうした意味づけは市場における芸術作品の商品価値に付加された幻影《ファンタスマゴーリッシュ》的な価値を産むにすぎないということである。

サブ・カルチュアへの視点

この視点はベンヤミンの文化認識の持っている予言的な射程をさし示すものとして重要である。というのも、ここでベンヤミンが映画に代表させる形でとりあげている近代の技術の支配下にある芸術とは、私たちの同時代の文化状況に引きよせていえばサブ・カルチュアを意味しているからである。そしてベンヤミンのいう擬似アウラの捏造という事態は、今日の高度資本主義社会下の文化市場において、音楽産業やマスコミ産業、あるいは広告産業がくりひろげているサブ・カルチュアのさまざまな神話化の先取りとしての意味を持っている。それは高度資本主義社会が生んだ大衆消費社会状況のもとにある文化の消費的な商品価値をおしつつんでいる幻影《ファンタスマゴリー》であり、擬似神話である。

もちろんベンヤミンはこうした事態をきびしく批判する。「映画資本が主導権をにぎっているかぎり、一般にこんにちの映画から期待できるのは、従来の芸術観にたいする革命的批判の推進だけである」(8)。

しかしここで重要なのは、ベンヤミンがサブ・カルチュア的な文化現象に対して批判的立場をとったということではない。むしろサブ・カルチュアを技術の問題との関わりを通して彼の同時代の文化の最も肝要な現象として捉えたことが重要なのである。それによってベンヤミンは、サブ・カルチュアを芸術の俗流化として一刀両断してしまうような高踏的な芸術観にとどめをさす。それは、芸術が現実社会に対して持っている批判的対抗性と自律性に近代に対する批判的潜勢力をみようとした近代ドイツにおける「美的救済の思想」に対する最もラディカルなアンチ・テーゼとしての意味を持つ。なぜなら、ベンヤミンの立場に立てば、「美的救済の思想」も技術の支配のもとにある芸術（サブ・カルチュア）を擬似神話化する幻影の一要素にすぎなくなるからである。ベンヤミンの視点にそくせば、芸術における批判性、革命性は、あくまで芸術のサブ・カルチュア化をもたらす技術の進展という事態そのもの——それがもたらす生産―享受の総体的条件——の内部で見出されねばならない。

ではベンヤミンの模索はどのような形で具体化されうるのか。ここでベンヤミンは技術の問題に相関する大衆の問題を取りあげる。「芸術作品の複製技術は、芸術にたいする大衆の関係を変化させる」(9)。

この変化によって生じるのは、芸術の生産主体のあり方、そしてそれに根ざす芸術の創造—享受の関係総体の転換である。複製技術による芸術の大量生産とそれにともなう大量消費（享受）は、少数のエリートによる生産条件の専有という事態を打破し、だれもが芸術の創造主体になりうる条件を作り出した。正確にいえば、そこでは二つの事態が同時に進行する。一つは創造主体と享受主体の相互移行可能性という事態であり、もう一つは創造主体の集団化という事態である。それは、一九世紀近代の支配システムとしての産業資本主義的生産様式の内部における「プロレタリアート」という名の階級の形成、いいかえれば、大衆のプロレタリアート階級という形での分節化の裏面にほかならない。そしてここにもまた一個の弁証法が働いている。

技術の発達にともなう生産条件の転換と大衆＝プロレタリアートの形成にともなう大量消費形態の出現は、ともに産業資本主義的生産様式が近代に対して強いた支配形式の産物である。したがってそこには生産と消費の総体にわたって支配のくびきをはめ、それを支配の維持・保存につごうのよい要素に仕立てあげようとする力学が働いている。それはマルクスのいう搾取《アウスボイトウング》という事態にほかならない。にもかかわらず——正確には、それゆえにこそ——技術の発達と大衆＝プロレタリアートの形成は、産業資本主義的生産様式がもたらした支配の構造をゆるがす不安定要因ともなる。

それはなぜか。技術の発達にともなう生産力の増大と大衆＝プロレタリアートの形成にともなう消費の量的・質的拡大は、マルクスが「生産力と生産関係の矛盾」と呼んだ事態を招くからである。すなわち技術の発達と大衆＝プロレタリアートの形成によって、古い生産関係とそれにみあう消費規模が枠づけてきた生産力の限定的水準が一気に突破され、逆にそうした古い生産関係と生産力の新たな水準との関係の不均衡が生まれるのである。

この不均衡の先に見通されるのは、技術と大衆＝プロレタリアートが、解放された生産力の真のにない手となる可能性である。産業資本主義的生産様式による搾取、そしてそれが作り出す支配形式——資本の支配——の強制力の産物としての技術と大衆＝プロレタリアートは、その極点においてそうした搾取や支配形式の強制力の転覆要因へと反転する。そこには、すでに言及したベンヤミンの根本的なモティーフが二重に重ね合わされる。すなわち歴史のアレゴリー化の不可逆性の認識と「自然の主体」の思想が、である。

産業資本主義的生産様式が強いる支配形式は、根源としての産出する自然に対する、徹底した搾取としての意味を持つ。したがって産業資本主義的生産様式もその所産としての技術と大衆＝プロレタリアートも根源としての産出する自然からの隔絶を意味している。それはいうまでもなく歴史の腐朽・衰亡過程としてのアレゴリー化にほかならない。しかしこのアレゴリー化の中には、先にふれた「生産力と生産関係の矛盾」という形の潜勢力が内在する。それはアレゴリーを反転させ、再び根源としての産出する自然をよみがえらせようとする力である。技術と大衆＝プロレタリアートは、この潜勢力によってアレゴリー化の過程を反転させ、自ら産出する自然としての、自然の主体として生まれ変ろうとするのである。

ベンヤミンの志向した革命とは、こうした根源としての産出する自然の再生が技術を媒介としつつ大衆＝プロレタリアートの集団的主体において成就されることを意味していた。それは一見するとファシズムの全体主義的傾向と、あるいはスターリン主義的に解釈されたマルクス主義における政治文化の傾向とほとんど重なりあうようにみえる。しかしベンヤミンのめざしたものは、そうしたファシズムやスターリン主義と根本のところで異なっている。なぜなら、ファシズムは、集団的主体の意味を徹底した非人間化（個としての人間の根絶）という形でしか捉えようとしないし、スターリン主義における政治文化も、集団的主体が根源としての産出する自然の再生の意味を持つことをまったく理解しない、上からの強制的集団化にすぎないからである。両者の集団的主体の捉え方には支配の廃絶を展望する根源的なユートピア性が欠落しているために、集団的主体のあり方が支配のいっそうの強化とそのイデオロギー的粉飾しか意味しなくなる。

――ファシズムは、所有関係をそのままにして、プロレタリア大衆を組織しようとする。（中略）所有関係の変革を要求している大衆にたいして、ファシズムは、現在の所有関係を温存させたまま発言させようとする。当然、行きつくところは、政治生活の耽美主義である。大衆を征服して、かれらの指導者崇拝のなかでふみにじること、マスコミ機構を征服して、礼拝的価値をつくり出すためにそれを利用することは、表裏一体をなしている。(10)

ベンヤミンのこうした視点は、残念ながら社会研究所の他のメンバーに本質的な形では理解されなかったようだ。

いちばんベンヤミンに近いはずのアドルノでさえ、ベンヤミンの認識を非弁証法的であると論難する。[11] しかしそれはベンヤミンがあえてふみこもうとした近代のアレゴリー的な状況、アドルノの言葉を使えば「歴史と魔術とが振動しつつある領域[12]」を回避してしまうことから生じた非難なのではないだろうか。

こうした研究所のメンバーの無理解、とりわけライフワークとして考えていた『パサージュ論』に対する彼らの冷淡さは、ベンヤミンを深く傷つける結果となる。にもかかわらず、やはりベンヤミンとフランクフルト社会研究所の間には太いきずなが存在していたことも事実である。とりわけアドルノとの精神的なつながりは、ショーレムやブロッホたちとのつながりに匹敵する濃密さを持っていた。

既に一九二三年以来のつきあいであった彼らの間には、ファシズムとスターリン主義の狭間で逼塞しつつある近代の歴史的潜勢力の回復のために、根源としての真理に媒介されたユートピア的想像力の再生がぜひとも必要であるという共通の認識が存在した。正確にいうならば、一一歳年下だったアドルノがベンヤミンからそうした思考をうけとったというべきかもしれない。

この認識の所在をさし示す二人の共通の用語として「ミメシス」や、「弁証法」や、「星座＝状況《コンステラツィオーン》」などがある。アドルノの、『啓蒙の弁証法』や『ヴァーグナー試論』から晩年の『否定弁証法』と『美学理論』へ到る思想のあゆみの道すじには、そうした言葉に刻印されたベンヤミンの思考の影がいたるところで感じとれる。

アドルノはベンヤミンとの友情のあかしを、戦後におけるベンヤミン復権のためのさまざまな努力を通じて具体化しようとした。一九五五年の『ベンヤミン著作集』全二巻の編集と刊行はそのモニュメントにほかならない。この二巻本の著作集によってはじめてベンヤミンの思想的全体像が明らかになったのである。

アドルノはさらに一九六六年にはショーレムとの共同編集で『書簡集』を刊行し、より深いベンヤミンの思想に対する理解に寄与する。こうしたアドルノの努力を通じて、ベンヤミンは戦後のヨーロッパ思想圏における最も強力な光源の一つとなったのであった。

ブレヒト

亡命期のベンヤミンにとって、フランクフルト社会研究所のメンバーたちとともに重要な交友の相手となるのがベルトルト・ブレヒトであった。ベンヤミンとブレヒトの本格的なつながりができたのは一九二九年頃らしい。その時期のショーレムあての手紙に、「ぼくは幾人かの、言うに足りるひとびとと知り合いになった。第一にはブレヒトと、いっそうよく知り合うようになった（かれについて、またぼくらの関係については、多言を要するところだが[13]）」というくだりがみえる。

ショーレムのようなベンヤミンの古くからの友人たちは、彼がブレヒトとつきあうことに危惧を抱いていたようである。それはブレヒトの「粗野な唯物論」が、ベンヤミンの思考の源泉である形而上学的要素を台無しにしてしまうのではないかという怖れに基づいていた。しかしベンヤミンにとって、ブレヒトとの出会いはある種の宿命的性格を帯びていたと思われる。その宿命的性格のゆえにベンヤミンは友人たちの忠告をふりきって、ブレヒトとのつながりを深めていった。

ではベンヤミンにとってブレヒトとの関わりからみえてきた宿命的問題とは何だったのだろうか。それはすでに「複製技術時代における芸術作品」について論じる中でふれてきたベンヤミンにおける技術の問題と大衆の問題、そしてそこから明らかになる文化（芸術）の生産―消費（享受）条件の転換の問題にほかならなかった。この問題はベンヤミンの中で、彼が決定的にマルクス主義の立場を選びとる際のキーポイントとなった。そしてこうした文化（芸術）の生産―消費（享受）条件の転換という問題を通してマルクス主義、あるいは歴史的唯物論の立場を確立すること、いい方をかえれば、マルクス主義のアクチュアリティをこうした問題領域を通じて確証しようとすることは、じつはすでにブレヒトがとりつつあった視点にほかならなかったのである。こうしたブレヒトの視点によってもたらされた触発が、ベンヤミンにとって決定的な意味を持ったであろうことは想像にかたくない。

ベンヤミンが明確にマルクス主義の立場をとるに到ったのは、一九三一年頃と思われる。もちろんショーレムがいうように[14]、ベンヤミンはマルクス主義の立場を選択して以降も決してもう一方の要素、すなわち「形而上学的な根源的精神」を放棄することはなかったし、ベンヤミンのマルクス主義の理解そのものの中に、ある種のメシアニズム的・神学的なトーンが含まれていることも事実である。しかしベンヤミンにとってマルクス主義の選択は、やはり彼の生涯における決定的な選択の一つであったことは否定できないであろう。そしてそれは、すでにふれたように、ベンヤミンの歴史哲学的認識が同時代のアクチュアルな状況との本格的な格闘へふみこんでいった際に生じた一個の必然的帰結といえる。

こうしたベンヤミンのマルクス主義の立場の選択の過程に対して、量も大きな影を投げかけていたのがブレヒトの『試み』という著作であった。『試み』は第一集から第三集までであって、そこに一九三〇年以降のブレヒトの戯曲、詩、散文、評論がナンバーをつけて収録されていった。それはいっさいの文学的色彩をぬきさった、味もそっけもない教材としての体裁を持った本であった。ベンヤミンは三一年七月二〇日付けのショーレムへの手紙で次のようにいっている。

> そしてブレヒトの『試み』をきみに伝えることは、まったく特別な意味をもっている。というのは、この数冊の文書は、批評家としてのぼくがなんらの（公然の）留保なしに味方する最初の――文学上のであれ、学術上のであれ――文書だからであり、最近数年間のぼくの発展の一部は、これらとの対決のなかで行なわれたからであり、また、これらはほかのすべての文書よりも以上にするどく、ぼくのような人間の仕事をこの国でとりまいている精神的諸関係を、洞察させるからである。[15]

ブレヒトの『試み』は、ベンヤミンに自らをとりまく政治的・社会的な状況についての認識を喚起してくれた。そこからベンヤミンの新しい認識の次元が始まる。

ブレヒトと知り合ってめばえた問題意識をベンヤミンは、ブレヒトとの共同編集による新しい雑誌の刊行によって具体化しようとした。ローヴォルト書店の援助で刊行される計画だったこの雑誌『危機《クリーゼ》と批評《クリティーク》』の題名は、ベンヤミンの思考宇宙を考えるとき、まことに暗示的であるといわねばならない。結局この雑誌はローヴォルト書店が最終的に難色を示したため実現しなかった――ちなみにベンヤミンにはすでに一度雑誌の企画を立ててつぶれた経験がある。その雑誌の題名は彼が愛蔵していたパウル・クレーの絵にちなんで『新しい天使《アンゲルス・ノーヴス》』となるはずだった――。『危機と批評』の計画がだめになった後、ブレヒトにあてた手紙でベンヤミンはこの雑誌の企画によせた彼の問題意識を明らかにしている。

> 雑誌は、ブルジョワ陣営から出た専門家たちに思いきって学問・芸術の危機の叙述を試みさせるような、ひとつの機関誌として計画された。そこに貫ぬかれるべき

意図は、ブルジョワ知識人にたいして、弁証法的唯物論の方法がかれらに、かれら自身の必然性——精神的生産や研究の必然性、さらには生存の必然性——によって課せられてきていることを、明示することだった。ブルジョワ知識人が自身の問題であると認めざるをえないような諸問題に、弁証法的唯物論を適用することによって、雑誌は、弁証法的唯物論のプロパガンダに役だつはずだった。きみに以前にもいったとおり、そういう傾向は、ほかならぬきみの仕事において顕著なものだ⑯。

ベンヤミンがブレヒトにみたものは、ブルジョワ知識人たちが左翼的立場に移行する際にとる最も典型的な態度としての同伴者というスタイルとは根本的に異質な、むしろ知識人であることの存立基盤そのものを解体し、革命政治の力学的配置のもとでより機能的かつ技術的に文化生産の条件の大衆的なレヴェルにおける転換をおし進めようとする、いわば革命のテクノクラート＝プロパガンディストとしての知識人の活動スタイルであった。

それは文化に関するいっさいの神話的な感情移入を含まない、即物的な状況認識に支えられている。それによって、左翼知識人の中にすら残存していた精神の高踏的自足性が最終的に解体され、ブレヒトがいわゆる「教材劇」というジャンルにおいて形象化したような、表現とプロパガンダ、表現の送り手と受け手が一体化する異化と覚醒の回路を通して、大衆（集団）を生産と享受の主体とすることが可能になるのである。

ベンヤミンがブレヒトを媒介として獲得した当時の左翼知識人に対する批判的視点は、「左翼メランコリー」というエッセーの中にある次のような文章によく現れている。

ケストナーやメーリングやトゥホルスキーのたぐいの左翼急進派ジャーナリストは、崩壊したブルジョワジーの、プロレタリア的擬態なのであって、その機能は、政治的に見れば党派ではなく徒党を、文学的に見れば流派ではなく流行を、経済的に見れば生産者ではなく代理人を、産出することにある。じじつこの種の左翼知識人は、一五年まえからずっと、行動主義から表現主義を経て新即物主義にいたるあらゆる精神的好・不況の、代理人だった。しかもその政治的意義は、ブルジョワジーに現れたかぎりでの革命の反映を、消費者用の気ばらし、ないしアミューズメントの対象に置換することに尽きていた⑰。

　ここでベンヤミンが左翼知識人にみているものは、ファシズムと大衆の関係にみていたものと同質である。ファシズムが大衆の集団的主体としての登場を既存の支配秩序の維持という点においてのみ利用し、取りこもうとしたのと同様に、左翼知識人の左翼的言説も既存の支配秩序とその枠内での文化の生産―享受の条件にいっさいふれることなく、むしろちょっぴり毛色のかわった消費財（アミューズメント）としての役割を果すことを通して、そうした支配秩序を補完しているのにすぎない。この批判の手きびしさは、スターリン主義の社会主義リアリズムも含めた、あらゆる「左翼進歩派」的言説やふるまいの持ついかがわしさに対する最も鋭い異議申し立てとしての意味を持つだろう。

生産者としての作家

　ベンヤミンに対するブレヒトの影響から生まれた仕事として「生産者としての作家」という論文がある。この論文の中でベンヤミンは、今みてきたような左翼知識人のスタイルとは根本的に異質な、革命のテクノクラート＝プロパガンディストとして、文化の生産―享受の条件の機能転換に関わる作家のあり方を提示する。そこで展開されている問題はほとんど「複製技術時代における芸術作品」の議論と重なり合う。いくつか重要と思われる箇所をピックアップしてみよう。

――ある文学が時代の生産関係にたいして、どういう立場にたっているのかを問うまえに、生産関係のなかでどうなっているのか、と問いかけてみたい。この問いは、ある時代の作家が作品を生産するその生産関係の内部で作品がになう機能に、直接むけられている。別なことばでいえば、この問いは、作品生産における作家の技術に直接むけられている。わたしは、この技術という概念をとりだすことで、文学作品にたいして直接的な社会的分析ならびに唯物論的分析によるアプローチを可能にする概念を、指摘しているのだ。と同時に、技術の概念は弁証法的な出発点をもしめしている。この点から、形式と内容の不毛な対立が克服されうる。さらにまた、この技術概念は、はじめに問いかけた傾向と質の関係を正確に規定するための手びきをふくんでいる。だから、ついいましがたたしかめたように、作品の正しい政治的傾向はその文学的傾向をもふくみこんでいるのだから、文学的な質をその政治的傾向そのもののなかにふくまれている、と定式化しえたとすれば、いまやいっそう厳密に、このような文学的傾向は文学技術の進歩あるいは逆行のなかで成立する、と規定することができるだろう。[18]

こうした技術の問題によって、生産主体の転換、すなわち生産者と享受者の相互移行の可能性と生産―享受総体の大衆化から生じる集団的主体の形成がもたらされるのはいうまでもない。

――あのはげしい改造過程では、諸ジャンルの区別、つまり小説家と詩人のあいだの、専門研究者とポピュラーな解説者のあいだの区別がとりはらわれてしまうだけでなく、作家と読者のあいだの区別までも修正されてしまうということが、認められるのである。[19]

こうした文化の生産―享受の条件の転換に対して、知識人はどう関わろうとするのか。ベンヤミンはいう。

――さきに提起されたテーゼ――階級闘争における知識人の位置は、ただ生産過程内における知識人の位置にもとづいてのみ定められるべきである、あるいはむしろそれを選びとるべきである、というテーゼ――にふたたびもどろうと思う。[20]

このテーゼをうけてベンヤミンは、この論文の最も中心的な内容である知識人の役割について、ブレヒトに即しつつ展開する。

進歩的な（中略）知識人の志向にのっとって生産の形態と道具を変革するために、ブレヒトは機能転換の概念をあみだした。かれは、生産装置を社会主義の方向にそって可能なかぎり変革するという作業を、同時的におこなうことなしには、その生産装置に供給すべきではない、というはるかな射程をもつ要求を、知識人のまえにもちだした最初の人物である。（中略）精神の復興（中略）がのぞまれるのではなく、技術の革新が提議される。[21]

文化の生産装置に対して変革を試みることなくただ内容を供給するだけの知識人（文化の無媒介な生産主体）は、たとえその供給される内容が革命的であっても基本的に反革命的な存在である、というのがベンヤミンの、そしてまたブレヒトの認識である。文化の革命は、生産される内容のみならず生産条件とその伝達媒体・方法の転換なしにはありえない。その転換のただ中に立つことによって知識人は、プロレタリアート陣営の同伴者や専門領域に自閉するアルチザン的知識人という不毛な立場をこえる創造性をはじめて獲得しうるのである。「生産装置を変革することとは、知識人の制作を拘束しているあのジャンルによる枠組みのひとつをあらたにとりこわすこと、その対立のひとつを克服することを意味したといえよう(22)」。

ここでも問われているのは、文化の内部における古い生産関係の桎梏《しっこく》の下にある生産力の解放の条件であり、その担い手としての大衆の集団的主体としての登場の条件である。そこに技術の問題が、生産装置の転換の問題が結びつくのだ。ブレヒトの提起はベンヤミンにとってこの問題を考える最も重要な示唆にほかならなかった。

根源としての真理をになう産出する自然の潜勢力を大衆＝プロレタリアートの集団的主体としてのありようにみること、いいかえれば、近代の真理内容を大衆＝プロレタリアートの潜勢力の解放にみること、そしてその媒介として技術の発展がもたらした生産装置の転換——生産力と生産関係の矛盾がそれを促す——を捉えること、これがベンヤミンの基本的視点であるとすれば、それはブレヒトとの出会いなしにはありえないものであった。

スヴェンボル

ベンヤミンとブレヒトとの具体的な交流は、ブレヒトが亡命地として選んだデンマークのスヴェンボルという町に、ベンヤミンが前後三回にわたって滞在したことによって深まっていった。ブレヒトはこのスヴェンボルに彼の親しい亡命者たちを集めて一種の共同体を作る意図を持っていたようだ(23)。

このスヴェンボルの日々は、あるいはベンヤミンが愛した濃密な友情の交歓と旅への誘いの最後の光芒であったのかもしれない。しかしそこにも時代は大きな影を落としていた。一九三八年を最後に、ベンヤミンはもう二度とスヴェンボルを訪れることはなかった。翌三九年には情勢の悪化のためにブレヒト自身がスヴェンボルを放棄する。ベンヤミンが亡命の途上フランスとスペインの国境において自殺したのは、さらにその一年後であった。

［註］

（1）第一五巻、一九三三年四月一五日グレーテル・アドルノ宛、六九頁。

(2)「あるドイツの自由な研究所」（野村修訳）第一三巻、一二七頁。
(3)「複製技術時代における芸術作品」（高木久雄・高原宏平訳）第二巻、九～一〇頁。
(4)同、一四頁。
(5)同、二一頁。
(6)同、二二頁。
(7)同、二九頁。
(8)同。
(9)同、三四頁。
(10)同、四四頁。
(11)アドルノ『ヴァルター・ベンヤミン』、（大久保健治訳）河出書房新社、一五六頁参照。
(12)同。
(13)第一五巻、一九二九年六月六日ショーレム宛、一六頁。
(14)『わが友ベンヤミン』、二〇六頁。
(15)第一五巻、一九三一年七月二〇日ショーレム宛、四六頁。
(16)同、一九三一年二月下旬ブレヒト宛、三五～三六頁。
(17)「左翼メランコリー」（野村修訳）第一巻、八四～八五頁。
(18)「生産者としての作家」（石黒英男訳）第九巻、一六八頁。
(19)同、一七二頁。
(20)同、一七五頁。
(21)同、一七五～一七六頁。
(22)同、一七八頁。
(23)野村修『スヴェンボルの対話』平凡社、二六頁参照。

第六章　『パサージュ論』

一九世紀近代の根源の歴史

　これまで「複製技術時代における芸術作品」と「生産者としての作品」を中心とする形でみてきた亡命時代のベンヤミンの仕事は、近代のアレゴリー的解釈をマルクス主義的な政治的志向性と結びつけることによって成立していた。そこでベンヤミンが問おうとしたのは、一九世紀近代を支配するメカニズムとしての産業資本主義的生産様式が、その内側から自らを否定する契機となる技術の発展と生産諸条件の転換を、またさらにそれと相関的に大衆＝プロレタリアートという集団的主体を生み出すという逆説であった。

　それは、資本による支配がもたらす世界の物象化という事態に、近代における歴史の腐朽・衰亡過程の帰着点としての「廃墟《ルイーネ》」をみること、そしてこの「廃墟」の中にアレゴリーという形で表徴化される根源としての真理への媒介の潜勢的な可能性をみることができるということにほかならない。そこには明らかに、ベンヤミンがかつて『ドイツ悲劇の根源』において捉えようとした「根源の星座＝状況」への視点、いいかえれば、真理と表現、理念と現象のあいだで働く弁証法への視点がみてとれる。ベンヤミンのこの時期の仕事には、バロック期のアレゴリーに関する考察を通じて彼が獲得した根源をめぐる認識論的視座が、ふたたび近代のアレゴリー的解釈という形でよみがえっている。そうした認識論的視座が、産業資本主義的生産様式に内在する自己否定的契機の抽出を可能にするのだし、それをてことするマルクス主義的な政治的志向性を生み出してもいるのである。それゆえ、ベンヤミンのマルクス主義への傾斜は、左翼的党派性への傾斜やそこから生じた実践的関心の増大という枠組みでのみ捉えることはできない。いぜんとしてベンヤミンの思考の振幅の中には、観念論哲学とユダヤ思想に源泉をもつ形而上学的要素が息づいている。

　近代、より限定的にいうならば一九世紀近代をもう一つのバロックとしてみる視点は、いい方をかえれば、一九世紀近代の「根源の歴史」をみようとする視点である。それは、一九世紀近代のアレゴリー的様相の中に真理と表現、理念と現象の弁証法的星座＝状況をみようとする試みといいかえてもよいだろう。この視点を支えるのは一九世紀近代の個別的な諸現象を「かつて―ありえた」真理と「いまだ―ない」真理、すなわち前史と後史の振幅の中で弁証法的に流動化せしめること、すなわち一九世紀近代の諸現象そのものの内部に、そうした現象を実定化する同一性からの逸脱の契機を把みとることにほかならない。このとき一九世紀近代の諸現象は「根源の歴史」への潜勢力を秘めた「弁証法的像」として現れることになる。そして一九世紀近代の歴史空間は「根源の歴史」に対する照応《コレスポンデンツ》が織りなす神話的空間と化するのである。

　このことは何よりも一九世紀近代におけるモノの現出形態に即して形象化される。なぜなら今のべてきたことは、モノが「根源の歴史」に対する表徴としての表現内容を孕むことによって自らの実定的な同一性を非同一化することを意味するからである。逆にいえば、「根源の歴史」への潜勢力とは、モノの実定的な同一性とモノを表徴としての表現内容へと促す力とのあいだの不均衡かつ非同一的な関係からのみ生じるものである。

　こうしたモノの変容は、一九世紀近代においては、その支配メカニズムとしての産業資本主義的生産様式と、それが生み出す物象化の中にとりこまれたモノの現象形式としての商品において捉えられねばならない。一九世紀近代の「根源の歴史」は、商品としてのモノの中に潜む非同一性の契機、表徴としての逸脱と過剰を通じてはじめて認識されうる。

　ベンヤミンの、近代に対するアレゴリー的解釈は、こうして商品という現象を媒介としつつ遂行されることになる。商品が、そして商品をつつみこむ市場と資本の運動が一九世紀近代の「根源の歴史」の認識のための舞台となるのである。そして、こうした商品を媒体とする一九世紀近代の「根源の歴史」の解明作業として、この時期のベンヤミンが最も力を傾注したライフワークである『パサージュ論』の仕事がすすめられたのだった。

『パサージュ論』の構想

　この仕事こそ、ベンヤミンの終生にわたる思想的営為の総決算にほかならなかった。友人たちの亡命のすすめを断ってパリに残りつづけ、結局は亡命の時期を逸して無惨な自殺に到らねばならなかったのも、パリという場所においてのみ可能であった『パサージュ論』の仕事への執着のゆえであった。

それにしても、亡命とそれにともなう経済的不如意という悪条件下にもかかわらず、ベンヤミンが『パサージュ論』のために投入したエネルギーの膨大さには目をみはるものがある。『パサージュ論』そのものは結局は未完に終わるのだが、そのために残されたいくつかの論文と草稿群だけでもすでに膨大なものになっている。

ここで、『パサージュ論』のために残されたテクストの概容についてふれておこう。まず『社会研究誌』のために全体構想を概括した「パリ――一九世紀の首都」と呼ばれる構案《エクスポゼ》がある。この構案にはドイツ語版とフランス語版の二種類のヴァージョンがある。ついで『パサージュ論』本体に直接結びつく草稿群「手稿と素材」の部分がある。膨大な引用資料とベンヤミンが自分の考えを展開する手稿部分の総計は、全集で九〇〇ページにも及んでいる。『パサージュ論』というとき、この構案と「手稿と素材」の草稿群をさすのがふつうである。しかし『パサージュ論』全体の構想からみたとき、『社会研究誌』のために書かれた二つのボードレール論「ボードレールにおける第二帝政期のパリ」――これは実際には掲載されなかった――と「ボードレールのいくつかのモティーフについて」も『パサージュ論』に含めて考えることができるだろう。そしてさらに、ベンヤミンの絶筆となった「歴史の概念について」という草稿――通常「歴史哲学テーゼ」と呼ばれるもの――も、「手稿と素材」の中に残されている断章との内容的なつながりからみて、やはり『パサージュ論』の中に含めてよいだろう。これだけの膨大なテクスト群をベンヤミンは、一九三五年から四〇年にかけて不安定な生活状況の下で、かせぐための仕事のあいまをぬいつつ書きついでいったのである。

ボードレールのパリ

『パサージュ論』の原型的モティーフをなしているのは、すでにふれたように一九世紀近代の中心的な場所《トポス》としての一八五〇年代のパリ、すなわちナポレオン三世の統治とオスマンの都市改造計画の下で発達しつつある資本主義社会のメトロポリスとしてのパリの都市風景、そしてそこで生み出される歴史的経験のありように向けられた、遊民《フラヌール》のまなざしであった。

遊民の持っている伝統的知識人の孤高性と群衆の集団性のあいだの不安定な過渡的位置は、ちょうど鏡のようにこの時期のパリの都市風景の中に刻印されている「古いもの」と「新しいもの」の弁証法的両義性を映し出す。そしてこの「古いもの」と「新しいもの」の弁証法的両義性の中から、ちょうど判じ絵のように一九世紀近代の「根源の歴史」が浮かび上がってくるのである。

　こうした一九世紀の「根源の歴史」を透視する遊民のまなざしのありようを最も宿命的な形で示しているのがボードレールの詩であった。『パサージュ論』のパリは、何よりもボードレールのパリであった。一九三八年のホルクハイマーあての手紙の中で、ベンヤミンはボードレール論の全体構想について述べているが、そこからボードレールのパリがいかなるものであり、そしてボードレールのパリから最も深い触発をうけて成立した『パサージュ論』の根本的モティーフがいかなるものであったかをうかがうことができる。

> ぼくの論文は三部に分かたれる。計画では三つの部分の表題は、理念と形象、古代と近代、新しいものと不変なもの、となっている。第一部は『悪の華』におけるアレゴリーの決定的な意義を指摘し、ボードレールにおけるアレゴリックな見かけの構造をえがく。そのうえ、かれの芸術理論の根底にあるパラドックス――自然の照応《コレスポンダンツ》の理論と自然の拒絶との間の矛盾――が明らかにされる。――序説は、〈救出〉とありきたりの〈弁護〉との対決というかたちをとって、この仕事を弁証法的唯物論へ方法的に関連づける。
>
> 　第二部は、アレゴリックな見かたの形式要素としてのオーヴァーラップを展開する。このオーヴァーラップによって古代が近代のなかに、近代が古代のなかに現出する。（中略）パリのこのような転調《トランスポジション》には、大衆が決定的なしかたで作用している。大衆はヴェールとなって遊民《フラヌール》のまえにある。大衆が孤独者の最新の麻薬なのだ。――第二に大衆は、個人のすべての痕跡《シュプーレン》を消し去る。被追放者の最新のかくれがは大衆だ。――最後に大衆は、都市の迷宮《ラビリンス》のなかにあって、もっとも新しくもっとも究めがたい迷宮である。大衆をつうじて、これまで知られなかった地下的《クトーニッシュ》な相貌が、都市の像のなかに刻印される。――パリのこういう諸相を解明することが、詩人の眼前の課題だった。（中略）
>
> 　第三部は、ボードレールにおけるアレゴリックな見かたを充足するものとしての商品を扱う。不変のものの経験――詩人をこの経験の呪縛のなかに追いこんだものは

憂愁《スプリーン》である――を破砕する新しいものとは、商品の後光《アウラ》にほかならないことが、実証される。ここに二つの補論がおかれる。その第一はボードレールの新しいものの概念のなかにどの程度ユーゲント様式が先取されているかを、追求し、そして第二は、アレゴリックな見かたをもっとも完全に充足する商品としての娼婦を、問題にする。アレゴリックな光芒の散乱は、この充足物のなかに繋ぎとめられている。ボードレールのもつ比類ない意味は、かれが初めて、またもっとも徹底して、自己を疎外された人間の生産力を、ことばの二重の意味で確定《ディングフェスト》的にした――承認すると同時に、物化によって強化した――ところにある。(1)

こうしてボードレールのパリが、そしてそこで遊民のまなざしに映ったアレゴリー的相貌が、商品の経験に結びついていく。商品がアレゴリーの担い手となり、アレゴリーに内在する弁証法的両義性が商品を通じて作動することになる。

商品のアレゴリー的性格

こうした商品のアレゴリー的性格をめぐる認識は、マルクスの『資本論』における「商品の物神的性格《フェティシュ》」の解明の成果をうけつぐものである。

マルクスは商品の物神的性格の根底を、商品の持っている使用価値と交換価値の二重性に求めた。商品においては、モノの実定的な同一性に根ざす使用価値は交換価値によって二義的な要素へと追いやられる。このとき商品はモノとしての自明性のかわりに、いかなるモノの間でも交換可能な価値としての抽象性を帯びることになる。この価値の抽象性が生み出す商品の連関の中で、モノの個別性、固有性は溶解し、モノが逆にこうした価値の抽象性の担い手となるという転倒が生じる。この転倒をマルクスは商品の物神性として捉えるのである。

この抽象性は、なるほど一方においては資本の運動の下での極度に合理化された商品（モノ）生産システムの機能性・自律性を生み出していく。ふつう物象化という言葉で理解されるのは、かかる事態にほかならない。しかし問題はそこにはとどまらない。商品＝モノが価値の抽象性の担い手となるということは、明らかに商品＝モノがその自明性をすてて何か別なものへと変容することを意味する。そこではもはやモノはモノであることの同一性に安住できず、その同一性からの逸脱を開始する。別ないい方をすれば、モノの同一性に対して非モノ的な非同一性が加わるのである。あるいはこういってもよいだろう。資本の運動がモノを商品として包摂し、物象化連関の構造の下で同一化した瞬間、商品の内部にそうした同一化から逸脱する非同一性の契機が生じるのだ、と。

　この非同一性の契機は商品の中に潜在する商品であることの、そして商品を商品たらしめている資本の支配の自己否定的な開口部、すなわち資本の運動が形づくるシステムの破れ目となる。そしてそこから資本の支配の外部が透視されるのである。商品は使用価値と交換価値の二重性を通して商品そのもののうちに、内部＝同一性／外部＝非同一性の弁証法的両義性を内在させることになる。

　ベンヤミンが『パサージュ論』においてやろうとしたのは、こうした商品の物神的性格を商品のアレゴリー的性格として読みかえること、すなわち商品に内在する商品の外部への弁証法的両義性を、商品が「根源の歴史」に対して持っているアレゴリー的な暗号符としての潜勢力へと読みかえることであった。このときベンヤミンの分析の素材となるのがモノとしての商品のまわりを皮膜のようにつつんでいく、さまざまな幻影《ファンタスマゴリー》の諸相である。鉄骨建築、ガラス、パノラマ、ダゲールの写真術、モード、万国博覧会、ユーゲント様式《アール・ヌーボー》の室内《アンテリュール》、街路、流行品店《マガザン・ド・ヌヴォテ》……それらのすべてが商品のアレゴリー的性格を媒介する幻影としての意味を持つのである。

　なるほどこれらの幻影は、商品の存立構造の中に刻印されている資本の支配という事態を隠蔽《いんぺい》し、商品の享受者としての大衆の集団心理を、そうした隠蔽の心的反映にほかならない「新しさ」への熱狂や気ばらし《ツエアシユトロイウング》へとかりたてる。それは資本が生み出した物象化という事態の一極点にほかならない。しかし幻影の生み出すこうした大衆の集団心理のありようの中にも、商品のアレゴリー的弁証法は働いているのだ。なぜなら、そうした集団心理の中には、そうした物象化の全面的な進行をせきとめようとする退行的心理の要素も含まれているからである。商品＝モノを、あたかも太古の記念碑《モニユメント》や礼拝的価値の所有者のように扱うことは、商品の物神化であると同時に、商品の中に過去へのノスタルジーという形をとりつつ潜在する「根源の歴史」の痕跡をみとどけようとする無意識的な努力でもあるのだ。

　路地、室内、博覧会場、パノラマ、これらはすべて、そのためらいの時代の産物である。つまりそれらは、ある夢の世界の残滓なのだ。夢の諸要素を覚醒のために引

用することは、弁証法的思考の定石である。(2)

「古いもの」と「新しいもの」の弁証法

商品の使用価値と交換価値の二重柱から生じた商品の物神的性格、そしてその中に含まれる非同一性の契機は、こうして商品の中に潜在する「根源の歴史」への潜勢力にねざしたアレゴリー的弁証法へとベンヤミンによって読みかえられる。そしてこうした視点に立つとき、一九世紀近代の歴史空間全体が「商品という物神《フェティシュ》の霊場(3)」となるのである。それが一個の神話的空間としての意味を持つことはいうまでもないだろう。その空間の内部で商品は、アレゴリーとしての表徴的意義——それは星座＝状況の断片としての意味でもある——を帯びつつ、幻影としての諸相に真理と表現、理念と形象の弁証法的関係を刻印する。それは時間的な文脈に即せば、商品が太古の歴史の痕跡として「古いもの」と「新しいもの」のあいだの非完結的な弁証法にゆだねられるということにほかならない。それはまさしく近代と古代の「オーヴァーラップ」である、といえよう。

この「オーヴァーラップ」は決して単なる退行ではない。過去が「いま《イエットツァイト》」によって引用され、この「いま」によって再びアクチュアルなものとして蘇えるのだ。そしてそれはそのまま「いま」自身のアクチュアリティの覚醒でもあるのだ。「いま」の中に孕まれている過去への開口部がこうした弁証法を発動させることによって、「いま」そのもののうちに過去の蘇生という要素をも含む「根源の歴史」のアクチュアルな覚醒を促すのである。このことが、資本の支配の内部にめばえた資本の支配の廃絶の契機、すなわち無階級社会を透視するアクチュアルなユートピア性の契機として捉えかえされねばならない。

フランス革命はローマの自覚的な回帰だった。それは古代ローマを引用(中略)した——ちょうど、流行が過去の衣裳を引用するように。流行は、アクチュアルなものへの嗅覚をもっている。たとえアクチュアルなものが、ムカシというジャングルのなかの、どこをうろついていようとも。(4)

最後に、『パサージュ論』全体をつらぬいているベンヤミンの方法意識を最もよく表していると思われる断章を引用しておこう。

文化史的弁証法についての小さな方法的提案。どの時代に関しても、そのさまざまな「領域」なるものについてある特定の観点から二分法を行うのは簡単である。片方には当該の時代の中での「実り多き」部分、「未来をはらみ」「生き生きした」「積極的な」部分があり、他方には空しい部分、遅れた、死滅した部分があるというわけだ。それどころか、この積極的部分をもっとはっきりさせるために、消極的部分と対照させ、その輪郭を浮かび上がらせることもなされるであろう。だが、いかなる否定的なもの〔消極的なもの〕も、まさに生き生きしたもの、積極的なものの輪郭を浮かび上がらせる下地となることによって価値を持つのだ。それゆえ、いったん排除された否定的部分にまた新たにこの二分法を適用することが決定的な重要性を持つ。それによって、視角がずらされ（基準がではない！）、その部分のなかから新たに積極的な部分が、つまり、先に積極的とされた部分と異なるものが出現してくるようになる。そしてこれを無限に続けるのである。過去の全体がある歴史的な回帰を遂げて、現代のうちに参入して来るまで。⑤

ここでベンヤミンがのべているのは、歴史の解放＝救済史的構図にほかならない。どんなありふれた、トリヴィアルな存在も、救済の潜勢力をその中にひそめることが可能なのだ。「根源の歴史」はどのような個別現象に対してもその引用可能性の契機を与えている。この潜勢力を一九世紀近代の歴史の中に読みとること——、それは一九世紀近代の帰結というべきファシズムとスターリン主義という破局状況の中で、なお希望なき時代のための希望を追求しようとしたベンヤミンの、最も切実な課題にほかならなかった。

『パサージュ論』の全貌がようやく明らかになったのは、ベンヤミンの死から四二年たった一九八二年であった。それによってベンヤミンの受容はそれまでとは違った新しい次元に入っていくことになる。そしてこの仕事の重要性は今後ますます高まっていくと思われる。なぜなら、現代資本主義の分析にあたっても、ベンヤミンが示した視点は依然として有効であるばかりではなく、ベンヤミン自身もあるいは意図しなかったような貢献のしかたが可能であると思われるからである。現代資本主義における脱‐モノ的、脱‐産業主義的傾向に関して、ベンヤミンのアレゴリー的解釈の視点は大きな示唆を与えてくれる。

終焉

一九三九年、ついに第二次世界大戦が始まった。フランスはドイツに対して宣戦を布告する。これにともなって敵性外国人となったフランス在住ドイツ人たちは収容所に入れられることになる。ベンヤミンも九月から一一月の二ヵ月間ヌヴェールの収容所に入ったが、ジャン・ジロドゥーらの尽力で釈放された。しかし状況は一段と悪化する。翌一九四〇年には、ナチス・ドイツ軍はついにフランスへの侵攻を開始した。六月にはペタン政府とナチス・ドイツの間に休戦協定が結ばれ、ナチス・ドイツによる事実上のフランス占領が始まるのである。

ベンヤミンは収容所から釈放された後もパリに留まっていたが、五月頃パリをはなれて聖地として有名なルールドへ逃れる。そこでベンヤミンはアメリカへの亡命の道を模索しようとする。八月頃ベンヤミンはさらにルールドから地中海の出口であるマルセイユまで移る。そこでベンヤミンは社会研究所のメンバーたち——ホルクハイマーやアドルノは、すでにこのときアメリカにいた——の尽力で、アメリカの入国ヴィザは手にいれることができたが、すでにナチス・ドイツの占領下にあったフランスからの出国ヴィザがとれないという状況におかれていた。そこでベンヤミンは、ピレネー山脈をこえてスペインに入り、そこからポルトガルにぬけてリスボンで船に乗るという亡命ルートを選ぶことを決意したのであった。

フランス側の国境の町セルベールまで列車で行き、そこからスペインとの国境の町ポル・ボウまで山中の間道を徒歩で向うという、きわめて危険な逃避行のすえに、九月二六日ベンヤミンは他の亡命者たちとともにポル・ボウに到着した（この間の事情については、一九八五年に公刊されたリーザ・フィットコという女性の回想録『ピレネー越えのわがルート』という本がくわしい。彼女はこのときベンヤミンたちのグループの山越えの案内人をつとめたのであった）。

ベンヤミンは弱った体のため、ふつうの人間の何倍も苦労しながら、このピレネー越えを行なわねばならなかった。したがってポル・ボウにたどりついたときのベンヤミンは、肉体的にも精神的にも消耗の極致だったと推測される。

そうしたベンヤミンに対して絶望的かつ衝撃的な通告がスペイン側の国境警備員によってもたらされる。それは、フランスの出国ヴィザを持たないものはいっさい国境を通さず、フランス側に送還してゲシュタポに引き渡す、というものであった。もはやこの通告に抵抗する余力を持ちあわせていなかったベンヤミンは、その日の晩七時頃、大量のモルヒネを飲んだ。そして翌朝ついに亡くなったのであった。このベンヤミンの自殺はスペインの国境警備員たちに大きな印象を与え、結果としてベンヤミンの死のおかげで他の亡命者たちは無事国境を越えることができたのである。

おそらく、死にゆくベンヤミンにとって唯一の慰めとなったのは、『パサージュ論』の草稿をジョルジュ・バタイユの努力で無事フランス国立図書館の中に隠すことができたことであったろう。

〔註〕

（1）第一五巻、一九三八年四月一六日マックス・ホルクハイマー宛、一九七～一九九頁。
（2）「パリ――一九世紀の首都」第六巻、三三一頁。
（3）同、一八頁。
（4）「歴史哲学テーゼ」第一巻、一二五頁。
（5）『パサージュ論』第三巻（今村仁司・三島憲一他訳）、岩波現代文庫、一七六～七頁。

第二部　思考の根源とアクチュアリティ

Walter Benjamin

第一章　秘教的認識の弁証法　ベンヤミンの根源

一

J・ハーバマスやH・アレントの言葉をまつまでもなく[1]、ベンヤミンの風貌にはある不透明な多義性とカテゴリーづけを拒む脱領域性がともなっている。しかしこの、ほとんど否定的消去法をもってしか規定しえないようなベンヤミンの風貌の不透明性には、実は逆説的にベンヤミンの特質の最も核心的な部分が現れているのではないだろうか。別ないい方をすれば、こうした不透明性をむしろ積極的にベンヤミンの「方法」として読み解いてゆくような読み方を、ベンヤミンのテクストは求めているのではないだろうか。

わたしはそうした不透明性の解読の手がかりを、ベンヤミンのテクストの最基層に底流するある種の秘教性に求めたいと思う。たとえばベンヤミンは次のようにいっている。

> 哲学的な構想において方法といわれるのは、その教授法上の計画ということで尽されない。このことはとりもなおさず、哲学的な構想には一種の秘教がつきまとっていることを意味している……[2]。

ここで注目しなければならないのはベンヤミンが自らの秘教性を是認したという点ではなく、彼の秘教性が彼の哲学の方法と結びついているという事実である。今の引用箇所の直前でベンヤミンは、数学的認識が「言葉の志向する真理の領域の断念」に至らざるをえないことを、そして「言葉の志向する真理の領域」が哲学における「表現」の問題として規定づけられることを指摘する。こうした文脈をふまえるとき、先の引用箇所における「秘教」という言葉が、ベンヤミンによって「表現」―「真理」の問題として捉えられた哲学の認識の核心的課題と結びついていることは明らかであろう。

ベンヤミンの不透明性の根底には、数学的明証性を基軸とした認識を拒絶する「秘教的」な認識論の構図が匿されている。逆ないい方をすれば、秘教性をベンヤミンの認識論の構えとして読み解くことが求められるのである。

もちろんベンヤミンの伝記的事実に即せばこうした秘教性の淵源を親友ゲルショム・ショーレムとの交友とショーレムを経由して親しんだユダヤ神秘主義の伝統に求めることはたやすかろう。だがベンヤミンの秘教性を彼の認識論として読み解くという課題には、ベンヤミンの思想の深奥に存在するモティーフが関わっている。それは、ショーレム的なベンヤミン像への「還元」はもとより、ブレヒト的、アドルノ的ベンヤミン像への「還元」をも拒絶するベンヤミンの思惟の真のアクチュアリティ、すなわちメシアニズム的秘教性と史的唯物論の間に張りめぐらされた強靱な弁証法が紡ぎ出す、最も突出した「モデルネ」としてのベンヤミンのアクチュアリティに関わるモティーフである。

では、ベンヤミンの認識論の構えとしての秘教性とはいかなるものなのだろうか。そしてそれはどのように彼の認識論の内容と関わっているのであろうか。

ここでわたしはまず一九三三年に書かれた草稿「類似したものについての教説」をとりあげてみたい(3)。

この草稿の冒頭でベンヤミンは次のようにいっている。

《類似したもの》の領域に関する考察は、オカルティズム的知の巨大な領域の解明に対して根本的意義をもつ(4)。

「類似したもの」――決定稿では「模倣《ミメシス》」――が「オカルティズム的知」と結びつくとベンヤミンがいうとき、「類似したもの」(模倣)の概念が、自然＝宇宙(マクロコスモス)と人間(ミクロコスモス)の照応《コレスポンデンツ》というすぐれて宇宙論的《コスモゴニアー》構図に根差していることが明らかになる。

類似経験が歴史の過程の中から見出した多くのものの状態に名前を与えるとすれば、それはミクロコスモスとマクロコスモスの他にはなかった(5)。

ところでこうした宇宙論的な構図は、同時にそのまま人間における模倣能力の喚起に結びつけられている。

こうした自然における照応《コレスポンデンツ》は、しかしながらなによりも次のような考察のもつ光明の中で決定的意義を保持している。すなわちそうした照応の全てが根本的にあの模倣能力の刺戟剤と覚醒剤としての意味をもつ、という考察においてである(6)。

ここからわたしたちは幾つかの問題を抽き出すことができるであろう。まず第一に、「類似したもの（模倣）」が「オカルティズム的知」へと結びつけられるとき、その結びつきの根底には自然（客体）と人間（主体）の根源的同一性の境位《エレメント》が存在するということである。それは別な角度からいえば、存在（論）と認識（論）の分化以前の同一性の境位といってもよいだろう。ベンヤミンの秘教性の最基層に見出されるのは、かかる同一性の境位にほかならない(7)。

ではこうした同一性の境位を形づくるコンテクストとは何か。それは、根源的一者としてのイデアとその流出＝現出としての被造物という宇宙論的構図に根差すプラトニズム的思惟に他ならない。

> 「最も善き魂」はおよそ存在し得るものには決して存在の与え惜しみはせず「すべてのものができるだけ自分に似ることを望んだ」ここで言う「すべてのもの」はプラトンにとっては一貫してイデアのすべての可視的な対応物を意味することが出来た(8)。

ここでラヴジョイのいう「イデア」と「すべての（被造物）」の「可視的な対応」がベンヤミンの「類似したもの（模倣）」に対応するのはいうまでもない。プラトニズム的宇宙論（＝存在論）の要諦であると同時に、真理の認識のかなめともなるイデアと被造物の可視的な対応は、ベンヤミンの「類似したもの（模倣）」の概念の根幹をなしているのである。「相似」の階梯を登りつめて根源的一者としてのイデアへ到りつく行程——流出＝現出の逆過程——こそプラトニズム的思惟における真理認識の核心にほかならないとすれば、それは、認識が主体の構成作用の産物でも、客体の即自的・現象的了解の結果でもなく、主体と客体を根源的な同一性において包括する根源的一者の自己開示の行程そのものである、ということを意味する。ベンヤミンの認識をふまえているのもかかるプラトニズム的思惟にほかならない。

> しかしこうした考察（類似したものの考察）を獲得しうるとすれば、それは当効の類似性の提示によってではなくむしろ、こうした類似性を生み出す過程の再現《ヴィーダーガーベ》によってである(9)。

こうした根源的一者の自己開示に存在認識の核心をみよ

うとする姿勢は、ベンヤミンの思惟を生涯にわたって貫く特質であるといってよい。ベンヤミンの学位論文である『ドイツ・ロマン主義における芸術批評の概念』における「あらゆる認識の胚種は、それゆえひとつの思惟する存在者のなかでの反省という事象であり、これによって存在者は自己自身を認識するのである」[10]という記述は、遺稿となった『歴史の根源について』における次のような記述、「ここ（フーリエの労働概念）に見られる労働は、自然を搾取することからははるかに遠いものであり、自然の胎内に可能性としてまどろんでいる創造性を自然自体が発現するのを、助けるものである」[11]と、時間の隔たりを超えて直接照応しているのである。ここにベンヤミンの秘教性の核心の一端を見出すことができよう。

　ところでこうした認識の構図には、あの中世からルネサンス、バロックへ至る時代において流布していた「自然は神の書いた書物である」というトポスが対応してくる。次の言葉にはベンヤミンのそうしたモティーフが現れている。

　「自然という書物」と「時間という書物」が、バロックの思念の対象である。[12]

　後者の時間の問題も重要な内容を秘めているのだがそれは後論に委ねるとして、ここで問題としたいのは、かかる「自然＝書物」のモティーフが、ベンヤミンにおける言語像にどのように関わっているかという問題である。

　ベンヤミンは言語をたんなる意味伝達機能をもった記号としてでなく、根源的一者の相似体として、言い換えれば照応《コレスポンデンツ》を通じて根源的一者を示表する「表現体」として捉える――正確にはこの「表現体」自身のうちに可能的に根源的一者が内包される、といった方がよいかもしれない――。こうした言語把握がベンヤミンにあって相似に根差す言語としての「擬声語」や「象形文字」への傾倒と結びつくことは当然であろう。「類似するものについての教説」で彼は次のようなルドルフ・レオンハルトの言葉を引用している。

　すべての語は――そして全言語は――擬声語的《オノマトポエーティッシュ》である。[13]

　それに加えてベンヤミンが、「言葉は非感覚的類似を解き明かすための基準《カノン》である」といっていることも見落としてはならないであろう。非感覚的類似とは、かつて占星術にその解読が委ねられてきた「星座と人間の類似」に象徴されるような類似の形式である。ここから言葉もまた、先にふれたすぐれてプラトニズム的な宇宙論とその認識の構図に規定されていることが明らかになる。つまり言葉もまた基本的に自然と人間の根源的同一性――その根底としての根源的一者――の開示の一翼を、他の被造物とともになっているである。あるいは逆にいったほうがよいかもしれない。すなわち被造物が自己開示する行程が、そのまま被造物の言語としての自己表現を示している、というように。

このようにみてくるときベンヤミンの、認識論的構図として読み解かれるべき秘教性の最も核心的な内容が明らかになる。ベンヤミンは生涯「星座（Konstellation）」という言葉に特別の意義をこめていたが、それはこの言葉が、イデア的なものの被造物に対する自己開示のあり方、布置を示しているからであり、そこにこそ、ベンヤミンの認識の核心である秘教性の凝集点を見ることができるのである。

理念は永遠《エーヴィゲ》の星座《コンステラツィオーン》なのであり、構成要素が点としてこのような星座の中におさめられることによって、現象は分割されると同時に救われるのである。(14)

二

ところでベンヤミンの秘教性を認識論的構図として読み解くという課題にとって、今までみてきたような側面への着目のみでは解答の半分を満たしただけにすぎない。ベンヤミンの秘教性には、プラトニズム的思惟との共通性だけでは解き明かしえない性格が刻印されているからである。

たとえば最前に引用した『ドイツ悲劇の根源』の言葉にも、すでにその異質性は告知されている。それは現象の「分割―救済」という構図の孕む問題である。やや論点先取的にいってしまえば、そうした構図をつうじてベンヤミンが捉えようとしているのは「歴史」の問題、もう少し正確にいえば根源的一者（イデア）と被造物（現象）の関係を「歴史」のパースペクティヴにおいて捉えるという課題である。

純粋にプラトニズム的思惟の立場に立つとき、すべての存在の現前は、根源的一者の「現在《いま》」における現前として捉えられる。別ないい方をすれば、ミクロコスモスあるいはモナドとしての存在者の現前において、マクロコスモスたるイデアの十全なる具現が可能となる、ということである。ラヴジョイが「充満の原理」と名づけたこの存在者の現前は、言い換えれば「個物における普遍の現前＝再現前《ルプレザンタシオン》」にほかならない。そして時間の側面からみればそれは、全ての「現在《いま》」が「永遠の現在」の反復として捉えられるということを意味する。そこにはいかなる歴史の介入をも拒否する等質な神話的空間の顕現《エピファニア》がみてとれるのである。

プラトンの『ティマイオス』に始まり、プロティノスのネオ・プラトニズムや『ヘルメス文書』、『偽ディオニシウス文書』を経て、中世・ルネサンスのプラトニスム的神秘思想――ライムンドゥス・ルルス、パラケルスス、ブルーノなど――へ至り、さらにはユング、エリアーデの祖型論的思考にまで受け継がれるヨーロッパの「秘教的伝統《ヘルメティク》」（F・イェーツ）の基底には、つねにこの「永遠の現在」の反復という神話論的構図が底流していた。「ヨーロッパの哲学的伝統はなべてプラトンの脚注にほかならない」というホワイトヘッドの言葉は、そうした消息を伝えている。[15]

しかしベンヤミンは彼の認識の核心的部分においてかかる非歴史性を拒絶するのである。ベンヤミンにあって根源的一者（イデア＝普遍）は存在者（個物）のうちに十全な形で現前するのではなく、歴史という、うつろいゆく衰微のプロセス――照応《コレスポンデンツ》の弱まり――を通じて分割＝細分化され、「断片」としての個物の影の下に潜在化されるのである。

むしろこういった方がよいかもしれない、プラトニズム的思惟にあっては個物は自らのうちに普遍へと至る象徴的回路を内在させている――あたかも植物の種子が成長態を原型的に内包しているように――のに対し、ベンヤミンにおいては普遍が歴史の過程で自己解体して、「破片」となって個物化するのである、と。このとき普遍が自己解体して生じた「破片」としての個物は、もはや普遍を原型として内包するミクロコスモス＝モナドではなく、普遍の分割された一要素、すなわち、切断された暗号符となるのである。

ここで個物をめぐって二重の事態が生起する。一つは、個物が普遍の破片という境位において、普遍への追憶のまなざしを喚起するという事態である。今一つは、にもかかわらず破片であることによって個物それ自身からの普遍の現前＝再現前《ルプレザンタシオン》は不可能となり、四散した普遍を再構成するためには個物への外からのまなざしの介入が不可欠となる、という事態である。この二重の事態の中に、「現象の分割＝救済」として構図化される、歴史という舞台上におけるベンヤミンの認識の性格をみることができよう。

現象はしかしながら、仮象の混和したなまの経験的な存続状態においてそのまま丸ごと理念の世界に入るのではなく、構成要素に分解されてはじめて、救い上げられて理念の世界に入るのである。分割された形で真理の真の統一にあずかることができるように、現象はいつわりの統一を放棄するのである。この分割のさいに、現象は概念に従属する。事物を構成要素へと分解する役割も果たしているのがこの概念である。(16)

ここでベンヤミンのいう「概念」が普遍の破片としての個物のあり方を、より正確には個物が分割と救済の過程の中で今みてきたような二重の事態によって媒介されねばならないことを指し示しているのは明らかであろう。

こうしたベンヤミンの認識は周知のように、『ドイツ悲劇の根源』におけるアレゴリー（寓意）の復権という課題へと結びつく。それはゲーテ的な象徴《シンボル》概念――まさにプラトニズム的思惟に支えられたものとしての――との根本的な対立を惹起する。ベンヤミンのアレゴリー認識の核心は例えば次のような言葉に現われている。

ゲレスやクロイツァーが、寓意的志向に認めるあの世俗的な、すなわち歴史的な広さは、博物誌として、意味作用ないしは志向の原始史として、弁証法的性格をもっている。（中略）象徴においては、没落の美化とともに、変容した自然の顔貌が、救済の光のもとで、一瞬その姿を現わすのに対して、寓意においては、歴史の死相が、凝固した原風景として、見る者の目の前にひろがっている。歴史に最初からつきまとっている、すべての時宜を得ないこと、痛ましいこと、失敗したことは、一つの顔貌――いや一つの髑髏の形をとってはっきり現われてくる。(17)

アレゴリーは歴史における没落と死のしるしであり、いわば普遍の廃墟《ルイーネ》にほかならない。ベンヤミンによって捉えられた「廃墟」のイメージには、もはやあのジンメルの比類なく美しいエッセイ「廃墟」にみられるような廃墟の美への牧歌的な讃嘆は存在しない。普遍の破砕された断片が累々と屍をさらす寒々とした風景こそ、ベンヤミンにおけるアレゴリーとしての「廃虚」にほかならない。

しかしアレゴリーへと帰着するベンヤミンの認識をたんに、失われた普遍への回顧的な悲哀としてのみうけとめてはならない。もとよりそうした悲哀がベンヤミンのなかに存在することを否定することはできない。ドイツ悲劇における「悲哀《トラウアー》」の概念には、そうした普遍からの疎隔の状態が深く結びついている。(18) そしてそれはさらに、ベンヤミンにおける「土星的憂鬱《メランコリー》」の淵源ともなっている。

だがこの「悲哀」なり「憂鬱」を回顧的な退行現象としてのみみることはできない。ここでも、わたしたちはそれをむしろベンヤミンの認識論的戦略の内容として読みかえてゆく作業が求められているのである。

そこにはおそらく二つの問題が関わっている。一つは、歴史を没落—廃墟としてのアレゴリーの相からみようとするとき、歴史のうちにおいて「現前《ルプレザンタシオン》＝再現前のイデオロギー」が根底的に否定されるという問題である。このことは、アレゴリーが象徴に対してアンチ・テーゼとしての意味を持つこととと関わってくる。すなわち象徴の自己超越的な表象作用と、それがもつ「十全なる現前」というイデオロギーの否定にこそ、アレゴリーの思想的意味が存在するということである。プラトニズムに由来する「現前《ルプレザンタシオン》＝再現前のイデオロギー」の否定を通じて、歴史を没落と死の行程として読みかえようとするベンヤミンの視座には、プラトンに起源を持つヨーロッパの根底的転倒＝解体への志向が投影されているといえるだろう。これがベンヤミンのモデルネの核心にほかならない。

こうした「現前《ルプレザンタシオン》＝再現前のイデオロギー」の否定がより具体法な認識論の構えにひきつけられたとき、次のような言葉が出てくる。

根源は、生成の流れにおける渦であり、発生の素材を自己のリズム体系の中に巻き込んでしまうのである。根源的なものは、むき出しの、あらゆる事実の山の中に、その真の姿を見せることは絶対的にない。そのリズム体系は、二重の洞察によってのみうかがい知ることができる。その本質は、一方では復古、復元であり、他方ではまさに復古、復元における未完成、未完結であることが明らかにされなければならない。（中略）根源は事実見られた通りの世界から際立つことはなく、この事実の世界の前史および後史にかかわるのである。(19)

ここでベンヤミンのいう、「事実の世界」が歴史の現在性の謂であるとするなら、そうした現在性はそのままではけっして「根源」へと「際立つこと」はない。「根源」が関わっているのは現在性ではなく、その前史——復古・復元——と後史——未完成・未完結——であるという洞察こそベンヤミンの認識の鍵なのである。そしてこれが認識論へのつながりにおけるもう一つの側面となる。

先に普遍への追憶と、外から介入するまなざしの二重性についてふれたが、ここでいう前史、後史の二重性はまさにそれと対応している。

すなわち現在性における現前＝再現前《ルプレザンタシオン》の否定の後で、「廃墟」としてのアレゴリーは、かつてあった「普遍」への追憶的照応と、来たるべきものとしての普遍へ向おうとする外からの運動に二重のかたちでさらされるのである。ここでいう追憶的照応――前史――は、『歴史の概念について』の次のような言葉、「過去を歴史的に関連づけることは、それを『もともとあったとおりに』認識することではない。危機の瞬間にひらめくような回想を捉えることである[20]」に、また「来たるべきものとしての普遍」へと向う運動――後史――は、同じ『歴史の概念について』における「人類は解放されてはじめて、その過去のあらゆる時点を引用できる（zitierbar）ようになる。人類の生きた瞬間のすべてが、その日には、抽き出して用いうるものとなるのだ。その日こそ、まさに最終審判の日である[21]」に関連づけて捉えることができるであろう。

ここで明らかになるのは、前史――復古・復元――が、後史における「来たるべきもの」――未来――を通じて初めて完成する、という両者の弁証法的結びつきである。それは「最も退行的なものが最も前進的なものとなる」という弁証的のあり方にほかならない。そしてこの弁証法のプロセスから、わたしたちが追ってきたベンヤミンの認識の秘教性の最後にして最もアクチュアルな問題領域が浮かび上がってくる。歴史における現在性は決して時間的な意味でのそれではない。むしろ過去から未来へと至る時間のなかでのあらゆる「現前」の形態を意味している。こうした現在性が弁証法を通じて読み解かれるとき、アレゴリーとしての廃墟の様相が孕んでいる追憶的・退行的性格が、現在性を普遍による自己超越態から、「未だ《ノッホ》―ない《ニヒト》」未来へと逸脱させ変容させるのである。

それはむしろ、現在性を現在性それ自身から引き離し、失われた普遍に対する追憶へと、言い換えれば、「太古の痕跡」へと読みかえ、かつそれをその読みかえそのものの喚起力を通じてそのまま歴史のユートピア的未来――「来たるべきものとしての普遍」――へと投げ返してゆく行程であるといった方がよいかもしれない。

そしてこの弁証法的行程こそが、ベンヤミンの認識の中で「批評《クリティク》」がもつ意味にほかならない。

ベンヤミンの批評は芸術的感受性が進歩という被いをかけられた運命に停止を命じ、それが弁証法的なイメージのなかで得られるユートピア経験、すなわち、繰り返し同じものにおける新しいものを暗号化する瞬間を、確認する。ベンヤミンにあっては、近代を太古史へと転換させることには、二通りの意味がある。ただ神話からの抽き出されるさまざまなイメージの内実と同じように、神話もまた太古に通じている。そして、神話から抽き出されたこのようなイメージは、真の進歩にとっての伝統として保持されつづけるためには、いまひとつの、いわば期待された現在のうちに批判的に再生され、「解読可能なもの」へと導かれてゆかなくてはならない[22]。

ここで重要なのは、ハーバマスのいう意味で捉えられた「救出する批評《レッテンデ・クリティク》」に含まれるメシアニズム的構図そのものではなく、「批評」的まなざしを通じて読みかえられ、変容された現在性の思想的・認識的意味である。そしてこのことは、おそらくベンヤミンの思考の最も核心的かつ微妙な領域に関わってくるはずである。

たとえば『歴史の概念について』における最も有名なあの「新しい天使《アンゲルス・ノーヴス》」のイメージには、そうした問題を考える手がかりが含まれている。

かれ（天使）は顔を過去に向けている。ぼくらであれば事件の連鎖を眺めるところに、かれはただカタストローフのみを見る。そのカタストローフは、やすみなく廃墟の上に廃墟を積み重ねて、それをかれの鼻っ先へふきつけてくるのだ。たぶんかれはそこに滞留して、死者たちを目覚めさせ、破壊されたものを寄せ集めて組みたてたいのだろうが、しかし楽園から吹いてくる強風がかれの翼にはらまれるばかりか、その風のいきおいがはげしいので、かれはもう翼を閉じることができない。強風は天使を、かれが背中を向けている未来のほうへ、不可抗的に運んでゆく。その一方でかれの眼前の廃墟の山が、天に届くばかりに高くなる。ぼくらが進歩と呼ぶものは、この強風なのだ[23]。

この「天使」のイメージは極めて両義的である。もしこの「天使」のイメージから、「廃墟」を強制化する進歩への批判のみを読みとるとすれば、それは重大な片手落ちとなるだろう。

むしろここでは視点をかえて「カタストローフ＝廃墟」の側へと身を移し、そこから眺められる進歩の強風に運ばれて手の届かないところへと遠ざかりゆく「天使」のイメージを思い浮べてみなければならない。するとそこに、歴史のプロセスによってユートピア的未来を奪われてしまっている現在性の境位が浮かび上がってくる。むしろここに先に述べた「批評」の弁証法がもたらすものの核心をみなければならないのである。したがって先にわたしが書いた普遍の救済のモティーフは変更を余儀なくされる。

現在性それ自身における自己充足も、そして窮極的な「救済」としての未来＝ユートピアへの投企も共に禁じられている現在性の境位——、これこそが「批評」を通じて変容され、「カタストローフ＝廃墟」として規定づけられた現在性の思想的・認識的意味にほかならない。

ここでわたしたちがみなければならないのは、メシアニズム的救済の構図とそれがもたらす未来への希望がほとんど名目化し、「批評」のもたらす弁証法的認識能力の容赦ない解体作用だけが残って、縦横に現在性を切り刻み、破砕してゆく光景である。こうした「批評」の弁証法の徹底した解体作用の前で現在性は、「うつろいゆくもの」、「カタストローフの危機にさらされるもの」として、ほとんどそのあるがままの同一性、事実性を喪失してしまう。

ところで歴史意識のあり方としてみるとき、こうした「うつろいとカタストローフ」に固着する現在性のあり方は、「モデルネ」の意識と結びつく。[24]

ベンヤミンの晩年における未完に終ったライフ・ワーク『パサージュ論』は、第二帝政期パリの市民社会の風景を「近世の太古史」として解読しようとする試みであったが、それは言い換えればブルジョア市民社会の「モデルネ」としての把握の試みであったといえよう。そしてベンヤミンの「批評」の弁証法が最も所を得てアクチュアリティーを発揮しうる場はここをおいてなかったはずである。

おそらく『パサージュ論』全体を貫ぬく「近世の太古史」のモティーフをひと言で表わすとすれば、『パサージュ論』の断章の一部をまとめた「セントラル・パーク」の中の次のような言葉になるであろう。

象徴形象《エンブレーム》は商品として回帰する。[25]

「近世の太古史」は、かつて『ドイツ悲劇の根源』が十七世紀バロック悲劇をアレゴリー概念に即しつつ解読していったのと同様に、十九世紀のブルジョア市民社会——

高度資本主義社会《ホッホカピタリスムス》――を、商品のもつアレゴリー的性格を通して解読しようとする。ここでアレゴリーが具体的には、商品の価値形態と、すなわちモノとしての充実した現前を喪失した、交換価値――それは中心としての「普遍」を欠いているにもかかわらず、架空の普遍としての「価値＝貨幣」の「破片」たることを強いられているモノの状態の謂である――としてのあり方と結びついていることはいうまでもないだろう。

だが商品のアレゴリー的性格の問題はそこにとどまらない。さらにこうした交換価値としての商品が、モノと価値＝貨幣の転倒を通じて様々な幻影《ファンタスマゴリー》を生み出していることを、そしてそうした幻影に「太古への退行」と「新たなものへの志向」の弁証法的交錯がみてとれることを――それはまさにあの「廃墟」の持つ性格にほかならない――ベンヤミンの認識は明らかにする。(26)

こうしたブルジョア市民社会に内在する「近世の太古史」をまさに同時代における「見霊者」として見抜いたのがボードレールであった。彼は市民社会の光景が、「先史時代の息吹も、アウラも」欠いたまま「むきだしの原始状態に逆戻りしたのを、愕然として凝視する」(27)。そしてそれをそのまま彼の詩的言語へと定着させる。あの『悪の華』第一部に収められている「コレスポンダンス」という詩に登場する「象徴の森」は、もはやゲーテ的な意味での象徴の世界ではない。それはむしろ廃墟であり、アレゴリーの森なのである。

ボードレールが事情をよく知るにつれて、いっそう紛れもないアウラの崩壊がかれの抒情作品に刻み込まれていった。(28)

しかしこうしたブルジョア市民社会の仮借ない弁証法的解読から最終的に浮かび上がってくるベンヤミンの「批評」のアクチュアリティの根源とは、彼の批評のまなざしにさらされることでむしろ逆説的に輝きをましている「現在性」そのものではないか、という気がしてくる。ベンヤミンにおいては弁証法と形象的思考が結びついている。それは「細部」や「断片」への彼の愛着に由来する。ベンヤミンのテクストの魅力とは、仮借ない弁証法的認識（批評）か「細部」や「断片」を通して形象的思考と結びついている点にある。徹底した物象化の解体を志向するアドルノに対して、ベンヤミンの市民社会＝モデルネに対する態度にどこか両義性が残るのは、この点に由来している。だがそのこととベンヤミンがラディカルに「現前＝再現前《ルプレザンタシオン》のイデオロギー」を拒けた事は決して矛盾しないはずである。

[註]

ベンヤミンの引用については『ベンヤミン著作集』（晶文社）および『ドイツ悲劇の根源』（川村二郎、三城満禧訳）、法政大学出版局、に依った。また原典については、Walter Benjamin ; Gesammelte Schriften. Suhrkamp 1980 に依った。引用箇所ではそれぞれの巻数と頁のみを挙げてある。

（1）ユルゲン・ハーバマス「意識化させる批評か、救出する批評か」（小岸昭訳、好村富士彦監訳『ベンヤミンの肖像』西田書店所収）、九〇頁〜九二頁参照。ハンナ・アレント『暗い時代の人々』（阿部斉訳）、河出書房新社、一九〇頁参照。
（2）『根源』五頁。I-1 S. 207.〔傍点筆者〕
（3）II-1 S. 204-210. なおこの草稿は未定稿で決定稿は "über das mimetische Vermögen" であり、『著作集』第三巻に翻訳がある。
（4）ebd. S. 204.
（5）ebd. S. 205.
（6）ebd.
（7）Vgl. Rolf Tiedemann ; Studien zur Philosophie Walter Benjamins I Aspekte der Erkenntnistheorie, edition Suhrkamp 644 1973 Suhrkamp.
（8）アーサー・ラヴジョイ『存在の大いなる連鎖』（内藤健二訳、晶文社）五三頁。〔傍点筆者〕
（9）II-1 S. 204.
（10）『著作集』第四巻（大峯顕訳）、六三頁。I-1 S. 9 55.
（11）『著作集』第一巻（野村修訳）、一一二頁。I-2 S.699.〔傍点筆者〕
（12）『根源』、一六七頁。I-1 S. 320.
（13）II-1 S. 270.
（14）『根源』、一五頁。I-1 S. 215.
（15）ラヴジョイ前掲書、三〇頁参照。
（16）『根源』、一三〜一四頁。I-1 S.213f.
（17）同、一九九〜二〇〇頁。ebd. S. 319.
（18）同、一六六頁参照。ebd. S. 319.
（19）同、二〇頁。ebd. S. 226.
（20）『著作集』第一巻、一一六頁。I-2 S. 695.
（21）同、一一四頁。ebd. S. 654.
（22）ハーバマス前掲書、一〇八頁。
（23）『著作集』第一巻、一一九〜一二〇頁。I-2 S. 697 f.
（24）上山安敏『神話と科学』（岩波書店）、八一頁以下参照。
（25）『著作集』第六巻（円子修平訳）、一一九頁。I-2 S. 681.
（26）同（川村二郎訳）、一一頁参照――これのみ Walter Benjamin ; Illuminationen. Suhrkamp taschenbuch 345. 1977 S. 171 f.
（27）同（円子訳）、七五頁。I-2 S. 643.
（28）同、七九頁。ebd. S. 648.

第二章　「死の死」の彼方としての死　ベンヤミンの思考の一断面

ベンヤミンの思考の中にはあきらかに死への親近性が存在する。ある面からいえば、ベンヤミンは「メメント・モリ（死を想え）」の思想家と呼んでもさしつかえないだろう。たとえば彼の初期の仕事の総決算ともいうべき『ドイツ悲劇（哀悼劇）の根源』の中には次のような表現が見られる。

……寓意《アレゴリー》においては、歴史の死相が、凝固した原風景として、見る者の前にひろがっている。歴史に最初からつきまとっている、すべての時宜を得ないこと、痛ましいこと、失敗したことは、一つの顔貌――いや一つの髑髏の形をとってはっきり現れてくる。(1)

ここでベンヤミンは歴史を「アレゴリー」という相貌のもとで捉えようとしている。それは、「歴史を受難史としてみる」(2)見方につながる。そうした見方に立つとき、「世界は、凋落の宿駅としてのみ意味をもつ」(3)ことになる。この「受難」「凋落」という相貌の中にベンヤミンは、歴史の中に内在する死の契機をさぐりあてるのである。歴史のアレゴリー的な見方とは、歴史を死に至る「受難」の、「凋落」の過程として捉えようとするまなざしの謂に他ならない。死はそこで、アレゴリーという相において現出する歴史の内的な核心を意味している。このことをベンヤミンは別な箇所で、「自然の顔には、衰滅の象形文字で『歴史』と書かれてある」(4)という言い方で表現している。こうした認識にしたがえば、歴史は自然の衰亡の不可逆的な過程ということになる。「歴史の経過のイメージに刻み込まれる自然は、腐朽せる自然である」(5)。こうした「腐朽せる自然」の相貌の核心に歴史の中の死の契機があるとするならば、ここで死はまずなによりも自然のアレゴリー化＝歴史化の動因としての意味をもつことになろう。そしてこのような死の性格を核心にひそめたアレゴリーとしての歴史、「受難」としての、「凋落」としての歴史が到り着く地点をベンヤミンは、「廃墟」という概念によって捉えようとする。「……自然＝歴史の寓意的相貌は、廃墟として実際に目の前に現れるのである」[6]。

だがここで「廃墟」という概念についてあらためて考えてみるとき、そこに今述べてきたような自然の歴史化という過程とは異なる契機が含まれていることに気づかざるをえない。それは「腐朽せる自然」という言い方にもひそんでいる契機に他ならないのだが、「廃墟」にはけっして歴史に還元しきれない自然としての存在性格がまぎれもなく刻印されているということである。むしろより端的にこういった方がよいかもしれない。すなわち「廃墟」とは一方においては歴史の自然への回帰の所産である、と。というのも歴史が、自然にたいして加えられた自らからの隔たりを強制する力の痕跡の積み重ねであるのにたいして、「廃墟」はそうした痕跡を洗い流して歴史をふたたび自然へと引きもどしていく過程の涯に現れるものだからである。とするならば「廃墟」には、そして「廃墟」をもたらす歴史のアレゴリー的相貌には、自然の歴史化と歴史の自然化という相反する二つの過程が内包されていることになる。このことは何を意味するのだろうか。

歴史がアレゴリー的な衰亡の相において見られることは、歴史のそれぞれの時点が原初的なものとしての自然からの不可逆的な隔たりの中にあることを意味する。そのときこの隔たりには、歴史のそれぞれの時点においてこの原初的なものとしての自然が蔽され、見えなくされるという事態がともなっている。自然と歴史が互いに他者どうしの関係になるのである。この非連続性の発生が自然の歴史化の出発点となる。だがここであらためてベンヤミンが用いた「腐朽せる自然」という表現を想起してみよう。この表現によってベンヤミンは歴史が「自然の被造物の爛熟、腐朽」[7]の過程であることを示そうとしたのであった。ところで今引用した箇所の主語はじつは自然である。そのことと「腐朽せる自然」という言葉を考えあわせてみるとき、そこに歴史と自然の関係をめぐるある認識上の転回が生じていることがあきらかになる。すなわち自然からの不可逆的な隔たりが歴史において生じているという認識の一方で、ベンヤミンは、「腐朽せる自然」としての歴史の真の主語が自然に他ならないという認識をつうじて、歴史内部における主語（基体）としての自然の連続性を確証するのである。ここでさきほど「廃墟」をめぐって述べた歴史の自然化という言葉の意味がはっきりする。歴史の自然化は自然の歴史化において生じた両者の非連続性を転倒させ、歴史と自然のあいだに連続性をもたらすのである。

「廃墟」へと帰結する歴史のアレゴリー的な衰亡の相は、たしかに自然の歴史化を、そしてそこでの歴史の自然からの不可逆的な隔たりをもたらした。しかしこの衰亡にはあきらかにもう一つの意味が含まれている。それは、この衰亡という契機においてむしろ歴史の自然からの隔たりにたいする一定の限界づけが生じるということである。この衰亡という言葉にはらまれるネガティヴな響きは、自然が依然として隔たりの中において潜在的な主語として維持されていることの反照である。なぜならば衰亡する主体はあくまで自然の側にあるからである。とするならば、歴史のアレゴリー的な衰亡の相とは、自然からの隔たり、自然の絶対的な他者化の過程のうちに潜勢的に内包される自然の主語的・基体的性格、いいかえれば歴史化＝非連続化のそのつどの限界として現れる自然の連続的な存在性格の反照に他ならないことになる。

＊

少し見方をかえていってみよう。歴史とは、自然との非連続性を積極的なばねとしてそのつどの現在にむかって投企される生ける者の営為の所産である。歴史のアレゴリー的な見方が歴史の衰亡の相に、そしてそこに潜在する「腐朽せる自然」の契機にまなざしをむけるとするならば、それは、そうした現在によって、生ける者によっておし進められる歴史過程の臨界点を見さだめ、現在や生ける者に帰属する歴史にとっての他者の側へと歴史を反転させようとすることを意味する。この他者が自然の主語的・基体的存在性格であり、そこに潜在する自然の原初性であることはいまやあきらかであろう。しかしこの現在、生ける者に帰属する歴史の他者としての自然には、歴史のアレゴリー的衰亡がもつ核心的契機がさらに重ねあわされねばならない。それはいうまでもなく死である。死とはここで歴史の中の現在、生ける者の臨界点としての自然の絶対的な他者性の現出に他ならない。「歴史の死相」とは、自然からの不可逆的な隔たりがもたらした歴史と自然のあいだの他者どうしとしての関係においてのみ、そして「腐朽せる」ものというアレゴリー的相貌とのわかちがたい結びつきにおいてのみ予示される自然の主語的・基体的存在性格の潜勢的な現れを意味するのである。

歴史はこのとき、現在の側から、生ける者の側から眺められたときとはまったく異なる性格をもつことになる。歴史のそのつどの現在、生の臨界点としての、すなわち絶対的な他者としての死の側から見られた歴史——それは、歴史の潜勢力としての自然の連続性の発現という相のもとで歴史が捉えられることを意味する。だがこのように歴史を見ようとすることもまた歴史のそのつどの現在、生ける者に帰属している。そして死はけっして現在、生ける者によっては所有されえない。絶対的な隔たりの中においてしか志向されえない連続性という逆説、――ここにベンヤミンの歴史認識の初発的な契機が存在する。

ベンヤミンの「メメント・モリ」には、こうした歴史の反転への意志がはらまれている。歴史というものを、絶対的な隔たりの中に微かに潜在するある響き、声を手がかりとしつつ、もう取り戻すことの出来なくなった過去や死者たちのもとへと帰っていこうとする努力として捉えること――、それは「生者の歴史」にかわる「死者の歴史」を提示しようとする企てであった。死こそが、死にひそむ絶対的な他者性こそが歴史の根源であるという認識ほどベンヤミンの歴史認識の性格を特徴づけるものはない。そしてアレゴリー、「廃墟」は、そうしたベンヤミンの歴史認識の収斂するトポス、もう少し具体的にいうならば根源との絶対的な隔たり、他者性を宿命的な存在条件としてひきうけざるを得ない歴史―内的な存在者の中に根源としての死（自然の連続性）への「通路《パサージュ》」をひらくための歴史認識上のトポスなのである。

したがってアレゴリー、「廃墟」には、隔たりをもたらす遠心的な力と回帰をもたらす求心的な力どうしの弁証法がはたらく。もちろんそれはヘーゲル的な意味での宥和や止揚にはけっして到り着かない弁証法ではある。しかしそれは、歴史におけるそのつどの現在の中に同一化を引き裂く他者の契機を導入し、この現在と他者の振幅のうちに「生者の歴史」によっておおい隠されてしまった歴史認識のかたちを開示しようとするという意味では、まぎれもなく弁証法である。こうした弁証法によって見えてくる歴史の中の死について、ベンヤミンは、生涯のライフワークともいうべき『パサージュ論』の中の一節で次のようにいっている。

> ここでモードは、女と商品の間に――快楽と死体の間に――弁証法的な相互積み替えの場を開いた。モードに長く仕えているなまいきな手先である死は、世紀を物差しで測り、節約のためにマネキンを自分で作りあげ、自分の手で在庫一掃をはかろうとする。このことをフランス語では「革命＝（回転）《レヴォルシオン》」と言う。というのもモードはいままで、色とりどりの死体のパロディー以外のなにものでもなかったからだ。モードとは、女を使った死の挑

発であり、忘れえぬかん高い笑いのはざまで苦々しくひそひそ声で交わされる腐敗との対話にほかならない。これこそがモードである。それゆえにモードは目まぐるしく変わる。モードは死をくすぐって、死がモードを討ち倒そうとしてそちらを振り返ると、とたんに別の新たなモードに変わってしまっている。だからモードはこの一〇〇年の間、死にたいして何の負い目もない。いまようやくモードは撤退を始めようとしている。しかし死の方は、パサージュを通りぬけるアスファルトの河を流れる新たな冥府の河の岸に、戦利品である娼婦たちを使って武装を打ち立てる。■革命■愛■[8]

このモードをめぐるベンヤミンの記述は、リルケの『ドゥイノの悲歌』の中の「第五の悲歌」に出てくる「広場よ、パリの広場よ。限りなき見世物場。／マダム・ラモール（流行デザイナー死夫人）はそこで／地上のやすらぎなき幾多の道、はてしなきリボン紐を、／絡みあわせ、結びつけ、そこから新たな／結び方を発明する、フリルや造花や、帽章、模造の果実を——[9]」という詩句からの触発にもとづいている。このリルケの詩句の原イメージとなっているのは、おそらくマガザン・ド・ヌボオテ（高級流行品店）の店先の商品の華やいだモードにしのびこんでいる死の匂いの感触——たとえばリルケが『マルテの手記』で捉えようとした都会の中の不毛な死の経験の核にあるもの——であろう。そこではモードという先端的で、つねにうつろいゆく現在とその背後にある死が交錯するのである。

ベンヤミンもまたリルケとともに、モードにひそむ不毛な死を凝視する。このときモードもまた「死体のパロディー」として、「歴史の死相」の、「廃墟」の現れのひとつとなる。だがここで私たちは、ベンヤミンの記述の中に底流している死についての二つの別な思考の文脈——リルケ的な「死の不毛性」の認識にとどまらないもの——に目を向ける必要がある。一つは、モードにおいて働いている弁証法の一方の極を構成する商品が「死体」であること、いいかえればたんにモードの華やぎと死が対比されるだけでなく、モードの基体としての商品そのものが死であるということである。と同時にもう一方でベンヤミンは、死が歴史の一挙的な転回としての「革命」を意味することを示唆している。死は歴史のそのつどの現在にたいして、モードのもつうつろいという次元とは決定的に異なる根底的な転換をもたらすものなのである。それは、歴史の中の煌めくような危機の瞬間に歴史の根源を見ようとしたベンヤミンの思考と死の結びつきを示すものである。
この二つの死をめぐる思考はあきらかに質的に異なっている。そしてこの差異の振幅を通してベンヤミンの「メメント・モリ」のさらなる深まりが示されることになる。

*

商品が死であるとすれば、商品によって動かされている市場経済のメカニズムの中にも死が内在しているはずである。それは市場経済がもたらす不毛さというような次元における死ではなく、市場経済の客観的なメカニズムそのものに組み込まれた死である。こうした商品―市場経済に組み込まれた死についてもっとも根源的な洞察を示したのはマルクスであった。マルクスは商品―市場経済の動因としての資本主義的生産様式の基底に「労働力の商品化」という事態を見てとる。「労働力の商品化」とは、労働が資本によって自由に購入されること、いいかえれば労働と資本の交換が不断に市場を介して行われることを意味する。ではこの労働と資本の交換において何が生じているのだろうか。

マルクスは『経済学批判要綱』の中で労働と資本の交換が、「生きた労働」の「対象化された労働」への転化であるといっている[10]。ここで「生きた労働」とは、労働者の身体の中に内在する力能を意味するのにたいし、「対象化された労働」とは、そうした力能が外化されてある対象性を帯びるに至った状態を意味する。とするならば「生きた労働」の「対象化された労働」への転化とは、労働者（人間）の身体能力という「人間的自然」が資本という対象性へと外化＝対象化されることに他ならなくなる。ところでマルクスはこうした「対象化された労働」が「死んだ労働」であるともいっている。すなわちマルクスは「生きた労働」の「対象化された労働」への転化、つまり労働と資本の交換を、生と死の交換と見なしているのである。この生と死の交換に、マルクスは資本主義的生産様式に内在する死の契機を見てとろうとする。ただここで私たちは、マルクスが資本主義的生産様式の中に見ようとした死の契機が、これまでベンヤミンの歴史認識にそくして私たちが見てきた死の契機とずれることに注目しなければならない。

「生きた労働」の「対象化された労働」への転化としての生と死の交換には、二つの問題が含まれている。マルクスが「労働は非資本である」といっているように、本来労働と資本は絶対的な他者関係にある。とするならば「生きた労働」としての労働が「対象化された労働」としての資本へと転化することは、本来他者どうしの関係、いいかえれば非連続的な関係にある労働と資本が連続的な関係に転化することを、より端的にいうならば労働と資本の「合一」（＝同一化）が生じることを意味することになる。すなわち生と死の連続化が生じるのである。このことは別な角度からいえば、そのつどの一回的な有限性の中にある「生きた労働」（生）が、「対象化された労働」への合一を通じて対象性を帯びることによってある永続性を獲得するということを意味している。「対象化された労働」（死）としての資本（生産物・商品・貨幣）という「生きた労働」の外化された形態においても、その反照態である「生きた労働」の個別性が無限に代替可能な抽象的普遍性としての「労働力商品」へと置き換えられるという事態においても、そこに「生きた労働」の一回性が対象性としての資本のもつ永続性に吸収されるという事態が生じていることはあきらかである。このとき生と死の交換をめぐるマルクスの思考の文脈に、私たちがこれまで見てきた生と死の関係の反転が生まれるのである。

「生きた労働」の担い手としての労働者（人間的自然）は、そのつどの現在において「死にうるもの」「衰滅しうるもの」である。いいかえれば「生きた労働」はその担い手ともども現在の中に、「腐朽せる自然」として組み込まれているのである。このとき「生きた労働」（人間的自然）は、自らの中に絶対的他者としての死＝自然との非連続的連続性を孕んだ存在となる。より端的にいえば死＝自然そのものとなる。この死＝自然としての存在性格において逆説的に「生きた労働」は「生きた労働」たりうるのである。このように「生きた労働」の生としての性格が捉えられるならば、「対象化された労働」のもつ死としての性格、とりわけその永続性としての性格が、「生きた労働」の中に内在する死＝自然の否定、克服を意味することはあきらかであろう。いいかえれば「生きた労働」（生）の「対象化された労働」（死）への転化は、死＝自然を対象性のもつ永続性によって否定、克服する営為として捉えられねばならないのである。このとき生と死の位相が反転する。

「対象化された労働」における対象性をつうじた永続性の定立は、「生きた労働」に内在する死＝自然の否定、克服としての「死の死」を、「死の死」としての不死を意味する。そしてそこに「生きた労働」の否定、克服としての「対象化された労働」、すなわち資本の現在（生）の側から見られた連続性が生じるのである。それはヘーゲルが定式化しようとした止揚の弁証法の過程に他ならない。ヘーゲルの止揚とは「否定の否定」としての「死の死」、すなわち不死の境位を示している。そしてそこにはジャン・リュック・ナンシーが次のようにいう事態が内包されている。「ところで近代は、救済あるいは歴史の弁証法的継起という形でしか〔死の〕理由付けを考えなかった。近代は人間たちとその共同体の時間を、死が本来もつはずの度外れな意味は最終的に失われてしまう不死の合一の中に閉じ込めそこで終わらせようと血道を上げてきたのである」(11)。

　このことにはさらにもう一つの問題が加わる。それは、マルクスが「資本とは他人の労働の領有である」といっていることに関わる問題である。資本としての「対象化された労働」は、外化＝対象化という形式をつうじて「生きた労働」に内在する死＝自然の他者性を否定、克服しようとした。それゆえこの「死の死」としての不死の形式は、まず自己の外在化＝他者化をつうじて確証される。だがこの外在化＝他者化は、対象性への自己の合一（＝同一化）の段階からさらに、そうした合一そのものの中における自己の取り戻しの段階へと進んでいく。それは対象化における対象性の否定をつうじてである。対象性の否定とは、外在化＝他者化された自己（＝対象）の自己への回帰に他ならない。そしてそこではちょうどそれと表裏一体のかたちで他者としての対象の領有という事態が進行するのである。それは、資本の運動の基底をなしている搾取と私的所有のメカニズムとして具体化される。「死の死」としての不死は、こうして対象化（＝外在化＝他者化）であると同時に対象性の否定（＝自己への回帰＝他者の領有）としての性格をもつことになる。ここにおいて他者を対象化という形式をつうじて領有（支配）する論理の核心としての自己（＝「いま―ここ」としての「現在」）の絶対性が生じる。「死の死」としての不死の論理は、対象性の永続化と、対象性の否定をつうじた自己の絶対化という二つの契機を自らの中にあわせもつことになる。このことは、「死の死」としての不死の論理において、死＝自然の非連続的連続性の論理（アレゴリーの論理）とは本質的に異なる、自己の絶対性（＝「現在」の絶対性）の側から構成される連続性の論理が定立されるのを意味する。その核心をなすのが対象化の論理であることはいうまでもないだろう。このことをつうじて「死の死」としての不死の論理は、自己の絶対性を自らの存在根拠とする「主体《ズブイエクト》＝実体《ズブスタンツ》」の論理と自らの対象化と対象からの自己回帰（＝他者の領有）をとおした連続＝永続の確保という「類《ガットウング》」の論理を獲得する。この二つの論理の結合の中から、経験的な一回性を超える普遍性と永続性をもった大文字の「主体＝実体」を基礎とする超越性の論理――世界の超越論的構成の論理――が形成される。この「死の死」としての不死を核にもつ超越性の論理によってはじめて「生の歴史」の連続性と主導性が確証されるのである。ギリシャ哲学やキリスト教における「霊魂不滅」の教説からヘーゲルの弁証法（疎外と疎外の打ち消しの論理）にいたる西欧形而上学の伝統はこの超越性の論理にねざす「生者の歴史」の上に築かれてきたといってよい。そしてそこに底流するのは「合一＝領有」の論理に他ならない。

＊

ここで私たちはあらためてマルクスの生と死をめぐる用語法の逆説性に目を向けねばならない。マルクスは、「死んだ労働」としての資本が「死の死」としての不死の論理によって「生」の側へと反転する過程を見極めようとした。しかしそのことによって資本は死であることを免れるわけではない。マルクスにとって資本は依然として死の側に属している。このときマルクスの死の逆説的意味があらためて問われねばならない。

資本に内在する「死の死」としての不死の論理は、くりかえしになるが、死＝自然、すなわち歴史の中に「腐朽せる自然」として現出する自然の主語的・基体的存在性格――その現象態としての「生きた労働」――の否定・克服としての死によって根拠づけられている。したがって後者の死は、ヘーゲル風にいえば「否定の否定」としての死、「否定の否定」によってもたらされる肯定性としての死である。そしてマルクスは、この「否定の否定」としての死の核心に「搾取」の論理を見出したのである。

「搾取」とは、「生きた労働」の絶えざる領有をつうじて行われる資本の合一＝吸収作用に他ならない。この資本の合一＝吸収作用によって、「生きた労働」の内実としての自然――いうまでもなくそれは非対象化的な潜勢態としての自然である――が対象性へと転化する。このとき「生きた労働」は、その力能のもつ潜勢力《ポテンシャル》ともども資本の増殖過程の中に吸収される。「生きた労働」は資本の対象化の論理によってその潜勢力を徹底的に消尽されるのである。それは、そのつどの一回的な有限性、個別性の中にしか現出しえない「生きた労働」にたいして加えられる資本の構造的な暴力である。すなわち資本の「死の死」としての不死の論理を支えているのは、「搾取」というかたちで現出する資本の合一＝吸収作用としての構造的暴力なのである。それは概念的にいえば、「主体＝実体」の超越性にねざす超越論的同一化の暴力――アドルノ的にいえば「概念化の暴力」――である。こうした性格を有する構造的暴力としての「搾取」の過程をとおして、資本は「剰余価値生産」の可能条件を、いいかえれば「拡大再生産」というかたちで自らの永続性＝不死の可能条件を獲得する。

ここにマルクスは資本における「死の死」の契機を見たのであった。とするならばマルクスの、「搾取」の否定、廃棄をめざす資本主義批判の構想の核心にあるものは、資本の不死性の中に現出する「死の死」の論理の、すなわち資本の構造的暴力の否定、廃棄への志向であることになる。より普遍化していえば、マルクスは「否定の否定」としての「死の死」にたいして、もう一度「死の死」の絶対的な他者としての死を、いいかえれば死＝自然を対抗的に対置しようとしたのである。「生きた労働」という非対象化的なカテゴリーの発見、そして「生きた労働」と「対象化された労働」の交換としての生と死の交換というカテゴリーの発見それ自体が、マルクスにとって資本という「死の死」としての不死の論理を横断する不連続線の発見を意味していた。その不連続線の彼岸に「死の死」の他者としての死＝自然――マルクスにとってはむしろこれが「生きた＝生」になるのだが――が、資本の、より正確にいえば資本によって体現される合一＝吸収作用のもつ構造的暴力の根源的な他者として見出されるのである。それは別な角度からいえば、対象化の論理の否定を意味する。

そしてこの対象化の論理の否定は、対象化の過程においてしか現出しえない資本主義的な労働―生産の論理の否定をとりもなおさず意味することになる。そうした否定の根拠、根源として死＝自然――マルクスにとっての生――があるのである。マルクス最晩年の著作『ゴータ綱領批判』冒頭における記述はその証左である。「労働はすべての富の源泉ではない。自然は労働と同じ程度に使用価値の源泉であり（中略）労働自体は人間の労働力という一つの自然力の発現にすぎない」[12]。ここから私たちは、「死の死」としての不死を核心にもつ超越性の論理とそれに基づいて構成される「生の歴史」の文脈とは決定的に異なる認識の地平に進むことができる。そしてそこにおいてベンヤミンの「メメント・モリ」のもっとも深い意味もあきらかになる。商品に内在する死にたいする「革命」としての死の契機、意義が浮上するのはこの地点においてである。

＊

ちょうどマルクスの『ゴータ綱領批判』における記述に呼応するように、ベンヤミンは彼の最後の遺稿となった『歴史の概念について』（いわゆる『歴史哲学テーゼ』）の中で次のようにいっている。

フーリエによれば、整備された社会的労働の結果として、やがて四つの月が地上の夜を照らし、両極からは氷が消え、海水はしょっぱくなくなり、猛獣は人間の用をはたすはずだった。ここに見られる労働は、自然を搾取することからははるかに遠いものであり、自然の胎内に可能性としてまどろんでいる創造性を自然自体が発現するのを、助けるものである。ところが腐敗した労働概念のほうは、自然を自分の附録にしてしまう[13]。

ここでベンヤミンは直截に自然自身の能産性（＝主語・基体性）を規定づけている。マルクスの「死の死」としての資本の不死の論理にたいする批判へとつらなる、ベンヤミンの「生の歴史」の顚倒に向けた志向がそうした自然自身の能産性の規定をつうじてはっきりと現れている。だがそれはけっしてユングなどの場合のように、あるいはある種の神秘主義的な自然哲学の場合などのように無媒介に実体化（原型化）されているわけではない。すでにベンヤミンの自然規定の中に労働概念とのするどい批判的な対抗関係が孕まれていることに注目しなければならない。いいかえればここでベンヤミンが示している自然の能産性の規定は、そしてそこから導かれるべき「生の歴史」の反転に向けた志向は、「死の死」としての不死の論理をそのつどの一回的な現在にたいして強いる歴史の超越性との対抗の中で、より正確にいえば、超越性を存在条件として強いられているそのつどの歴史的な現在の実定性の内側からそうした条件を否定、廃棄しようとする「闘い」の中で、はじめて思考上、認識上の具体性をもつことが出来るのである。

したがってベンヤミンの自然の能産性の規定は、まずなによりも歴史の超越性の基礎となる「主体＝実体」の合一＝吸収作用に不連続＝切断をもたらすことによって「死の死」としての不死の論理を解体に追いやる「革命＝転回」の契機として捉えられなければならない。それはいいかえれば、「主体＝実体」の中にその同一性にとっての根源的な「他者」をもちこむこと、つまり「主体＝実体」の絶対性＝同一性を「分割《パルタージュ》」（J・リュック・ナンシー）することである。ある意味ではバタイユの「内的体験」における『自己―の―外』に出る体験が『内的体験』と呼ばれるという奇妙な矛盾[14]」としての「脱―自《エクスターズ》」にも比定すべき、自己の内部における他者の絶対性との向かい合い、そしてそれがもたらす自己の同一性の切断が、ベンヤミン的な自然の能産性という分節線によって「主体＝実体」の超越性という分節線にもたらされる横断・切断の意味として見てとられねばならない。

「死の死」としての不死の論理を解体する死は、そしてその基底をなす自然の能産性の契機は、そのつどの現在が歴史の超越性に拘束されている以上無媒介な実定性としては現出しえない。この実定化不能な、つねにそのつどの現在のネガとしてしか予示されえない領域に表現を与えること――、それがベンヤミンにおける歴史の反転への志向をつらぬく根本的な思考上のモティーフであった。そのためにベンヤミンはあえて神秘主義や神話的思考とみまごうような表現スタイルを用いることもいとわなかった。なぜならこうした表現の可能性は、超越性の存立条件を自明化する客観的・記述的な言語によってはけっして与えられないからである。そしてこうした思考の文脈の中からベンヤミン特有の概念である「根源」や「星座」、あるいは「ミメーシス」などの言葉が生まれてきたのである[15]。個々の「現在」にとって絶対的な他者であるがゆえに不可視な、しかし同時に「現在」それ自体を横断する「分割」によってその存在の開示が仄見される領域へと、ベンヤミンはこうした超越性の生成の臨界点をさぐり当てようとする不可能性の言語をとおしてにじりよろうとする。

＊

ここでこうしたベンヤミンの思考の一例として、彼の最初期のエッセイの一つである「暴力批判論」を取り上げておこう。このエッセイでベンヤミンは、「死の死」としての不死の論理とそれがもたらす構造的な暴力の解体・廃絶のための条件を、「革命」の暴力の問題と関連させつつ正面から論じている。

ベンヤミンにとってこのエッセイを書くきっかけとなったのは第一次大戦という「戦争の暴力」の体験であった。ベンヤミンが「戦争」という暴力現象に見ようとしたのは、直接的な暴力が法という構造化された実定性に転化する瞬間であった。公共性の次元としての国家における意志＝行為である「戦争」において暴力は、法という次元において構造化される暴力に転化するのである。「自然目的のためのあらゆる暴力の根源的・原型的な暴力としての戦争の暴力に即して、結論を出してよいとすれば、この種の暴力のすべてには、法を措定する（rechtssetzend）性格が附随している[16]」。こうした「法措定的暴力」にはさらに、そこで生じた暴力の構造性を維持するための暴力、すなわち「法維持的暴力[17]」が伴う。この「法措定的暴力」と「法維持的暴力」によって「死の死」としての不死の論理がもたらす構造的な暴力、すなわち実定化された「権力」の基礎が形づくられる。このときベンヤミンはこうした構造的な暴力としての「権力」の正当化のメカニズムを問題にしようとする。

法の哲学的基礎づけには「自然法」と「実定法」の二つの流れがある。前者が「法の目的」に、後者が「法の手段の適法性」にそれぞれ関わっている。その違いを踏まえた上でベンヤミンは、この二つの対照的な法の基礎づけが「共通のドグマ」に収斂するという。「……ふたつの学派は、共通の基本的ドグマをもつことにおいて一致する。すなわち、正しい目的は適法の手段によって達成されうるし、適法の手段は正しい目的に向けて適用されうる[18]」。この「目的」と「手段」の相互循環的な正当化のドグマは、本来別なものどうしとしての「目的」と「手段」の癒着を生み出す。この癒着は、法が妥当する空間の内部におけるいかなる法の行使形態も「適法性」という尺度によって正当化されうるという事態につながる。ここにおいて構造的な暴力としての法は、超越性としての法が支配する空間における法の自己（主体＝実体）の絶対性を「適法性」という法の実定的な現出形態をとおして確証することになる。そこに見られるのは、「目的」としての「正義」、すなわち法の根源の忘却に他ならない。

こうしたかたちで成立する法（権力）の正当化のメカニズムにベンヤミンは、「暴力批判論」の少し前に書かれた「運命と性格」というエッセイの中で「運命」という概念を与える。そして次のようにいう。「法は刑へではなく、罪へと判決する。運命とは生者の罪連関であり、これは生活者の自然的な構造に対応するが、この構造はあの、まだ残りなく解放されてはいない仮象にほかならず、人間とは遠く離れたものであって、けっして人間と完全に合致するものではなかった[19]」。ここにはあきらかにベンヤミンの歴史認識の構図が投影されている。

法の「目的なき手段」としての「適法性＝正当性」は、自然と歴史が分離し、分離自体が忘却され、「死の死」としての不死の論理、すなわち根源としての死＝自然の暴力的な克服によって可能になる「生者の歴史」の自律化と支配性が確立された以降の過程に属しているのである。「運命」とはこうした「生者の歴史」の超越性を示す概念であり、「罪」とはかかる「運命」の超越性の下での個々の人間の無力——「死の死」としての不死の論理がもたらす構造的な暴力に歴史の内部においてつねにさらされ続けること――のあかしである。とするならば「死の死」としての不死の論理の内包する暴力の解体・廃絶のためには、なによりも「運命」に内在する「罪連関」の解体・廃絶の条件が問われねばならない。そしてそのためには「手段」的正当性としての「適法性」において忘却された法の「目的」（正義）の領域が復元されねばならないのである。

ベンヤミンはこの課題を、「死の死」としての不死の論理が内包する構造的な暴力に対抗する「別種の暴力」、すなわち「生者の歴史」に反転をもたらす「革命」の暴力の問題との関連において解きあかそうとする。

……すべての法理論が注目しているのとは別種の暴力についての問いがどうしても湧きおこってくる。同時に、あれらの法理論に共通する基本的ドグマ――正しい目的は適法の手段によって達成されうるし、適法の手段は正しい目的に適用されうる、というドグマ――の真理性についての問いが。たとえば、合法の手段を投入するあらゆる種類の運命的な暴力が、それ自体、正しい目的との和解しえない抗争のなかにあるとしたら、どうだろう？　そして同時に、別種の暴力が――暴力とはいえ、あれらの目的のための合法の手段でも不法の手段でもありえず、そもそも手段としてではなく、むしろ何か別のしかたで目的にかかわるような暴力が――見えてくるとしたら、どうだろう？　そうだとしたら、いっさいの法的問題の最終的な決定の不可能性という、異様な、さしあたっては人を意気沮喪させる経験へも、一条の光がおちてくることになるかもしれない（中略）。手段の適法性と目的の正しさについて決定をくだすものは、けっして理性ではないのだ。前者については運命的な暴力であり、後者については――しかし――神である。[20]

この「目的の正しさ」を決定する「神」に関わる「別種の暴力」こそ、ベンヤミンにとって「死の死」としての不死の論理に解体・廃絶をもたらす根本的な契機となるものである。「法措定的暴力」と「法維持的暴力」をひっくるめて「神話的暴力」と名づけた上でベンヤミンはさらに次のようにいう。

直接的暴力の神話的宣言は、より純粋な領域をひらくどころか、もっと深いところで明らかにすべての法的暴力と同じものであり、法的暴力の漠とした問題性を、その歴史的機能の疑う余地のない腐敗性として、明確にする。したがって、これを滅ぼすことが課題となる。まさにこの課題こそ、究極において、神話的暴力に停止を命じうる純粋な直接的暴力についての問いを、もういちど提起するものだ。いっさいの領域で神話に神が対立するように、神話的な暴力には神的な暴力が対立する。しかもあらゆる点で対立する。[21]

この「神的な暴力」によって法は破壊され、罪の滅却が行われる。それは、自然と歴史の、死と生の分離を形づくる境界を廃棄する。この「神的な暴力」の「無血的性格と滅罪的性格[22]」によって「死の死」としての不死の論理に内在する暴力の血ぬられた性格が浄化される。それはまさしく「死の死」によって根拠づけられている「生者の歴史」(構造的な暴力の現象場としての歴史)の絶対的な他者としての死/生へと、いいかえれば「生者の歴史」にとって到達不能な彼岸としての「根　源《ウアシュプルング》」の方へと歴史を根底から反転・転回させる「革命」の暴力に他ならない。

そしてこの「革命」の暴力こそ、歴史の実定的な諸局面においては形象化が不可能な、つねにポジィティヴな規定を逃れ出てしまう歴史の根源としての死=自然に迫ろうとするベンヤミンの思考の根本的モティーフの所在を示すものといってよいだろう。くりかえしになるが、「神的」という言葉からある種の神秘主義や宗教的超越性を想像してはならない。この「神的な暴力」は、そしてそこの内包される「革命=転回」の契機は、あくまでそのつどの有限な個々人の存在者としての「現在」において考えぬかれるべき課題なのである。けっして「死の死」の超越性にもうひとつの超越性を対置しようとしてはならない。「戒律は行為する個人や共同体にとっての判決の基準でもなければ、行為の規範でもない。個人や共同体は、それと孤独に対決せねばならず、非常のおりには、それを度外視する責任をも引き受けねばならぬ[23]」。

「死の死」に今ひとたびの死をもたらす「摂理の暴力[24]」としての「神的な暴力」の涯に、ベンヤミンはいっさいの「運命」とその「罪連関」から解放された人間の生のあり様を透視する。それは、『パサージュ論』の全体構想の輪郭を描いた「パリ——一九世紀の首都」における表現を用いるならば「階級なき社会[25]」のユートピア的性格に照応する。そしてここに歴史の起点をおくとき、「生者の歴史」のモティーフは『パサージュ論』における歴史認識の核となる「根源史《ウアゲシヒテ》」の構想へと重なっていく。そこではたらいているのは、「危機の瞬間にひらめくような回想[26]」をとおして「引用」される過去に覚醒と解放をもたらす「メシア的な能力[27]」に他ならない。この「メシア的な能力」によって、歴史の彼岸＝他者としての「根　源《ウアシュプルング》」と現在とのかすかな紐帯が回復される。このことは歴史が、「回想」――「哀悼」――をとおして「救済史」の構図へと読みかえられることを意味している。

そこに『パサージュ論』における「根源史」の基本モティーフがあるとするならば、それは「暴力批判論」における「神的な暴力」のモティーフとほとんど重なりあう。この、ベンヤミンにおける最初期のエッセイと最晩年の遺稿のモティーフのあいだのおどろくほどの同質性の中に、私たちはベンヤミンの生涯をつらぬく最深の思考文脈を掘りあてることができるはずである。それはベンヤミンにおける「メメント・モリ」の思考者としての資質に他ならない。

＊

私にベンヤミンを「メメント・モリ」の思考者として捉えようとするきっかけを与えてくれたのは、すでに言及したJ・リュック・ナンシーの『無為の共同体』とブランショの『明かしえぬ共同体[28]』であった。この二つの著作においいて展開されている、いっさいの実定性を超えるものとしていわば不可能性の次元にある「共同体《コムノテ》」についての思考は、ベンヤミンの思考の中にある根源的であるがゆえに不透明な領域――神秘主義とのすれすれの境界領域――にある光を与えてくれるように思えたのであった。そしてナンシーとブランショの思考は、その背後にあって彼らの思考をもっとも深いところで触発しているバタイユやレヴィナスの思考とベンヤミンの思考の、死というモティーフをつうじた親近性、類縁性に私の眼をむけさせてくれた。それはナンシーが次のようなかたちで明らかにしている問題領域によってであった。「死はいやおうなく主体の形而上学のもつ諸手段を越え出てゆく。この形而上学の幻想、デカルトがあえて（ほとんど）もとうとしなかった幻想、けれどもキリスト教神学がすでに提起していた幻想とは、ヴィリエが言ったように、『私は死んで……いる（ego sum……mortuus）』とみずから言う死者である。もし私なるものが自分は死んだと言うことができないとすれば、もし私なるものがその死、その私のものでありまさしくその私に固有なものである死の中に、実際に消滅してしまうとすれば、それは私なるものが一個の主体とは別なものだからである[29]」。ナンシーがここで意図しているのは、死という共約不能なものまでをも「合一」しようとする――「死の死」を定立しようとする――「主体の形而上学」にたいして、けっして自身では経験しえない死の絶対的な「分割」としての存在性格を対置すること、それによって主体の同一性の分節線に切断・不連続を引き起こさせることである。

この先にナンシーの、そしてブランショの「共同体」が構想されているとすれば、それはまさに「不死の合一」の対極にある絶対的な「他性」（レヴィナス）としての「共同体」に他ならない。それがベンヤミンの「根源」や「神的な暴力」――「死の死」にあらためて死／生をもたらすものとしての――のモティーフと本質的なところでつながっていることは今やあきらかであろう。こうしてベンヤミンの思考が同時代の思想的文脈において、バタイユやレヴィナス、あるいはブランショ、ナンシーの思考の系譜と深い共通性をもつことがあきらかになる。

ただこの共通性にはたんに思考上の共通性にとどまらない彼らの歴史的経験の共通性、そしてそこから触発されるあえて「実践的な」と呼びたい歴史の現実との切迫した切りむすび方の共通性が含まれていることを最後に指摘しておきたい。たとえばナンシーとブランショに思考を促す契機となったものは「共産主義」の問題であった。そこに体現されているもっともラディカルな「合一＝領有」の意志、そしてそれを支えている「生産」と「労働」――対象化行為――の絶対化の論理にたいして対置されるものとして、彼らの「共同体」をめぐる思考は構想されている。これはしかし、たんに「共産主義」の問題にとどまらない。バタイユ、レヴィナス、ベンヤミンの思考を触発した「戦争」の問題、あるいは「ファシズム」の問題もまたこの「合一＝領有」の意志の問題に他ならなかった。そしてそれらは人類史上未曾有というべき殺戮や粛清として二〇世紀の歴史的現実の中に現象したのである。しかもこの「共産主義」と「戦争」「ファシズム」に体現された暴力には、人類の全歴史過程が積分してきた「死の死」としての不死の論理総体の帰結としての意味が含まれている。

いいかえれば「死の死」としての不死の論理は歴史を駆動させてきた文明（啓蒙）の全ての論理を中に含むのである(30)。とするならば「共産主義」に対置される「自由主義」も、その経済的表現としての「市場経済」も、「戦争」「ファシズム」に対置される「ヒューマニズム」もまたこの「死の死」としての不死の論理の共犯者であることを免れえない。したがってそうした対置によっては歴史内部の「死の死」としての暴力の廃絶は不可能である。そこにはある根本的な思考の転回が要求されるのである。「死の死」としての不死の論理によって水平に連続する「生者の歴史」にたいして垂直に切れこむ「死の思考《メメント・モリ》」が、歴史内部の暴力の連続性をせき止める堰として喚起されねばならないのはここにおいてである。それは、くりかえしになるが、断じて抽象的な思考上の問題ではない。

　現存社会主義が崩壊し、「革命」という言葉が完全に色あせてしまった現在においても、たとえば「想像の共同体」（B・アンダーソン）としてのナショナリズムという「死の死」の論理によって歴史内部の暴力は再生産され続けている。そうした歴史的現実を前にして、色あせた「革命」概念にかわる「革命」―「転回」概念の浄化と再生という課題は、そしてその課題とのつながりにおいてバタイユ、レヴィナス、ブランショ、ナンシー、そしてベンヤミンにおける「死の死」としての不死の論理にあらためて死／生をもたらそうとする「死の思考」の契機を問いなおすことは、すぐれてアクチュアルな現在的課題であるといえよう。

［註］

（1）ヴァルター・ベンヤミン『ドイツ悲劇の根源』（川村二郎・三城満禧訳）、法政大学出版局、二〇〇頁。
（2）同。
（3）同。
（4）同、二二四頁。
（5）同、二二七頁。
（6）同、二二四頁。
（7）同、二二六頁。
（8）W. Benjamin ; Gesammelte Schriften Bd.V.1, Suhrkamp. S. 111.
（9）ebd.
（10）K. Marx ; Gesamtausgabe II. 1. Dietz S. 188ff.
（11）ジャン・リュック・ナンシー『無為の共同体』（西谷修訳）、朝日出版社、四三頁。
（12）マルクス『ゴータ綱領批判』（西雅雄訳）、岩波文庫、一九頁。
（13）ベンヤミン『歴史哲学テーゼ』（野村修訳、『ベンヤミン著作集』第一巻所収）、晶文社、一二二頁。
（14）ナンシー、前掲書、西谷修による訳註、一四八頁。
（15）『ドイツ悲劇の根源』の「認識批判的序論」および「模倣の能力について」（佐藤康彦訳、『著作集』第三巻所収）、参照。
（16）ベンヤミン「暴力批判論」（野村修訳、『著作集』第一巻所収）、一六頁。
（17）同、二〇頁。
（18）同、一〇頁。
（19）ベンヤミン「運命と性格」（野村修訳、同所収）、四五頁（傍点筆者）。
（20）「暴力批判論」、同、二八～九頁。

(21) 同、三三二頁。
(22) 同、三三三頁。
(23) 同、三四頁。
(24) 同、三七頁。
(25) ベンヤミン「パリ——一九世紀の首都」（川村二郎訳、『著作集』第六巻所収）、一三頁。
(26) 「歴史哲学テーゼ」、一一六頁。
(27) 同、一一三頁。
(28) モーリス・ブランショ『明かしえぬ共同体』（西谷修訳）、朝日出版社。
(29) ナンシー、前掲書、四四～五頁。
(30) マックス・ホルクハイマー／テオドーア・W・アドルノ『啓蒙の弁証法』（徳永恂訳）、岩波書店の「啓蒙の概念」および「オデュッセウスあるいは神話と啓蒙」参照。

第三章　歴史の中の天使

メシアとアンティクリストの弁証法

ヴァルター・ベンヤミンの思考の中で「天使 Engel」のイメージは、宿命的ともいえる位置価をもっている。ベンヤミンの思考から発せられる多角的なプリズム光線の核に、この天使のイメージが、そして天使のイメージに託されねばならなかったベンヤミンの思考の原型的モティーフがみてとれる。

ベンヤミンにおける天使のイメージは、直接には一九二一年に彼が手に入れたパウル・クレーの絵「新しい天使」に由来する。(1)この絵は生涯にわたってベンヤミンの傍らにあり、愛惜措くあたわざるものであった。それにしてもベンヤミンはこのクレーの絵の何に惹きつけられたのか。いや、この問いの立て方は正確ではないかもしれない。むしろクレーのタブローを突き抜けた向こう側に、ベンヤミンが天使ということばに託して見ようとしたものが何であったかを考えるべきであろう。ベンヤミンの思考の中には、天使のイメージとの出会いを必然的かつ切実なものにする何らかのモティーフがあったのであり、クレーの絵はそうしたベンヤミンの思考の内部におけるドラマの触媒に他ならなかった。それにしてもそれは、いったい何だったのだろう。ここでやや先取的に私見を述べるならば、天使のイメージにベンヤミンが託そうとしたものは、彼の思考における認識論的布置と関わりをもっていると考えられる。ベンヤミンの思考全体を方法的、戦略的に統御する認識論の布置を捉えることとは、そのままベンヤミンの巨大な――同時におそろしく微細な――思考宇宙の謎を解く鍵にもなる。天使のイメージを鍵としつつ、ベンヤミンの思考宇宙の核心に迫ろうと試みること――本稿の課題はそこにある。

一

ベンヤミンがちょうどクレーの絵を手に入れた頃、彼は一冊の雑誌の発刊を企画していた。結局は未刊に終わるこの雑誌のタイトルもまた『新しい天使』であった。ベンヤミンはこの雑誌のために予告文を書いているが、その中に次のような文章がある。

……この雑誌はそのはかなさを最初から自覚している。というのも、真のアクチュアリティを手にいれようとする以上、はかなさは当然の、正当な報いなのだから。じじつ、そればかりか、タルムードの伝えるところによれば、天使は――毎瞬に新しく無数のむれをなして――創出され、神のまえで讃歌をうたいおえると、存在をやめて、無のなかに溶け込んでゆく。そのようなアクチュアリティこそが唯一の真実なものなのであり、この雑誌がそれをおびていることを、その名が意味してほしいと思う。(2)

ここにはベンヤミンの思考の中にある原型的な質がよく現われている。その中核をなしているのはいうまでもなく「はかなさ das Ephemere」への彼の固執である。はかなさの中にこそ真のアクチュアリティが見出されねばならず、また見出されうる筈だというのがベンヤミンの認識であった。それは明らかに、存在の十全な現前・充溢にこそアクチュアリティが見出されるとする通常の認識のスタイルとは異なっている。

はかなさは、いうまでもなくうつろいゆくもの、一時的なものの存在様態を示す概念である。いいかえれば、つねに過程 Peozeß の中にあり、自らの十全な現前――完璧な自己同一性への充足――へと到達すること、あるいはそれへと留まることを禁じられた存在の在り方がそれによって提示されている。このときはかなさは、存在の完璧な現前とそこにおける充溢が開示する「光輝 Schein」、そしてその光輝の核をなす「永遠のいま」というべき存在の自己同一性の真理に背を向けざるをえない。はかなさにつきまとうのは、むしろ未完結であり、挫折であり、屈曲であり、それらすべての背後から忍び寄る衰亡、腐朽のにおいである。はかなさには、健やかな晴朗さや明快な整序性は似合わない。はかなさに似合うのは、分裂、断片化、病いというような衰退の諸相に他ならない。ベンヤミンは自分が「土星のもとで……生まれた」(3)と言っているが、土星＝サトゥルヌスの属性である「メランコリー」こそ、はかなさに染め上げられた存在の様相を指し示す言葉であるといってよかろう。(4)

だがここで私たちは、はかなさをいたずらに否定的な性格からだけ理解してはならない。ベンヤミンははかなさを、「真のアクチュアリティを手にいれよう」とするための「正当な報い」であると言っているからである。すでに触れたように、この言葉から私たちは、はかなさの核の中にしか真のアクチュアリティは見出せないというベンヤミンの独特な認識スタイルを抽き出せるはずである。

「真のアクチュアリティ」と「はかなさ」のほとんど異化結合的ともいえる出会い――、ここに私たちはベンヤミンの思考の原質をみなければならない。

存在のアクチュアリティとは、存在が真理の発現のうちに定位されたとき帯びる光輝――ベンヤミンの言葉を用いれば「アウラ」――である。そして上述したように、通常の存在観にしたがえば真理の光輝＝アウラは、存在の十全な現前・充溢とそれを貫く完璧な自己同一性の枠組みによってもたらされる筈である。だがベンヤミンははかなさに固執することで、こうした存在と真理のみかたの対極に立とうとする。すなわち存在の自己同一的現前 Präsenz の崩壊の中に、いいかえれば存在が衰亡・腐朽へと向かう過程の中に真理の発現を、そしてそれに伴う光輝＝アウラを見ようとするのである。このむしろ「光輝＝アウラの否認としての光輝＝アウラ」というべきパラドクシカルな真理発現の境位の中核に、アクチュアリティとはかなさの異化結合を促すベンヤミンの思考の秘密が隠されている。

こうしたベンヤミンの思考の原質により深くせまろうとするとき、彼の生涯のいくつかの時期に現われた認識論的布置をめぐる独特な概念を検討してみる必要がある。それはたとえば、『ドイツ悲劇の根源』における「アレゴリー」や「廃墟」の概念であり、あるいは『パサージュ論』における「弁証法的像 das dialektische Bild」の概念である。それらの概念にはいずれも動と静、生と死、真と仮象といった対照的な要素の結合がファクターとして含まれている。繰り返すようだが、こうした結合の在り様にこそベンヤミンの思考の原質の端的なあらわれを見ることが出来る。たとえば『ドイツ悲劇の根源』には次のような記述がみられる。

象徴 Symbol においては、没落の美化とともに、変容した自然の顔貌が、救済の光のもとで、一瞬その姿を現わすのに対して、寓意 Allegorie においては、歴史の死相が、凝固した原風景として、見る者の目の前にひろがっている。歴史に最初からつきまとっている、すべての時宜を得ないこと、痛ましいこと、失敗したことは、一つの顔貌――いや一つの髑髏の形をとってはっきりと現われてくる。このような髑髏には、たとえ表現の「象徴的」な自由が一切欠けていようとも、また、顔貌のもつ古典的な調和や人間的なものがことごとく欠けていようとも、——人間存在そのものの本来の姿ばかりではなく、一個人の伝記的な歴史性が、自然のこのもっとも荒廃せる姿の内に、意味深長な一つの謎として現われているのである。これが、寓意的見方、歴史を世界の受難史としてみるバロックの世界解釈の核心である。世界は、凋落の宿駅としてのみ意味をもつ。(5)

ベンヤミンがバロック悲劇におけるアレゴリーに見てとった、「世界の受難史」として、「凋落の宿駅」として「歴史」を認識しようとする傾向には、すでに見たベンヤミンの「はかなさ」への固執の核にあった彼の思考と同質なものが見てとれる。しかもベンヤミンがはかなさから抽き出したファクターが、ここでは歴史の次元にまで拡大され、アレゴリーの視座から捉えられた歴史像へと結実する。こうしてベンヤミンのはかなさへの固執は、ベンヤミンの思考宇宙の中で形象化される世界と歴史の認識布置の問題へと昇華される。この問題こそベンヤミンがずっと固執し続けた主題に他ならない。

それにしてもベンヤミンのはかなさへの固執、衰亡・腐朽の顔貌の偏愛には、髑髏といういささかグロテスクなイメージもあいまって、ネクロフィリア(屍体愛好症)めいた傾向さえ感じられるようだ。それはいったいどこから出てきたものなのだろうか。もちろんそれをベンヤミンの個人的な資質や趣味に還元することは誤りである。ベンヤミンが自らに与えた土星＝サトゥルヌス的メランコリーの持ち主——ネクロフィリアの源泉——という性格規定の向こう側に、より客観的な認識論的パースペクティヴを発見することが重要である。

二

ベンヤミンのはかなさへの固執——アレゴリカルな認識布置への固執——には、歴史のもつ過程としての様相のもとで認識者と認識対象の双方が被らねばならない衰亡・腐朽の宿命についての、そして同時にそうした宿命の核心においてのみ胚胎されうる救済の契機についてのベンヤミンの思考のあり様が投影されている。はかなさとアクチュアリティの出会いは、そのまま歴史のアレゴリカルな宿命とそこにおける救済の契機の結びつきを意味している。

「複製技術時代の芸術」や「写真小史」などの現代芸術とテクノロジーの関係を論じた文章の中でベンヤミンは、周知のように「アウラの喪失」をめぐって議論を展開している。

ここ［作品の権威そのものがゆらぎはじめること――筆者］で失われてゆくものをアウラという概念でとらえ、複製技術のすすんだ時代のなかでほろびてゆくものは作品のもつアウラである、といいかえてもよい。このプロセスこそまさしく現代の特徴なのだ。(6)

アウラの意味するところが「〈いま〉〈ここ〉にしかないという芸術作品特有の一回性(7)」であるとするならば、ベンヤミンの言葉は一見そうした芸術の特権的一回性としてのアウラの喪失をロマン主義的に嘆いているだけのようにみえる。しかし本当はそうではない。今の引用箇所の続きでベンヤミンは、さらにこう言っている。

一般的にいいあらわせば、複製技術は、複製の対象を伝統の領域からひきはなしてしまうのである。複製技術は、これまでの一回かぎりの作品のかわりに、同一の作品を大量に出現させるし、こうしてつくられた複製品をそれぞれ特殊な状況のもとにある受け手のほうに近づけることによって、一種のアクチュアリティを生み出している。(8)

アウラの喪失という事態をベンヤミンは、「あるべきはずの本来性の喪失」というコンテクストでは捉えない。それはベンヤミンが否定しようとする伝統的なディスクルスでしかないからである。彼は、アウラの喪失という事態そのもの、そしてそうした事態をもたらした複製技術（テクノロジー）の登場の歴史的必然性の中にわけいって、古典的基準からいえば否定的といわざるをえないその諸様相をたどりながら、そこにアクチュアリティの徴候を微分的に読み取ってゆこうとするのである。ベンヤミンにとってのアクチュアリティは、「はかなさ」に規定づけられた歴史の衰亡・腐朽の必然過程、その否定的諸相とのみ、いいかえれば同一性が解体し、歴史が徹底した非同一性の相貌――分散・断片化――とのみ親和的であるということである。彼が「翻訳者の使命(9)」で用いた比喩に従うならば、神話以後としての私たちの歴史は、不可避的にバベルの塔以降に属する。壮麗な「同一性」の塔はついに完成へは至らず、崩壊に身をゆだねる他ないのである。歴史の空間はやがて崩壊を続けるバベルの塔の細かい断片で埋め尽くされるだろう。そしてそれは歴史が廃墟の堆積以外のものではないことの証しとなろう。だが私たちに与えられる歴史の現存性がこうした崩壊しゆく塔の断片とそれが生み出す廃墟でしかないとすれば、私たちの歴史の認識はそこ以外のどこから始まるというのだろうか。歴史にあたかも完成したバベルの塔のごとき十全な同一性の現前・充溢を求めようとするのは、歴史の本性から眼をそらし、歴史に虚構としてのバベルの塔を見ようとすることしか意味しない。

しかしこの廃墟への不可避的な過程が、歴史におけるアウラの全き死滅を意味するわけではないこともまた自明である。もしそうならば歴史において一切の救済の可能性が断たれてしまうからである。ベンヤミンが提示したかったのはそんなことではない。ここで宇野邦一の極めて魅力的なアウラをめぐる解釈を挙げておきたい。

アウラは死ななければならないのだ。アウラは失われることによって、はじめて機能し、廃墟から「もがき出てくる」のだ。芸術作品のアウラ、つまり「空間と時間が織りなす一つの特異な織りもの」は、複製技術によって解体され、アウラはブルジョアジーの廃虚で蒼ざめて、力なく光る。（中略）複製技術はこうして、一つの断絶、中止を芸術のプロセスに介入させる。（中略）ベンヤミンにとって、アウラは中断されたにすぎないのだ。複製技術は、芸術を中断することによって新しい状態を提示し、無意識に埋もれてきた次元を知覚に開く。アウラはひからびた廃墟とメカニカルな装置のあいだに引き裂かれなければならない[10]。

宇野の指摘を通じて明らかになるのは、ベンヤミンが歴史に注ぐまなざしの二重性である。すなわち歴史が常にアレゴリー化——衰亡・腐朽への過程——の必然性を宿命として負っていることを洞察するまなざしと、アレゴリー化がもたらす「廃墟」としての歴史の相貌——その否定性——の中にしかアウラの生き延びる道がないことを、いいかえればアレゴリー（衰亡・腐朽）とアウラ＝アクチュアリティ（救済）が表裏一体であることを洞察するまなざしの二重性である。こうしたベンヤミンのまなざしの構造は、そのままベンヤミンの歴史認識の振幅を指し示している。歴史が肯定性 Positivität の一元性によっても否定性 Negativität の一元性によっても規定されえず、つねに光と闇の両義性によってのみ規定づけられうるという認識に、それはつながる。この両義性こそがベンヤミンの認識の謎を解く鍵である。

　ところでこのベンヤミンの思考の持つ両義性がもっとも典型的に現れる場が、複製技術時代としての近代市民社会における「物象化」という現象であった。いうまでもなく資本制生産様式が強制する物象化連関への主体の従属という現象は、すでに市民社会の初期からその最大の病理として糾弾の対象となってきた。物象化はありうべからざるべき事態、非本来的事態とみなされてきた。それは、ルソーにはじまり、ヘーゲル、マルクスへと引き継がれた市民社会批判のディスクルスの系譜を考えれば明らかであろう。そこにはたらいているのは、物象化という事態を裁断する分節線としての「真実／虚偽」というディヒョトミー（二元論）である。先にちょっとふれた疎外論のディスクルスの構造はもっとも典型的なかたちでこのディヒョトミーを示している。このディヒョトミーの核で作動しているのは、根源的な同一性——真正なもの das Authentische——が非同一化される過程を否定的な頽落としてしか評価しようとしない思考法である。この思考こそが、ヨーロッパ近代の基層をなす形而上学的・神学的イデオロギーの源泉に他ならない。ベンヤミンの盟友であったテオドーア・W・アドルノは一面ではこうしたイデオロギーにたいするもっともラディカルな批判者であったが、しかし彼もまた物象化には否定の戦略を、そしてその否定の戦略の根拠としての芸術＝美の真正さを対置したのであった。

　だがベンヤミンは違っていた。「光が影のなかからもがきでてくる[11]」という一見神学的ないいまわしを用いながら、ベンヤミンは逆説的に「真実／虚偽」という形而上学的・神学的イデオロギーの解体をめざすのである。すなわち物象化の過程そのものに救済のユートピア的因子の所在を確かめようとしたのである。歴史は、損なわれないかたちでみずからの真理を、アクチュアリティを顕現させることはできない。いかなる真理も非同一的なものによる棄損なしにはその発現を許されない。同一性のただ中に刻まれた非同一的なものの影——、それが逆説的に救済を可能づけるのである。それは歴史という場におけるもっとも根底的な「同一性の思考」への批判であったといえよう。

　「経験と貧困」というエッセーでベンヤミンは、「技術の巨大な発展」——近代化《モデルニジィールング》の主要傾向としての——が「新しい貧困」としての「占星術、ヨガの行、クリスチャン・サイエンス、手相術、菜食主義、霊知、スヨフ哲学、降霊術など[12]」を再び生み出してきたといっている。これらの、現在ならばニュー・サイエンスやエコロジー運動に対応させられそうな諸傾向に共通しているのは、「技術の巨大な発展」に象徴される近代化への反発・批判を、近代化を強制した歴史的条件の媒介ぬきに、いいかえれば歴史の実定性——非同一性——を離脱・超越したまま、いきなり「救われた状態」（ユートピア）の仮構へと向ってしまうことである。この「救われた状態」の中では、歴史が強制する非同一的なものと無縁な、文字通りユートピア＝ありもしないもの（ウー・トポス）としての真理——「同一性」——が純粋に発現するのである。そして重要なのはこうした真理の発現、言い換えれば同一性の仮構による救済が、近代化の強制する歴史的条件の下で救済の可能性を冷徹に認識し、そのための批判—解放の構想力を鍛え上げるという課題をスポイルすることに、すなわちある種の「補償Kompensation」を通じた歴史の傷のイデオロギー的隠蔽につながるということである。

じっさいもろもろの擬似科学やそれと結びついた人生論などが果たしているイデオロギー的役割はもとより、遡ってユングの祖型論やクラーゲスのリズム論などがナチズムの精神土壌の形成に果たした役割を想い起こしてみれば、それは明らかであろう。だが問題はこうしたいかがわしさがはっきりとしているエセイデオロギーだけにとどまらない。先に触れたように近代の「同一性の思考」の総体にまとわりついている形而上学的・神学的契機にもまたこのような虚偽性が内在していることをみてとらねばならない。

この虚偽性は二重の意味で否定的である。なぜなら同一性の真理の発現を通じた救済の仮構は、歴史の傷のイデオロギー的隠蔽＝補償によって、認識＝批判の可能性（ポテンシャル）をスポイルするだけではなく、歴史の非同一性の中にのみ潜在しうる真にアクチュアルな救済の可能性をもスポイルしてしまうからである。それは、歴史の非同一性の中でたえず救済のポテンシャルを活性化させようとする弁証法の停止を、いやより端的にいえば死滅を意味する。裏返していえば、ベンヤミンが求めていたのは、こうした弁証法が歴史の微細な諸側面において生命を保ち続けることとだったともいえよう。

私たちは、歴史を「受難の歴史」としてみようとするベンヤミンのまなざしに、ベンヤミンの認識の複眼性をみてとらねばならない。衰亡・腐朽の顔貌と救済のアクチュアリティの表裏一体こそベンヤミンの認識の出発点である。

三

ベンヤミンの遺稿『歴史の概念について』の中の一断章に、「メシアは単に解放者として来るのではない、かれはアンティクリストの征服者として来るのだ⑬」という表現がある。ここにはメシア＝救済者に仮託するかたちで救済の両義性が語られている。すなわちメシアは「解放者」という正のイメージのみによってではなく、「アンティクリストの征服者」という、おそらくは「ヨハネの黙示録」に由来する凶々しい、むしろ負の、といってよいイメージによっても捉えられなければならないのである。メシアのこうした両義性は、当然にもそのメッセージの媒体としての天使の両義性につながる筈である。ところで私たちは、ベンヤミンの天使像の核にアプローチすべく、彼の、歴史の場における認識の布置について見てきた。そしてそこで、ベンヤミンの思考をつきうごかす両義性の弁証法的ポテンシャルの所在を確認してきた。この両義性を媒介とすることによって、再び天使の概念にたちもどっていくことにしよう。

ここでメシアの両義性に照応する天使の両義性について論じるにあたって、先に引用した「新しい天使」予告文の中の天使の表現を再度引いておきたい。「天使は――毎瞬に新しく無数のむれをなして――創出され、神のまえで参加をうたいおえると、存在をやめて、無のなかに溶けこんでゆく」のであった。

天使ははかなさという属性の中に、今この瞬間もたらされる救済の光と、その光が一瞬またたいた後に再び消えて過去のものとなる過程の両方をはらんでいる。この両義性が、『ドイツ悲劇の根源』の基礎概念としての「根源 Ursprung」――ありうべき救済＝解放の歴史としての「根源の歴史 Urgeschichte」――の星座＝状況と、それが衰亡・腐朽の影に冒されるアレゴリー化の過程の両義性を意味することは明らかであろう。それが歴史の内部の救済と認識の両義性の根拠であるとするなら、天使ははかなさの相貌において歴史空間に「希望」と「絶望」の二重性を与え、かつその二重性の認識の可能性をも同時にもたらしていることになる。

そのことから今一つ明らかになるのは、天使の中に、歴史とそれをまなざす側の関係を根底において規定づけているミメーシス Mimesis（類似）的なものの要素が看取されることである。天使が「根源」とアレゴリー化の双方にあいまたがっているということは、アレゴリカルなものの非同一性からしか――「根源」からの離脱・剝離によってしか――始まりえない認識において、天使の両義性がつねに媒介されていることを意味する。そしてそれは、認識の中に「根源」の星座＝状況との媒介――「根源」の因子の認識への潜勢化——の契機が、いいかえれば根源と認識の間のミメーシス的関係の契機が与えられていることと正確に同義である。ベンヤミンにとって認識はミメーシス的なもののポテンシャルによって、彼の言葉を使えば「ミメーシス能力 mimetisches Vermögen」によって初めて可能になるのであり、かつ認識と救済の内在的絆もそこから生まれるのである。

天使は、歴史の中の希望と絶望の両義性を、そしてそれをまなざす側の認識と救済の両義性を弁証法的過程として自らの中にはらんでいる。天使はそれゆえヤーヌスである。歴史の両義性を鏡のように映し出すヤーヌスとしての天使——、それについてベンヤミンは、別な天使をめぐるテクストで触れている。そしてそれは、天使のヤーヌスとしての在り方が、先に言及した、天使のもつ正と負の、解放の晴朗さと征服（暴力）の凶々しさの両義性というイメージに示されるようなダイナミックで動的なものであることを語っている。

一九三三年に書かれたある草稿の中でベンヤミンは、ユダヤ人である自分は両親からヴァルターという名の他にもう一つ秘密の名をもらっていたという。野村修が指摘するようにこれは恐らくフィクションであろう。[14]しかしそこには、ベンヤミンの天使の概念を解くための重要な鍵が含まれている。

もう一つの秘密の名とは、アゲシラウス・サンタンデル（Agesilaus Santander）である。この草稿を引用したベンヤミンの親友ゲルショム・ショーレムは、この名が der Angelus Satanas（サタンの天使）のアナグラムであることを解き明かした。[15]

「サタンの天使」、すなわちサタンにして天使という両義性を、ベンヤミンの秘密の名アゲラシウス・サンタンデルははらんでいるのである。サタンはもともと天使であった。天使が天界から堕ちた姿、すなわち「堕天使」がサタンに他ならない。この「堕天使」としてのサタンはルーツィファ Luzifer と呼ばれる。ルーツィファは一方で「明けの明星 Morgenstern」という意味も持ち、「光をもたらす者」という性格を与えられている。つまり天使とサタンの両義性には、光と光からの頽落の、崇高と堕落の、光明と暗黒の両義性が宿されているのである。しかし問題はそこに留まらない。ここで先に引いた「アンティクリストの征服者」という表現をもう一度想い起こしたい。この、敗者の側にたって歴史の勝者の強いる支配の強制を打ち破ろうとするメシアの暴力的ともいえる姿は、メシアの媒体としての天使のもつサタンとの両義性に影を落とす。なぜならアンティクリストはそれ自身としてサタンを意味しているからである。

そうだとすれば、天使としてのサタン、サタンとしての天使が、そのままサタンを征服する天使でもあることになる。天使の中には、サタンと化す必然性とサタンを征服する必然性がせめぎあっているのである。いや、そういうだけでは不十分である。そこにはさらに、サタンがサタンを征服する必然性までもがはらまれているのを見るべきである。歴史の内部における頽落の必然に重ね合わされた、救済をめざす内破のダイナミズムは、自らの滅却さえ厭わないような激しい否定のダイナミズムに支えられているのである。

サタンがサタンを征服する必然性は、野村修が言うように「支配者のためにも、被支配者のためにもイメージを結ぶ」[16]ものとしてのサタンの両義的存在性格に由来する。これ自身が歴史の頽落した姿の現われといえるだろう。が、もし善だけが無垢なかたちで現われるなら、天使がこうした善のみの存在であるなら、天使もそれがもたらすはずの救済も歴史の中で無力である他ないであろう。天使がもたらす救済は、歴史のただ中の悪――「罪連関 Schuldzusammenhang」[17]――へと分け入る過程の中でのみ具体化される。それは、二つの意味においてである。一つは、歴史の衰亡・腐朽の過程の帰着点としての様々な支配連関が具現する悪（暴力）に分け入らねばならない必然ゆえである。しかし同時に、支配連関の成立は支配者と被支配者の不均衡な関係を生み出し、その不均衡ゆえの葛藤・抗争を招く。これもまた一つの暴力、悪があらぶる状態といえるだろう。救済はここでこの葛藤、抗争に打ち勝つために自らも暴力性を帯びざるをえなくなる。ベンヤミン最初期の論考「暴力批判論」にそくすならば、支配連関（暴力＝悪）の源泉としての「神話的＝法措定・維持的暴力」に対して「滅罪的な力 die entsühnende Kraft」として対置される「神聖な執行」としての、「摂理（waltend）の暴力」としての「神的暴力 göttliche Gewalt」[18]が、救済の成就のためには必要なのである。弁証法的思考とはベンヤミンにとり、神的暴力――革命のテロルの根源――が持っているポテンシャルを思考のダイナミズムとして内在化することを意味していたといえよう。

ベンヤミンはこうしたアゲシラウス・サンタンデル＝アンゲルス・サタナスの両義的・弁証法的性格を、そのまま「新しい天使《アンゲルス・ノーヴス》」の性格として定着させる。

――新しい天使は、武装をととのえてぼくの名から光のなかへ歩み出てくる以前に、みずからの像を壁面に定着していた[19]。

「武装する天使」はあきらかに「征服者」としての、あらぶる暴力の担い手としての天使、すなわちサタンとしての天使を指し示している。この文のすぐ後で、ベンヤミンが「新しい天使」の予告文における天使のイメージを繰返していることからも、この「武装する天使」においてアゲシラウス・サンタンデルとアンゲルス・ノーヴスが一致することはあきらかであろう。そしてここには、「革命」という形での歴史の救済と真理の再生に託されたベンヤミンのユートピア的思考の最も深い質が現われている。

さてベンヤミンは生涯の終わりに再び天使のイメージについて語っている。それはやはり「新しい天使」である。先に引いた『歴史の概念について』の中の、恐らくはベンヤミンの全テクスト中でも最も美しい一節と思われる「新しい天使」の断章を引用しておこう。

「新しい天使」と題されているクレーの絵がある。それにはひとりの天使が描かれており、天使は、かれが凝視している何ものかから、いまにも遠ざかろうとしているところのように見える。かれの眼は大きく見ひらかれていて、口はひらき、翼は拡げられている。歴史の天使はこのような様子であるに違いない。かれは顔を過去に向けている。ぼくらであれば事件の連続を眺めるところに、かれはただカタストローフのみを見る。そのカタストローフは、やすみなく廃墟の上に廃墟を積みかさねて、それをかれの鼻っさきへとつきつけてくるのだ。たぶんかれはそこに滞留して、死者たちを目覚めさせ、破壊されたものを寄せあつめて組みたてたいのだろうが、しかし楽園から吹いてくる強風がかれの翼にはらまれるばかりか、その風のいきおいがはげしいので、かれはもう翼を閉じることができない。強風は天使を、かれが背中を向けている未来のほうへ、不可抗的に運んでゆく。その一方ではかれの眼前の廃墟の山が、天に届くばかりに高くなる。ぼくらが進歩と呼ぶものは、この強風なのだ[20]。

この「新しい天使」のイメージには、すでに見た二つの「新しい天使」とは異質な要素が現われている。それは、天使が「神の前で讃歌を歌うために出現する」という規定づけの欠如によって象徴されている。この規定によって示されていたのは、天使の「根源」に対するポジティブな親和性であった。この規定に、アゲシラウス・サンタンデルの草稿の中の「かれはその相手を吸い込むようにみつめる——長いあいだ。そしてそのあと断続的に、しかし容赦なく、後退する。なぜか？　相手を引きずってゆくために」[21]というミメーシス的なもののダイナミックな発現を重ねあわせてみれば、ここでの欠如の内実が明瞭に浮かび上がるだろう。

最後の「新しい天使」には、もはや讃歌を捧げる神もいないし、引きずってゆく相手もいない。それは、天使に内在する「根源」とのミメーシス的関係を喚起する力が喪われてしまっていることを意味する。したがってこの最後の「新しい天使」には、救済をポジティブに予兆する能力が欠けている。いわば片肺の天使である。そしてこの天使の前にあるのはカタストローフ（破局）だけである。このカタストローフという概念には、『歴史の概念について』と同時期に書きつがれていた『パサージュ論』の中の次のような断章が対応する。

> 進歩の概念は、カタストローフの理念のうちで基礎づけられるべきである。〈さらに先へ〉ということが、破局なのである。カタストローフとは、その都度迫ってくるものではなく、その都度あたえられているものである。そうストリンドベリは、『ダマスカスへ』で言っている。——地獄は、我々に迫ってくるものではなく、ここにある生そのものである。[22]

「生そのもの」としての「地獄」「カタストローフ」という認識には、すでに繰り返し見てきた、ベンヤミンの歴史に寄せるアレゴリカルなまなざしの現われをみてとることが出来る。だがここでのベンヤミンの口吻には、そうした認識論的要素を超える苦い時代診断の契機がこめられている。ベンヤミンの個人史にそくせば、この断章を書いた時期の彼は、ドイツにおけるファシズムの勝利のために生活と表現活動の基盤をずたずたに解体されてしまっていたのであった。それればかりではない。世界全体が、途方もない災忌と崩落の運命連関へと追いやられたのである。まさしく「敵は、依然として勝ちつづけている」のである、それも幾層倍も無惨なやり方で。サタンが、「進歩」の強風にのって合理化され、機能的な効率性を極限まで高めた支配のメカニズムに加担するとき、ファシズムという「進歩」

の鬼っ子が生じたのであった。「進歩」とカタストローフのむすびつきがここで明らかになる。

　もちろんベンヤミンが歴史における救済の中核においた、「根源」の星座＝布置と個々の現象の間の媒介構造、そしてその媒介の焦点としての天使のイメージと形象《フィグーア》は、ここでも依然として維持されている。だがそれは、この「暗い時代」（ハンナ・アレント）の中にあっては一層「希望なき時代の希望」としての、「影からもがき出てくる」光としての性格を強めざるをえないのである。

　こうした事態において、ベンヤミンが天使に託した救済のポテンシャルがなお生き延びうるとすれば、それは何によってだろうか。救済のポジティヴなイメージが潰えた後に天使に残されたものは何だろうか。それは「見ること」である。「ぼくらであれば事件の連鎖を眺めるところに、かれはただカタストローフのみを見る」という表現を想い起してほしい。ここで天使は、廃墟の山を築き続ける地上――歴史のアレゴリー化の過程――と、廃墟を生み出すメカニズム――悪としての支配連関――に盲目なまま押し流されてしまっている無知・無自覚な「ぼくら」を尻目に、進歩の強風をはらんだ翼で天空に位置する。そして「事件の連続」を「カタストローフ」として鳥瞰するのである。この特権性はいうまでもなく「見ること」の、すなわち認識の特権性を意味する。(23)

　カタストローフはたしかに「破局」であるかぎり歴史の悲惨さの証明である。ベンヤミン自身もそうした悲惨さに翻弄されている。だがカタストローフがカタストローフとして認識される瞬間、悲惨さは変貌する。そこには認識によって支えられているこの悲惨さからの脱却（救済）のポテンシャルが生まれるからである。すでに触れたようにベンヤミンの最後の天使は、救済のポジティヴなイメージを喪った――ミメーシス能力の欠如――片肺の天使であった。そうであるならなおさらのこと、この天使に残された最後の拠点は認識である。「認識する天使」としての道――この切り縮められた一筋の道に、ベンヤミンは歴史の反転、すなわち勝者と敗者が一瞬にして入れ替わる救済の大賭博の最後の可能性を賭けたのであった。

　ベンヤミンの天使の概念には、近代ヨーロッパの社会思想が一貫して問い続けてきた社会の認識と解放という二つの主題がきわめてヴィヴィッドに縫い合わされている。ベンヤミンがこの二つの主題を問おうとするにあたって、あえて天使という反時代的な、神学的概念を援用したことの意味を私たちは改めて考えてみなければならない。ベンヤミンが問おうとしたのは資本主義とファシズムのおりなす支配連関係だけではなかった。マルクスの思想の最深部をスポイルし、十九世紀フランス社会主義思想においてもっとも創造性に富んだフーリエの存在を忘却へと追いやり、ルカーチにすら転向を強要した第二インター、レーニン以降の「科学的社会主義」「マルクス・レーニン主義」の系譜が、社会の認識と解放という主題を「進歩」の楽天的な礼賛とその手段としての「科学」への信仰とすりかえ、あまつさえスターリンに象徴されるようにもっとも苛酷な支配連関を生み出してしまったことを思い返すとき、ベンヤミンの天使の概念は、同時代のホルクハイマーとアドルノの『啓蒙の弁証法』、エルンスト・ブロッホの『希望の原理』とともにマルクス・レーニン主義が抑圧してきた本来的意味におけるユートピア＝解放思想の再生——シラー以来の「美的救済」の思想の再生の意味も含めて——を意味している。それは、ファシズムとマルクス・レーニン主義（スターリニズム）の共犯関係によってもたらされた二〇世紀、いな人類史上、といった方がよいかもしれない最悪の「罪連関」をときほぐすための最も真摯な思想的努力であったといってよい。

［註］

（1）野村修『ベンヤミンの生涯』平凡社、二四頁以下参照。
（2）Walter Benjamin ; Gesammelte Schnften II. 1, Suhrkamp, S. 246（『ベンヤミン著作集』第二巻、野村修訳、晶文社、一七頁）。＊以下ベンヤミンの引用については、独語版全集の巻数、頁と日本語版著作集の巻数、頁で示すこととする。ただし『ドイツ悲劇の根源』の和訳のみ、川村二郎・三城満禧訳、法政大学出版局の頁数による。
（3）野村、前掲書、一一頁。
（4）スーザン・ソンタグ『土星の徴しの下に』（富山太佳夫訳）、晶文社、一二九頁以下参照。
（5）I. 1, S. 343.（『根源』、二〇〇頁）。
（6）I. 2, S. 477.（第二巻、一四頁）。
（7）a. a. O. S. 475.（同、一二頁）。
（8）a. a. O. S. 477.（同、一四頁）。
（9）II. 1.（第六巻）所収。
（10）宇野邦一『外のエティカ　多様体の思想』青土社、四五～六頁。
（11）II. 1, S. 376.（第二巻、八〇頁）。
（12）a. a. O. S. 214.（第一巻、一〇〇頁）。
（13）I. 2, S. 695.（同、二六頁）。
（14）野村、前掲書、二二六頁参照。
（15）同前。
（16）同前、二二七頁。
（17）II. 1. S. 175.（第一巻、四五頁）。
（18）a. a. O. S. 203.（同、三七頁）。
（19）野村、前掲書、二一頁。
（20）I. 2. S. 697f.（第一巻、一九～二〇頁）。

(21) 野村、前掲書、一二頁。
(22) V. 1. S. 592め（未訳）。
(23) 拙稿「認識する天使――ヴァルター・ベンヤミン『パサージュ論』をめぐって」（本書第二部第六章）参照。

第四章　ユートピアと歴史の狭間で　ベンヤミンのアクチュアリティの所在

はじめに——「美的モデルネ」という問題

昨年（一九九三年）の一二月二日から四日にかけて東京ドイツ文化センターで開催されたベンヤミンをめぐるコロキウム「都市の経験とメディア論——ヴァルター・ベンヤミン」における多彩な報告と議論を聴きながら私は、自分なら今ベンヤミンの切りひらいていった思考空間から何を問題として引き出すことが出来るだろうかということを改めて考えていた。そしてそのとき一つの視角として浮かび上がってきたのが、「美的モデルネ」の批判的潜勢力はもはや尽きてしまったのかという問いであった。この問題については、会場でパネラーの一人であるノルベルト・ボルツに質問を試みたが質問の仕方の拙劣さゆえかはっきりした回答が返ってこなかった。幸いにもコロキウムについて感想と総括を書く機会を与えられたので、この問題を手がかりにしながら以下の論を進めて行きたいと思う。

ここでいう「美的モデルネ」とは、一九世紀において具現された近代の諸実定性の内部から生じた近代性《モデルニテート》についての自省と意識化への志向と、「芸術・文学」の領域における前衛性への志向とが交叉する地点で形成された、アルタナティーフな近代意識のあり様を示す概念である。「美的モデルネ」を触発する近代性についての自省と意識化を促したのは、社会および文化の諸次元において進行する「合理化《ラツィオナリジィールング》」のプロセス——「社会的近代化」のプロセス——とその駆動因としての近代啓蒙原理にたいしてその内部に位置する個別的な主体が感受せざるをえなかったずれ、逸脱の意識であった。そうしたずれ、逸脱の意識の中には「社会的近代化」への潜勢的な対抗と批判の契機が隠されていた。そうだとすれば、「美的モデルネ」はハーバーマスが「啓蒙の対抗的ディスクルス」という名称で呼んだ、「社会的近代化」の不可抗的な進行にたいする非審美的次元も含む多様な対抗・批判の発現の一領域としての意味を持つことになろう。

今ハーバーマスの名を挙げたが、そのハーバーマスが

『近代の哲学的ディスクルス』の第一章でこの「美的モデルネ」の俯瞰的な位置づけを行っているのでそれを見ておこう。ハーバーマスはそこで主として近代における時間意識のあり様にそくしながら、「今《イェット》」という瞬間において閃く非日常的な特権性としての美的経験のアクチュアリティに「美的モデルネ」の核心を見ようとする。そしてそうしたアクチュアリティにおいて逆説的に永遠性の保証もまた美にたいして与えられる。

ボードレールは〈近代性〉という語に引用符をつけている。ということは、術語としては独自な、新たな使い方をしていることが示されている。この新しい意味に従えば、真正な作品は根本的にその成立の瞬間に囚われている。そのような作品は、まさにアクチュアリティの中で燃え尽きるがゆえに、通俗性に共通な一様な流れを押しとどめ、正常性を打ち破り、美への絶えることのない願望が永遠と現在を束の間に結び合わせるこの瞬間だけ充足されるのである。(1)

批判とユートピア――「美的モデルネ」の潜勢力

ここでこうした「美的モデルネ」のあり方を支える歴史的コンテクストに関して、先のコロキウムのパネラーの一人である三島憲一の言葉を引いておこう。三島は、一九世紀中葉のドイツ絵画の一流派であるナザレ派の過去志向をふまえ次のように言っている。

それでもナザレ派のうちにある後向きの現代批判が、憂愁となって展開しえたさまがよく見てとれる。と同時に、そうした憂愁が「純粋な詩的精神」の表現であるということは、芸術がそれ自身で展開していることを予感させてくれる。いわゆる芸術の自律化と憂愁は不可分に結合しているようである。つまり後向きにかつての宗教的世界の形象化による救済をはかっているように見えながら、実はそこには、ヘーゲル的に理解された現実、そして現代のわれわれも所詮はそれにしたがっている貨幣と権力によって制御されている現実にたいする絶望が美的な形式をとって表現されている。芸術が自律的になり、社会的な現実から切り離されて、なにものにも奉仕せず、美にのみ捧げられることが可能になると、そうした社会的現実への抗議が「死の女神」の衣装を纏うわけである。(2)

こうした「憂愁のなかでの現実への絶望的抗議」として

の「美的モデルネ」の批判的潜勢力をもっとも鋭く抉り出したのはアドルノであろう。『美学理論』の中でアドルノは次のように指摘している。

> 芸術は理論と同様にユートピアを具体化することは出来ない。ネガティヴなかたちですらなし得ない。暗号文としての新しさは、没落の形象である。没落の帯びている絶対的な否定性をつうじてのみ芸術は、語りえないもの、すなわちユートピアを表現するのだ。かかる没落の形象に向かって、新しい芸術のうちにある不快感や嫌悪感をかきたてるものすべての痕跡《スティグマ》が蝟集する。和解の仮象にたいする非和解的な拒絶を通して新しい芸術は、非和解的なものの只中で和解を確保する。
>
> それは、ユートピアの現実的な可能性が（中略）最尖端において総体的な破局《カタストローフェ》の可能性と結びついているような時代についての正しい意識である。破局の形象のうちに、（中略）芸術が総体的呪縛の下で帯びる最も遠い太古の特徴が再び現れる。芸術はまるで破局という形象を喚起することによって、破局を阻止しようとしているかのようである。歴史の目的《テロス》について語るのがタブーであることが、唯一新しさを政治的・実践的に信用失墜させるものである自己目的としての新しさの登場を正当化する。芸術が社会にたいして向ける刃は、それ自体社会的なものであり、社会体がもたらす鈍重な圧力に対抗する逆圧である。(3)

ここでアドルノは「美的モデルネ」の持つ二つの性格について語っている。一つは、すでに三島の論にそくしながらふれた「美的モデルネ」の持っている社会的現実にたいする抗議や抵抗としての性格である。「美的モデルネ」は、その表現の次元のうちに宿される「没落」や「破局」の様相をつうじて――「快」よりはむしろ「不快」をもたらすその否定的な衝撃力によって――ちょうど合わせ鏡のように社会のうちに潜む矛盾や対立を浮かび上がらせる。それこそが「美的モデルネ」の持つ批判的潜勢力の源泉となるのである。

だが「美的モデルネ」にはそうした否定性を媒介とする対抗性や批判の契機とならんで、もう一つの契機が含まれている。それは、アドルノが慎重に「具体化」を排除しながら語っている「ユートピア」の契機である。「美的モデルネ」が体現している対抗性や批判の姿勢の裏側にはちょうど「ネガ」のように「和解」への志向の契機、つまりラディカルな否定性の涯になかば夢想的に想定される解放や救済の契機がはりついており、それが「ユートピア」の契機へと収斂してゆく。こうした「ユートピア」の契機は、すでにふれた美的経験の瞬間性において閃くアクチュアリティと永遠性の交叉の中から生まれる。あるいは逆に、「ユートピア」の契機においてそうしたアクチュアリティと永遠性の交叉が保証されるのだと言ってもよいかもしれない。アドルノは、「美的モデルネ」の核にあるこうした「ユートピア」の契機とそこに体現されるアクチュアリティと永遠性の交叉としての美的経験の様相について、ベンヤミンにそくしつつ次のように言っている。

破壊のしるしは、モデルネの真正さのしるしである。モデルネが常に同じであることの自閉性を必死になって否定する際の手段は爆発である。そして爆発はモデルネの定数の一つである。反伝統主義的エネルギーがすべてをのみこむ渦となる。その限りでモデルネは自己自身に反抗する神話である。神話の無時間性が時間の連続性を破壊する瞬間としての破局となる。ベンヤミンの弁証法的像にはこの契機が含まれている。(4)

私たちがここで見ておかなければならないのは、こうした「美的モデルネ」の経験地平においては「破壊」や「破局」の絶えざる更新として現れる「新しさ」と、それが保証する個々の瞬間の非連続性だけが規範となりうるということである。ただしこの規範はきわめて逆説的なものである。なぜならそれは、歴史や社会の内部で実定的に分節化される種々の規範形態とは無関係だからである。むしろそうした規範形態との徹底した訣別が「美的モデルネ」の唯一の規範となる。

したがってそこに閃くユートピアの契機――解放と救済の契機――も、社会化された規範とは全く無関係な、非日常的かつ特権的な「今」における瞬間性の経験に他ならなくなるのである。「美的モデルネ」は、否定性による対抗と批判の契機とユートピア的な解放と救済への志向の契機の交叉を、社会的コンテクストに裏づけされた規範形態から切断された美的経験の自律性の内部において発現させることになる。こうした美的経験の地平において可能になる「美的モデルネ」の衝迫力に依然として依拠しようとするのが、先のコロキウム参加予定者の一人だった――突然の不参加が惜しまれる――カール・ハインツ・ボーラーである。ボーラーは、主著の一つである『戦慄の美学』の中で、ロマン派に始まり、ウォルター・ペイターやニーチェへと至る一九世紀の「美的モデルネ」の系譜の中に「美的なものと道徳的なもののあいだの矛盾」を見た上で、そうした矛盾の背後にある「美的モデルネ」の布置について次のように言う。

ウォルター・ペイターのような芸術批評は、芸術作品の感覚的現れが有する主観的な触発を芸術批評の試みの唯一の対象へと高めることによって、審美主義の熱狂、すなわち特殊なもの、極端なものの触発への道を指し示す。ペイターの芸術批評的探究は美学の歴史における一個のエポックメーキングとしての意味を持つ。こうした事情は、ペイターとフリードリヒ・ニーチェが『悲劇の誕生』や『善悪の彼岸』で展開した美の規定との非常な近さを見るとき裏づけられる。ニーチェの『芸術作品は芸術、すなわち美的なものとして受けとめられうる』という簡潔な示唆、また『体』は事物や言葉の中にある危険なものを勇敢に乗り越えていくものとして語られうるという発見、そして人間にあるのが『自分を変えたいという衝動だけ』だとすれば、『美的現象というものは単純なものである』というかたちで、『ポエジー』についてのニーチェの批評が『きわめて抽象的に』語られうること、つまり芸術現象が精神の伝統的ヒェラルヒーの外にこのようにダイナミックに分離されることは、ウォルター・ペイターやその弟子であるオスカー・ワイルドの作品に含まれるこうした〔ニーチェとの〕親密な類縁性以外のところでは見出されなかった。(5)

ボーラーは、ニーチェにそくしつつ「美的モデルネ」の性格をこのようなかたちで捉えた上で、その核心的契機を「戦慄」や「恐怖」というカテゴリーとして析出する。「美的モデルネ」はこうしたカテゴリーをつうじて、ヴァーグナーの「芸術＝革命」の概念や後のイタリア未来派におけるファシズムとの親近性の中に例証を見ることが出来るような、「美＝芸術による世界救済」の夢想に裏打ちされた一挙的な世界の「革命」への志向——破壊衝動とユートピア志向が美的経験において交叉することによって現出する「政治的審美主義」（ベンヤミン）——としての性格を帯びてゆく。このことは歴史的に見るならば、「美的モデルネ」が、美の自律性にもとづく対社会的な衝撃力という次元を超えて、社会的規範性との対応関係を失った対抗暴力の自家撞着的な肥大化への道を拓くことに、部分的ではあるにせよ加担したことを意味している。

解放と救済の歴史哲学――ベンヤミンの思考構図

ではこうした「美的モデルネ」のあり様にたいしてベンヤミンの思考はどのような位相を持つのか。そのことを考える手がかりの一つが、先の三島の引用文中にあった「憂愁《メランコリー》」という概念である。この概念については、先のコロキウムで今村仁司も取り上げている。今村は報告の中で、近代という時代を捉えるための「存在論的概念装置」として「倦怠《アンニュイ》」を立て、さらに「倦怠」から生じる近代の諸現象を解読する「認識装置」が「憂愁《メランコリー》」と「アレゴリー」であると論じている。これは、コロキウムで問題になったベンヤミンの「アレゴリー」概念の有効性をめぐる今村なりの提案として受けとめることが出来るだろう。ただそこに含まれている問題は、そうした「アレゴリー」概念の当否という次元にとどまらない射程を孕んでいるように思われる。

ベンヤミンは、『ドイツ悲劇の根源』において、ドイツ・バロック悲劇の性格づけという課題にそくしながら、「憂愁」にたいする歴史哲学的位置づけを行っている。

ルネサンスがバロックに遺贈し、ほとんど二〇年間にわたって手を加えられて来たこの巨大な財〔メランコリー気質についての理論――筆者〕は、いかなる詩よりも直裁な、近代悲劇にたいする注解を、後世に提供してくれたのである。近代悲劇という形を取った歴史の表現の根底にある政治的信条や哲学的思想は、この財の周囲に調和的に配置される。君主は憂鬱者の鑑である。君主の弱さほど被造物の弱さを端的に表すものはない。[6]

ここでベンヤミンが「憂鬱な君主」に見ようとする「被造物の弱さ」には、ベンヤミンの歴史哲学のパースペクティヴが投影されている。それは、歴史を「凋落の宿駅」として、「世界の受難史」として見るパースペクティヴに他ならない。こうしたパースペクティヴの下にある歴史に登場する「被造物」はなべて、「時宜を得ないこと、痛ましいこと、失敗したこと」という「顔貌」[7]を帯びざるをえない。こうした「顔貌」に主観性と認識の次元で対応するものが「憂愁」であり「アレゴリー」であるとき、そうした概念との並行関係においてベンヤミン固有の歴史哲学的な課題が浮上する。それは、「美的モデルネ」において「瞬間性の美学」（ボーラー）との結びつきを通して表明されたあの解放と救済の契機が、ベンヤミンにおいてどのように捉えられているのかという問題である。もうすこし分節化していえばベンヤミンは、「美的モデルネ」に内在するアクチュアリティと永遠の交叉において、永遠へとアクチュアリティを媒介するもの、つまり解放と救済のユートピア的顕現を可能にするものが、「憂愁」と「アレゴリー」に照応する受難史や挫折の契機ぬきには語りえないという認識を提起しているのである。

このときベンヤミンの思考の内部で、「美的モデルネ」を根幹において司る「瞬間・今」の意味が変容する。「今」はそれ自体としての全一的な顕現——自己発現——にではなく、毀損され打ち捨てられた受難史のドキュメントとしての「過去」の救済に向けられることになる。つまり解放と救済の可能性は、「過去」が孕んでいる成就されずに終わった当為の次元にたいする「抗事実的《コントラファクティシュ》」（ハーバーマス）な介入、つまり「過去」との「抗事実的」なコミュニケーションに求められるのである。ベンヤミンの歴史哲学において重要な基礎概念となっている「想起《アインゲデンケン》」、あるいはそうした「想起」の核となる「哀悼《トラウアー》」の概念——それは「悲劇《トラウアーシュピール》」という術語のもとになっている——は、こうしたコミュニケーションの媒体としての意味を持っている。そのあたりの消息をベンヤミンは遺稿『歴史の概念について』の中で次のように語っている。

> 過去を歴史的に分節化することは、それを「もともとあった通りに」認識することではない。それは、危機の瞬間に閃く思い出を捉えることである。（中略）過去の中で希望の火花をかきたてる才能を持った歴史記述者だけが、もし敵が勝てば死者たちもまた敵にたいして危険にさらされることを見抜いているのである。[8]

こうした過去との抗事実的コミュニケーションへの志向とそこに内包される解放と救済の当為には、「美的モデルネ」が失いかけた歴史の実定性やそこで分節化される種々の社会的規範性との紐帯の回復への志向がうかがえるのではないだろうか。ハーバーマスはそうしたベンヤミンの思考特性を次のように指摘する。

> ベンヤミンの念頭に浮かんでいるのは極めて世俗的な認識であって、それは以下の三点に纏められる。すなわち、倫理的普遍主義は、これまでの、取り返しのつかないと思われるような不正にも、正面から取り組むべきで

あること。次に、のちに生まれてくるものには彼らの先行者との連帯、人間の手によってその肉体的ないし個人的不可侵性が傷つけられたことのあるようなひとびとすべてとの連帯があること。そして第三に、この連帯は想起によってしか表明したり、生み出したりすることができないということである。(9)

ベンヤミンは、「美的モデルネ」の圏域で思考を開始しながらも、「美的モデルネ」が「瞬間＝今」のそれ自体としての顕現を求めて解放と救済の当為を規範なき放恣へと歪めていった過程とは距離を取ろうとした。このときベンヤミンの思考は、歴史の個々の位相や局面に内在する未完、未遂に終わった解放と救済への希望の痕跡を掘り起こし再生させることを通して解放と救済の当為を確証することへと向かう。このことは、ベンヤミンがありうべきユートピアの境位を歴史の実定性や社会的規範性との対応関係を失うことなく提示しようとしたことを意味する。そのことによってベンヤミンは「美的モデルネ」の地平に二つの展望を与えた。

一つはベンヤミンの思考が、「美的モデルネ」がその批判的潜勢力においても、ユートピア的境位への喚起力においても、次第に機能不全へと追いやられていった後期資本主義社会の状況の下での複雑さや錯綜性の増大という事態にたいして認識の枠組みの構築のための源泉を提供しているということである。本コロキウムの中心テーマである都市論やメディア論、あるいはそれに付随する集団身体の問題などに関する多木浩二や三宅晶子の報告はそれを証だてている。こうした面でのベンヤミンの「可能性の中心」が『パサージュ論』にあることはいうまでもないだろう。

もう一つの展望は、ハーバーマスの引用文にもあった倫理的領域にたいするベンヤミンの思考の対応力である。周知のようにニーチェは、初期の芸術形而上学から中期の暴露心理学を経て後期の系譜学および「力への意志」の思考境位へと到り着く過程の中で、「美的モデルネ」を道徳に象徴される社会的規範性の領域から完全に切り離した。この結果「美的モデルネ」は規範なき美的経験と力（＝暴力）の交叉の地平においてその可能性を全面的に解放するとともに、その機能不全の因子をも胚胎させたのであった。これはハーバーマスがニーチェからポストモダニズムへいたる「美的モデルネ」の変遷史に見たものであった。(10)

こうしたニーチェの位相にたいしてベンヤミンは、悲劇論の枠の中でではあるが次のような極めて示唆的な批判を残している。

　ニーチェの探究は、亜流的な悲劇論とたもとを分かちながらも、それを克服していない。ニーチェは、道徳的論議の戦場をあまりにも簡単に放棄してしまったため、この種の悲劇論の中核をなす、悲劇的罪過と悲劇的贖いの理論と対決する必要を感じなかった。(11)

　「悲劇的罪過と悲劇的贖い」ということでベンヤミンが考えているのは、受難史としての歴史が負っている「憂愁」と「アレゴリー」の様相に潜む運命連関である。「道徳的論議」は、過去にたいする抗事実的なコミュニケーションとも連動しながら、こうした運命連関の美的経験の瞬間的な閃きを通した一挙的なユートピアの境位への昇華という「古典的」な「美的モデルネ」の回路によってではなく、高度に複雑化した後期資本主義社会の現実における運命連関の中に、新たな当為と規範性の尺度を探り当てようとする理論的模索の回路によって、「美的モデルネ」の潜勢力が生き延びる可能性を与えてくれるのである。この点に、ベンヤミンのアクチュアリティを見ることが出来るのではないだろうか。

〔註〕

(1) ユルゲン・ハーバーマス『近代の哲学的ディスクルス』I（三島憲一・轡田収・木前利秋・大貫敦子訳）、岩波書店、一四〜一五頁。
(2) 三島憲一「芸術による救済の思考」『講座・20世紀の芸術』1所収、岩波書店、一〇五頁。
(3) Theodor W. Adorno ; Ästhetische Theorie, Suhrkamp stw 2 S. 55f.
(4) a. a. O., S. 41.
(5) Karl Heinz Bohrer ; Die Ästhetik des Schreckens, Ulstein Materialien, S. 62f.
(6) ヴァルター・ベンヤミン『ドイツ悲劇の根源』（川村二郎・三城満禧訳）、法政大学出版局、一六八頁。
(7) 同上、二〇〇頁。
(8) Benjamin ; über den Begriff der Geschichte. "Gesammelte Schriften I-2 Suhrkamp, S. 695.
(9) ハーバーマス、前掲書、一二二頁。
(10) 同上書所収の「ポストモダンの開始――ニーチェによる転換」参照。
(11) ベンヤミン『ドイツ悲劇の根源』一一五頁。〔傍点筆者〕。

第五章　法・正義・暴力　解放‐救済史の根源

はじめに

　マックス・ウェーバーが『職業としての学問』と『職業としての政治』(1)と題する講演を行ったのは、第一次世界大戦が終了した直後の一九一九年一月十六日から一月二八日にかけてのミュンヘンにおいてであった。上山安敏によれば、(2)この講演は「自由ドイツ青年」というリベラル左派の立場に近い学生・青年運動のグループによって企画されたものであり、すでに戦時中の一九一七年十一月に『学問』の方だけ同じ題で講演が行われていた――ただし内容は現在テクストになっている一九年のものとは異なっていたようである――。そして「自由ドイツ青年」の求めに応じてウェーバーがこの二つの講演を行った歴史的背景には極めて興味深い問題がひそんでいる。

　周知のようにこれらの講演でウェーバーは、学問や政治が無反省なかたちで特定の価値につくことを厳しく戒め、「事実《ザッヘ》への奉仕」と「客観的結果にたいする責任」を強く訴えている。こうしたウェーバーの訴えが彼の学問方法論の根幹というべきあの「価値自由 Wertfreiheit」の概念につながるものであることは容易に想像できる。すなわち学問はあらゆる価値から解放された客観性を保持していなければならないということである。だが、「彼〔ウェーバー〕が論じたのは、社会科学のいかなる命題も、根本的には何らかの価値判断を前提とせざるをえないということ、そしてこの点をはっきり自覚している必要があるということでした」(3)と山之内靖もいっているように、ウェーバーの「価値自由」の概念は自然科学を範型とする社会科学的学問の客観化・実証主義化を前提としたものではなかった。むしろそうした客観性・実証性を仮象する学問のあり方、あるいはその背景をなしている近代啓蒙の伝統が生み出した合理主義イデオロギーが異なった価値を志向する立場〔価値観〕どうしの鋭い相剋の上に成り立っていることをウェーバーは、「価値自由」という概念を通じて明らかにしようとしたのである。そしてこのことをふまえてふたたび一九一九年の講演の問題にもどるとき、そこで問われてくるのはこの講演の主なる聴き手である青年・学生グループ、いやそればかりではなくウェーバーを当時とりまいていた様々な知識人たちとウェーバーのあいだに存在した、まさに価値的課題をめぐる緊張であった。

＊

ここでまず問題とされなければならないのは、第一次大戦後キール軍港における水兵反乱をきっかけに始まったドイツ全土における革命状況への突入という事態をうけてミュンヘンでも進行しつつあったバイエルン革命の動向である。この革命をリードしていたのは、ウェーバーが強い嫌悪を込めて「みずからのデマゴギーの効果に酔い痴れた文筆家のカリスマ」(4)と揶揄したクルト・アイスナーを中心とする独立社民党指導部であった。このアイスナーの存在に象徴されるようにバイエルン・レーテ共和国に向かって結実しつつあったバイエルン革命の運動には、たぶんに革命的夢想主義とよぶべき要素が内在していた。こうした要素の背景には、ミュンヘンにおいてすでに十九世紀末から生成しつつあった芸術・文学の分野における「モデルネ die Moderne」の運動の持つ時代的性格が存在している。

画家ヴァシーリー・カンディンスキーらの『青騎士』グループに属する表現主義者たち、詩人シュテファン・ゲオルゲを囲む「ゲオルゲ・クライス」のメンバーたちなどによって代表されるミュンヘン・モデルネの動きは、十九世紀において頂点を迎えながら世紀末から第一次大戦へと至る時代の推移の中で次第に没落と変容の様相を強めていったヨーロッパ近代――西欧近代文明の原理としての国民国家と資本制、そして合理主義イデオロギーを土台とする歴史的理念型としての――にたいして、その内側から主要には文学・芸術の領域を媒介としながら展開されていった批判的・対抗的近代としてのモデルネの流れの一環であった。このモデルネの流れがドイツ革命の状況の中で政治運動との結合を強めていったところにバイエルン革命の時代的背景を見ることが出来る。ウェーバーが一九一九年の両講演において直面し対決しなければならなかったのは、かかるモデルネの革命＝政治化の状況であり、その熱に浮かされながら一途に新しい価値世界の実現を夢想する青年・学生グループのメンタリティであった。

＊

モデルネの文学・芸術運動が希求しようとしたのは、社会・政治の領域において確立された近代的制度の体系とそれを支える価値の枠組み――とくに合理主義イデオロギーの規範性――にたいする反抗・反逆であった。表現主義においてそれは表現者の生の直截的な表現の模索を通じて試みられ、「ケオルゲ・クライス」においてはクライスを構成するメンバー間の秘教的な盟約関係――盟約共同体(Bund)――の形成を通じて追求された。そこには共通して、ヨーロッパ近代の原理としての合理主義イデオロギーの枠組みから逸脱する「美」の領域や「生」の直接性の領域、あるいは市民社会の制度的客観性の基盤である契約関係とは本質的に異なる「盟約」的な関係性・共同性のあり方を、革命のユートピア的夢想を媒介しながら当為化しようとする志向がみてとれる。

このようなモデルネの志向を支える時代のメンタリティには当時の多様な精神・文化運動の要素が関わっている。たとえば「フロイト自身の意図とはかけ離れた形で、新しい救済宗教という色彩を帯びて登場してきた」[5]精神分析運動は、市民社会の倫理的規範の中心というべき一夫一婦制のモラルを、人間の欲望の不自然な制約として攻撃する。あるいは息苦しい日常生活の桎梏からの解放を自然のもとでの自由な共同生活に求めたヴァンダーフォーゲル運動から始まるドイツ青年運動の系譜を考えてもよいだろう。それらの運動にもまた、ヨーロッパ近代が実現しようとした合理化され分節化された政治的・社会的制度構造のあり方、そしてそれを支えてきた価値意識――ウェーバーにならっていえばそれは「目的合理性」の価値意識ということが出来よう――にたいする、エロス的欲望や自然志向を媒介とするラディカルな反抗の姿勢を見ることが出来る。

ハイデルベルク時代以来のウェーバーを囲むサークル――いわゆる「ウェーバー・クライス」――にもこうしたモデルネ的な近代への対抗性への志向が影を落としていた。第一次大戦下の一九一七年、書籍出版業者であるオイゲン・デーデリヒスが組織したラウエンシュタイン城における知識人集会にはウェーバーをはじめとして、マイネッケ、ヤッフェ、ゾンバルトなどのウェーバーに近い知識人や、ニーチェの影響を受けたネオ・ロマン主義の詩人リヒャルト・デーメル、表現主義の劇作家でアイスナーの暗殺された後バイエルン・レーテ共和国の首班となるエルンスト・トラー、文学的ボヘミアンであり政治的にはアナーキストであったエーリヒ・ミューザムなどが参加したが、この会議はまさにウェーバーの思考世界とモデルネ的志向がぎりぎりの緊張を孕みながら対峙しあう機会となった[6]。ウェーバーはそこで、民族=国家共同体的な政治理念への方向性においてモデルネ的な革命=政治の実現を図ろうとする民族主義的（völkisch）ロマン主義者マックス・ラウレンブレッヒャーとの激烈な論争を展開する。こうしたウェーバーの姿勢は民族主義的方向にたいしてのみ示されただけではない。いわゆる「左」の側のモデルネ的な革命＝政治への志向――たとえばアイスナーやトラーに典型的なよう な――にたいしてもウェーバーの批判は峻烈きわまりなかった。

ウェーバーの『職業としての政治』における「心情倫理」と「責任倫理」の峻別の論理の背景には、このようなウェーバーの、左右を問わないモデルネ的な革命＝政治への志向にたいする対決のコンテクストが存在していることを見逃してはならない。そこからあえてヨーロッパ近代の主要な歴史的傾向としての合理化のプロセスを擁護しようとするウェーバーの立場も現れてくるのである。だが同時にウェーバーの中にモデルネのプロブレマティクに孕まれている対抗的近代の契機への内在的理解が存在していたことも事実である。それは、この間山之内靖がつとに強調してきた「ウェーバー―ニーチェ視座」[7]の問題の核心でもある。そしてウェーバーのモデルネにたいする両義性を孕んだぎりぎりの対決状況の中には、ウェーバーのみならず両大戦間期の思想的動向全体の中に普遍的なかたちで存在する問題文脈が潜んでいるといわなければならない。

＊

今見てきたウェーバーをめぐる問題の文脈をより具体的に検証しておくために、ウェーバーの『古代農業事情』第三版の中の一節をここで引用しておこう。

ペルシャ戦役さえも（中略）神政政治《テオクラティー》的な動向（中略）とギリシャ文化の『世俗性』との間の決戦と見なすことができる。あらゆる僭主ならびに僭主志願者は神殿または予言者と結合している。しかしながら、〔ここギリシャにおいては〕祭司階級の権力はオリエントにおけるのとは違って、簒奪者たち〔僭主たち〕に正当性の清祓を与えるには不十分であった。そしてそのため僭主政は失敗したのである。[8]

ここで語られている問題は直接には古代ギリシア時代のペルシャ戦争においてギリシア側が勝利したことの歴史的意味だが、そこにはたんに古代史の枠組みにはおさまらないすぐれて現代的な問題が同時に示唆されている。なぜならばモデルネの革命＝政治化においては、それが「左」の側における「社会主義革命―プロレタリア独裁」という方向性へと結びついていった場合にせよ、「右」の側における「保守革命―民族＝国家共同体の実現」という方向性へと結びついていった場合にせよ、「革命」が体現すべき価値の世界観的全体性への強い志向が、いいかえれば「革命」の真理・価値の全一的な実現のもとに全政治・社会過程を服属させようとする「神政政治」への志向が共通して見出されるからである。こうしたモデルネの革命＝政治化の持つ「神政政治」への志向が青年・学生グループのみならずウェーバー・クライスのうちにまで影響を及ぼしていたことは、ウェーバー・クライスの中から社会主義革命を黙示録的メシアニズムの文脈から捉えようとした――そこには表現主義やそれに先立つ「生の哲学《レーベンスフィロゾフィー》」の影響を見ることが出来る――ジェルジ・ルカーチやエルンスト・ブロッホが現れたという事実によって、またさらには『政治的ロマン主義』の著者であるカール・シュミットもまたウェーバー・クライスの出自であったという事実によって証し立てることが出来る。彼らに共通しているのは、既存の政治的・法的秩序にたいして一挙にその停止と無効化を求めようとする革命＝政治――「神政政治」的革命＝政治――への志向に他ならない。それはまさしくモデルネの革命＝政治化のもっとも典型的な指標をかたちづくっている。

ウェーバーの、古代ギリシアにおける「神政政治」的傾向の阻止という事実に仮託された世俗的合理性の立場への決断は、ウェーバー・クライスの内部にまでその影響が及んだモデルネの「神政政治」的革命＝政治にたいするウェーバーの内的な対決の所在を示しているといえるだろう。そしてこの対決のうちには、いわゆるワイマール期とよばれる両大戦間期のドイツにおける、最終的にはナチズム支配の実現というかたちでの決着（＝破局）をみることになる左右の「革命」的価値・真理をめぐる激烈な相剋状況の、そしてそこにおける解放＝救済のヴィジョンをめぐる葛藤の――もちろんそこにはウェーバー的な、あるいはその死後トーマス・マンによって人格的に代表されることになる理性的共和政への志向も要素として含まれる――普遍的なプロブレマティクが投影されているというべきである。

「暴力批判論」の背景

こうした両大戦間期のドイツにおけるウェーバー的な問題状況との関連の中で、当時のドイツにおけるもっともユニークな思想家の一人であったヴァルター・ベンヤミンの青年期に書かれた論文「暴力批判論」[9]を取り上げてみたい。

一九一九年から二〇年にかけてというウェーバーのミュンヘンにおけるあの二つの講演とまさに同時代に執筆されたベンヤミンのこの論文には、若書きながら戦争から革命へとドラスティックに推移してゆく当時のドイツの政治状況に関するみずみずしく本質的な考察が展開されている。そして題名からも明らかなようにここでのベンヤミンの考察の主題となっているのは「暴力 Gewalt」の問題である。

*

まずこの暴力論の背景となる状況と文脈について見ておこう。ベンヤミンはギムナジウム時代に「自由学校共同体」運動を展開していた教育者グスタフ・ヴィーネケンとの関わりを通じてドイツ青年運動にコミットする。このことは、ウェーバーの行ったあの二つの講演の主たる聴衆であった青年・学生グループとベンヤミンとのあいだに深い精神的つながりが存在していたことを物語っている。彼は一九一二年大学に入学すると、ベルリンにおけるもっとも左派的な学生運動組織であった「自由学生連合」の運動に参加し、一九一四年――第一次大戦の勃発した年である――にはその議長に就任する。その就任のおりにベンヤミンが行った講演「学生の生活」[10]には、ここで私たちが問題にしようとしている彼の暴力論、そしてそこから読みとられるべき彼の政治思想の性格をめぐって興味深い視点が示されている。

この講演の中でベンヤミンは、歴史を進歩の連続性からではなく、「このうえない危険にさらされ、このうえなく悪評たかく、嘲笑された作品として（中略）あらゆる現在の地下深く埋めこまれている」歴史の「最後つまり目的の状態」[11]から捉えなければならないと主張する。そして『最後つまり目的』の状態の理解は、たとえばメシアの王国、またたとえばフランス革命の理念などのように、その形而上的な構造においてのみ可能なのである」[12]。この「形而上的な構造」という言い方にベンヤミンの思考を解くひとつの鍵がひそんでいる。

あらゆる歴史の現在性のうちには歴史の根源を読み解くための表徴が隠されているということ、そして過去からの時間の水平な連続性においてではなく、現在から垂直に根源へと切りこんでゆく「いま」の非連続性において歴史が捉えられるとき、記述の対象としての歴史ではなく解放―救済のポテンシャルを孕む「根源史《ウアゲシヒテ》」としての歴史の認識がはじめて可能になること、それはとりもなおさず歴史がそうした解放―救済への転回の臨界点《クリーティシェ・プンクト》（＝「危機《クリーゼ》」）としての「最後つまり目的」の側から再構成されるということを意味すること――、ベンヤミンのいう歴史の「形而上的な構造」とはこのような歴史の認識のありかたとして捉えることが出来る。こうした認識は同じ講演の中の次のような言い方によく現れている。「のこされた道はただひとつ、現在のなかに未来を認識し、そのゆがめられたかたちから未来を解放すること、それだけである[13]」。

ただベンヤミンの歴史の「形而上的な構造」の認識に関してもう一点ぜひ触れておかなければならない問題が存在する。それは先ほど引用した「形而上的な構造」という言葉の出てくる部分に続くところで彼が語っている次のような内容の問題である。「今日の学生および大学がもつ歴史的意味、現代において両者が示す存在のかたち、にふさわしいのは、したがって比喩だけである。その歴史的意味、存在のかたちは、歴史の至高の――つまり形而上的な――立場の模像として記述される[14]」。ここでベンヤミンが語ろうとしていることのポイントが「比喩」「模像」という概念にあるのは明らかである。ではこの「比喩」「模像」という概念を通じてベンヤミンは何を語ろうとしているのか。

ベンヤミンの歴史認識の中につねに底流しているのは、すでに現象として始まってしまった歴史が歴史の根源――歴史の真理のありうべき十全な発現状態――にとっては不可逆的な衰退・衰亡の過程を意味するというモティーフである[15]。「比喩」「模像」という概念は、この衰退・衰亡の過程が必然的にもたらす歴史の根源と歴史現象の連なりとのあいだのへだたり（間接性）を示しているのである。そしてこの歴史の衰退・衰亡のモティーフは、ベンヤミンの歴史認識の核にある二つの基本的な課題に結びついてゆく。一つは、すでに触れた問題ともからむが衰退・衰亡の過程としての歴史の否定的様相の中に潜勢的状態で埋めこまれている歴史の根源としての真理を復元させねばならないという解放―救済の当為、いいかえれば歴史の解放―救済史的再構成の課題である。だがこの課題はちょうど表裏一体のようにもう一つの課題と結びついている。

それは、歴史が根源＝真理の十全かつ直接的な発現においてではなく、衰退・衰亡の様相を帯びた現象過程とありうべき根源＝真理とのあいだのへだたりにおいて、つまり根源＝真理から限りなく遠ざかってゆく歴史の現象過程の否定的様相との媒介において捉えられなければならないという当為と結びついた歴史認識の課題である。このことからベンヤミンの歴史認識には、衰退・衰亡のただ中から歴史の根源＝真理を復元するという解放＝救済への志向と、にもかかわらずこの解放＝救済はつねに十全性へとは至らず歴史の否定的様相への媒介のうちに留まり続けなければならないという非十全性の認識とのあいだの両義的性格が生じる。これは、後のベンヤミンの用語を使えば、歴史の「アレゴリー」的認識の問題であるといってよい。このことが何を意味するのかをより明確にするために、やはり同時期に書かれたと推定される極めて象徴的な題を持った断片「神学的・政治的断章[16]」をさらに見ておこう。

　この断片の冒頭でベンヤミンは次のように言っている。

> 　あらゆる歴史的出来事は、メシア自身が到来してはじめて完成される。より詳しく言えば、その意味するところは、歴史的出来事とメシア的なものの関係を、メシア自身がはじめて救済し、完成し、創り出すということである。それゆえ、歴史的なものは、いかなるものであれ、おのれだけの力で、おのれをメシア的なものへと関係づけようと望むことはできない。したがって、神の国は、歴史という可能態《デュナミス》の最終目標《テロス》ではなく、神の国が目標として設定されることは不可能となる。歴史という観点から見れば、神の国は目標ではなくて、終焉である。それゆえ、世俗的なるものの秩序は、神の国という考えのもとに打ち立てることはできず、したがって、神政政治《テオクラティー》には、政治的な意味はなく、もっぱら宗教的な意味しかないということになる[17]。

　ここで「神政政治」という言葉が使われていることに注目してほしい。ユダヤ系ドイツ人であったベンヤミンには、友人であり後に二〇世紀最大のユダヤ神学研究者となるゲルショム・ショーレムの影響などもあって、早くからユダヤ宗教思想、とりわけメシアニズム的な黙示文学の伝統につらなるカバラやタルムードの思想への強い関心が存在した。こうした関心がベンヤミンの歴史認識の要としての解放—救済史的視座と結びついていることはいうまでもないだろう。あえていえばそれは、ベンヤミンの思想にある「神学的」側面ということになる——これが先に言及した「形而上的」という概念に結びついている——。だがここでベンヤミンが歴史の「世俗的なるものの秩序」が「神政政治」的な観点からは捉えることが出来ないといっている点には留意すべきである。ベンヤミンは「神学」的関心を強く抱きながらも「世俗的なるものの秩序」、そしてその秩序の根幹をなす「政治的」なるものの意味を、そうした「神学的」——「形而上的」——観点からのみ捉えることを最終的には否定する。それは「神学的」観点に伴う歴史の真理発現の直接性・十全性をベンヤミンが否定したことを意味する。

このことをウェーバー的な問題状況の文脈におき直してみると、その意味するところがより鮮明になるだろう。たしかにベンヤミンは、ウェーバーが対決しようとしたモルネの革命＝政治の「神政政治」的志向に深くコミットするところから出発する。だが彼の「神学的」思考が歴史認識に相わたる地点で彼の思考には、微妙ながら決定的な転回が生じる。それは、彼の思考に内在する歴史の非十全性の認識に由来する。この非十全性の認識を通じてベンヤミンは「神政政治」的志向と訣別する。ではこの訣別の後に残るベンヤミンの視点はどのようなものだろうか。

ベンヤミンは歴史を、「世俗的なるものの秩序」（＝衰退・衰亡の過程として現象する歴史）の外部に立つ根源＝真理と歴史の現象過程の内部との関係に関する「神学的」問いを通じて捉えようとしつつも——それがベンヤミンにおける解放—救済史的視座の根拠となる——、そこにおける解放—救済の可能性を最終的には「世俗的なるものの秩序」の内部において「比喩」「模像」という間接的表徴を通じて示表されるべき真理の限定的実現に求めようとする。それが、「神政政治」を「宗教的な意味」に限定し「政治的な意味」から切り離すことへとつながる。このことは、ベンヤミンの思考がウェーバー的な世俗的合理性への立場への決断と共鳴・共振を起こしていることを物語っていないだろうか。それをよりよく捉えるために、ベンヤミンが同じ断片で使っている「幸福」という言葉をめぐるコンテクストを捉え返しておく必要があるように思える。

不死へと続いてゆく宗教的な原状回復に対応しているのは、永遠の破滅へと続いてゆく世俗的な原状回復であり、この永遠に滅びてゆく現世的なもののリズム、総体をあげて、つまり空間的にも時間的にも総体をあげて滅びゆくこの現世的なもののリズム、すなわちメシア的自然のリズムこそが、幸福なのである。というのも、おのれの永遠かつ総体的な滅びから成る自然は、メシア的だといえるからである。[18]

「幸福」は「現世的なもののリズム」でありそこには「滅びゆく」ものの性格が刻印されている、というこのベンヤミンの認識は、歴史の「責任倫理」にたいするベンヤミンなりの決断を示しているといえよう。

「暴力批判論」の内容

さて以上のような文脈をふまえて「暴力批判論」についての検討に入ろう。その際にベンヤミンが第一次大戦にたいして反戦の立場をとり、半ば亡命のかたちで大戦中スイスのベルンに逃れたこと、そしてその後のドイツ革命の状況の中で直接的なコミットはなかったにせよ革命にたいし強い関心を抱いていたという事実をふまえておく必要があると思われる。[19] ただ同時にそうした時代へのアクチュアルな関わりと関心に、今まで見てきたようなベンヤミンの中の「神学的・形而上的な」認識関心が交差していることも見落としてはならない。そのことがこの「暴力批判論」の内容をユニークなものにしているのである。

ベンヤミンはまず冒頭で「暴力批判論」の課題について、「暴力と、法および正義の関係をえがくこと[20]」と規定する。この関係からは、歴史が構成される過程に「不断に作用しているひとつの動因」が「暴力としての含みをもつにいたる[21]」メカニズムを核に持っていることが明らかになる。そのメカニズムの本質をベンヤミンは、そうした「動因」が「倫理的な諸関係のなかへ介入する[22]」ことに求める。それは、暴力という現象が「この諸関係の領域を表示する（中略）法と正義という概念[23]」と不可分であることを意味している。そしてこのことは、それ自体としてはいわば自然過程に属する「動因」――それは、「カオス」とよんでもよいだろうし、ニーチェ的意味における「力」（Macht, Kraft）とよんでもよいだろう――が「法秩序のもっとも根柢的で基本的な関係」としての「目的と手段の関係[24]」を通じてはじめて「暴力」（Gewalt）となることをさし示している。それに加えてベンヤミンはさらに、「暴力は、さしあたっては目的の領域にではなく、もっぱら手段の領域に見いだされる[25]」と言っている。ここで「カオス」「力」は「目的」としての「正義」に対応し、「手段」としての「法」には「暴力」が対応する。そして両者は歴史の外部と内部の関係を形づくるのである。

この冒頭における問題設定のしかたからベンヤミンの基本的な問題意識がはっきりと読みとれる。ベンヤミンがこの論文で問おうとしているのは、暴力をめぐるある種の歴史哲学的な構図に他ならない。この構図はまず、歴史の外部としての自然過程（カオス）と「倫理的な諸関係」として現出する歴史の内部の形成過程（ノモス）のあいだの関係において捉えられる。暴力は、このカオスとノモスの対立――歴史の外部／内部の対立――を通じてはじめて析出されるのである。いいかえれば暴力は、歴史が自らを内部化＝ノモス化する過程においてその外部に超越的なかたちで排出される歴史の「動因」――すでに使った用語をふたたび用いるならば歴史の根源――を意味しているということである。この暴力をめぐる超越論的な構図には、歴史の内部（ノモス）がなぜ、またいかなるかたちで形成されるのか、そしてそうした歴史がどこに向かおうとするのかという問いが、歴史の外部／内部の対立（カオスのノモスへの非連続的な転回）に投影されている歴史の「目的」論的契機――それは「正義」の問題の根底をなす――を通じて保存されている。その問いは、超越的外部に準拠しているがゆえに歴史の「神学的」問いとしての性格を持つということが出来よう。

だが歴史の内部性はこうした「神学的」問いの成立地平を超えてさらに先へと進んでゆく。それは、超越的外部への準拠によって成立する歴史の「目的＝正義」論的問い――カオスからノモスへの非連続的転回の過程のうちに保存されている歴史の根源への問い――の構図が、歴史の内部性それ自体の中で完結する自己準拠的な歴史の起源認識の構図へと置きかえられることを意味する。すなわち超越的外部としての「目的＝正義」の設定を必要としない純粋に「手段」的なものとしての「法」に、歴史の内部性成立の準拠点が移行するのである。このとき歴史の根源への問いは忘却され、歴史の世俗化が完成する。そして暴力はもっぱら、この目的なき手段としての「法」の世俗性の中で立てられる適法／不法という基準によって規定されることになるのである。

ベンヤミンはこうした暴力と法の関係を、「正しい目的のために暴力的手段を用いることを、自明のことと見なす」ような「自然法（Naturrecht）[26]」のありかたと、「手段の適法性によって目的の正しさを「保証」しようとする」ような「実定法（positives Recht）[27]」のありかたのうちに見ようとする。そして一見対照的なこの二つの法的立場には、その「共通の基本的ドグマ」として、「正しい目的は適法の手段によって達成されうるし、適法の手段は正しい目的へ向けて適用されうる、とするドグマ[28]」が存在するとされる。ここでいわれている「目的」は先にふれた超越的な「目的＝正義」とはまったく異なったものである。それは、法が純粋に自らの内部においてかたちづくる適法／不法の区別から事後的に導き出されるものにすぎない。つまり手段としての適法性それ自体が法の目的を形成するのである。そして暴力は、こうした目的と手段の関係の中で「法定の

なる。

ここから、法が承認する「法的目的」と結びついた「適法な暴力」と法が承認しようとしない「自然目的」と結びついた「不法な暴力[30]」との区別にもとづいて、法による暴力の独占という事態が生じる。より正確にいうならば、暴力がもっぱら法の定める適法／不法の基準・枠組みの中でのみ扱われるようになるということである。このことは一方で、「法のインタレスト」が、「法の目的〔法の超越的外部として設定される「目的＝正義」〕をまもろうとする意図からではなく、むしろ、法そのものをまもろうとする意図〔法それ自体の自己目的化〕から説明される[31]」ことを意味する。そこでは、法と暴力の関係の中に透視されるべき「目的＝正義」への問いが、さらにはそうした問いの奥に見出されるべき歴史の根源への問いが完全に失われ、暴力が法の内部における法の措定と維持の自己準拠的循環の構造の中に封じ込められるのである。ここで問題なのは、暴力が適法なのか不法なのかに関わらず、暴力を規定づけ認識する問題論的構図が法の自己準拠的枠組みを一歩も出ることが出来ないということである。法による暴力の独占は、現実的には法支配の執行機関としての国家（権力）による暴力手段の物理的な占有として捉えることが出来るが、より本質的にいえばそれは、暴力という現象を規定づけ認識する場が法の内部にしか見出されえないという事態を意味しているのである。

法は自らの措定と維持の自己準拠的循環を通じて法の外部性の消去を目ざす。

＊

にもかかわらず法は暴力に対して怖れをいだく。この怖れの意味するところをベンヤミンは「ストライキ」と「戦争」の問題にそくして解明しようとする。

「ストライキ」は一定の法状況においては労働者の正当な権利であり、その「行為の中止、非行為[32]」という消極性ゆえにそれ自体としては非暴力的である。だが「ストライキ」が「なんらかの目的〔自然目的〕を貫徹するために暴力を用いる権利[33]」となるとき、よりつきつめていうならば「革命的ゼネスト」の場合のように「その権利を附与した法秩序を打破するために、あたえられた権利を行使するばあい[34]」には不法な暴力になる。だがこうした「ストライキ」の不法な暴力を国家が怖れるのは、それが法的基準に照らして不法であるためではなく、「暴力のもつある機能（Funktion）」を通じて「法的状況に内在する具体的な矛盾」[35]が露呈するからである。その矛盾とは、「ストライキ」という法の内部に権利として位置づけられている行為が、ゼネストのように自らの起源としての法それ自体を否定する行為へと転化する瞬間――「ストライキ」が暴力に転化する分水嶺はここである――、法の自己準拠的な内部性に亀裂を生じさせるという事態を意味する。逆にいえば「ストライキ」という行為を通じて見えてくる暴力の本質的機能とは、法をその根源において否定し破壊する点に求められるのである。

このとき忘却されていたはずの法への「目的＝正義」論的問いが、そしてさらには超越的外部に準拠する歴史の根源への問いが再生する。それとともに法措定と法維持の自己準拠的循環の内部に封じ込められていた暴力の外部性の契機もまた蘇るのである。そしてそのとき法の起源が法それ自体の内部に見出される――見出されねばならない――という、適法性にもとづいた「目的と手段の関係」の立てかたもまた崩壊するのである。

こうした事態をより鮮明に示しているのが「戦争の暴力」のありかたである。ベンヤミンは「戦争の暴力」について次のように言っている。「自然目的のためのあらゆる暴力の根源的・原型的な暴力としての戦争の暴力に即して、結論を出してよいとすれば、この種の暴力のすべてには法を措定する（rechtsetzend）性格が附随している[36]」。

この「戦争の暴力」の「法を措定する性格」には、先にふれた法の矛盾がより根本的なかたちで現出している。というのも「戦争の暴力」に現れているのは、法にとって外部性（不法性）を意味する「自然目的」と結びついた暴力こそが法を措定するという事態だからである。つまり「戦争の暴力」には、法の自己準拠的な内部性を仮象化してしまう法の外部性の契機としての暴力の本質が現れているとともに、そうした法の外部性の契機と法の内部性の創設のあいだのパラドクシカルかつ非連続的な継ぎ目――カオスからノモスへの非連続的転回の瞬間――が再現されているのである。このことによって法の内部性は完全に相対化されることになる。

こうしたベンヤミンの「ストライキ」――とりわけ「革命的ゼネスト」――と「戦争」の捉えかたから、彼が第一次大戦とそれに続くドイツ革命の勃発という同時代の状況から何をつかもうとしたのかがみてとれる。戦争と革命というもっとも先鋭なかたちで暴力が噴出する状況の中で、歴史の根源からの不可逆的な衰退・衰亡の過程を通してかたちづくられる歴史の世俗的な内部性（連続性）をラディカルに停止させる非連続的な「今」＝「臨界点」が現れるのである。この瞬間を捉えることがベンヤミンにとっての課題になる。さらにいうならば、そうした瞬間を捉えることによって、歴史の内部性（連続性）の彼方に表徴的に読みとられるべき超越的外部としての歴史の根源を浮かび上がらせるという課題も同時に浮び上る。この課題が、内部性の枠内に留まるかぎりは見えてこない歴史の解放―救済史的構図を可能にするための前提となることはいうまでもない。それは、歴史への「神学的」な問いの再生といってもよいだろう。

その限りにおいては、ベンヤミンのこの論文からうかがえる問題意識が、法的秩序の適法性・連続性に定位される世俗的な政治の水準からの決定的な離脱を求めるモデルネの「神政政治」的革命＝政治の問題文脈につらなるものであることは明らかである。このことは本論文の後半において展開される、法の暴力独占がかたちづくる内部性のありかたの批判的解明と暴力の外部性の契機にもとづいて行われるその一挙的停止＝無効化の試みにとりわけ現れている。

＊

ベンヤミンは、「戦争」とは区別される「一般兵役義務」のうちに、をつうじてはじめて形成されえたミリタリズム[37]すなわち「『兵役義務』に象徴される平時の軍事的秩序」―その背後に法的秩序が存在することはいうまでもない―のうちに「暴力の機能の二重性[38]」を見る。その一つが「法措定的な暴力」であることはすでに明らかであろう。それにたいして「第二の機能は、法維持的（rechtehaltend）といってよかろう[39]」。こうして法の内部性のうちに暴力が、「法措定的暴力」と「法維持的暴力」の二重性というかたちで封じこめられるのである。

ところでベンヤミンはこの二つの暴力のうち、「法維持的暴力」が「脅迫的」であるといっている。そしてこのベンヤミンの認識に、ベンヤミンが捉えようとした法による暴力独占という事態のもっとも深奥の秘密が現れているように思える。その秘密をもっともよく語ってくれるのは、ベンヤミンによれば「刑罰」と「警察」の領域である。それは、これらの領域において、「運命の冠をかぶった暴力が（中略）法秩序のなかに現出するときの最高形態である生死を左右する暴力となって、法の根源が代表的に実体化され、怖るべきすがたをそこに顕示している[40]」からである。「法維持的暴力」の脅迫的性格はこの点に現れている。

法が「生死を左右する暴力」として現出する極限的な形態は、「死刑」という「刑罰」の適用である。このとき

「刑罰」にはいうまでもなく何らかの罪が対応している。罪が存在するゆえに「刑罰」が適用されるのだというのが法の論理だからである。ではその罪を生み出すものは何か。それは法である。とするならば「刑罰」が適用されるがゆえにある任意の行為ははじめて罪となるという論理もまた成立することになるだろう。つまり罪があらかじめ存在していてそれにたいし「刑罰」が適用されるのではなく、むしろ法を実体化する「刑罰」がまずあってしかる後に罪が生み出されるのである。「刑罰」の目的はふつう法的秩序を脅かす怖れのある罪から法を護ることであるとされるが、この目的はじつは自己言及的である。なぜなら法的秩序が護られ維持されなければならない理由・根拠とは「それが法であるから」という以外には存在しないからである。いいかえれば、罪が存在する理由は「法の目的とは法それ自体である」という法の自己言及性——自己準拠的循環——の内部においてしか見出されえないということなのである。それはすでにふれた、法の措定と維持のための手段としての適法性という基準だけが罪の認定の根拠となりうるということを意味する。そして適法／不法の区分および不法（罪）にたいする「刑罰」の適用——法維持のための法的実践——においては、法を自己目的化する法維持のための暴力が行使されるだけでなく、法の措定＝創設の反復としての法措定的な暴力もまた行使されているのである。より端的にいえば法維持（手段の行使）そのものが法措定（目的設定）に他ならないのである。それをもっともよく示しているのが、「法的目的のための暴力」を行使する一方で「法的目的をみずから設定する権限をもっている」警察の存在である。「この官庁のなかでは法措定的暴力と法維持的暴力の分離はなくされている」[41]。そしてこの法維持と法措定の融合において構成される法内部での法的実践は、「死刑」の適用を含むという意味において「生死を左右する」暴力、つまり個々人の生存を直接脅かす怖るべき暴力となる。ベンヤミンはここに「法の根源」を見るのである。それは同時に諸個人を「罪」へとしばりつける支配の根源でもある。

神的暴力

　こうした法の内部性における暴力のありかた、すなわち「手段の適法性」にもっぱら規定される暴力のありかたからの脱却の可能性、言い換えれば支配からの解放の可能性をベンヤミンはどのように構想するのだろうか。それに関してはまず、ベンヤミンがジョルジュ・ソレルの『暴力論』にそくしながら「ゼネスト」についてふたたび論じている内容を見ておく必要がある。

ベンヤミンによれば、「ソレルの功績」は、「政治的ゼネストとプロレタリア・ゼネスト」という二つのストライキの形態を、暴力との関係において区別した点に求められる。前者は、国家という法的暴力の機構を肯定した上でその枠内での権力移動を要求する手段にすぎないのにたいし、後者は「国家暴力の絶滅〔法的暴力そのものの廃棄〕を唯一の課題とする」[43]からである。このような後者の「深い、倫理的で真に革命的な構想」[44]は、後者の意味を「非暴力的なもの」[45]にする。にもかかわらず国家がこうした「プロレタリア・ゼネスト」を暴力として非難するのは、そこに国家（法）による暴力独占の体制——暴力を法の自己準拠的循環構造の中に閉じ込める体制——からの脱却の可能性が現れているからである。すなわち「プロレタリア・ゼネスト」に現れているのは、法の内部性がひたすら消去を目ざしてきた暴力の外部性—超越的外部への開口部であり、そこから見えてくる法の「目的＝正義」論的認識に媒介された歴史の根源の洞察への導路なのである。

こうした「プロレタリア・ゼネスト」についての考察をうけて、ベンヤミンは「すべての法理論が注目しているのとは別種の暴力」、すなわち「目的の正しさ」[46]に対応する暴力のありかたを追求する。このときベンヤミンの考察は、一挙に歴史の根源領域に定位される。すなわち「法措定的暴力一般の根源現象」として現出する歴史の起源の「境界設定」[47]の領域にである。そしてベンヤミンはこうした法的暴力の起源——権力の起源——を、「神話的（mythisch）な法措定の原理」として捉え、今までみてきた法の内部性において成立する法措定的—法維持的暴力を「神話的暴力」と呼んだ上で、そうした「神話的暴力に停止を命じうる純粋に直接的な暴力〔外部性としての暴力〕」[48]のありかたを、「正義」に対応する「神的〔göttlich〕な暴力」[49]として規定するのである。

この「神話的暴力の停止を命じうる純粋に直接的な暴力」としての「神的暴力」という構想には、明らかにカール・シュミットの影響が見られる。[50]この点でもベンヤミンの思考が、あのウェーバー的な文脈におけるモデルネの問題圏に帰属することは明らかである。法の内部性——平時における法的秩序の構成——にたいし一挙に停止＝無効化をもたらす暴力の外部性の「神学的」な認識が、シュミットの議論とも共有されるベンヤミンの革命＝政治のありかたにたいする問題意識の核心をなしているといえるであろう。とはいえもちろんベンヤミンの目ざす方向はシュミットとは違っている。

ベンヤミンは、この「神的暴力」を通して「神話的暴力」が強制する罪と罰の連関を断ち切り、いっさいの法的暴力が終焉する地平を出現させることを目ざす。そこには、ソレルからレーニンに受けつがれる「いっさいの支配の暴力を廃絶させるための最後の暴力としての革命」という革命的暴力論の系譜とのつながりを見ることが出来るし、さらには法（歴史）の物象性を打破した後に現れるであろう歴史の根源への直接的な――「神学的」な――志向を見ることも出来るであろう。そうしたベンヤミンの問題意識を、ウェーバーの対決しようとしたモデルネの「神政政治」的革命＝政治の一ヴァリエーションであると断じることはたやすい。にもかかわらずこの論文の最後に近い部分にあるベンヤミンの次のような文章には、そうした断定から微妙にずれる内容が含まれているように思えるのである。「法的暴力の解消は、したがって、たんなる自然的生命(bloßes naturliches Leben)に罪があるとされていることへも、遡及力をおよぼしてゆく。こういうあたえられた罪が、無実で不運な生活者を、罪の「あがない」となる――とはいえ罪からではなく法から、罪人を免罪するらしい――贖罪の手へ引き渡しているのだ[51]」。

この論文におけるベンヤミンの暴力概念が、当時の戦争から革命へという時代状況の中で行われた暴力のヒロイックな礼讃の文脈――それはモデルネの革命＝政治のある種の傾向に内在するとともに、最終的にはナチズム＝ファシズムに帰結する――と「神学的」な文脈において共鳴・共振していることは事実であろう。だが同時にベンヤミンの暴力概念においては、明確に暴力からの解放が志向されている。それは、法的暴力の内部性を根拠として構成される歴史の外側に、いっさいの「罪連関」（運命）――「罪」と「あがない」の閉じられた循環構造――をまぬかれるかたちで成立する罪なき共同体の可能性を構想しようとするベンヤミンの志向と結びついている。もちろんそうした可能性が歴史の非十全的な限定された現象過程からしか構想されえないこともベンヤミンはよく承知している。それが、歴史の衰退・衰亡化の様相に定位しながらそこから歴史の根源を表徴的に解読しようとするベンヤミンの「アレゴリー」的方法に帰着するのである。そうした視点に立つとき、この論文の中に目だたないかたちにおいてではあるが、次のような叙述が残されていることにも注目しておく必要があるだろう。

この論文から引き出すべきベンヤミンの思考のアクチュアリティはむしろこうした叙述に現れている暴力なきコミュニケーションのモティーフにあると考えるべきかもしれない。「おそらく、嘘を最初から処罰する立法は地上にはないが、このことは、暴力がまったく近寄れないほどに非暴力的な人間的合意の一領域、つまり言語（spravhe）が、存在することを語っている」(52)。

註――傍点はすべて引用者による。また〔　〕内は引用者の挿入である。

［註］

(1) マックス・ウェーバー『職業としての学問』（尾高邦雄訳）、岩波文庫、同『職業としての政治』（脇圭平訳）、岩波文庫。
(2) 上山安敏『神話と科学　ヨーロッパ知識社会　世紀末～二〇世紀』岩波書店、九頁以下参照。
(3) 山之内靖『マックス・ヴェーバー入門』、岩波新書、三頁。
(4) 上山、前掲書。十四～五頁。
(5) 山之内、前掲書。一二九頁。
(6) 上山、前掲書。一七九頁以下参照。
(7) 山之内靖『ニーチェとヴェーバー』未来社、参照。
(8) 山之内『マックス・ヴェーバー入門』一六三頁。
(9) Walter Benjamin ; Zur Kritik der Gewalt. Gesammelte Schriften II-1 Suhrkamp. ヴァルター・ベンヤミン「暴力批判論」（野村　修訳）、『ベンヤミン著作集』第一巻所収、晶文社（引用は翻訳による）。
(10) ders ; Das Leben der Studenten. a. a. O. 同「学生の生活」（丘澤静也訳）、『教育としての遊び』所収。
(11) 同、一六七頁。
(12) 同。
(13) 同、一六八頁。
(14) 同、一六七頁。
(15) vgl. ders ; Ursprung des deutschen Trauerspiels. Gesammelte Schriften. I-1. ベンヤミン『ドイツ悲劇の根源』（川村二郎他訳）、法政大学出版局参照。
(16) ders ; Theologisch-politisches Fragment Gesammelte Schriften. II-1. ベンヤミン「神学的・政治的断章」（道旗泰三訳）、『来たるべき哲学のプログラム』晶文社、所収。
(17) 同、三六〇頁。
(18) 同、三六一～二頁。
(19) この間の事情についてはゲルショム・ショーレム『わが友ベンヤミン』（野村修訳）、晶文社を参照。
(20) ベンヤミン「暴力批判論」、八頁。
(21) 同。
(22) 同。
(23) 同。
(24) 同。
(25) 同。
(26) 同、九頁。
(27) 同、一〇頁。
(28) 同。

(29) 同、一一頁。
(30) 同。
(31) 同、一三頁。
(32) 同。
(33) 同、一四頁。
(34) 同、一五頁。
(35) 同。
(36) 同、一六頁。
(37) 同、一七頁。
(38) 同。
(39) 同。
(40) 同、一九頁。
(41) 同、二〇頁。
(42) 同、二五頁。
(43) 同、二六頁。
(44) 同。
(45) 同、二七頁。
(46) 同、二九頁。
(47) 同、三一頁。
(48) 同、三二頁。
(49) 同。
(50) ベンヤミンの「暴力批判論」のやや後に出版されたシュミットの『政治神学』はベンヤミンにとってもっとも重要な意味を持った著作の一つであった。シュミット『政治神学』(田中浩他訳)、未来社参照。
(51) ベンヤミン「暴力批判論」、三五頁。
(52) 同、二三頁。

第六章　認識する天使　『パサージュ論』をめぐって

一

ヴァルター・ベンヤミンが私たちに残してくれた仕事には、近代 Modene[1] の夢と現実の本性を内側から解剖し尽そうとする冷徹な認識のモティーフと、そうした夢と現実の一切が潰えてしまったかにみえる近代の帰着点としての二〇世紀において、なお「希望なき時代の希望」[2] のトーンを響かせ続けようとするユートピア的な救済論のモティーフが、わかち難くからまり合っている。そしてこの認識と救済のモティーフがからみ合う思考のトポスからこそ、ベンヤミンの思想的アクチュアリティ[3] が読みとられねばならない。

ベンヤミンにおける認識と救済のモティーフが織りなす思想的星座＝状況 Konsteuation[4] の核心を捉えようとするとき、もう少し具体的にいうならばベンヤミンの多様なディスクルス Diskurs[5] の核で働いている認識＝救済論的装置のメカニズムを捉えようとするとき、私たちはベンヤミンの全テクストの中で極めて特権的な位置をしめている「認識論的」なテクストに目を向けなければならない。彼の処女作ともいうべき『ドイツ・ロマン主義における芸術批評の概念』[6]、受理されなかった教授資格論文『ドイツ悲劇の根源』[7] の「認識批判的序論」、そして一連の言語をめぐる考察など[8] がそうしたテクストに属している。だが私のみるところでは、ベンヤミンの認識論の星座《コンステラツィオーン》＝状況を最も深いところで受けとめるために、いいかえれば認識のリアルな契機と救済のユートピア的な契機が最もスリリングかつラディカルな形で異化結合を成就しえている場を捉えるために、ぜひ彼の早すぎた晩年の未完の草稿群『パサージュ論』[9] に目を向ける必要がある。

この一九二七年から彼の死の年である一九四〇年にかけて断続的に書きつがれてきた膨大な草稿群は、一九世紀における資本主義経済の発達・成熟と共に現出した高度資本主義社会における様々な社会的・文化的諸現象を、第二帝政期パリ――「一九世紀の首都パリ」――のパサージュ

Passage[10]に焦点をあてる形で分析しようとする試みの集積であった。と同時にそれは一九世紀の「根源の歴史」[11]を解き明そうとする試みに他ならなかった。「根源の歴史」——、これこそが先に述べた認識と救済の、あるいは夢と現実の瞬間的な出会いの中で未だ—ないユートピアの星座《コンステラツィオーン》=状況がかいまみられる場、いい方をかえればそうした星座=状況の現われの可能性というコンテクストの下で読みかえられた「あるべき」歴史の生成の場に他ならない。そうした意味で「根源の歴史」を一九世紀のリアルな歴史から読みとろうとするベンヤミンの試みは、一九世紀市民社会（資本主義社会）の神話学的分析としての性格を帯びている——彼は当初自らの構想に「弁証法的夢幻劇 eine dialektische Feerie」[12]という副題をつけていた——といえるだろう。とはいえベンヤミンの「根源」は決してユングの「祖型」やシュペングラーの「文化の魂」のような擬似神話的な反近代イデオロギー概念と同類ではない。

『パサージュ論』におけるベンヤミンの、一九世紀の「根源の歴史」を模索する「市民社会の神話学」の試みは、資本制生産様式の支配の浸透の下で物象化 Versachlichung のくびきに支配され尽したかにみえる一九世紀社会の現実のただ中に、そうした物象化からの微細な逸脱・偏差の痕跡を、いいかえればリアルな現実のひだに埋めこまれているユートピアの因子としての「夢」、「希望」、「救済」の可能性の痕跡を読み取ろうとする——決して現実の外側にではなく、現実そのものに、その細部にわけ入りながら——野心的な試みである。それはルソー・ヘーゲル・マルクス以来夢想されてきた近代市民社会の根源的変革、すなわち「革命」の意味と可能性を、その追求のためののポテンシャルを喪ったかにみえる社会科学的言説とは違った角度から問い直そうとする試みであるといってもよい。

このプロブレマテイクは依然として私たちにとっても新鮮である。なぜならリアルな現実のただ中に、それを超える希望=救済の可能性を跡づけようとするベンヤミンの問いのたて方は、「消費社会変容」が資本主義に対し産業的生産様式（生産主義的エコノミー）からの脱却を、すなわち資本の脱—生産的戦略——生産主義的エコノミーの枠の中で形成されるリアリティからの逸脱——を要求している現在の高度資本主義社会を解読するという課題にとっても極めて示唆的ながらである。モノ（商品）が生産物としての有用性を超えた所でモノの次元を超える神話性、象徴性を帯びてゆく事態、資本の運動が労働—生産のエコノミー線《ライン》から逸れて消費や、身体や、空間に自らの分節線を定位し始める事態は、生産主義的エコノミーに呪縛されている既存の社会科学的言説の有効性を著しく縮減させた。必要なのは、過剰なまでの意味表象性を帯びて現出する膨大なモノ（商品）の群れや不気味ともいえるような幻影 phantasmagorie を産み出す都市空間とそこに帰属するヒトの群れに対し、的裁断《イデオロギー》によってでなく現象のミクロ的かつ徴候的な解読を通してそこに働いている資本の運動の支配力の解体・変容を呼び起すような認識の眼、認識の力を発揮することである。ベンヤミンの『パサージュ論』のもつ「市民社会の神話学」としての性格とは、かかる認識のポテンシャルとしてのそれに他ならない。

二

　先に言及した認識論の課題にひき寄せて『パサージュ論』を読もうとするとき、「手稿《アウフツァイヒヌンゲン》と素材《マテーリエン》」中の「N　認識論に関して、進歩の理論」[13] という草稿群がとりわけ重要である。この草稿群には『パサージュ論』を貫ぬく方法的志向が認識論的言説を通じて表現されており、同時に初期ベンヤミンにおいてすでに胚胎されていた認識論問題の帰着点としての意味をももっている。以下この草稿群の内容を追いながら、『パサージュ論』におけるベンヤミンの思考内容へと迫ってみたいと思う。

最初から二番目の草稿に次のような記述が残されている。

　船が北の磁極から方向を偏向させられる際の船海上の企てを、他人の試みと比較すること。この北極を見い出すこと。他人にとっては偏差となるものが、私にとっては私の進路を規定するデータとなる。——他人が行おうとする探究の「主要線《グローセ・リーニエ》」を妨害する時間の ず れ《ディフェレンツィアル》の上に、私は私の企てを構築する（N1, 2 S. 571）。

　ベンヤミンがここで「他人の試み」といっているのは、オーソドックスな学問探究のスタイル——ここでは一九世紀のパリという「過去」が探究の対象である以上その学問探究は、具体的には「歴史学」ということになる——のことであると考えてよいだろう。オーソドックスな学問探究のスタイルとしての歴史学があたかも正確な航路をたどって北極へ行きつくように過去の対象へと行きつく——その航路が「主要線」に他ならない——とすれば、ベンヤミンの「航海」はそうした正確な航路から、そして航路の目標である北極からどんどんずれてゆく。この「ずれ」は、オーソドックスな学問探究が自らの探究の妨げとしてきびしく拒絶してきたものである。実証性の欠如、イマジネールの乱用、野放図な恣意性……オーソドックスな学問探究の側からこの「ずれ」に対して投げかけられる批難のボキャブラリーはまだまだあるだろう。しかしここで私たちがおさえておかねばならぬのは、いうまでもなくベンヤミンがことさらにこの「ずれ」を強調することからこの草稿群を始めなければならなかったその根拠である。つまり彼があえて偏向の涯に「この北極を見出す」ことの根拠である。先にあげたオーソドックスな学問探究の側から投げつけられる批難が前提としているのは、探究の到達すべき対象——ここでは過去の事象——の存在がア・プリオリに自明化されているという事態である。対象はしかるべき手続きさえふめばだれもが到達しうる客観的自明性を備えているのである。

　しかしこの認識は二つの点で間違っている。一つは一対象が対象として定立されるためにはすでにそこにある種の認識のパラダイム＝パースペクティヴが働いているということである。それゆえ客観性は決して先験的に自明な意味での客観性たりえない。また第二には、対象が定立されるとき必ずそこでは選び取られなかった対象の排除が働くということである。先ほど述べた認識のパラダイム＝パースペクティヴと相関する形で働くこの対象の選択原理は、オーソドックスな学問探究のめざしている客観性や実証性の本質、すなわち自明性の核にあるものが何らかの選択の所産、すなわち一種の「フィクション」であることを明らかにしてくれる。そうしことをふまえてベンヤミンの「ずれ」への固執を考えるならば、ベンヤミンの意図は明らかであろう。彼はオーソドックスな学探究のスタイルによって見えなくされてきた歴史＝過去の「未だ思惟されていない《アンパンセー》」（M・フーコー）様々な可能性、あるいはその痕跡をほりおこすことで、現象の全き救済をめざすのである。先に引用した草稿につづく草稿でベンヤミンは「反省のインターヴァル」という面白い表現を使っているが、この「インターヴァル」の中で、反省の対象から排除された「すべてのこと」がもう一度回帰してくるのである。いいかえればオーソドックスな学問探究が無自覚に働かせている認識のパースペクティヴや選択原理という諸前提によって忘却へ追いやられているものからこそ、彼は自らの歴史探究を始めようとしているのである。

　だがこのことはベンヤミンがアトランダムな事象をありのままに受容しようとする実証主義者になることを意味しているわけではない。彼はむしろある支配的な認識のパースペクティヴによって蔽われていた「ずれ」あるいはその「ずれ」に帰属する微細なものをまなざしをむけることで、認識のパースペクティヴの交替が可能になるということを指摘しているのである。ベンヤミンは決して認識の客観性や実証性を彼の議論のより所にしているわけではない。そうしたベンヤミンの姿勢は次のような草稿に現れている。

この仕事を支えているパトス、それは衰亡の時代などないという考えだ。ちょうど私が悲劇論で一七世紀を見たように一九世紀を徹底してポジティヴに見る試み。衰亡の時代があるなどと信じないこと、それゆえに私にとっては（境界の外に立つことで）どのような街も美しいのであり、言語には高いものと低いものがあるなどという言い方は私には受け入れがたいのである（N1, 6 S. 571）。

このような一見楽天的にもみえるような歴史の全き受容は、しかし何度もくり返すようにある明確な認識の戦略に貫ぬかれている。

文化史的弁証法についての小さな方法的提案。どの時代に関しても、さまざまな「領域」なるものについてある特定の観点から二分法を行うのは簡単なことだ。片方には当該の時代の中での「実り多き」部分、「未来をはらみ」「生き生きした」「積極的な」部分があり、他方には、空しい部分、遅れた、死滅した部分があるというわけだ。それどころか、この積極的部分をもっとはっきりさせるために、消極的部分と対照させ、その輪郭を浮び上らせることもするであろう。だが、いかなる否定的なもの〔消極的なもの〕も、生き生きしたもの、積極的なものという図を浮かび上らせる地となることによってのみ価値を持っているのだ。それゆえ、いったん排除された否定的部分にまた新たにこの方法を適用することが決定的な重要性を持つのだ。それによって、観点がずらされ（基準がではない！）、その部分のなかから新たに積極的な部分が、つまり、先に積極的とされた部分と異なるものが出現してくるようにである。そしてこれを無限に続けるのだ。過去の全体がある歴史の再生を遂げて、現代のうちに参入して来るまで（N 1a, 3 S. 573）。

この草稿は極めて重要である。私は今までやや不用意に、

「オーソドックスな認識のパースペクティヴから脱落した部分」というような言い方をしてきたが、事態をより正確に捉えるためにはもう少しふみこんだ理解が必要になる。それは、「脱落した部分」が文字通り歴史の負の部分、「死滅」しつつある、衰亡の極みにおかれた部分であるということと関わる。

ベンヤミンは『ドイツ悲劇の根源』の中でアレゴリー（寓意）について論じている。アレゴリーはベンヤミンによれば、「断片であり……神学の光が当たると、その象徴的美しさも雲散霧消する」[14]ようなものである。いいかえればアレゴリーとは、「自然の被造物の爛熟、腐朽の中に現れる」[15]歴史の没落の涯の「廃墟《ルイーネ》」[16]に他ならない。つまり「寓意表現」という一般的かつニュートラルな用法とはかけ離れたところでベンヤミンは、歴史における衰亡と死滅の領域——負の領域——にアレゴリーという名を与えたのである。ただここで見ておかねばならぬのは、こうしたアレゴリーに対するベンヤミンのまなざしの中にアレゴリーの否定性をではなく歴史がアレゴリーとして顕在することの必然性を見すえようとする志向が存在するということである。それは、ベンヤミンがアレゴリーへ到る歴史の衰亡と死滅の必然性——その認識——の中に、その認識と表裏一体をなす救済の可能性の所在をみようとしていることを意味する。「あとに残ったひからびた判じ絵（アレゴリー——筆者）の中に認識がひそんでいるので」[17]ある。そこにひそんでいる「認識」に照応するもの、いいかえれば「瓦礫の中に破壊されて残っているものは、きわめて意味のある破片・断片」[18]に他ならない。この「もっとも高貴な素材」[19]によって「アレゴリー＝廃墟」は歴史のただ中に、その衰亡と死滅の負のプロセスのただ中に、未到の認識＝救済の潜勢的な星座《コンステラツイオーン》＝状況——根源の歴史——を形づくる。それは間然としたところのない滑らかな思考や論理の一貫性・体系性によってではなく、むしろ非連続性、「間欠的なリズム」[20]によって形づくられる「モナド」としての「断片」の「モザイク」であるといってよい。そして「モザイクの光彩がガラスの溶塊の質に依存しているのとちょうど同じように、表現の生彩は、思考細片のこの価値にかかっている。」[21]

さて先に引用した『パサージュ論』の草稿の記述にもどろう。ベンヤミンは「いかなる否定的なもの（消極的なもの）も、生き生きしたもの、積極的なものという図を浮び上らせる地となることによってのみ価値を持っているのだ。」といっている。このことは、たんに「否定的なもの」

と「積極的なもの」のコントラスト——ゲシュタルト心理学におけるような——という形でのみ理解されてはならない。むしろ「否定的なもの」それ自身が次々に二分割され自らの内部から反転的に「積極的なもの」を図として浮び上らせるのである。すなわち「否定的なもの」それ自身のうちに「積極的なもの」を反転的に浮び上らせる——そうした「積極的なもの」の認識を可能にする——ポテンシャルが潜んでいるのである。反省や注視のまなざしを逃れ出てしまう「とるに足らない」歴史的諸事象の一つ一つにこうした「積極的なもの」への反転のポテンシャルをみることが、ベンヤミンのいう「どのようなものもあるがままに受け入れる」態度の意味するところであるとすれば、それは歴史実証主義の滑らかな連続性とは無く無縁であり、むしろ個々の事象を非連続的かつモナド的な「思考細片」として、断片として、いいかえればアレゴリーとしてみようとする神学的といってもよいような方法的態度に他ならない。歴史における死滅と衰亡の必然性と、その中に宿される救済の可能性は、連続的な事実性や体系性においてではなく、非連続的なモナド、アレゴリーにおいてはじめて一つになる。「歴史的唯物論 historischer Materialismus」の理解の仕方という課題との連関においてベンヤミンは次のようにいっている。

> 最終的に捉えられるはずの歴史的唯物論の中心問題とは、歴史のマルクス的理解がどうしても歴史の具体性 Anschaulichkeit を犠牲にしなければならないかどうかということである。あるいは、増大する具体性をマルクス主義の方法の遂行と結びつけるのは、どのような道すじによって可能かということである。この道すじの第一段階になるもの、それはモンタージュの原理を歴史にとり入れることである。そうして歴史の大構造を、最も小さな、鋭く切断された建築部品によって構築することである。そう、つまり微少な個別契機の分析をつうじて、生成する全体の結晶《クリスタル》を見い出すことである。こうして大切なのは、通俗的な歴史的自然主義と縁を切ること、歴史それ自身の構造を捉えることである。註釈《コメンタール》構造において。歴史のくず《アブファル》(N 2. 6 S. 575)。

マルクスは資本主義の秘密を「生きた労働」と「死んだ労働（対象化された労働）」としての「資本」の交換というところにみようとした。いいかえれば資本主義社会とは「死者＝資本」か「生者＝労働」を支配する世界、「死者」

がゾンビーのようにうごめく世界なのである。市民社会の物象化も又こうした「死と生」の倒錯関係に根ざしているといってよい。ベンヤミンは一七世紀バロック社会、すなわちアレゴリーという衰亡と死滅の表徴が重んじられた社会がまさしくそうした「死の世界」であったことをひきつつ、近代＝資本主義社会とバロック社会の類似性・同質性を指摘する。そして近代＝資本主義社会が「死の世界」であり、「死」と「生」が全き倒錯を示す世界であるという認識は、生きた象徴作用の全的な創造性やその強力な意味作用に基づく世界と歴史のトータルな融合＝同一化というスタイル――それによる近代資本主義社会の「死」のイデオロギー的隠蔽――によってではなく、アレゴーリッシュな断片性――非同一的非連続性――によって世界と歴史を捉えるスタイル、ベンヤミンの言葉を借りれば「危機の星座＝状況《ゲファーレンコンステラツィオーン》」(N 7. 2 S. 578) のあり様を可能にしてくれるはずである。このことにベンヤミンは近代資本主義社会の「根源の歴史」――救済のポテンシャル――の端緒をみようとする。

この「死と生の倒錯」と歴史を「危機の星座＝状況」として捉えようとするアレゴリー的な方法意識とのあいだの有機的つながりは、先にもふれたように資本主義の深奥にひそむ「死と生の交換」――この「死」が、バタイユやボードリヤールのいうような象徴的な「豪奢な死[22]」ではなく、リルケの『マルテの手記』にある「自分固有の死をもつ望みはますますまれなものになる。まもなくすれば、それは、自分固有の生と同じ位まれなものになるだろう[23]」という無機的で等質な死を意味していることはいうまでもなかろう――にねざしている。このときこの「死と生の交換」のトポスを有意的なものにするのは、いいかえればベンヤミンのアレゴリー的な認識の視線が対象に対して衰亡と死滅の涯にアクチュアルなものへの反転を促す場となるのは、「商品」である。「エンブレーム（寓意形象）――ほぼアレゴリーと同義と考えてよい（筆者）――は商品として回帰する[24]」という謎めいた、だが決定的ともいえる認識を示している断章を、ベンヤミンは残している。「エンブレームとしての商品」――、それは、資本の運動が強いる「死」の境位にあって、アレゴーリー的なポテンシャルの認識＝解読を待望する「断片＝廃墟」としての商品の存在様式に他ならない。ベンヤミンは資本の運動が分節する商品生成の無機質なメカニズムのうちに、「死と再生」のアレゴリー的な認識の可能性を透視しようとする。そして次のような草稿はそうしたベンヤミンの認識のモティーフが何にねざしているかを示している。

マルクスは経済と文化とのあいだに因果的連関を作り上げた。ここで問題なのは表現の連関なのだ。文化が経済から成立しているということではなく、経済が文化の中で表現となっていることこそ叙述の課題である。言葉を換えて言えば、経済過程を眼にみえるような原現象Urphanomenとして捉えること、パサージュにおけるいっさいの生活現象が（そのかぎりでは一九世紀の生活現象のすべてが）そこから生じているものとしての原現象として捉える試みである（N 1a, 6 S. 574)。

「原現象」という概念はいうまでもなくゲーテの自然論に由来する。たとえばゲーテは植物があらゆる具体的な形へと変成《メタモルフォーゼ》する以前の、いわば変成の基体となる植物形態を「原植物Urpflantz」と呼ぶが、この「原植物」はあらゆる変成形態の原基であると同時に、現実には存在しないイデアルテュプスでもある。このイデアルテュプスとしての境位こそ「原現象」の根源に他ならない。そしてこうした「原現象」の認識をめざすゲーテの自然論は明らかに反近代的・神話的性格をもっている。「経済」を「原現象」としてみることは、一面において一九世紀を「経済過程」というイデアルテュプスの下に認識するということを意味する。それはつとにマルクスが指摘してきたことである。だが問題はそれに留まらない。ここにはさらに二つの問題が存在する。

一つは「原現象」という今述べたように概念がベンヤミンの中で「根源」—「根源の歴史」として捉え返されることの意味である。そしてそのときすでにふれたように「根源」Ur-という概念には、「ありうべき」「本来的な」というユートピア的な救済の当為のトーンが加わるのである。

ここで「根源」の境位と個別現象の関係を問わねばならない。もし「根源」が本質原因であり、個別現象が現象—結末であるとすればその関係は因果連関ということになる。だが「根源」と個別現象の関係はそのようなものではない。又個別現象は十全な形で、いいかえれば「根源」の「生きた象徴作用」を同心円的重層性において全き形でひきうけるわけでもない。「根源」と個別現象にはどこか、あるべき完成像とそこから乖離してしまった、徹底的にバラバラにされてしまっているクロスワードパズルの断片の間の関係めいたものがある。「根源」—「根源の歴史」はいわば諸断片に分散的な形で解体されてしまった状態としての「廃墟」——アレゴリーの集積体——から復元されるべき星座＝状況《コンステラツィオーン》として捉えられねばならない。そして一方における個別現象はそうした星座＝状況の復元力を潜在させる諸断片として、そのポテンシャルの相の下に捉えられねばならないのである。だがそれはくり返していうが、個別現象が決して生き生きした象徴作用を帯びて現出することを意味してはいない。個別現象、たとえば「商品」はあくまで「無機的死のメカニズム」の境位のただ中にあってその「根源」に対するポテンシャルを維持するのである。「表現」という言葉の一つの意味はこうした点にある。このポテンシャルを通じて「商品」は「表現」へと越境するのである。

> 根源――それは原現象という概念を、異教的な観点で捉えられた自然の脈落から、ユダヤ教的に捉えられた歴史の様々な脈落に移し入れたものである。ところで私がパサージュ論で行おうとしているのも根源の探求である。つまり私は、パサージュの形成の根源とその変容のありさまを、パサージュの始まりからその没落に至るまで追ってゆき、その根源を経済的な様々な事実の中に捉えようとするのだ（N 2a, 4 S. 577)。

> 一九世紀の根源の歴史という概念が意味をもつのは、一九世紀がこの根源の歴史の本来的な形式として描かれたときである。つまり、根源の歴史の全体がこの過ぎ去った世紀を司っていた形象の新たな集合として現れるときなのである（N 3a, 2 S. 579)。

ところで二番目の問題とは何か。それは「経済」と「文化」という言葉に関わる。「表現」という概念を通して個別現象にアレゴリー的な意味の潜勢体としての位相が付与されるとき、たとえば「商品」においてそれは、「経済」のもつマテリアルな下部構造に対して過剰なものとして現れる、「文化」という上部構造の先行性・優越性を意味する。商品はいわば存在と非在の倒錯状況へと追いやられるのである。それがマルクスのいう「商品の物神的性格」に他ならない。と同時にこの倒錯状況の中から商品の脱―モノ的な有意性――エンブレームとしての商品――が生じてくるのだといってもよいだろう。このことは、マルクスが指摘した商品における価値形態の秘密、すなわち「商品においては使用価値（実在性）か交換価値（抽象性）の素材的荷い手になる」という倒錯的事態のアレゴリー的なよみかえといってもよいだろう。いずれにせよここで商品は奇怪な抽象性と有意性を強制されることになる。

この点についてベンヤミンは友人アドルノからの手紙の中の極めて興味深い一節を引いている。

一九三五年八月五日づけのヴィーゼングルント（・アドルノ）からの手紙。「あなたが述べておられる〈夢〉という契機を——弁証法的な像に含まれる主観的なものとして〈夢〉を捉えた場合の契機——〈夢〉をモデルと捉える考え方に宥和させようとする試みからヒントを得て、思うところをいくつかまとめてみました。……さまざまなものから使用価値が一切消滅することによって、疎外されたものはその内容をすっかり失い、そのかわりに暗号 Chiffer という形をとって様々な意味を呼びおこすようになる。主体は欲求や不安などといった志向をこれらの暗号のなかに入れ込むことによって、そうした意味を手に入れるのである。（使用価値から）離れてしまったものごとは像という形をとることによって主体の様々な志向の下に立ちどまるのであり、それゆえにこのような像は過ぎ去ることのない永遠なものとして現れる。弁証法的な像は、疎外されたものごとと新たに入ってくる意味との間に成り立っている星座《コンステラツイオーン》＝状況であり、それは死と意味との差異がなくなる瞬間に位置を占めている。ものごとはその現れの形相のうちで最も新しいものへと目覚めさせられるのであり、また死はさまざまな意味を最も古い意味へと変容させるのである」。……（N 5. 2 S. 582)

「使用価値」（実在性）を離脱したモノ（商品）は、「死」の境位において暗号と化す。それは、もはや実在性に基づく意味作用——たとえば有用性——を持たない。そうした実在性から逸脱するもの、すなわち〈夢〉の領域に帰属する意味作用がそこでは作動するのである。それは一方において資本が強制する物象化連関——「死の世界」——が生み出す幻影であるかもしれない。たとえばかつてのビーダーマイヤー時代やグリュンダーツァイトのブルジョアの似非貴族趣味がそうであったように。あるいは現代のＣＭ消費文化がそうであるように。

だがそこには「目覚め Erwachen」の可能性も同時に胚胎されている。それは、死と生、「最も古いもの」と「最も新しいもの」の振幅の中から現れる、「根源」への、星座＝状況への喚起力に他ならない。そしてそのことを認識させてくれるのがモノの「弁証法的像 das dialektische Bild」としての現前である。

アレゴリー的な死は歴史—世界に「生きた象徴作用」のもつ動態性の代りに、硬直した静止状態をもたらす。だがすでに幾度もふれたようにこの静止状態のただ中に未知な意味の生成の、そしてその認識の可能性がポテンシャルとしてはらまれるのである。そのポテンシャルを支えるものが弁証法に他ならない。それは最も遠いもの、異質なもの同士の結合とたえざる未完結性によって特徴づけられるような存在と認識の運動である。そしてこうした最も遠いもの同士の異化結合と未完結性が形づくる網の目からちょうど判じ絵 Fixierbild のように、「根源（の歴史）」の星座《コンステラツイオーン》=状況が浮び上ってくるのである。

過去がその光を現在に投射するのでも、また現在が過去にその光を投げかけるのでもない。そうではなく像のなかでは、過去は現在と閃光のごとく一瞬に出あい、ひとつの星座=布置を作り上げる。言いかえれば、像は静止状態におかれた弁証法である。なぜならば、現在が過去に対して持つ関係は、純粋に時間的、継続的なものであるが、過去が今のとき（Jetzt）に対してもつ関係は弁証法的だからである。……（N 2a, 3 S. 577）

「弁証法的像」の静止状態において捉えられた過去（歴史）は、無機的な連続性から切り離されてモナド的な潜勢態となる。それはいわば「今」の介入による「目ざめ」を期待をこめて待ちうける状態——これこそがアレゴリー=廃墟に他ならない——でまどろんでいるのである。

ベンヤミンは『パサージュ論』と密接な関係にある遺稿「歴史の概念について」の中で次のようにいっている。

——ロベスピエールにとっては、古代ローマは、いまをはらんでいる過去であって、それをかれは、歴史の連続から叩きだしてみせたのだ。フランス革命はローマの自覚的回帰だった。それは古代ローマを引用（Zitieren）した[25]——。

ベンヤミンの「過去と今の弁証法」にとって重要なのは、過去が今をはらんで再現されること、そしてそれこそが遂げられなかった過去の可能性（解放）を救済するのを意味するということである。その方法が一つは「引用」であり、さらには「追憶 Eingedenken」である。

追憶は未完結のこと（幸福）を完結したことへと、完結したこと（苦悩）を未完結のことへと変えるのだ。（中略）我々が追憶によってなす経験は、歴史を原則的に没神学的に把握することを禁じている。……（N 8, 1 S. 589）

　このようにしてほの見えてくる非連続なものの光芒は、認識と救済が交錯する「神学のまなざし」の中でしか、いいかえれば「市民社会の神話学」の認識論的枠組みの中でしか捉えられえない。

　最後にこうしたベンヤミンの弁証法の方法的認識の核にある「前史 Vorgeschichte」と「後史 Nachgeschichte」の概念についてふれておきたい。

　それは過去と現在、死と生が、「根源」の星座《コンステラツィオーン》＝状況と、そのアレゴーリシュな表現である破砕された断片の間の弁証法的連接関係――表現連関――として、しかもその関係自身がつねに開かれた未完結な流動性において読みとられうるものとして認識されるための条件である。この「前史」（もう《ドッホ》―すでに《ショーン》）の非在的現前と「後史」（いまだ《ノッホ》―ない《ニヒト》）の未在的現前の振幅に引き裂かれながら、「弁証法的像」として静止状態にある過去―歴史が、「今」のアクチュアリティの圏域の中へと入ってゆくのである。

　ある歴史的事実の前史および後史は、その事実の弁証法的叙述によってその事実そのもののうちに現出する。さらにいえば、弁証法的に叙述されたあらゆる歴史状況は分極化されて、そうした状況の前史と後史の間で行われる対決の力の場となるのである。歴史状況はそれに対してアクチュアリティが働くことによって、そうした場となるのである。……（N 7a. 1 S. 587f）

三

先にふれた『歴史の概念について』の中に次のような断章がある。

「新しい天使 Angelus Novus」と題されているクレーの絵がある。それにはひとりの天使が描かれており、天使は、かれが凝視している何ものかから、いまにも遠ざかろうとしているところのように見える。かれの眼は大きく見ひらかれていて、口はひらき、翼は拡げられている。歴史の天使はこのような様子であるに違いない。かれは顔を過去に向けている。ぼくらであれば事件の連鎖を眺めるところに、かれはただカタストローフのみを見る。そのカタストローフは、やすみなく廃墟の上に廃墟を積み重ねて、それをかれの鼻さきへつきつけてくるのだ。たぶんかれはそこに滞留して、死者たちを目覚めさせ破壊されたものを寄せあつめて組みたてたいのだろうか、しかし楽園から吹いてくる強風がかれの翼にはらまれるばかりか、その風のいきおいがはげしいので、かれはもう翼を閉じることができない。強風は天使を、かれが背中を向けている未来のほうへ、不可抗的に運んでゆく。その一方ではかれの眼前の廃墟の山が、天に届くばかりに高くなる。ぼくらが進歩と呼ぶものは、この強風なのだ。㉖

もちろんこの断章のポイントは「進歩」の「強風」に対するベンヤミンの批判的なまなざしにある。だが私たちはそれ以上にここでベンヤミンが「天使」という言葉に託したものを感受しなければならない。

天使は二つの特権をもつ。一つは翼によって空を飛ぶことが出来ることであり、今一つはその翼に過去から未来に向って吹く強風をうけとめることが出来ることである。このいずれもが翼をもたずに地表にへばりついている地上の人間には許されぬことである。ところでこの二つの特権は、天使の顔が過去に向いていることと結びつくとき、天使の過去を捉える特別な力、すなわち過去の認識能力の卓越性につながる。「事件の連鎖」しか見えない地上の人間たる「ぼくら」に比べて、天使は軽やかに舞い上った空の上から「カタストローフ」を、「廃墟」を見ることが出来るのである。よしそれが否定的なものであれ、そこにしか過去のアレゴリー的な救済への端緒が存在しないことはすでに明らかとなったところである。天使とは認識者に他ならない。歴史に対し過去の出来事に対し認識のまなざしを通して介入し、そこに「死のアレゴリー」の俯瞰図を浮び上らせる認識者に他ならない。

では救済は、「死者たちを目覚めさせ、破壊されたものを寄せあつめて組みたて」ることは、そのとき何によって可能になるのか。認識する天使が「解放と救済の天使」になるのは何によってなのか。

最後に「救済」をめぐるベンヤミンの記述をひいて本稿をしめくくろう。

〈救い〉という概念について。概念の帆にあたる絶対的なるものからの風。(この風の原理は循環。)帆の角度は相対性（N 9, 3 S. 591)。

ある現象を救うとすれば、それはなにから救うのだろうか？　当該の現象が批判されたり、軽視されたりしている状態から救うだけではない。いや、そうしたものから救うというよりは、その伝統が形象を伝えている仕方、そうしたものを〈遺産として尊重〉する仕方そのもののもつ破局《カタストローフ》から救うのである。――その形象の内部に潜む飛躍を示すことによって救われるのである。――破局である伝統というものがある（N 9, 4 S. 591）。

［注］

（1）「モデルネ Modeme」という概念は世紀末オーストリアの作家ヘルマン・バールが初めて用いたといわれる。社会的・政治的時代概念としての近代と対抗的関係にある、文学・芸術における近代性（前衛性）を意味する。ここでは通常の歴史的・社会的近代とそうした文学的・芸術的近代の両方の意味、および両者のずれを含む形で用いている。上山安敏『神話と科学』、岩波書店参照。

（2）メシアニズムは、ベンヤミンの思考においてマルクス主義（歴史的唯物論）と並ぶもう一本の柱である。メシアニズムの背後にはあえてユダヤ教的といってもよいかもしれない秘教的のトーンが含まれる。G・ショーレムの一連の著作参照。

（3）アクチュアリティはベンヤミンの基本概念の一つである。生命力をもった現前が可能な状況を示す概念である。

（4）コンステラツィオーンもベンヤミン自身の基本概念の一つである。ありうべき理念の星座＝状況という、（2）のメシアニズムとの連関で捉えられるべき内容を含む。

（5）ディスクルスは、「言説」と「理論的討議」の二重の意味をもつ言葉で、ユルゲン・ハーバーマスがコミュニケーション的行為との連関で用いている。

（6）"Der Begrift der kunstkritik in der deutschen Romantik" in Gesammelte Schriften Bd. I. 1. Suhrkamp.

（7）"Ursprung des deutschen Trauerspiels" in ebd.

（8）"Über Sprache überhaupt und üer die Sprache des Menschen in G. S. Bd. II. 1. "Probleme der Sprachsoziologie" in G. S. III. 1 "Die Aufgabe des Ubersetzers" in G. S. IV. 1

（9）"Das Passagen-Werk. in G. S. V. 1 u. 2. 以下これからの引用は Rolf Tiedemann による分類番号と1の頁数のみ記す。

（10）パサージュは、一九世紀初頭からパリに出現した、屋根つきの街路の商店街である。人々は歩きながらショーウィンドウの中の様々な商品をながめることができる。代表的なパサージュにはパサージュ・パノラマ、パサージュ・ド・ロペラなどがある。ここには群衆の出現にみあう大衆消費社会の生成の最も初期における徴候をみることが出来る。

（11）Urgeschichte もベンヤミンの基本概念の一つである。本文の後論参照。

（12）G. S. V. 2 S. 1074.

（13）passagen-werk の主要部分をなす "Aufzeichnungen und Materialien" は、編者である Rolf Tiedemann によってAからZ及びaからrまでの草稿群に分類されている。

(14) G. S. I. 1 S. 352. 『ドイツ悲劇の根源』(川村二郎・三城満禧訳)、法政大学出版局、二一二頁。
(15) ebd, S. 355. 同上、二一六頁。
(16) ebd, S. 354. 同上、二一五頁。
(17) ebd, S. 352. 同上、二一二頁。
(18) ebd, S. 354. 同上、二一三頁。
(19) ebd. 同上。
(20) ebd. S. 208. 同上、七頁。
(21) ebd. 同上。
(22) ジョルジュ・バタイユ『呪われた部分』(生田耕作訳)、および『ジル・ド・レ論―悪の論理―』(伊東守男訳)、二見書房およびジャン・ボードリヤール『象徴交換と死』(今村仁司・塚原史訳)、筑摩書房参照。
(23) R. M. Rilk ; Die Aufzeichnungen des Malte Laurids Brigge. Bibliothek Suhrkamp. 343 S, 12.
(24) "Zentralpark" in G. S. I. 2 S. 681.
(25) Über den Begriff der Geschichte" in G. S. I. 2 S. 701 (「歴史哲学テーゼ」(野村修訳)、『ベンヤミン著作集』第一巻、晶文社、一二五頁。
(26) ebd, S. 697f. 同上一一九～一二〇頁。

＊本文中の引用の傍点は全てベンヤミンではなく、筆者の付したものである。

第三部　ベンヤミンの思想的周辺

Walter Benjamin

第一章　フランクフルト学派の批判思想

フランクフルト学派とは何か。「フランクフルト学派 die Frankfurter Schule」という名称はじつは正式なものではない。学派のメンバーとされた人たちはこの呼び方を嫌っていたとも伝えられている。だがフランクフルト学派と呼びならわされてきたドイツを中心とする一群の社会科学者および人文科学者のサークルが二〇世紀の思想史に重要な足跡を残したという事実は否定出来ない。特に彼らの活動が大きな意味と影響力を持ったのは一九三〇～一九六〇年代にかけてであった。そこでフランクフルト学派の歴史の第一期を一九三〇～一九六〇年代までとし、それ以降現在までを第二期とした上で、それぞれの時期の仕事について概観してゆくというかたちでその足跡をたどってみよう。

一

フランクフルト学派というユニークなサークルが生まれるきっかけになったのは、一九二三年にドイツ中部の小さな村イルメナウで開催された「第一回マルクス主義研究週間」というささやかな集いだった。この集いを提唱し主催したのはフェリクス・ヴァイルという、当時フランクフルト大学の経済学部で非常勤講師をしていた若い経済学者であった。彼がこのマルクス主義についての検討を行う集いを提唱した背景には二点の問題があった。一点目は一九一七年にロシア革命が起こり、世界最初の社会主義国家であるソ連が成立したことに伴って、ロシア共産党のマルクス主義解釈が絶対的な権威を持つようになったことである。このロシア共産党の権威を背景にして成立したマルクス主義解釈は、「マルクス＝レーニン主義」と呼ばれ世界中の社会主義運動の中で唯一無謬なマルクス主義理論・イデオロギーとして絶対化されてゆくことになる。

ロシア革命後のヨーロッパの社会主義運動・共産主義運動、あるいはそれを支えるマルクス主義理論のあり方に対しても、このマルクス＝レーニン主義と呼ばれる正統派マルクス主義理論——「ロシア・マルクス主義」という言い方をする場合もある――は圧倒的な支配力を発揮した。ここで一言つけ加えておけば、マルクス＝レーニン主義理論の特徴は、(1)社会認識の土台を経済過程に置く経済決定論、(2)社会認識の客観性は経済過程を土台とする下部構造の意識過程への反映によって成立するという模写＝反映説、(3)革命をリードする前衛党（共産党）の権威の絶対性、などであった。

だが一九二〇年代に入ると西ヨーロッパの一部のマルクス主義者たちの中に、革命後のソ連社会主義の現実が、マルクスの考えていた社会主義・共産主義のあり方とは違うのではないかという疑問が生じ始めた。その疑問は当然にもマルクス＝レーニン主義理論そのものに対する懐疑へとつながってゆく。このような懐疑を抱いた少数のマルクス主義者たちのあいだで、マルクス＝レーニン主義とは違う形でマルクスの思想を解釈しようという動きが開始される。その先駆けとなったのはドイツ社会民主党左派に属し、第一次世界大戦の末期には社会民主党から訣れてカール・リープクネヒトとともにスパルタクス・ブント（ドイツ共産党の前身）を結成したローザ・ルクセンブルクであった。彼女はレーニンの前衛主義を真っ向から批判し大衆ストライキに基づくゼネスト―反乱型の革命を提唱する。だが彼女のレーニン批判の試みはドイツ官憲による彼女の暗殺によって絶たれてしまう。その結果マルクス＝レーニン主義理論への異議申し立ての試みは、実践的局面ではなく、もっぱら理論的局面から行われることになる。その中心になったのが二人の若き理論家だった。

一人はマックス・ウェーバーの下で哲学および美学の研鑽を積みすでに文芸批評家として高い評価を得ていたハンガリー出身のジェルジ・ルカーチであり、もう一人は第一次大戦末期に勃発したドイツ革命の過程で労兵評議会運動（Räte）に関わった体験を持つカール・コルシュだった。一九二〇年代に二人はいち早くマルクス＝レーニン主義のマルクス解釈に対して異を唱え、それとは異なる視点からマルクスの思想を捉えようとする取り組みを始めている。じつは先述のマルクス主義研究週間において中心となったのもこの二人であった。そしてそこには後にフランクフルト学派のメンバーとなるヘンリック・グロスマンらも加わっていた――興味深いのはこの集いにただ一人日本人として、「福本イズム」という言葉によって知られる初期日本共産党の指導者福本和夫が参加していたことである――。したがって、このフランクフルト学派の誕生につながることの第一回マルクス主義研究週間は明らかにマルクス＝レーニン主義とは異なる、後に「ヨーロッパ・マルクス主義European marxism」と呼ばれるようになった非正統派マルクス主義の流れの出発点に位置しているといえよう。このことはフランクフルト学派の思想的な立場を考えるとき重要な意味を持つ。

さて第二点は、これもまた非常に興味深いことなのだが、あの「ゾルゲ事件」の主人公となったリヒャルト・ゾルゲなど各国の共産党メンバーもまたこのマルクス主義研究週間に参加していたことである。とくに後のフランクフルト学派との関わりにおいてこのことは、実際の政治・社会運動とマルクス主義の学問的研究の関係という微妙な問題につながってゆく。フランクフルト学派のメンバーでありながら学派の他のメンバーから白眼視されついには学派から排除されていったフランツ・ボルケナウとカール・ヴィトフォーゲルはいずれもドイツ共産党の党員だった。

この一九二三年に開催されたマルクス主義研究週間は一回で終わる。というのもこの集いを主催したヴァイルが、このマルクス主義研究の試みを単発的なものに終わらせないために恒久的な研究機関を作ろうと思い立ち、大富豪であった父親から資金を引き出してフランクフルト大学に研究所を創設したからである。この時代外部からの資金によってこうした研究所が大学に作られることがしばしばあった。ヴァイルが創設した研究所は「社会研究所（Institut für Sozialforschung）」と名づけられた。この名前は一九二四年当時のドイツの学界では非常に珍しいものだったといえるだろう。

逆に言うとこの名前が、当時のドイツにおけるこの研究所の立場を表していたといえる。というのも「社会研究《ゾツィアールフォルシュング》」という言葉は英語でいえば「ソーシャル・リサーチ」、つまり「社会調査」を意味しているからである。当時のドイツの社会・人文科学には「社会調査」というような問題意識は皆無に近かった。あえてこの言葉を掲げることによって研究所は社会の具体的な現実そのものに関わってゆこうとする自分たちの姿勢を明確にしたのである。そしてこの新しい研究所にはそうした研究所の姿勢に共感する若い研究者たちが集まってきた。この社会研究所に集ってきた研究者の集団とその活動がフランクフルト学派の内実を形づくってゆくのである。

二

今述べたこととも関わるがフランクフルト学派の仕事を考える上で重要なポイントとなるのが「アクチュアル」と

いう概念である。それはまず第一に、現実の社会や時代の状況との生き生きとした接触を決して失ってはならないという姿勢を、つまり理論や学問の世界というものに閉鎖的に立てこもってしまうのではなく、常に現実の社会や時代のダイナミックな動きというものと結びついていなくてはならないとする姿勢を示している。次にこの言葉は、理論のための理論、学問のための学問ではなくて、「解放」という課題と結びついた理論や学問のあり方を求めようとする姿勢を表わしている。

これはフランクフルト学派を考える上で大事なポイントとなる。いうまでもなくこの解放という言葉は社会主義革命による資本主義社会の支配の軛からの解放という意味を含んでいる。だがこの解放は、マルクス＝レーニン主義に見られるような政治権力の獲得や経済制度の変革という意味にのみ限定されるわけではない。社会や文化、人間のあり方をトータルかつ根本的に変えてゆくこと、それもただ変えるだけではなくて、あらゆる歴史や社会の土台のところに位置している人間一人一人の力、さらにはそうした人間の存在を根源において支えている自然の力、エネルギーを、支配権力や社会制度によって抑圧されたり毀損されたりすることなく完全に発現させることが、解放の根源的な意味となる。あらゆる社会理論、文化理論はこの解放という課題に結びついていかなければならない。

逆に言えば、この解放という課題、つまりあらゆる抑圧をはね除けて、人間と自然の中に潜んでいる全ての可能性を発現させるという課題と結びつきえたとき理論や学問は初めてその名に値するものになるのであり、同じことだがアクチュアルなものになりうるのである。

もっとも一九二四年に研究所が設立されてすぐに今言ったようなフランクフルト学派という名前に相応しい活動が行われたわけではなかった。一九二四年から一九三一年にかけての時期が研究所の第一段階にあたるが、この時期に研究所の初代所長を務めていたオーストリア出身のカール・グリュンベルグは労働経済学者であった。その影響もあり、この第一段階における研究所の活動はもっぱら労働条件の調査やそれに伴う具体的なデータ収集に向けられていた。しかし一九三一年グリュンベルグは病気のため所長を退き、フランクフルト大学で最初の社会哲学専攻の正教授となったマックス・ホルクハイマーが第二代所長として就任することになった。当時ホルクハイマーはまだ三六歳だった。

この若いホルクハイマーが所長に就任するとともに、フランクフルト社会研究所独自の活動がいよいよ本格的に開始される。そして当時の学界では周縁ないしは異端といってよい立場にあった様々な分野の若き研究者や理論家たちがこのホルクハイマーの下に集い多彩な活動を展開するようになる。その中でも際立った存在だったのがホルクハイマーの年下の友人で、現代音楽の創作および理論的分析に携わるとともに現代芸術・文化全般やマルクス、フロイト、ウェーバーを始めとする社会・文化理論、さらにはカント、ヘーゲル、フッサールなどの哲学についての専門研究にも手を染めていた怪物的知性の持ち主テオドーア・W・アドルノであった。ホルクハイマーとアドルノのリーダーシップの下で社会研究所は、言い換えればフランクフルト学派は、「権威と家族」共同研究に代表されるような画期的な業績を挙げてゆくのである。

一九三一年にホルクハイマーが所長に就任して以降のフランクフルト社会研究所を舞台とする学派の活動の柱となったのは三つの要素であった。一つは「批判理論（kritische Theorie）」と呼ばれる方法概念である。この方法概念は、ホルクハイマーによって執筆された論文の中で言われているように「伝統的理論（traditionelle Theorie）」に対抗するかたちで提示される。ホルクハイマーによれば伝統的理論には二つの対蹠的な要素が含まれる。一つは古代ギリシアのプラトンに始まりドイツ観念論の流れまで連綿と引き継がれてきた伝統的な形而上学理論の要素である。この理論においては、物事がその具体的な属性や形質からではなく、そうしたものを超越する普遍的な本性（理念的本質）から把握される。かつてその本性を根拠付けていたのは超越神だったが、デカルト以降の近代においては人間の主観的な意識の働きの土台となる理性の働きがそれに代わった。

そうした近代の形而上学理論を集大成したのがカントとヘーゲルに代表されるドイツ観念論に他ならなかった。そしてこの理論の持つ影響力は形を変えながらもフランクフルト学派の時代においてなお残存していた。その代表格がフランクフルト学派のもっとも重要な思想的ライヴァルといってよいマルティン・ハイデガーの理論、あるいはハイデガーを含む現象学の理論であった。その一方、そうした形而上学理論とはまったく対蹠的でありながら近代における学問方法の基礎というべき役割を果たしてきた科学的実証主義理論もまた伝統的理論の基本要素と見なされた。いうまでもないがそれは、「仮説・実験・検証」という方法的サイクルを通して得られたデータに基づいて実証的な形で物事を捉えようとする科学的世界観の土台となるものであった。

批判理論は、フランクフルト学派がこの二つの対蹠的な理論要素を含む伝統的理論に対抗するかたちで自分たちの独自な立場を打ち出してゆくための要諦となる方法概念であった。批判理論における「批判」には、まさに形而上学的理論と実証主義的理論の双方に対する批判という意味が込められているのである。と同時に批判はそれ自体として理論構築の方法的な内実としての意味をも有していた。そのとき、フランクフルト学派の人々が批判概念の前提として踏まえようとしたのがマルクスの批判概念であった。

とくにマルクスにおける「政治経済学批判（Kritik der politischen Ökonomie）」の論理に含まれている批判概念が批判理論の基本的な骨格をなしていたといってよいだろう。『資本論』を中心とする「政治経済学批判」の理論作業を通してマルクスは、人間の作り出す社会的諸関係、とりわけ近代における資本制的諸関係において、本来そうした諸関係の所産であるはずの貨幣や資本があたかもすべてに先行する形而上学的本質のように当の社会的諸関係を支配していることを見抜き、それを一種の「顚倒」――これをマルクスは「物象化（Verdinglichung）」と呼んだ――として捉えた。そしてこの「顚倒」をそのまま受け入れる形で資本制に関する「科学的」な理論および認識を形成していったイギリス古典派経済学に代表される近代社会・経済理論の錯誤を根底から「批判」した。この認識の対象とその対象を認識する構造・メカニズムの双方を同時に批判するマルクスの批判の方法――それはルイ・アルチュセールにならえば「エピステモロジック」な批判といえよう――こそフランクフルト学派の批判理論の基本前提となっているものである。

さらにマルクスとともに批判理論の重要な前提となったのが、自己意識という形で捉えられてきた人間の主観的な意識作用の深層にそうした意識作用によっては汲み尽くすことの出来ない無意識の領域が存在することを明らかにしたフロイトの精神分析理論であった。フロイトの精神分析理論は無意識の発見を通して自己意識の形而上学的絶対化を根底からくつがえしたのである。

またある意味ではマルクスやフロイト以上に批判理論のモティヴェイションに対して決定的なインパクトをもたらしたのがニーチェの思想であった。ニーチェが行った道徳批判も、善悪や真偽のア・プリオリな判断基準という形を取って現れる形而上学的な本性を解体しようとするものだった。こうした諸理論を踏まえる形で批判理論は、形而上学や実証主義の方法によって支えられている近代以降の社会や文化に関する理論が「顚倒」に基づく錯誤に陥ってしまっていることを、さらにはその背景をなしているのが近代という時代の歴史性そのものであることを明らかにしようとしたのである。

大雑把にいって、形而上学的な理論傾向は近代における主観主義（理性主義）の流れの代表としての意味を持ち、実証主義的傾向は近代における客観主義の流れの代表としての意味を持っている。そしてこの二つの傾向はたしかにその現れ方としては正反対の性格を帯びているにせよ、一七世紀から始まる近代という時代の歴史性、あるいはそこで育まれた世界観・人間観・社会観のあり方においてはほとんど表裏一体の関係にあるといってよいだろう。すなわちこの二つの傾向のあいだには、自らを生み出した社会的諸関係を忘却し、逆に形而上学的本性や実証データとして同定される生み出された結果のほうを理論の起源として実体化し絶対化するという共通の性格が見てとれるのである。

それが「顚倒」をそのまま受け入れてしまう錯誤の根源に他ならないのだが、それは同時に現存する社会的諸関係を永遠に変化しえない絶対的な現実として固定化することにつながる。伝統的理論はそうした現実の固定化のための道具であり媒体でもあった。したがって伝統的理論は現実を「顚倒」の相の下に固定化し絶対化するような錯誤的な認識の再生産装置、言い換えればイデオロギー装置としても働いているのである。

批判理論はこのような構造と性格を持つ伝統的理論に対して批判の刃を向けることを通じて、近代社会そのものを根本的に批判しようとする。振り返れば、マルクスの政治経済学批判は、資本制という形で現れてくる近代社会の「顚倒」メカニズムに対する批判の試みであり、フロイトの精神分析は、主観的な自己意識を土台にした近代的人間観に潜む「顚倒」を、無意識の領域を対置することによって暴露し批判しようとする試みであった。さらにニーチェもまた「善悪の彼岸」という言い方を通して、古代ギリシア以来ヨーロッパ文明社会を支配してきた善悪・真偽等の規範的価値や道徳を、あるいはそうしたものの背後にある超越性や普遍性をめぐる形而上学的な理念の構図を、あるいはまたそうした超越性や普遍性を起点としながら歴史を因果論的に構成づけようとするような立場をことごとく「顚倒」として批判しようとした。こうした批判の試みがフランクフルト学派の方法概念の柱というべき批判理論の内容へと受け継がれたのである。

さて二番目として「学際的唯物論（interdiziplinärer Materialismus）」という概念が挙げられる。唯物論という言葉がマルクス主義理論を示唆していることは言うまでもないが、ここで重要なのはそれに「学際的」という言葉が結び付けられていることである。この概念は、ホルクハイマーが所長に就任した際に行った記念講演の中で研究所の今後の活動の柱として示されたものである。ホルクハイマーが学際的という言葉を用いた意図は、異なる分野に属する研究者たちの共同研究プロジェクトを研究所の活動の柱としたいというところにあった。これも当時のドイツの学問状況においてはきわめて異色な提案といっていい。

当時ドイツにおいて異なる分野にまたがる共同研究を行うことは異例なことだったのだが、ホルクハイマーは、学際的という言葉によって新しい共同研究のスタイルを研究所の活動の柱とすることを宣言したのである。その一例が、ドイツの男性に多く見られるファシズムに対して同調しやすい心性としての権威主義的パーソナリティを扱った「権威と家族」共同研究（主管は精神分析学者のエーリヒ・フロム）だった。

とはいえこの概念によって目指されていたのは研究スタイルの変革だけではなかった。すでに触れたようにフランクフルト学派の出発点となっていたのはロシア共産党の権威をバックにして成立した正統派マルクス主義、すなわちマルクス＝レーニン主義に対する疑問、批判だった。そしてこれもすでに述べたようにマルクス＝レーニン主義理論の最も重要な柱となっていたのは、社会や歴史のあり方を決定するのが経済過程であるという認識だった。

話は遡るが、マルクスは『資本論』のためのノートに含まれている「経済学批判序説」と題されたテクストにおいて、「下部構造（ünterbau）」と「上部構造（Überbau）」という言葉を使っている。下部構造は基本的に経済過程を意味している。これに対して上部構造は人間の意識や精神の働き、あるいはそれが作り出す文化や思想、学問などの領域を意味する。マルクス＝レーニン主義はこの両者の関係を極めて機械的に捉え、「下部構造が上部構造を決定する」という形でテーゼ化した。つまり文化の領域といえども経済過程によって決定づけられると考えたのである。社会主義革命の目標も基本的には経済制度の変革になる。

これに対してヨーロッパ・マルクス主義と呼ばれる立場に立つ非正統派マルクス主義者たちはこうしたマルクス・レーニン主義の経済決定論的発想に対して強い疑問を持っ

ていた。先に名前を挙げたルカーチはもともと文学や芸術の研究者でもあったため特にその思いが強かった。第一次大戦後の失敗に終わったハンガリー革命に関わりマルクス主義者となったルカーチは一九二五年に二〇世紀のマルクス主義の歴史における最も重要な著作一つといっていい『歴史と階級意識』を公刊する。その中でルカーチは、経済関係の中でのブルジョアジー対プロレタリアートという客観的な階級規定ではなく、そうした階級に属するそれぞれの主体が有する階級意識が歴史を動かしているといっている。

つまり経済過程ではなく、より主観的な人間の意識によって歴史は形成されるというのである。そして資本主義社会を支配するブルジョアジーの抱く階級意識が資本制を物神化する虚偽意識、つまりイデオロギーであるのに対し、資本主義社会を変革しようとする意志を持つプロレタリアートの階級意識こそが社会主義革命という形で歴史を変える原動力であり歴史の真理を実現させる力であるとルカーチは考えるのである。

一方もう一人の非正統派マルクス主義者であるコルシュは『マルクス主義と哲学』という本を書いているが、そこでは主にヘーゲルの思想に依拠にしながら、マルクス主義の根幹を経済理論ではなくて哲学理論に求め、経済学を絶対化するマルクス＝レーニン主義に対して異議を申し立てる。話を戻すと、ホルクハイマーのいう学際的唯物論は異なる分野の研究者による共同研究を目指していただけではなく、ルカーチやコルシュの問題意識を踏まえながらマルクス主義理論のトータルな変革をも目指していたのである。

つまり、経済だけでなく、それ以外の社会関係や文化・芸術といった領域も重要な理論的考察の対象分野として共同研究に組み込んでいくことで、経済過程だけを理論対象とするようなマルクス主義理論のあり方を、人間の意識的活動が強く関与している領域をも理論対象として包含することが出来るようなトータルな社会・文化理論としてのあり方へと変革してゆくことを目指したということである。ホルクハイマーの提唱した学際的唯物論にこうしたモティーフが含まれていることを見落としてはならない。

そのこととも関わるが、文化・芸術領域に対する理論的考察を積極的に進めてゆくことが研究所の活動の第三の柱となった。その中心となったのがアドルノだった。特にアメリカを中心に当時勃興しつつあったマス・メディアを媒体とする大衆文化（映画・軽音楽・ラジオ・レコード等）の拡がりと、その背後にある高度な資本主義社会の下での文化や芸術の商品化・産業化を批判的に分析することは、アドルノにとってこの分野における中心的な課題となっていった。

三

さてホルクハイマーが社会研究所所長となって二年後の一九三三年、ナチスが総選挙で多数党となり政権を獲得する。そして政権獲得後ナチスは自らの仕組んだ国会放火を口実に社会民主党や共産党などの反対勢力を駆逐し、さらに授権法を制定して総統ヒトラーにすべての権力が集中する独裁体制を確立する。ここにナチス・ドイツと呼ばれる独裁国家体制が成立したのである。このナチス・ドイツの時代、研究所は大きな苦難にさらされることになる。ホルクハイマー、アドルノを始めとして研究所に集ったメンバーの多くがマルクス主義者であるとともにユダヤ系ドイツ人であったからである。反共産主義・反ユダヤ主義を掲げるナチスにとってユダヤ系のマルクス主義者は最も唾棄すべき存在であった。社会研究所がナチスによる迫害・弾圧の対象になることは目に見えていた。それを逃れるため研究所はドイツを捨てて亡命せざるを得なくなる。

当初研究所はスイスのジュネーブに逃れ、さらにロンドンを経由して最終的にはアメリカのニューヨークにたどり着く。さらにその後アメリカ西海岸のロサンゼルスに本拠を移し一九四五年のナチス・ドイツ崩壊を迎えるのである。こうした苦難に満ちた亡命行を通じて研究所とそのメンバーは一九三三年から一九四五年にかけての「暗い時代」（ハンナ・アーレント）を耐え抜いたのだった。しかしメンバーの中には亡命に失敗して自殺する者や、亡命先で大変な生活上の苦労を強いられる者もいた。

研究所は、この苦難に満ちた体験の中で否応なくナチス・ドイツが体現するファシズム（＝ナチズム）イデオロギーとの思想的対決という課題に直面することとなった。そしてこのファシズムイデオロギーとの対決という課題を通して、非正統派マルクス主義者集団としての枠組みの中で展開されてきたフランクフルト学派の初期の活動内容が大きく変化してゆく。そうした亡命期のフランクフルト学派の最も重要な業績となったのが、ホルクハイマーとアドルノの共著という形で発表された著作『啓蒙の弁証法』である。

ここで『啓蒙の弁証法』の内容に触れておこう。この著作に対しては、しばしばハイデガーの『存在と時間』と並び二〇世紀においてドイツ語で書かれた最も重要なテクストという評価がなされるが、両者が持つ意味はまったく異なっている。ハイデガーの『存在と時間』が、古代ギリシア以来のヨーロッパ形而上学における存在概念の根本的な総括と変革を唱えつつ、それが、第一次大戦に敗北し混迷の極みのうちに沈んでいたドイツ民族の民族＝国家共同体への全的な投企において成就されるとすることによって、ナチズムへの流れを決定づけるイデオロギー的役割を果たしたのに対し、『啓蒙の弁証法』は、一七世紀から二〇世紀へ至る合理化と進歩の過程としての近代においてなぜ「新しい野蛮」としてのナチズムが生み出されてしまったのか、その根本要因とは何だったのかを、文明＝思想史的な長い射程にたって解明しようとする試みであった。

つまりこの著作の最大のポイントは、ナチズムを含む全体主義体制とそのイデオロギーの起源を古代ギリシアまで遡り全ヨーロッパ文明史の射程の中で解明しようとしているところにあったのである。これはおそらくアドルノの考え方が大きく影を落としていると思われるのだが、全体主義という現象は二〇世紀にたまたまおこったのではなく、全体主義を生み出す歴史的必然性が古代ギリシャ以来の全ヨーロッパ文明史の中にその発生要因が深く組み込まれていたということである。そしてこの全ヨーロッパ文明史とは、すでにホメーロスの叙事詩のうちにその起源が胚胎されている世界の合理化への歩み、言い換えれば「啓蒙」の歩みを意味している。啓蒙とは、人間が持っている理性能力を通して世界を徹底的に合理性のもとに服属させようとする試み、志向に他ならない。『啓蒙の弁証法』という著作は、こうした啓蒙の発展過程としての全ヨーロッパ文明史そのものが、一見するとその反対物としか思えない全体主義という「野蛮」を生み出したのだと主張するのである。

こうした考え方は当時の一般的な全体主義認識とは極めて異質なものであった。例えばマルクス＝レーニン主義の立場では、ファシズムは末期に入った独占資本の最後のあがき・痙攣であり放っておいても崩壊するはずであると考えられていた。そうしたマルクス＝レーニン主義の立場も含めファシズムとは野蛮で反動的な非合理主義であり、歴史の一時的退行現象に過ぎないというのが一般的な見方であった。しかし、ホルクハイマーとアドルノは、そもそも合理化を推し進めていく啓蒙の論理そのものの中に全体主義を生み出す根源、起源があるという、ファシズム認識の常識を完全にひっくり返すような考え方をこの本の中で示そうとしている。

彼らによれば、合理化をもたらす啓蒙の論理は人間の自然に対する支配の拡大の論理である。具体的には資源としての利用や開発というような形を取って現れる人間の自然支配の拡大こそ啓蒙の目指すものだということである。そしてこの自然支配の拡大は、人間の自然に対する支配の源泉となる力、つまり理性の力の拡大によってもたらされる。ここに理性存在として、あるいはその担い手である「主体」として規定づけられるような、近代においてもっとも典型的な形で具現化されることになる人間類型が現れてくる。

では啓蒙の進展を通した自然支配の拡大は、人間の本当の意味での支配力の拡大、人間自身の力の増大を生み出したといえるのだろうか。実はそうではないと彼らは考える。外部の自然を支配することに向かう力を支えているのは今述べたように人間の理性の力であり、その理性の力によって自然は計量可能な対象にされてゆく。つまり自然を計量化すること、自然を計算可能な対象にしてゆくことが、この自然支配の実現における重要な条件になってくるのである。このことは近代の科学技術を考えれば明らかだろう。しかし、実はその自然支配の論理は、ある地点で反転して人間自身にも向けられてゆくと彼らは考えた。人間という主体が自然を支配するという図式が、今度は人間という主体による人間自身の支配へと向かうのである。

つまり人間と自然のあいだの支配—被支配関係が人間と人間の支配—被支配関係へと置き換えられてゆくということである。その結果、自然支配の論理は人間の内的な自然、つまり人間自身の内部にある生命が持っているエネルギーや欲動といった、人間の中にある自然本性としての内的なポテンシャルにも向けられるのである。つまり理性の働きによって自然が計算可能な対象として量化され自由に操作したり利用したりすることが出来る資源、素材とされてゆくのと同様に、人間自身もその内的な自然を理性によって支配されることによって量化された、操作や統御が可能な対象とされてゆくということである。

例えば近代における産業資本主義のシステムの下では人間は労働力に還元される。労働力は時間で測られ、かつその担い手が特定の誰かである必要性を持たない。その結果労働力に還元された人間は、完全に匿名化された量としての存在意味しか持たなくなる。そして労働力としての人間は他の商品と同様自由に売り買いされる「もの」(資源)となる。そうした労働力としての人間の商品化＝「もの」化を支えているのが賃労働制に他ならない。こうして量としての労働力への人間の還元が資本制システムの中で賃労働制という形で完成するとき、人間の内的自然に対する支配の構造が同時に完成するのである。これこそが啓蒙の完成に他ならない。

このことをホルクハイマーとアドルノは、本来量やものに還元できないはずの人間の内的な自然、つまり最もかけがえのないものであるはずの内的自然に対する攻撃として捉える。そしてこうした人間の内的な自然に対してまでも及ぶ自然支配の拡大が外的自然と内的自然の総体を覆いつくすところまで至ったとき、啓蒙による世界全体の合理化という形での全的な支配が実現することになる。そしてそれこそが全体主義の起源であるとホルクハイマーとアドルノは考えるのである。

ただそれは、ファシズムが啓蒙的合理性による全的支配の完成によってもたらされるということを意味しているだけではない。同時にそうした啓蒙による支配に対して人間の内的な自然がやむにやまれぬ反抗や反逆に走ること、しかもそれが破壊衝動という形で現れてくる攻撃性や暴力性を帯びてくることがファシズムによる支配を助長させる力となっていることを見落としてはならない。つまり啓蒙的合理性による社会全体の支配が完成するその瞬間に、その重圧や抑圧に耐え切れない自然の側からの暴力的な反抗衝動が生じ、その反抗衝動がファシズムによって自らの勢力拡大の手段として利用されるということである。

そのメカニズムを考える上で、ニーチェが使った「ルサンチマン」という概念が役に立つだろう。本来ルサンチマンは憎しみと愛情が入り乱れている極めて両価的な感情状態を表わす心理用語なのだが、ニーチェはこの言葉を少し違った文脈と意味で使っている。ニーチェは、彼が「小人」あるいは「お終いの人間」と呼んだ、自分自身で自らの生のあり方を決定することが出来ずキリスト教道徳や形而上学的規範性にしがみついているような人間たちが、往々にして自分の受けている抑圧や迫害に対し、それをもたらした当の相手と真正面から対決するという形で立ち向かってゆくのではなく、自分より下位にある者たちへのいじめや上位にあるものへの恨みや妬みという形で現れてくる歪んだ攻撃衝動にすり替えることで対応しようとするのを指摘し、それを「ルサンチマン」と呼んだのである。

フランクフルト学派に近い立場にあった戦後ドイツの哲学者イーリング・フェッチャーは、フランクフルト学派に関するシンポジウムでの発言の中で「人々は自分を抑圧する悪としばしば和解するが、彼らは自分たちよりも不幸である人間を見、そして彼らを自分たちの敵であるとしたときに、自分たちを抑圧していた悪と和解をしてしまう」と述べているが、これこそがニーチェのいうルサンチマンの本質に他ならない。そして本当の敵に対して憎しみや恨みをぶつけるのではなくて、自分よりもっと不幸な人々に対して自分たちの攻撃衝動をぶつけることや自分より上位にあると思われる人々には歪んだ嫉妬やコンプレクスを内攻させるような反抗衝動の現れ方には、ファシズムの支配下で最も操作されやすい人間のパターンが見てとれるのである。

啓蒙の全的支配に対するやむにやまれぬ反抗やそこに伴う暴力が、ファシズムの持つ表面上は反啓蒙的な姿勢に吸引され、ファシズムの支配体制を強化するエネルギーとして働くようになるということである。そしてファシズムによるユダヤ人や社会主義者などの「敵」への攻撃の呼びかけは、そうした反抗衝動に潜む歪んだルサンチマンの格好の目標を提供するのである。とはいえここで忘れてはならないのはそうしたファシズムのあり方が決して合理主義の単純な反対物ではないということである。徹底的に管理された全体性によって支えられるファシズムの体制はむしろ極めて合理主義的なものであり、そこに攻撃衝動や暴力が非常に狡猾な形で結びついてゆくことこそが問題なのである。そしてこの合理性と暴力の癒着を生んだものこそ啓蒙の過程であった。こうしたファシズムに関する認識こそが『啓蒙の弁証法』という著作の中心的なポイントとなる。

もう一点、これはハンナ・アーレントが戦後に著した『全体主義の起源』における議論ともある意味では通底することになるのだが、『啓蒙の弁証法』の中でホルクハイマーとアドルノは二〇世紀の全体主義のモデルとして三つの類例を挙げている。一つは言うまでもなくナチズムあるいはファシズム、つまり狭義の意味での全体主義である。次いでソ連国家及びロシア共産党の権威を背景とする正統派マルクス主義、すなわちマルクス＝レーニン主義も全体主義モデルとして挙げている。

それは、とりわけ一九三〇年代におけるロシア共産党書記長であったスターリンによる完全な一党独裁体制の確立という事態と結びついている。秘密警察による反対派や批判分子の粛清、さらには強制収容所（ラーゲリ）への大量隔離政策によって共産党のみならず国家＝社会全体を恐怖政治の呪縛のただ中へと追いやったスターリンの独裁体制は、一説によれば二〇〇〇万人を超える犠牲者を生んだといわれている。これは単純な数の比較だけでいえば、ナチス・ドイツがアウシュヴィッツ強制収容所等において殺戮したユダヤ人犠牲者の数、あるいはゲシュタポと呼ばれる秘密警察やナチス直属の軍隊組織である親衛隊（SS）によって主要には第二次世界大戦時のナチス占領地域で行われた集団殺戮の犠牲者の数よりも多いということになる。そうしたスターリン独裁体制のイデオロギーと化したマルクス＝レーニン主義――一般的には「スターリン主義」と呼ばれる――もまた二〇世紀の全体主義として名指されるのである。そしてもう一つの全体主義モデル、ただしこれは主として文化現論の側面から捉えられたもので、その意味では前二者における政治的・社会的な全体主義モデルとは区別されねばならないのだが、彼らが亡命を通して体験したアメリカ社会の現実、とりわけアメリカの大衆社会のあり方であった。

そこでは文化は徹底した商品化＝産業化の論理によって支配され、商品としての文化を流通させるマーケットの論理によって大衆の社会意識や感覚構造までもが自在に管理・操作されるのである。アドルノはアメリカ亡命直後にコロンビア大学で行われた「ラジオ・リサーチ・プロジェクト」に加わるが、その体験を通してアメリカ大衆文化の現実に触れ、アメリカの大衆社会もまたマーケットの論理が作り出す支配のメカニズムに従属するもう一つの全体主義モデルであるという認識に達したのだった。こうした『啓蒙の弁証法』におけるホルクハイマーとアドルノの全体主義認識においては、マルクス＝レーニン主義をも全体主義のモデルに数えいれていることからも明らかなように、フランクフルト学派の初期にあったマルクス主義との親和性がほぼ断ち切られている。

ホルクハイマーとアドルノは、社会主義革命という理想とも、それを導く政治・社会理論としてのマルクス主義とも訣別するのである。その一方でアメリカ大衆社会として実現している高度資本主義社会の中の、直接見極めることが難しい支配の論理、特に文化や風俗・流行、さらには個人の感覚や知覚の構造をも隠微な形で管理・支配するメカニズムを明らかにするための補助手段としては依然としてマルクスの批判概念がフロイト理論とともに用いられている。この延長線上に戦後の重要な社会理論の一つである管理社会論が登場することになる。しかし、革命理論としてのマルクス主義との訣別が『啓蒙の弁証法』を通じてフランクフルト学派に生じたことはあらためて確認しておいてよいだろう。その後フランクフルト学派は、マルクス＝レーニン主義にもとづくじっさいの社会主義運動に対して極めて批判的になってゆく。

四

ホルクハイマーとアドルノに代表されるフランクフルト学派の第一世代の仕事は、二〇世紀の前半から半ばにかけての時期、すなわち第一次世界大戦後のいわゆる戦間期から第二次世界大戦と全体主義の支配の時代へと至るおそらくは人類史上最も激動に満ちた時代の体験に根ざしていた。そこにはすでに見てきたように幾多の悲惨な体験が含まれている。だがそうした悲惨さも含めこの二〇世紀の中葉をはさむ時期において人類は、それまでなかった新しい体験、新しい現象、新しい歴史状況というものに出会うことになったのも事実である。例えば複製技術の全面的な進歩と拡大もその事例の一つである。ここでいう複製技術とは、現代風に言えばメディア・テクノロジーのことである。

二〇世紀において達成された様々な技術革新の中でエレクトロニクス技術と原子力技術の誕生が極めて重要な意味を持つことはいうまでもないが、ある意味ではそれ以上ともいえる決定的な影響をもたらしたのが、この複製技術、あるいは複製技術を前提とするメディア・テクノロジーの全面的な進歩と拡大である。フランクフルト学派の第一世代にとってメディア・テクノロジーの内容は、まだ写真、映画、ラジオ、テレビ、レコードくらいに留まっていた。だがそうした制約にもかかわらずフランクフルト学派の初期における仕事のうちにはもうすでにこの問題に対する本質的な洞察が含まれている。

複製技術が文化領域において活用されるとき、例えば絵画作品のコピー化や音楽作品のレコードへの録音などに見られるように観賞したり聴取したり出来る対象の量が飛躍的に拡大する。同時にそれは、そうした対象を享受出来る人間の数の爆発的な増大へとつながる。そしてこうした量的な拡大は、それに伴う形で文化や芸術の質的な変化を生んでいく。映画などの新しいジャンルが出来たことで他のジャンルも影響を受けるようになったことはその一例である。例えば二〇世紀の絵画は写真などの影響により、それまでの具象的なリアリズムからはかけ離れていくことになる。写真という現実の再現能力において絵画をはるかに上回る新しいジャンルの出現によって、そうならざるを得なかったのである。こうして複製技術による文化伝達内容の大規模な量的な拡大が二〇世紀の文化・芸術の質をも根本的に変えていったのである。

この問題に最初に本格的に取り組んだのが、アドルノの年長の友人であり、アドルノの思想形成に多大な影響を与えたヴァルター・ベンヤミンだった。ベルリンからパリへとナチスを逃れて亡命していたベンヤミンは研究所の一員としてこの苦難の時代に多くの重要な仕事を残し、戦後になって二〇世紀における最も重要な思想家の一人として評価されるようになる。ベンヤミンの思想の核にあったのはユダヤ神秘主義の教義とマルクス思想解釈の独特な結びつきだった。そのことからも分かるようにベンヤミンは決して単なる新し物好きではなかった。彼の複製技術への関心は、ユダヤ神秘主義の神学的な教義から導き出された独特な言語哲学とマルクスに由来する「解放」への関心の結びつきによって生み出された極めてユニークな歴史哲学に基づいている。

一七世紀ドイツ・バロック悲劇の研究である『ドイツ悲劇の根源』という著作においてベンヤミンは、「根源(Ursprung)」という概念によって示される起源としての自然の十全な現れが、歴史の進行過程の中で次第に断片化され、廃墟へと近づいてゆくという認識を示す。それはいわば歴史が暗号化するということである。この暗号をベンヤミンは「アレゴリー」と呼んだ。根源はこの断片化・暗号化によって歴史からはもはや直接的には読み取られえなくなる。ベンヤミンにとっての解放とは——それは「革命」であり、同時に神学的にいえば「救済」でもある——、この断片化・暗号化の過程で失われてしまった根源を廃墟化していく歴史の中にかろうじて残されている残欠の一片一片から、つまり歴史のアレゴリーから復元することに他ならない。この失われた根源の復元のための歴史読解の方法がベンヤミンにとっての歴史哲学の意味であり、そこにマルクスの解放理論も結びついてくるのである。

というのもベンヤミンはマルクスが行った産業資本主義社会の考察の基礎である商品の分析を踏まえ、一九世紀という歴史空間において出現するモードや絵入り新聞などの様々な商品現象を、まさに一九世紀の歴史の中に現れた根源の断片・残欠として読み抜こうとしたからである。それは、マルクスのいう「物神性(Fetischismus)」というヴェールによって覆われ、「顛倒」がもたらす錯誤という「夢」のうちまどろんでいる商品現象を丹念に拾い集め、根源の復元に向けて覚醒させるための読解を行う作業として具体化される。一九四〇年アメリカへの亡命に失敗してフランスとスペインの国境で自殺を遂げるベンヤミンが生涯の最後まで書き続けた『パサージュ論』と呼ばれる膨大な未完の草稿群は、まさにそうした作業の集積に他ならない。

ベンヤミンの複製技術への関心もまたこうした歴史読解作業の延長線上に位置づけられる。複製技術によって生み出された写真や映画といったメディアは、商品の持つ物神性が最終的に商品化への最大の抵抗媒体となっていた文化の領域にまで全面的に浸透するのを可能にした。そしてそのことがすでに触れたように大量複製―大量享受を通した文化の質の根本的な変化をもたらしたのである。そこには根源とその断片化・暗号化としての商品をめぐる夢と覚醒の弁証法の窮極的な形が現出する。ベンヤミンの複製技術への関心はアクチュアルな解放の課題と結びついていた。そうしたベンヤミンの問題意識は論文「複製技術時代の芸術作品」や「写真小史」などから読み取ることが出来る。

それはアメリカの社会学者ダニエル・ブーアスティンの『幻影の時代』と並んで写真や映画などのメディア・テクノロジーについて正面から論じた最初のケースといってよい。またベンヤミンは一九四〇年に自殺するまで亡命生活のほとんどをパリで過ごしたのだが、そのパリで彼は一九世紀パリの都市風景を徹底的な素材の収集とそれらのモザイク的な構成を通じて再現するというきわめてユニークな仕事を試みている。中でもテーマの中心となったのは、「パサージュ」と呼ばれる屋根つきの商店街であった。これがすでに触れた『パサージュ論』に結実するのであるが、それと関連して「複製技術時代の芸術作品」以外にもいくつかの重要な論文――例えば「ボードレール論」――が書かれる。メディア・テクノロジーの誕生は別の観点からするとパサージュにおける大衆消費が始まる時期とも重なる。そういう時代の都市風景の問題と含めベンヤミンの仕事は、フランクフルト学派の中でも際立ってユニークな業績として評価されなければならない。

五

一九四五年に戦争が終わった後、研究所はドイツに帰るメンバーとアメリカに残るメンバーとに分裂した。結局ホルクハイマーとアドルノのみがドイツに帰り、他のメンバーはアメリカに残った。アメリカに残ったメンバーの中で中心人物となったのはヘルベルト・マルクーゼである。ヘーゲル研究やフロイトの「エロス」概念の研究で知られたマルクーゼは、一九六〇年代のいわゆる青年反乱とヒッピー・サブカルチャーの時代に管理社会批判の議論を通してアメリカの青少年層に非常に大きな影響を与えることになる。

今まで言及してきたのはフランクフルト学派の第一世代

に関わる内容だった。フランクフルト学派第一世代の仕事は、ドイツの敗戦とナチスの壊滅、そして東西ドイツの分裂という状況の中で、戦後におけるアドルノの旺盛な執筆活動や亡くなったベンヤミンの著作の刊行などもあって旧西ドイツ社会の中で次第に影響力を増してゆく。とくに六〇年代に起きたヴェトナム反戦運動やそれと連動する旧世代への異議申し立て運動においては、アドルノやベンヤミンの仕事が運動の理論的な拠り所となった。

またアドルノの「アウシュヴィッツ以降詩を書くことは野蛮である」という『プリズム』の中の言葉は、過去の罪過から目をそらすことなく歴史と向き合おうとする六〇年代以降の批判的知識人や学生たちにとって頂門の一針というべき意義を帯びることになっていった。戦後まもなくオランダの小さな出版社から出版されその後ずっと絶版のままになっていた『啓蒙の弁証法』の新版が公刊されたのもこの時期だった。その一方戦後ドイツへ帰還したホルクハイマーとアドルノによって再建された社会研究所で育ったフランクフルト学派第二世代もこの頃から登場し始める。その代表格がユルゲン・ハーバーマスである。そしてハーバーマスの仕事は次第に第一世代と異なる性格を帯びてゆくようになる。

アドルノに代表される第一世代が、啓蒙の全的支配に帰着したあげくに全体主義という破局を生み出した近代社会の歴史を全否定する方向に向かったのに対し、ハーバーマスは近代をまだ完成されていないプロジェクトとして捉え、我々がいまだ未完のプロジェクトの途上にある以上、近代の中に潜在する未開花なままの可能性を実現させる努力をしなければならないと主張する。それは啓蒙のプロジェクトとしての近代の歴史的意味をもう一度取り戻さなければならないということであり、第一世代が否定した歴史の進化の過程を再び稼動させようという再啓蒙化の呼びかけである。その際進化の可能性のポイントとなるのは討議的コミュニケーションに基づく合意形成を軸とした近代デモクラシーの機能強化である。討議的コミュニケーションを通した社会のよりいっそうのデモクラシー化によって、啓蒙の否定ではなく啓蒙の批判的な再創造と進化を目指そうというのがハーバーマスの議論のポイントであった。

そこには、四九年の建国以来「社会的市場国家」として市場経済と市民の自律に根ざしたデモクラシーの共存を目指してきた西側自由陣営の一員としての西ドイツの戦後の歴史的経験が明らかに投影されている。もとよりハーバーマスは西ドイツ政府や社会に対して無批判だったわけではない。西ドイツの憲法であった基本法の精神を積極的に生かそうとする「憲法愛国主義（Verfassungspatriotismus）」の立場に立ってハーバーマスは、硬化したナショナリズムや資本主義システムが市民的自律を侵しデモクラシーの機能不全を招いてしまう事態に対ししばしば鋭い警告を発してきた。ナチスの過去を相対化しようとする一部歴史家たちの策動を手厳しく批判した「歴史家論争」（一九八六年）や、東西ドイツ再統一の際経済力にものを言わせて強引な統一政策を推し進めようとしたコール保守政権を「ドイツマルク・ナショナリズム」と批判した（一九九〇年）際のハーバーマスの姿勢にはそうした彼の批判理論の継承者としての立場が現れている。とはいえハーバーマスにおける、全否定のラディカリズムではなく漸進的なリベラリズムを、という発想には明らかにアドルノを中心とする第一世代への批判の姿勢が窺える。

現在フランクフルト学派は第三世代の時代を迎えつつある。彼らは概ねアルチュセールやフーコー、そしてフランス・ポスト構造主義の影響を受けており、ハーバーマスのリベラリズムに対しては批判的で、むしろ第一世代の仕事へと再度回帰しようとしているように思われる。マルティン・ゼール、アレクシス・デミロヴィッチ、クリストフ・メンケ、アクセル・ホネットらがこのフランクフルト学派第三世代の担い手たちである。

フランクフルト学派の命脈はもはや尽きており、そのアクチュアルな意味は完全に失われたという議論が一部にあるが、私はジル・ドゥルーズが管理社会の第二段階と規定したポストモダニズム以降の状況の中で、むしろ今こそフランクフルト学派の残した仕事の意味を捉え返す必要があると考える。

第二章　〈国民＝革命〉の深層にあるもの　ハイデガーとナチス

問題の概観

二〇世紀最大の哲学者の一人といってよいマルティン・ハイデガーが、一九三三年から一九四五年まで続くナチス・ドイツの支配体制に自らの意志にもとづいて積極的に加担したという事実は、すでに一九六二年にスイスの在野の学者だったグィード・シュネーベルガーの発掘した資料集『ハイデガー拾遺』(1)によってはっきりと証明されていた。また東西ドイツが主権を回復した一九四九年からわずか四年後の一九五三年に出版されたカール・レーヴィットの『ハイデガー　乏しき時代の思索者』(2)によって、あるいはその約一〇年後の一九六四年に出版されたテオドーア・W・アドルノの『本来性の隠語』(3)によって、ナチスへと加担したハイデガーの思想に対する峻烈かつ内在的な批判もすでに行われていた。さらにハイデガー自身も一九七六年に亡くなった後公表された『シュピーゲル』誌とのインタビューのなかで自らの過去について語っている。にもかかわらずハイデガーとナチスの関係に対する本格的な問い直しは、ハイデガーのもとで学んだチリ出身の哲学者ヴィクトール・ファリアスが一九八七年に刊行した『ハイデガーとナチズム』(4)までほとんど進行しなかった。

その理由はいくつか考えられるが、もっとも重要なのは、ハイデガーが凡百のナチス御用学者たちに比べ群を抜いて優れた存在であったことである。周知のようにハイデガーの哲学は、哲学の分野やドイツ一国内での受容にとどまらず、精神医学、神学、文学、さらにはマルクス主義解釈されえ含む広範な領域に対して巨大な影響力を発揮するとともに、サルトル、メルロー＝ポンティからフーコー、ドゥルーズ、デリダへと至るフランスの二〇世紀思想の揺籃ともなった。しかもその影響力はむしろ一九四五年の第二次世界大戦終結とナチス体制崩壊の後の時期に強まったのである。また一九四九年に始まる戦後ドイツの歴史においても、ハイデガーは大きな影響力を発揮する。とくにいわゆる「アーデナウアー時代」と呼ばれる奇跡の戦後復興の時代に、ハイデガーの哲学はドイツ人にとって自らの民族と国家の精神性の拠り所としての意味を持つとともに、忌まわしい過去を忘却するための格好の口実となったのであった。

そしてそのこととも深く関わるが、戦後ドイツの哲学者共同体がかたくなにハイデガーのナチスへの加担を否定し、ハイデガー擁護の姿勢を貫いたこともハイデガーのナチスとの関わりを究明する作業の障害となった。このようなハイデガーの哲学の「偉大さ」の基底には、ニーチェによって初めて露わにされ、ハイデガー自身によって深く抉り出されたヨーロッパ思想の歴史の根源的な問題性への問いが潜んでいる。それは極めて根底的な問題であり、かつ極めて「思想的」な問題であるがゆえにナチスへの加担という「時務的」な問題とは馴染まないかのように思える。そんなつまらない問題にかかずらうにはハイデガーの思想はあまりに「偉大」であり、深遠なのだ、という見方がそこから生じてくるのもある意味ではやむをえないのかもしれない。だがハイデガーのナチスへの加担の問題は、じつはハイデガーの思想の持つ根源性そのものに由来しているのである。そのことを問わぬ限りハイデガーのナチズム加担の真の意味は見えてこない。論点先取的にいうならば、ハイデガーとナチズムの関わりの問題は、ハイデガー個人の判断ミスや倫理的な失策などではなく、ハイデガーの思想の根幹そのもの、彼の「偉大さ」と「根源性」から必然的なかたちで生じた問題であり、同時にそのことを通じて開示される二〇世紀という時代、歴史の核心そのものといってよい問題なのである。

＊

こうした根の深さを持つハイデガーとナチズムの関わりの問題は、そうであるがゆえに戦後哲学界を中心に長い間タブーとして、開けてはならないパンドラの箱として封印されてきた。すでに言及したシュネーベルガーの本は、訴訟問題を抱え込む恐れや出版引き受け先がないといった理由から自費出版のかたちでようやく日の目を見たのである。序言の最後にある「本書の購入希望者は直接私宛に申し込まれたい。価格は一一スイス・フラン、一〇ドイツ・マルク、二・七五USドル（送料を含む）[5]」という言葉はそのあたりの事情を雄弁に物語っている。またファリアスの本にしても、ドイツ語で書かれたにもかかわらずドイツ国内で出版先が見つからず、フランス語に翻訳されてまずフランスで公刊され、その後ようやくドイツ語版が発刊されるという経緯をたどったのだった[6]。

＊

　だがこのファリアスの著作は、ついにパンドラの箱の封印を解き放ったのである。これ以降ハイデガーとナチズムの関わりの問題は、ハイデガーの思想を考える上で避けて通ることの出来ない課題となった。このことにはさらに、ファリアスの著作が持つ瑕疵に対して向けられた揚げ足取りめいた批判をその研究精度の高さにおいて完全に沈黙させたフーゴー・オットの評伝的研究『マルティン・ハイデガー　伝記の途上で[7]』の公刊が大きな力になった。オットの本は、とくに一九三三年のナチス政権獲得直後のハイデガーのフライブルク大学学長就任とその一年後の辞任の経緯を核に、ハイデガーとナチスとの関係を明らかにしている。またファリアスの著作が最初に刊行されたフランスでは、これをきっかけにしてジャック・デリダのハイデガー論『精神について[8]』、ジャン・フランソワ・リオタールの『ハイデガーと「ユダヤ人」[9]』、フィリップ・ラクー＝ラバルトの『政治という虚構[10]』などが出て、ハイデガーをめぐる活発な論争が起こった。

　こうしてファリアス、オットの著作公刊によって一気に公共化したハイデガーとナチズムの関係をめぐる問題は、その後ドイツ現象学研究およびヘーゲル研究の重鎮であり、ハイデガーの忠実な弟子と見なされてきたオットー・ペゲラーさえもが言及するにいたっている。そして注目すべきなのは、主として英米系の研究者たちによってより内在的なかたちでハイデガーの思想の持つ特異な政治性の解明作業が行なわれたことであった。なかでもとくに際立つのは、ヨーロッパ思想史の研究で知られるリチャード・ウォーリンの『存在の政治　マルティン・ハイデガーの政治思想[11]』とトム・ロックモアの『ハイデガー哲学とナチズム[12]』であろう。これにやや視角は異なるが、ハイデガーとナチズムの関わりについてやはり見逃せない重要な視点を提供しているラクー＝ラバルトの『政治という虚構』以降の仕事、とくに『ハイデガー　詩の政治[13]』を加えると、一九九〇年代以後のハイデガーとナチズムという主題をめぐるパースペクティヴがほぼ見えてくる。

　これらの仕事によって、ハイデガーのナチスへの加担が現実のナチス体制と、ハイデガーがあるべき「国民＝革命」の理念的次元において捉えていたいわば「想像的な《イマジネール》」ナチスとの狭間において生じたこと、そしてそうした特異なナチへの加担が『存在と時間』を中心とする彼の哲学思想そのもの、とりわけ時間性の構造やそこから導かれる「本来性」「先駆的覚悟性」などの概念などに直接由来すること、そしてそのような哲学によって主導され根拠づけられる政治性の次元と国家＝民族共同体の全体的命運が直接的な形で結びつけられていることなどが明らかになったのである。さらにいえば、こうしたハイデガーとナチズムの関係の基底には、ヴィンケルマンの『ギリシア芸術模倣論』とともに始まる近代ドイツに特有なギリシア崇拝とそこから生まれたギリシアとドイツの同一化――「古代ギリシアの正当な継承者としてのドイツ」という心情およびイデオロギー――に根ざす「詩＝美」と「哲学＝イデー」への過剰な意味づけが、ドイツ観念論からロマン派へと至る思想史的な流れとつながるとともに、現実の市民革命の不在の結果とも結びつくことによってユートピア主義的な「革命」の理念を生み出し膨張させていったという事情も潜んでいる[14]。

この「詩＝美」と「哲学＝イデー」の契機に彩られた一九世紀から二〇世紀にかけてのドイツ固有の反政治的政治性の構造および性格こそが、ハイデガーとナチス・ドイツ、あるいはナチス・ドイツも含むより広範な「国民＝革命」イデオロギーおよび政治・社会運動――「保守革命」という言い方をしてもよいかもしれない――の共通基盤であったのである。

事実の経緯

ここでまずハイデガーのナチス加担の事実的な経緯について簡単にふり返っておきたい。

周知のようにナチス（国民社会主義ドイツ労働者党＝NSDAP）は、一九三三年一月三〇日政権を掌握する。同じ年の五月一日ナチスが制定した「ドイツ労働の日」にハイデガーはナチスに入党した。そしてそれに先立つほぼ一週間前の四月二一日にはフライブルク大学学長に選出されている。学長の引継ぎ式は五月二九日に行われたが、その様子についてオーバーバーデンナチ党員機関紙『アレマン人』は次のように報じている。

> 母校フライブルク大学（中略）は本日、素晴らしい晴れ舞台となった。文部・法務大臣ヴァッカー博士、内務大臣プフラウマー、大司教コンラート［・グレーバー］、ハイデルベルク大学長、カールスルーエ工科大学長、フライブルク市長ゲルバー博士ほかお歴々の列席のもとに、新しい学長、哲学者マルティーン・ハイデガー教授への学長引継ぎが行われた。
>
> アードルフ・ヒトラーの突撃隊旗が何本も初めて大き

く広げられて、あの褐色の儀礼服のために新しい特色的な光景を生み出していた。（中略）さてここで、学長ハイデガー教授が素晴らしい講演「ドイツ大学の自己主張」を行い（中略）、教師と学生の関係は総統と従者の関係と同一視される。ドイツ国歌の合唱の後、学長は学生指導者キュンツェル（最終試験受験資格者）に忠実なる協力を誓約させ、ホルスト・ヴェッセルの歌が響いた後、リヒャルト・ヴァーグナーの忠誠行進曲でもって絢爛たる式典は幕を閉じた。[15]

このナチス政権掌握直後のハイデガーのナチス入党とフライブルク大学学長就任をめぐる経緯の中から、私たちはいくつかハイデガーとナチスの関係をめぐる興味深いポイントを引き出すことが出来る。まず第一に学長引継ぎのセレモニーに突撃隊の隊旗が登場し、一九三〇年共産党との衝突のさなかに射殺された突撃隊員ホルスト・ヴェッセルの作詞になるナチス党歌「ホルスト・ヴェッセル」が歌われたことに象徴されるように、この引き継ぎ式が完全にナチスペースで進められていることである。ハイデガーのフライブルク学長就任はまさにナチスの企図に基づくものであった。ただそこにもう少し込み入った事情が存在することも見ておく必要がある。

＊

周知のように突撃隊《シュトゥルムアプタイルング》（ＳＡ）はナチスの私兵暴力集団としてつねにその運動の最前線を形成していた組織である。その指導者エルンスト・レームはヒトラーと並ぶナチスの古参党員であり、初期のナチスにおいてはヒトラーと匹敵する力を持つ実力者であった。ちなみにこのレームの突撃隊はナチス党内においては、いわゆる「ナチス左派」と呼ばれた、国民社会主義という言葉のうちの「社会主義＝反資本主義」の側面を重視しようとしたグレゴール・シュトラッサーやその弟で「ナチスのトロツキー」と呼ばれ後にヒトラーと袂をわかってカナダへ亡命するオットー・シュトラッサーらのグループと近かった。ヒトラーは突撃隊の跋扈に対する国防軍の反発や、クルップなどの財界グループとの提携のためにはこのレーム／シュトラッサーグループが邪魔になること、さらにはこのグループによって党内へゲモニーを奪われることへの怖れなどから、一九三四年六月三〇日深夜レームを含む突撃隊幹部とシュトラッサーのグループを一挙に逮捕し粛清する――ルキノ・ビスコンティの映画「地獄に堕ちた勇者ども」に描かれた「長いナイフの夜」事件である――のだが、じつはハイデガーはナチス党内でこの突撃隊／左派グループに近かったのである。

セレモニーに突撃隊旗が登場した背景にはこうしたハイデガーと突撃隊の関係が働いていたのかもしれない。そしてやや先走った言い方になるが、学長就任の僅か一年後の三四年四月に学長を辞任した大きな理由のひとつとして、ナチス党内においてハイデガーの後ろ盾となってきた突撃隊／左派グループが次第に追い詰められ力を失っていったという事情が作用していたと考えられる。それとともに、学長辞任後のハイデガーが取った、現実のナチスからは距離を取りながら「あるべき」ナチスに対して理念的に企投しようとする姿勢にも、この事件の顛末が影を落としていると見てよいだろう。

さてもう一点興味深いのは、ハイデガーのナチス入党が「ドイツ労働の日」であったということである。後でハイデガーの学長就任講演「ドイツ的大学の自己主張」の内容との関連でも再び触れることになるが、この時期のナチスが掲げる国民社会主義の理念において「労働」は極めて重要な意味を持っていた。シュネーベルガーの『ハイデガー拾遺』にはしばしば学生の労働キャンプへの参加や労働奉仕団の記事が登場するが、例えばフライブルク学生団労働奉仕局長ハウボルト博士の講演の中にある次のような言葉は、そうした学生の労働奉仕奨励の背景をなすナチスの労働観、とりわけ「民族＝国家共同体」の全体性と一体性への参入の要としての無償労働（労働奉仕）というナチスの見方をよく表している。

> 国民的な労働奉仕は直接に国家のためになされる。賃金労働がなされるのではなく、すべての労働が無料の名誉奉仕である。それはドイツのナチズムの学校なのである。労働奉仕はまた指導者の学校でもあって、指導者としての責任感が強化されるところである。しかし労働奉仕における最も本質的なことは、ドイツの人間の完全な変革である！[16]。

このような労働観には、スターリン主義的な社会主義体制における無償労働の強制徴用システムと共通な性格が看て取れる。こうしたシステムをかつて今村仁司は「奴隷労働制」と呼んだが[17]、ナチスの国民社会主義もまたこうした無償労働制を自らの支配システムのなかに組み込んでいたのである。逆にいえば、この無償労働制こそがナチスの国民「社会主義」の「社会主義」たる所以といえるかもしれない。そして二〇世紀全体主義の共通要素として無償労働制が見出されるという事実にはたいへん興味深いものがある。だがそれにもまして問題なのは、ハイデガーのこの時期の思想が、やはり深く「労働」の問題を含みこんでいたこと、「労働」こそがハイデガーとナチスの最も重要な接点であるとさえいえるということなのである。

ハイデガーのなかで「労働」の問題が喚起されるきっかけになったのは、一九三〇年代の始めにおけるエルンスト・ユンガーとの出会いであった。とくに一九三二年に刊行されたユンガーの著作『労働者　ヘゲモニーと形態』は、ハイデガー自身がフライブルク大学での講義に何度か取り上げていることからも明らかなように、ナチス加担へと至る時期におけるハイデガーの思想の動向に強い影響を与えている。前線＝塹壕における死の犠牲をも厭わない兵士共同体の一体性の体験から出発して、ニーチェによって呼び覚まされたヨーロッパ・ニヒリズムとその克服という課題を近代的な「人間」の彼岸に展望するユンガーの思想的モテイーフは、ハイデガーがペゲラーに語ったという言葉によれば「この時期〔一九三〇年代初頭〕以降、ユンガーの著作を基にして同時代の歴史的状況における政治的含意を了解するようになった」[18]というように、ハイデガーの思考の核心へと深く突き刺さったのである。

ではハイデガーが具体的に「労働」をどう見ていたのであろうか。そのことを検証するためにも、ハイデガーのナチス加担の最も決定的なドキュメントとも言えるフライブルク学長就任講演「ドイツ的大学の自己主張」の中身を見ておく必要がある。

「ドイツ的大学の自己主張」

「ドイツ的大学の自己主張」は次のような言い回しで始まる。

> 学長の職に就任することは、この大学における精神的統率に義務を負うことである。教授および全学生の服承が目覚め強まるのは、ただひとつドイツ的大学の本質に、真実かつ共同的に根ざすことにおいてのみである。しかし、ドイツ的大学の本質が、明断さと品格そして威力をうるためには、まずなによりも、かつあらゆるときに、統率者じしんが統率されるものであること、すなわちドイツ民族の命運をば、民族の歴史に刻み込むあらがいがたき力としての、かの精神的負託の峻厳さに導かれるときである。[19]

ドイツ民族の命運と統率原理によって規定される「ドイツ的大学の本質」こそ、ハイデガーがこの就任講演で明示したかったものであることは、すでにこの冒頭の言葉で明らかである。では「ドイツ的大学の本質」とは何か。おそらくそこには二つの要素が看て取れるはずである。

一つは古代ギリシアのソクラテス以前の思想家たちによって立てたられた「存在への問い」の意味である。この「存在への問い」はいうまでもなくハイデガーの主著『存在と時間』の基本主題であったのだが、この主題がこの学長就任講演においては学問の本質という問題との関連において、かつ古代ギリシアの問いの反復という歴史的パースペクティヴを通してあらためて提示される。ハイデガーは次のようにいう。

> ただそれ〔真の学問の存在〕は、われわれが自らを再度、われわれの精神的＝歴史的現存のはじまりの力のもとにおくばあいにかぎるのである。このはじまりとは、ギリシア哲学の開闢である。そこではじめて、西欧的人間はおのれの言語の助力をえて、一個の民族集団から脱してたちあがり、存在するもの全体にたちむかい、存在するものとしての存在者〔の存在〕を問いかつ把握するのである[20]。

この問いを通じて捉えられるべき真理はけっして理論次元の知、アリストテレス風にいえば「観想知《テオーリア》」にとどまるものではない。それは、民族の命運を正面から引き受けねばならない「危機」の時代＝状況における責務としての「実践」でもあり、またそうあらねばならないものなのである。

> ギリシア人がたたかったのは、ほかでもないこの観想のうちの問いかけ〔存在への問い〕を、そう、エネルゲイアの〈作動しつつあること〉の、人間の、至高の様式として把握し、成就せんがためであった。その意《こころ》は、実践を理論に同化することにあったのではない。その逆である。理論じたいを、まことの実践の、至高の実現とみなすことにあるのだ。ギリシア人にとって学問とは、〈文化遺産〉ではなく、民族＝国家的現存総体を、もっとも内的に規定する中枢である。それゆえかれらにとって学問とは、たんに無自覚を自覚へとかえるたんなる手段ではなくて、いっさいの現存を堅持しかつ包括すると

ころの威力なのである。[21]

こうした「学問」の規定――この学問の核心に「哲学」が位置することはいうまでもない――からみえてくるのは、プラトンの『国家』における「哲人政治」の理念とも共通するような民族の命運、そしてその最高度の表現としての「政治」に対する指導原理としての学問＝哲学の位置づけと根拠づけに他ならない。

トム・ロックモアは、古代ギリシアの学問理念を援用しながら「ドイツ的大学の本質」との関連において学問＝哲学の指導性をこうしたかたちで主張するハイデガーの言葉のうちに、ハイデガーが「ナチ革命を指導するつもりで、ドイツ的大学の自己主張という概念を理解していた」こと、すなわち学問＝哲学が創り出す「民族の精神世界」が「民族の現存在を呼び起こし最も広く揺り動かす威力である、民族の大地と血（いうまでもなく「血《ブルート》と《ウント》大地《ボーデン》」の神話というナチスの中心的なイデーを表す）に結びついた威力」であるがゆえに、「本当の意味での学問は、何らかの仕方でそれ自身をナチズムのなかで実現したり、実現することができるだろう」し、「古代ギリシア的な意味での学問がこうしたナチの終極目標を実現するだろう」と考えていたと指摘する。[22]つまりハイデガーにおける古代ギリシアの援用はまさにナチスを通じて実現されるべき「政治」のあり方の正統化のためであったということである。

*

もう一度就任講演に戻ろう。「学問」という側面からする「ドイツ的大学の本質」の解明と根拠づけがこのようなかたちで行われたことが、この就任講演の第二の、より重要なテーマである「全ドイツ学生の決意性、ドイツの命運をその逼迫のきわみにおいてもちこたえんとする決意性から、大学の本質に至るひとつの意志[23]」の問題を引き出すことになる。それは、まさに「わが民族がその将来の歴史において歩を踏みだそうとしている進軍にとっての歩行原則」としての「偉大さへの意志と没落の受容とのはざまでのたえざる決断[24]」の内実となるべき内容の問題に他ならない。

ところでもう一点付け加えておくと、ハイデガーはこの就任講演において「危機」という概念を繰り返し強調している。ハイデガーにとってナチスの「国民＝革命」の正統化とそれへの加担の重要な根拠となっていたのが、この「危機」の認識であった。ロックモアは、ハイデガーが「第一次世界大戦の敗北に帰せられ、後になってワイマール共和国の衰退と崩壊によって強調されることになった一連の困難を念頭に置いている[25]」と指摘するが、客観的な情勢の認識においてはそうであったとしても、ハイデガーの「危機」概念にはそれにとどまらない意義が含まれているように私には思える。

ハイデガーにおける「危機」の概念と認識を規定づけていたのは、ニーチェとともに始まったソクラテス以降のヨーロッパ形而上学の歴史の根本的な問い直しと転覆をめぐる問題意識だった。存在忘却の歴史としての形而上学の歴史＝哲学史にピリオドを打ち、「本来性」によって導かれる自己の最も固有な可能性の実現という新たな境位へと邁進するための土台を固めるという課題と、ハイデガーの「危機」の認識は結びついているのである。そしてそれは、ユートピア的・美的な「革命」への志向に起源を持つ保守革命の枠組みのなかから生起したナチスの「国民＝革命」に内包されるドイツ民族の「危機」の認識と本質的に共鳴しあうのである。

また「危機」にはもう一つの意味が、すなわち学長辞任後の三〇年代後半から戦時中にかけて、ニーチェと並んでハイデガーの思索の最も重要な源泉となったフリードリヒ・ヘルダーリンの詩「パトモス」のなかの「だが、危険の存在するところ、救済の芽もまた萌す」という詩句が示している「危機＝チャンス」という意味が含まれている。この「危機＝チャンス」という考え方は、ハイデガーと同時代の思想家ヴァルター・ベンヤミンにも見られるように、ドイツの「革命」概念の基底に左右を問わず潜んでいたある種の「メシアニズム」（＝救済史）的・「千年王国論《ミレニアスム》」的志向に由来している。エルンスト・ブロッホは『この時代の遺産[26]』で、このドイツの歴史に底流する「メシアニズム」的・「千年王国」的志向の持つエネルギーの取り込みに関して一九三〇年代のドイツ左翼はナチスに敗退したと指摘しているが、このブロッホの指摘を踏まえるならば、ハイデガーとナチスに共通して存在する――左翼であったベンヤミンにも存在する――「危機＝チャンス」という認識の持つ意味は明らかであろう。「危機＝チャンス」を通した民族＝国家共同体のあるべきかたち・姿の生成（再生）というところでも、ハイデガーの思想とナチスの「国民＝革命」の親和性が露呈するのである。

*

さて先に任用したハイデガーの言葉にあった「ひとつの意志」とはどのようなものであったのか。ハイデガーはそれを、学生たちにとって「自らに掟を課すこと」としての

「至高の自由」の実現を意味する「真理への回帰」と、そこから生じる三つの「務めと奉仕」として具体化する。

> 第一の務めは、民族共同体への献身である。この民族共同体は民族のあらゆる階層や構成員の辛苦・努力・能力をともに支え、ともに行う義務を課すものである。この務めは、今後勤労奉仕によって、確固としてドイツの学生の現存に根づくものになろう。第二の務めは、他の諸民族のただなかにおける、国家の名誉とさだめにかかわるものである。そこに要求されるのは、知と能力とで保証され、訓練によってひきしめられた、究極的な献身の用意である。将来、この務めは国防奉仕のかたちで、全学生の現存を包括し、浸透するものとなる。学生の第三の務めは、ドイツ民族の精神的負託にかかわることである。ドイツ民族がおのれの命運に就くのは、自らの歴史を、人間の現存がもついっさいの世界建設の威力のしめす明るみへなげこむときであり、かくて自らの精神世界をつねに新たにかちとるときである。おのれ自らの現存の、疑わしさのきわみにさらされつつ、この民族はひとつの精神民族たらんと意志するのだ。（中略）これら三つの務め——民族を通して、精神的負託をになう国家のさだめへと至ること——は、ドイツの本質にとってひとしく根源的なものである。そこから発する三つの奉仕——勤労奉仕、国防奉仕、そして知的奉仕は、ひとしく不可欠であり、また同格のものである。[27]

この「三つの務め・三つの奉仕」を通じて、ドイツ的大学は、そして「民族の若き力、もっとも若き力、すでにわれわれを越えてかなたに手をのべているこの力」として大学に帰属するドイツの学生たちは、「この開闢の壮麗さと偉大さ」を前にして民族共同体の真の開花としてのナチス「国民＝革命」への進軍を決断することになる。[28]ここに至って前章で触れた「労働」の問題の意味も明確になる。「労働」は、この就任講演において民族共同体の全体性・一体性を作り上げるための「勤労奉仕」、すなわち無償労働制という形を取ってこの進軍の重要な一角を占めることになるのである。

　ロックモアが就任講演について総括的に言っている箇所がある。重要な視点を含むので、少し長いが引用しておこう。

> 哲学者は民族を代弁し、その政治的指導者と国家を代

弁し、要するに誰をも代弁しているのだから、ドイツ民族の本来的な運命のために宿命的な決定を行うのは哲学者である。だから学長演説は、ドイツ民族の未来の名において歴史にたいして行われた厳かな誓いである。その結果は、哲学と国民社会主義との奇妙な相互的な関係である。ハイデガーは、哲学のために、ナチスを含む他のすべての人々を導くことが必要だと主張しているが、彼の見解では、これらの人々はおのれを正当化するために哲学を頼りにしている。

ハイデガーは、彼の思想のために「運動」のヘゲモニーを要求したのだから、こうした立脚点からためらうことなく、彼の思想とこれに依存しているすべてのものを、しかもことごとく暗示することによって、公然と国民社会主義にゆだねている。ハイデガーの演説は、哲学と政治との循環関係を示している。なぜかと言えば、哲学は政治を基礎づけるのだが、哲学は疑いなく、また躊躇することなく、政治とかかわり合っているからである。(29)

この「哲学と政治の循環関係」こそ、学長就任講演が現出せしめたハイデガーとナチスの関わりの根幹をなすものである。そして繰り返しになるが、その関わりを導いたものは、決して偶発的なものでも時務的なものでもなく、ハイデガーの思想の本質そのものであった。

おわりに

一九三四年四月にフライブルク学長職を退いたハイデガーは再び「書斎の人」として、『存在と時間』以降のいわゆる後期思想の構想の練り上げの作業に入ってゆく。この時期、ハイデガーとナチスとの直接的な関係は表面上途絶えたように見える。そしてハイデガーの擁護者たちは、この時期を取り上げてハイデガーの思想が本質的には非政治的なものであり、一九三三年から三四年にかけての学長在任期は一種の迷妄状況に陥っていただけで、すぐ「正気」を取り戻して再び非政治的な観想生活に復帰したのだと言うのが常である。

だがそれが間違いであることは、一九三五年の『形而上学入門』と題された講義における「われわれは万力の中にいる。われわれドイツ民族はまん中にいるので、万力の一番きつい重圧を経験している。われわれは最も隣人の多い民族であり、したがって最も危険にさらされた民族であり、そのうえさらに形而上学的な民族である。われわれはこの天命を覚悟しているのだが、しかしこの天命からわが民族が自分の運命を成就するとすれば、それはただ、まず自己自身の中に反響を、この天命の反響の可能性を作り出し、自己の伝統を創造的に把握するときだけであろう[30]」という表現や、やはり同時期に行われたヘルダーリン講義の中の「存在の建設は神々の目くばせに束縛されている。そして同時に詩人の言葉は『民族の声』の解釈でしかない。民族の声というのはヘルダーリンが伝説のことをそう呼んでいるのであるが、民族は伝説に於いて自己が全体としての存在に帰属していることを記憶に止めるのである[31]」という表現を見れば明らかだろう。ハイデガーの基本的な姿勢は何一つ変わっていないのである。

とくに後者のヘルダーリン講義に関してラクー＝ラバルトは、一九三三年の学長就任講演と対比しつつ、むしろそこにこそハイデガーの政治性の真骨頂が見出されると主張するのである。

一九三三―三四年という猛り狂った積極行動の短い時期を経たのちの、ハイデガーの政治的教説のすべては、本質的に、詩作をめぐる――とりわけヘルダーリンをめぐる――彼の言説のうちの探し求めるべきである。このことは、我々が作り上げた話では決してなく、ハイデガー自身が述べていることである[32]。

ハイデガーの政治の問題を、「詩―政治」という独特な概念を通じて論じようとするラクー＝ラバルトの議論は、「美的革命」、あるいは「政治的審美主義」の系譜のなかのハイデガーを考える上で極めて示唆的であり興味深いものであるが、もはや紙幅も尽きようとしているのでそれについて論じることはここでは差し控える。

またラクー＝ラバルトがハイデガーの中で、ことさらに一九三三年とそれ以降の時期を断絶させて捉えようとしていることには疑問を感じるが、それもここでは論じないことにする。ともかくハイデガーが一九三四年の学長退任以降も彼なりの仕方でありうべきナチス的な政治性の理念を思考し続けていたこと、そしてそれが彼の後期思想の核心と極めて深く関わっていることだけを指摘しておこう。後者の問題にはこれまた一九三四年以降のハイデガーの講義活動の重要な柱であったニーチェ講義の内容の問題や、学長を退任した後すぐに書かれた『哲学への寄与』の内容の問題が関わってくるのだが、この大きなテーマを論じる余裕はもはやない。

＊

マルティン・ハイデガーという二〇世紀を代表する哲学者と、アウシュヴィッツにおけるユダヤ人虐殺に象徴されるような人類史上最悪の暴虐行為を行ったナチス・ドイツのあいだの深い親和関係――、このおぞましくも根の深い問題の背後に潜んでいたのは、爛熟の頂点に達したヨーロッパ近代文明が、まさにその極みにおいて半ば自己壊死のようなかたちで第一次世界大戦という破局へ向かう道をひた走っていったという戦慄すべき事態であった。それは、やがて死と暴力の暗鬱な影が世界全体を覆い尽くしてゆく予感とつながってゆく。ハイデガーの『存在と時間』はそうした時代の雰囲気、色調を強靭な思索力によって一個の哲学的イデーへとまとめあげた稀有な書物であった。

この死の影を正面から受け止めながら「本来性」への企投に向けた決断を促すこの書物は、雷撃のように戦間期のドイツの若者のこころを撃ったのである。そしてこの決断の呼びかけは、いつしか「国民＝革命」への決断を呼びかける一個の政治グループの声と共鳴し始める。いうまでもなくナチス・ドイツである。両者の声はついに一九三三年一つになり、ハイデガーの哲学は文字通りナチス・ドイツのもっとも精錬されたイデーとしての役割を果たすことになる。

[注]

(1)　グィード・シュネーベルガー『ハイデガー拾遺』（山本尤訳）、未知谷。
(2)　カール・レーヴィット『ハイデガー　乏しき時代の思索者』（杉田泰一・岡崎英輔訳）、未来社。
(3)　テオドール・W・アドルノ『本来性の隠語』（笠原賢介訳）、未来社。
(4)　ヴィクトール・ファリアス『ハイデガーとナチズム』（山本尤訳）、名古屋大学出版会。
(5)　『ハイデガー拾遺』、二頁。
(6)　『ハイデガーとナチズム』訳者あとがきおよびユルゲン・ハーバーマスのドイツ語版序文、参照。
(7)　フーゴー・オット『マルティン・ハイデガー　伝記の途上で』（北川東子・藤澤賢一郎・忽那敬三訳）、未来社。
(8)　ジャック・デリダ『精神について』（港道隆訳）、人文書院。
(9)　ジャン・フランソワ・リオタール『ハイデガーと「ユダヤ人」』（本間邦雄訳）、藤原書店。
(10)　フリィップ・ラクー＝ラバルト『政治という虚構』（浅利誠・大谷尚文訳）、藤原書店。
(11)　リチャード・ウォーリン『存在の政治　マルティン・ハイデガーの政治思想』（小野紀明・堀田新五郎・小田川大典訳）、岩波書店。
(12)　トム・ロックモア『ハイデガー哲学とナチズム』（奥谷浩一・小野滋男・鈴木恒夫・横田栄一訳）、北海道大学図書刊行会。
(13)　ラクー＝ラバルト『ハイデガー　詩の政治』（西山達也訳）、藤原書店。

(14)　その萌芽が見られるのはカントの『判断力批判』に始まり、フリードリヒ・シラーの『美的教育論』および『カリアス書簡』、ヘーゲル／シェリング／ヘルダーリン『ドイツ観念論最古の体系計画』断片へと受け継がれる「美的国家」の議論である。そのあたりの事情についてはハインリヒ・ハイネ『ドイツ古典哲学の本質』（伊藤勉訳）、岩波文庫、が参考になる。また美的・ユートピア的革命の代表的な論者として『芸術と革命』の著者である作曲家のリヒャルト・ヴァーグナーがいる。拙著『響きと思考のあいだ　リヒャルト・ヴァーグナーと一九世紀近代』、青弓社参照。またラクー＝ラバルト『虚構の音楽』（谷口博也訳）、未來社参照。
(15)　『ハイデガー拾遺』、八六～七頁。
(16)　同、一五一～二頁。
(17)　今村仁司『近代の労働観』、岩波新書参照。
(18)　『ハイデガー哲学とナチズム』、一二九頁。
(19)　ハイデガー「ドイツ的大学の自己主張」（矢代梓訳）、『三〇年代の危機と哲学』（清水多吉・手川誠士朗編訳）所収、平凡社、一〇二頁。
(20)　同、一〇五頁。
(21)　同、一〇七～八頁。
(22)　『ハイデガー哲学とナチズム』、八八～九頁。
(23)　「ドイツ的大学の自己主張」、一一二頁。
(24)　同、一一一頁。
(25)　『ハイデガー哲学とナチズム』、八五頁。
(26)　エルンスト・ブロッホ『この時代の遺産』（池田浩士訳）、三一書房。
(27)　「ドイツ的大学の自己主張」、一一三～五頁。
(28)　同、一二〇頁。
(29)　『ハイデガー哲学とナチズム』、九七～八頁。
(30)　ハイデガー『形而上学入門』（川原榮峰訳）、理想社、五三～四頁。
(31)　同、『ヘルダーリンの詩の解明』（手塚富雄・斉藤信治・土田貞夫・竹内豊治訳）、理想社、六六頁。
(32)　『ハイデガー　詩の政治』、一五三頁。

第三章　アドルノの思考が生成する場所　細見和之著『アドルノの場所』

すでに一九九六年、講談社の「現代思想の冒険者たち」シリーズのなかの一巻として『アドルノ――非同一性の哲学』を著している細見和之が、前著から約一〇年を経てふたたびアドルノを主題とする新著を刊行した（みすず書房）。前著が全篇書き下ろしであったのに対し、このたびの著作は著者が大学院生の時代に執筆した一九九〇年の論文から二〇〇四年の「国際アドルノ会議」訪問記までを収録した論文集である。したがって長期間にわたり様々なテーマをめぐって書かれた、しかも多様な発表媒体に掲載された文章が収められているのだが、通読してまず感じるのは細見のアドルノに対する関心、問題意識の在り処が時間の隔たりを越えて一貫していることである。それは、本書のなかで一番早い時期に書かれた論文であり本書の巻頭を飾っている「アドルノにおける自然と歴史――講演「自然史の理念」をめぐって」と、本書の実質的な棹尾をなしている「〈自然史の理念〉再考　アドルノとヘーゲル、そしてマルクス」が、同じ「自然史 Naturgeschichte」という概念を主題として扱っているところにもっとも良く現れている。細見のアドルノに対する関心の出発点がアドルノの「自然史」概念にあり、しかもそれがたんに出発点というだけでなく細見のアドルノ読解のいわば通奏低音をなしていることとは間違いのないところであろう。

一

ではこの「自然史」概念に関して細見が抱いている問題意識とはどのようなものなのか。やや祖述的になるが細見の記述に即しながら追ってみよう。周知のようにこの「自然史」という概念は、一九三一年に行われた講演「自然史の理念」のなかに登場する。ここでアドルノは、「自然史」という概念を、「自然」と「歴史」という本来根本的な違い、対立を含んでいる二つの概念の結合体として捉え、その結合の仕方、過程そのもののなかから「『自然 Natur』と『歴史 Geschichte』という両概念を相対化しうるような、ある批判的な理念としての『自然史 Naturgeschichte』」

（一一頁）という概念を抽き出そうとする。つまり「自然史」という概念は、そのつどすでに所与の存在としてそこにある「神話的なもの」（一二頁）としての「自然」に対しても、「新しいものとして現れてくるものによってその真の性格を得るような運動」（同）としての「歴史」に対しても、ある独特な仕方で距離を置く概念なのである。そしてこの距離のうちには、アドルノがこの概念を紡ぎだすことによって遂行しようとする一個二重の批判のための思考戦略が隠されている。

この一個二重の批判の対象となっているのはハイデガーの『存在と時間』における存在論的思考と、ルカーチの『小説の理論』における「自然」と「歴史」の媒介態としての「第二の自然」をめぐるある種の歴史主義的思考、より正確にいえば「終末論的」思考である。そしてその批判が一個二重であるのは、両者に対する批判に「全体性」のカテゴリーに対する批判という契機が共通して存在するからである。そしてこうした「自然史」概念の批判性を戦略的に規定づけているのは、アドルノがこの概念を紡ぐ上で強い影響を受けたと考えられるベンヤミンの『ドイツ悲劇の根源』におけるアレゴリー論である（一三頁以下）。

ハイデガーの存在論はなるほどその思考に含まれる存在者と存在の差異という認識、あるいは時間性の構造を通して歴史性との接合点を有している。それは、ハイデガーにおいて伝統的な形而上学における非歴史的「全体性」のカテゴリーが歴史性の側から問い直されようとしていることを意味する。だがアドルノによればハイデガーは、その接合点から「存在の意味の問い」を通じた「全体性」のカテゴリーの復権という形而上学的な、言い換えれば脱歴史的な思考地平へと超出してゆく。しかもそうしたハイデガーの存在論は、「存在の意味を問う」というその構えによって伝統的な哲学の持つ「気密性」「黙想性」に、言い換えれば現実に対する哲学の「偉大性」を強弁する「『根源哲学』という病」（九一頁）に再帰するとともに、「全体性」の概念を『存在と時間』第七四節の「民族の生起」という概念をめぐる議論に典型的なように、ナチスとも共振する国家＝民族共同体のもとでの「共同現存在」の「命運」へと、さらにはその「命運」への服属の「命令」へと投企してゆく。つまり「全体性」への再帰と再形而上学化が同時進行するのである。それは、ハイデガーの思考が現象学に胚胎された「主観的な理性」とそれを超える「超主観的な transsubjektiv 存在」（一五頁）のあいだのパラドクスという「アポリア」から後退して、「『歴史性』あるいは『存在』という単一の概念のうちへ逃避」（一六頁）していったがゆえである。「自然」と「歴史」の関係でいえば、「歴史」の契機が完全に「自然」の神話性の側へとのみ込まれ同一化されるのである。

　このようなハイデガー哲学の持つ問題性に対し、ルカーチの『小説の理論』における「第二の自然」をめぐる議論は、それが「自然」の歴史化される場、すなわち「歴史による媒介と自然の直接性をともに含み込んだ」（二〇頁）場としての「第二の自然」から出発しているかぎりにおいて、「自然史」概念の把握のための前提となりうる。というのも「自然」が本来対立するはずの「歴史」の可変性へと媒介される結果生じる「第二の自然」は、アドルノが考える「自然史」概念の起源というべき「近代における経験」の「事柄 Sache そのもの」（同）によってもたらされるからである。

　しかしルカーチは、この「第二の自然」に「ゴルゴタの丘＝刑場 Schädelstätte」（二一頁）という神学的な呼称を与えていることからも明らかなように、それを疎外＝物象化の生起する場、言い換えれば「美学的な調和的世界としての『全体性』」（二二頁）が失われてしまった場として否定的なかたちでしか捉えようとしない。つまり「第二の自然」は失われた「全体性」へのノスタルジーの、その回復願望の否定的な契機に過ぎなくなるのである。ルカーチの議論はそこから「全体性」の一挙的な回復を志向する神学的・終末論的な文脈に向かう。その結果「第二の自然」の向こうに看取されるべき「自然史」概念の本質的な契機がスポイルされてしまうことになる。

二

　すでに触れたようにアドルノの「自然史」概念にもっとも決定的な影響を与えたのはベンヤミンの『ドイツ悲劇の根源』、とりわけその「認識批判的序論」におけるアレゴリーをめぐる議論であった。ベンヤミンによれば、アレゴリーとは「意図なき志向」を体現する「形象」ないしは「図像」である。それは、アレゴリーが「当初の概念や意図のうちには回収しきれない意味を放射する主体」（三一頁）であることを指し示している。というのも「意図なき志向」とは、あらかじめ設定された意図——目的、グランドデザインなど——のうちに胚胎される「全体性」への志向から逸脱するものに他ならないからである。ここで「自然」と「歴史」の関係は大きく変移する。もう少し詳しくみるならば、ベンヤミンのアレゴリー概念は、「自然」が

「凋落 Verfall」（二一四頁）の過程をたどりながら歴史化されてゆくという事態、言い換えれば「自然」が無限に断片化され廃墟と化してゆく事態を、逆に「歴史」の側から「コードなき暗号」（二一七頁）として、「自然」の救済に向けて解読しなおすという営為と結びついている。それは、アドルノの言う「歴史的な存在が比類なく歴史的に規定されているときに、つまりそれがもっとも歴史的であるところで、それをそれ自身自然的な存在として把握する」（一六頁）営為に他ならない。

このアレゴリー的方法によって、「自然」と「歴史」は各々の同一性を無媒介なかたちで前提とするような広義の意味での形而上学的方法の地平を脱して、全体と部分、本質と現象、主観と客観、同一性と差異性といった伝統的な二分法《ディヒョトミー》の予定調和的な関係からたえず逸脱する、「非同一的なもの」の作動する場として思考され認識されることになる。このことがアドルノの「自然史」概念の要諦となるのである。そしてそれは同時に、『否定弁証法』まで至るアドルノの思想的歩み全体の基調音ともなるのである。

三

細見の「自然史」概念をめぐる問題構制は大要こうしたかたちで捉えることが出来るだろう。細見の論述は詳細かつ正確であり、アドルノの思考の核を理解する上でたいへん示唆的である。それに加えて細見の論究が、アドルノのテクストのなかで重層的に折り重なっている思考文脈の地層を一つ一つ丁寧に分節化しながら取り出してゆくというやり方を通じて、アドルノの錯綜を極めた思考機制を解読するための作業を進めている点も特筆すべきである。というのもそのやり方自体がアドルノの非同一的な思考の実践としての意味を持ち、かつそれを通してアドルノの思考の構図と核心を乱暴なかたちで「同一化＝全体化」することなく救いとることにつながっているからである。

その重層性の解読の鍵となっているのは、アドルノの思考においてつねに原基的な参照点となっているカント、ヘーゲル、マルクスのそれぞれの思想的エレメントとそれら相互の絡み合いであり、さらにそれへ重なるフッサールやハイデガー、あるいはフロイトなどの理論への肯定、否定を含んだアドルノの反応のあり様である。そしてこうしたアドルノの思考の重層性の剔抉から、アドルノの出発点ともいうべき「モデルネ」の歴史性の構図がくっきりと浮かび上がってくることも、本書の大きな功績というべきであろう。

そのことは、とりわけ本書を一個の批評作品としてみた場合にもっとも読み応えのある成功作として評価しうるであろう「テクストと社会的記憶」と題されたハイネ論に顕著なかたちで現れている。アドルノのハイネ読解を辿りながら、アドルノにとっての「モデルネ」の歴史性の核心をなしているのが〈アウシュヴィッツ〉へと帰着する反ユダヤ主義の傷《トラウマ》であることを浮かび上がらせるその手際は見事である。「アウシュヴィッツ以降詩を書くことは野蛮である」という、あまりに人口に膾炙したアドルノの言葉から私たちは、ハイネ以後のドイツ・モデルネの歴史に刻印された「傷み」がどれほど深いかを、あらためてフランツ・カフカや、パウル・ツェラーンや、誰にもましてベンヤミンを想いおこしながら想像力を働かせて読み取る必要がある。

第四章　アドルノ「自然史の理念」について

一

　フランクフルト学派の思想的特質、とりわけテオドーア・ヴィーゼングルント・アドルノ（Theodor Wiesengrund Adorno）の思想の核心について考えようとするとき、自然の問題が極めて重要なファクターをなしていることに気がつく。アドルノにとって自然は、彼が批判・克服しようとした理性の全一的支配、すなわちあらゆる存在を概念の網の目の中に捉え込み、対象化＝同一化せずにはおかない理性の運動――それはカント的悟性《フエシュタント》を典型的な現前形態とするものである――にとって最大の「他者」であった。言い方をかえるならば、自然は理性の「他者」であることを通じて、理性の全一性＝同一性（Identität）に対して「非同一的なもの（das nicht Identische）」としての意味と位置を与えられるのである。

　このようなアドルノの自然観が、いわゆる自然科学的な自然観とは大きく異なることは容易にみてとれるであろう。自然科学的な自然観を通じて捉えられる自然とは、まさに先ほどふれた理性の概念的対象化＝同一化を通して捉えられる自然、すなわち概念的分析のメスによって切り刻まれ、生命を失って冷たく硬化した自然に他ならない。しかしアドルノが捉えようとする自然は、そうした概念的対象化＝同一化の網の目をすりぬける自然、分析や対象化の手前にある「生きた」自然に他ならない。それはスピノザの「自ら産出する自然（Natura Naturans）」にも比定すべきものである。

　すでに言及したように、こうしたアドルノの自然認識のあり様が理性批判の問題意識と密接に結びついているということを注意を向ける必要がある。逆にいうならば、概念的対象化＝同一化をまぬがれる自然のあり様の発見・認識が不可避的に理性の「他者」の発見・認識を引き寄せ、かつそこに理性批判のプロブレマティクを浮上させるということである。アドルノがラディカルに押し進めようとした「啓蒙（Aufklärung）」の内在的かつ批判的な捉え返しの作業、そしてそのアドルノの最終的な帰着点である「否定弁証法（negative Dialektik）」の戦略は、その思考運動の表層においては確かにあらゆる肯定性＝実定性（Postivitat）――それこそが理性の概念的対象化＝同一化の所産である――の成立を阻止しようとする否定性への志向に貫かれていた。しかしその根底には、より正確にいうならばそうした否定性の志向を捉すアドルノの思想的ポテンシャルの中には、概念的対象化＝同一化の網の目が形成する肯定性＝実定性としての同一性に対して「他者」＝「非同一的なもの」であるがゆえに、概念的同一性とは根本的に異質なもう一つの肯定性＝同一性のポテンシャルたりうる「生きた」自然の認識が、そしてそうした認識を導くコンテクストが伏在しているのである。[1]それは、アドルノにとっていわば否定性のはてにやってくるユートピアとしての「和解＝宥和」へのポテンシャルに他ならない。

ここでもう少し大きな歴史的パースペクティヴを想定してみた場合、私たちはこうしたアドルノの自然認識をめぐるモティーフは決してアドルノだけのものではないことに気がつく。

アドルノの自然認識が理性批判の課題意識と結びつくというとき、この理性と自然の対抗関係は、理性、より厳密にいえば悟性知のもつ分析的性格に主導される理性が支配的である時代としての近代（Moderne）に対する抵抗のポテンシャルとしての自然という新たな問題次元をひらく。[2]理性のもつ「認知的―道具的」（Kognitiv-instromental）性格の一面的肥大化、そしてそれに関連づけられうる「科学技術の至上化」[3]、そしてそうした理性を駆使する主体の「操作＝支配主体」化がもたらす自然支配の全面化・普遍化という点に、とりわけ西ヨーロッパ世界で十七世紀以降生じた文明の根本的転換、すなわち近代化（Modernisierung）へのメルクマールをみることが出来るとするならば、アドルノのみようとする自然は何よりもこうした近代化への過程・論理にとっての根源的な「他者」としての意味を、言いかえればそれへの抵抗のポテンシャルとしての意味をもつことは明らかであろう。

おもえば近代に対する抵抗のポテンシャルを含んだ思想的営為は、その核につねにこの「他者」としての自然の発見＝復位への志向を、すなわち「他者」としての自然の発見＝復位のモティーフを近代に対引する「解放的認識関心（emanzipatorisches Erkenntnisinteresse）」の根幹にすえようとする志向を含んでいたように思える。その典型的な例証が、近代の完成態としての十九世紀近代に対する最もラディカルな抵抗のポテンシャルのトポスとしてのマルクス・ニーチェ・フロイトの思考に他ならない。

マルクスの資本制生産様式——それは近代をエコノミーの審級《インスタンツ》において規定づける社会編制の論理である——に対する批判＝解明の作業は、商品—貨幣—資本の循環が形成する価値形態のもつ同一性の仮象（物神性）に対する批判＝解明として遂行された。その際価値形態の同一性の地平の形成にあたってマルクスが最も着目した点とは、価値形態の同一性形成の論理に組み込まれている同一性と非同一性の媒介・接合の構造であった。逆にいうならば商品—貨幣—資本の循環が形づくる同一性の仮象が、同一性と非同一性の媒介・接合の隠蔽＝消去にねざしていることを、そしてその媒介・接合の復元が資本制生産様式の秘密の暴露にながるということを、マルクスは資本制生産様式の孕む物神的性格の批判＝解明のポイントにおいたのである。ではマルクスがみようとした価値形態の同一性に対する非同一性の内容とは何か。それは「労働力」である。あるいは『経済学批判要綱』の表現を借りるならば「生きた労働（die lebedige Arbeit）」である。それは本源的には価値形態としての同一化＝対象化をまぬがれる人間の内的な自然の表出形態に他ならない。資本制生産様式はこの本源的には非価値的・非対象的・非同一的な「労働力＝生きた労働」を「剰余価値」のもつ「開発・搾取（Ausbeuten＝Exploitation）」の論理を通じて同一化＝対象化する。すなわち同一性と非同一性を媒介・接合するのである。

だがここでみておかねばならないのは、マルクスのこうした資本制生産様式のもつ同一性と非同一性の媒介・接合とその隠蔽＝消去のメカニズムの認識が、そのまま資本制生産様式の不連続点の、つまりそこをおし拡げてゆけば資本制生産様式のもつ体系的整合性が崩壊せざるをえないような臨界点の認識につながっているという点であろう。そしてこの不連続点＝臨界点の開示を促すポテンシャルであると同時に、開示の結果資本制生産様式の同一性にとっての「他者」として現出するのが「労働力＝生きた労働」に他ならない。すでに明らかだと思うが、この「労働力＝生きた労働」はそれが人間の内的自然の表出である限りにおいて、まさしく先ほどから私たちの問おうとしている「生きた」自然・理性の「他者」としての自然のあり様をさし示しているのである。(4)

ニーチェの場合であれば、「力」、あるいは「力への意志（Wille zur Macht）」がそうした「生きた」自然・理性の「他者」としての自然の境位に対応する。ニーチェの「力への意志」は「権力意志」には一義的に解消されえない。いなむしろそれは端的にニーチェの誤読といわねばならない。なぜならニーチェの中で「力への意志」はつねに彼の方法的戦略としての「系譜学（Genealogie）」的認識と結びついているからである。そしてこの「系譜学」的認識のプロブレマティクは、権力作用を含む一切の制度的・イデオロギー的実定性の核にひそむ「顚倒＝倒錯」の批判＝解明に向けられているからである。ニーチェの「力への意志」はまさしくこうした「顚倒＝倒錯」、すなわちマルクスが資本制生産様式の中にみた物神性と同じ「同一化の詐術」の剔抉を通じて見い出される非対象的なもの・非同一的なものとしての「力」の境位の肯定に他ならないのである。それは断じて「権力意志」などという同一化された実体ではない。とするならば思想的にニーチェの「力への意志」もまた、私たちが問おうとする「生きた」自然・「他者」としての自然の思想的境位に照応することは明らかである[5]。

さらにフロイトにおける「無意識」の発見、あるいは「リビドー」という形で名づけられた衝動の領域の発見もまた、マルクスとニーチェにおいて見てきた「物神性＝倒錯」の剔別を通した「生きた」自然・理性の「他者」としての自然の発見というプロブレマティクと通底している。

ただここで一点ありうべき誤解を防ぐためにコメントしておくならば、「生きた」自然・理性の「他者」としての自然の認識は、近代に対して、あるいは理性に対して「失なわれた根源（Ursprung）」を直接的に回復をめざすわけではないということである。もう少し正確にいうならば、「生きた」自然・理性の「他者」としての自然の認識もまた、近代、あるいは理性に対する批判的認識＝解明の作業それ自身にさらされるということ、そしてそのとき「失なわれた根源」の回復という志向は必ず近代＝理性批判の「解放的認識関心」（ハーバマス）の方向性をゆがめてしまうということである。近代において輩出した多様な擬似神秘主義や擬似宗教運動――それらの帰結の一表現がナチズム＝ファシズムである――はその証左である。こうした「根源」回帰の願望のもつイデオロギー的性格と、「生きた」自然・理性の「他者」としての自然の認識ははっきり区別されなければならない。

二

アドルノはそうした課題に対してもっともラディカルな思想家であった。彼の仮借ない肯定性＝実定性の批判は、「生きた」自然・理性の「他者」としての自然の実体化を一切許さない。それはつねに否定性の運動――「否定弁証法」の下における「限定された否定（bestimmte Negation）」のたえざる行使――の中でネガとしてのみ現れる。そのネガの境位を、すなわち理性のもたらす肯定性＝実定性に対する否定のポテンシャルの境位をアドルノは「ミメシス（Mimesis）」と呼ぶ。それは、人間の内的自然とその外部に存在する外的自然が概念的対象化・同一化とは異なる非対象的・非同一的境位において出会い、和解することを意味する。そしてアドルノはかかるミメシスの境位を、近代における理性への抵抗の最大のポテンシャルを含むカテゴリーとしての美―芸術の中にみようとする。だがくり返すようにそれは実体的な形でではない。美―芸術がかいまみせる一瞬の光芒（Plötzlichkeit）においてミメシスは影のように自らを開示するのみである。

とはいえアドルノがミメシスの境位に彼の「解放的認識関心」のポイントを置いていることは疑いの余地のない所である。そしてミメシスの基底としての自然の概念を、「根源」回帰への志向性――結局それは「もう一つの同一性」の再建に終ってしまう――とは全く異なる形で追求しようとしたアドルノの思想の特質は、彼のテクストの至るところで見い出されるのである。

ここでその早い時期の例証としてアドルノが一九三二年七月十五日カント協会のフランクフルト支部メンバーを前にして行った講演「自然史の理念」[6]をとりあげてみたいと思う。

この講演は全体として三つの部分からなっている。第一部（Ⅰ）は「現代の存在論の状況」（S. 346）についての批判的検討、第二部（Ⅱ）は「歴史哲学のプロブレマティク」（S. 355）の検証、そして第三部（Ⅲ）はアドルノ自身の「自然史」の認識の提示である。

この構成にも現れているようにアドルノは、「自然史 Naturgeschichte」という言葉を形づくる二つの要素「自然」（存在）と「歴史」をいったん分離した上で、同時代のコンテクストにおいてそれぞれどのように議論されているかを検討し、かつ「自然」と「歴史」がそれぞれの議論の中で分離される傾向にあることを批判しつつ、両者をめぐる議論の再度統合を目ざすという行き方をとっている。アドルノの議論のあり様自体はかなりオーソドックスのものだが、しかしすでにその中には後年のアドルノの思想的展開、とりわけ『啓蒙の弁証法』から『否定弁証法』および『美学理論』へと至るアドルノの思考の道筋における中心的な要素が先取りされている感がある。

まずアドルノは冒頭で「私がいいたいことの本来的な意図は、ふつういわれる自然と歴史の対立《アンチ・テーゼ》を止揚すること」(S. 345) であると述べる。そしてこの「止揚」、すなわち自然と歴史の両極が一体化する状況の中からみえてくるもう一つの自然の概念をアドルノは、「神話的なもの (das Mythische) の概念」(同) と呼ぶのである。この呼び方は重要である。なぜならこの「神話的なもの」は歴史のもつ「質的に新しいもの」(S. 346) との連関において、第三部のアドルノ自身の「自然史」の概念の提示に大きく関わってくるからである。

それはさておき、第一部の「存在論の状況」をめぐってアドルノがまず問題にするのは現象学の動向である。

現象学には従来の存在論のコンテクトを超えようとする努力が内在している。すなわち「脱主観的・存在的 (ontisch) 存在領域」(S. 347) の探究の努力が、である。このことは現象学における存在への問いが二重化されることを意味する。すなわち「存在それ自身への問い」(同) と「存在の意味への問い」(同) へと、である。「存在それ自身への問い」が従来の形而上学的伝統のコンテクストに則った存在 (Sein) の始源的同一性の導出のための問いであるとするのに対し、「存在の意味への問い」は、その中に「存在者 (das Seiende)」への問いを含むことでそうした形而上学的伝統のコンテクストから逸脱する契機を含む。

だがアドルノは現象学的存在論の志向がその中に根本的パラドックスを含んでいると指摘する。それは、「脱主観的な存在を獲得しようとする努力の手段が同じ主観的理性《ラツィオ》に他ならず、それは何よりも批判的観念論〔カント的観念論をさす——筆者〕の構造を完成に導いたものである」(S. 347) という問題である。このことによって現象学的存在論は「存在者」への問いの意味を取り逃すことになる。

ここにはすでにふれた理性問題が深くコンテクストとして絡まっている。「主観的理性」は、まさに概念的対象化=同一化をになう近代的な理性形態のあり様に他ならない。「存在それ自身」とはこの概念的対象化=同一化の所産である。それに対して「存在者」はそうした概念的対象化=同一化の行程からの逸脱物、つまり「存在」そのものの確実性とは対照的な「疑しさ」(S. 348) を帯びたものである。現象学的存在論のパラドックスとは、こうした「存在者」への問いがその反対物としての性格をもつ「主観的理性」の手で行なわれねばならないところにある、とアドルノはいう。そして現象学的存在論はそのパラドックスゆえに最終的には「存在者」への問いの意味を取り逃すことになるのである。

ところでこの「存在者」の境位は、同時に現象学的存在論の境位が帰着する「歴史喪失（Geschichtslosigkeit）」（同）と対をなしている。逆にいうならば「存在者」の境位は歴史の境位と照応するのである。

存在者が自ら意味となる。そして存在の歴史超出的（geschichtsjenseitig）根拠づけに代って、歴史性としての存在の構想（der Entwurf des Seins als Geschichtlichkeit）が現れる（S. 349）。

ここからアドルノの考える自然と歴史の対立の止揚のモティーフが徐々に明らかになってくる。

歴史は決して自然が偶然的に負う属性（偶有性）ではありえない。むしろ自然の「根本規定」（S. 350）として意味づけられうる。このことは別な言い方をすれば、自然が「主観的理性」のあり様に規定づけられる「存在者の存在」への道、すなわち「存在者」の多様性、個別性が存在のもつ概念的同一性へと縮減される道をたどるのではなく、「存在者の歴史」への道、すなわち「極度の力動性」（同）を帯びたものとしての歴史が「存在論上の根本構造」（同）となる道をたどることを意味する。同時にここでいう歴史がアドルノの中で、そうした力動性を欠いた「歴史そのもの（das, was Geschichte »ist«）」――歴史の同一化形態――としてではなく、「歴史のようなもの（etwas wie Geschichte）」として、「既成のもの、硬直したもの、疎外されたもの」の対極に位置づけられることも見ておかなければならない（S. 350）。

アドルノは彼のこうした「自然と歴史の和解の問題」（S. 351）をめぐる構想を、当時の現象学的存在論の代表格としてのハイデガーに対する批判を通じて定式化するのである。

自然と歴史の和解の問題は、新しい存在論の問題設定の中ではみ<ruby>か</ruby>け<ruby></ruby>だけ歴史性の構造として解決されているにすぎない。というのも、ここでは確かに根本現象としての歴史が存在することは承認されているが、こうした根本現象としての歴史の存在論的規定、あるいはその存在論的解釈は挫折させられてしまっているからである。それは、自然と歴史の和解という問題それ自身が存在論へと昇華されてしまうことによってである（同）。

こうしたハイデガーの存在論の「挫折」――それは結局のところハイデガーのイデアリスムスへの固執の結果に他ならない――の要因をアドルノは二つにまとめている。一つは、「個別性に対する包括的な全体性の規定」（S. 352）である。この規定は全体性の優越の下で個別性を殺してしまう。もう一つは「現実性に対する可能性の強調」（S. 353）である。「可能性の王国の優越のうちに私はイデアリスムスの契機をみとめる。なぜなら可能性と現実性の対立は、純粋理性批判の枠の中では、経験の多様性に対してカテゴリー的かつ主観的な構造がもつ対立に他ならないからである」（同）

こうしたハイデガー批判を通して導出されるアドルノ自身の構想は次のようなものである。

> 世界が自然および精神の存在あるいは自然および歴史存在へと分離されるという、主観的イデアリスムスの習慣は止揚されねばならない。そしてその代りに、自然と歴史の具体的な統一が可能となるような問題設定が登場しなければならない（S. 354）。

この「具体的な統一」は、「現実存在の規定」（同）から生み出されるものに他ならない。

ここからアドルノは、自然と歴史が相互に交差する関係のあり様、すなわち両者の弁証法的交錯として「自然史」の概念を規定づける。そして、「具体的な歴史の弁証法的自然への還帰は、歴史哲学の存在論的方向転換、すなわち自然史の理念の課題である。」（S. 355））と決論づけるのである。

ここで問題は歴史哲学の側に移行する。

アドルノがまずとりあげるのはルカーチが『小説の理論』の中でいっている「第二の自然（die zweite Natur）」の概念である（同）。この「第二の自然」は、ルカーチによれば「意味を失いし「疎外された」自然、「人間の手で作り出されたから、人間から喪なわれてしまった」自然、白骨が重なり合う「ゴルゴダの丘（Schädelstätte）」のごとき自然に他ならない（S. 355-357）。

ルカーチの中ではこうした「第二の自然」が「意味にみちた自然」、「魂の覚醒という形而上学的行為」を通して呼び起される自然と二元的に対照される。「生けるもの」としての自然と「死せるもの」としての「第二の自然」の対立は、そのまま自然と「うつろいゆくもの（Vergangnis）」としての歴史の対立に置き換えることができるであろう。

だがこのルカーチの構図はあまりに静態的であり、それゆえに形而上学的である。ここでは再び自然と歴史が分離されることになってしまう。こうしたルカーチの視座の限界性に対してアドルノは次のような興味深い認識を対置する。「ゴルゴタの丘というい方には、暗号（Chiffer）の契機が存在する」（S. 375）。

このことはアドルノの中で、彼の友人であったベンヤミン（Walter Benjamin）の歴史認識の問題と結びつけられてゆく。

> ベンヤミンがなしとげたのは、自然史の問題に向けた決定的な転換であった。すなわち彼は、第二の自然の覚醒（という問題）を限りない遠方から限りなく近いところへともってきて、哲学的解釈の対象にしたのである（同）。

それは次のようにいうことができる。

> ルカーチにおいて歴史的なものはすでにあったもの（Gewesen）として自然へと還帰されえたのに対して、ここでは現象のもう一つの側面が現れている。すなわち自然がうつろいゆく自然として、歴史そのものとして叙述されるのである（S. 358）。

ベンヤミンはこうした「うつろいゆく自然」のあり方を、「アレゴリー」としてみようとする。

このアレゴリーを通してみられた自然は、もはや偶然性と本源性の対立とは、そしてそうした対立の枠組みが形づくっているイデアリスムスの認識圏域とは決定的に無縁なものとなる。

> ここで問題になっているのは普遍概念の構造の契機にとって土台となる《構想》からの発展というスタイルとは原理的に異質な論理の形式である。この異質な論理構造はここでは分析されえない。それは星座＝状況（Konstellation）の論理構造である。問題なのは概念からの説明ではなく、理念の星座＝状況である。すなわちうつろいやすさの理念と、自然の意義と理念と、歴史の理念の星座＝状況である。（中略）それらは、具体的な歴史の事実性のまわりに蝟集する。そしてこの事実性はそうした契機の連関の中で一回性を帯びて開示される（S. 359）。

ベンヤミンのアレゴリー概念においては存在者は、星座＝状況の潜勢的な全体性の契機を、自らの「うつろいやすさ」「腐巧・断片化への不可逆的な時間過程」を通して自らの中に内在させる。それは別ないい方をするならば、存在者はルカーチのいう「第二の自然」のもっている既存性（実定性）の形式を通して、うつろいゆく歴史の中で自らの「生きた」自然としての覚醒への潜勢的契機を待つ、ということである。こうした覚醒への待期状態・覚醒の潜勢的可能性の地平にある存在者（自然）は、いわば星座＝状況としての全体性をちょうどクロスワードパズルの一片のように自らのうちに隠し持っている暗号に他ならなくなる。

このことを通して自然と歴史の交差は、うつろいやすさの相貌――それは同時にいかなる形而上的同一性の構築も許さない歴史性の存在規定のあり様ということができる――の中に、「根源（Ursprung）[7]」と「自然」と「歴史」の弁証法的相関構造としてよみとられるべき「解放的認識関心」の契機を内化するのである。このことこそが、アドルノにおけるミメシスのポテンシャルの源泉であった。同時にそれは自然を「神話的なもの」として規定づけたアドルノの認識の帰結でもあった。

弁証法の契機は次の点にある。すなわち悲劇的な神話が自らの中に同時に、罪と自然への頽落と共に和解の契機を、自然連関の原理的な凌駕を含んでいるということに、である（S. 363）。

ここにおいてアドルノの「自然史」の概念は、「うつろいやすさ」（非同一性）の中の「和解（ミメシス）」（本源的同一性）の契機の剔抉を志向する、「神話と歴史の弁証法」の概念として定義づけられることになる。

歴史の弁証法は、たんに解釈しなおされた根源史の素材の再受容ではない。歴史の素材自身が神話的なものと自然史的なものの中で変容するのである（S. 365）。

この問題設定はまさに『啓蒙の弁証法』における「神話と啓蒙の両義性」、そしてそこに組みこまれた「支配と解放の両義性」のプロトタイプとみなすことができよう。「非同一性」の戦略と「ミメシス」のもつ「解放的認識関心」のモメントの内的連関にこそ、アドルノの思想的核心をみることができるとするならば、この「自然史の理念」という講演はアドルノの思想的誕生を刻するテクストとして、アドルノの思想の理解の上でたえず立ち帰って参照することが求められるべきものといえよう。

[註]

（1）これはアドルノにおける「ミメシス」の問題のコンテクストである。ThW. Adorno ; Ästhetische Theone Adorno Schnften Bd. 7 Suhrkamp.（アドルノ『美の理論』大久保健治訳　河出書房新社）参照。

（2）Jürgen Habermas ; Moderne-eine unvollendete Projekt. in "Kleine Politische Schriften I-IV" Suhrkamp. 参照。

（3）ders ; Technik und Wissenschaft als Ideologie. Suhrkamp. 参照。

（4）拙著『市民社会の弁証法』弘文堂、第二章参照。

（5）同、第三章参照。

（6）Adorno ; Idee der Naturgeschiche in "Schriften." Bd. 1（以下引用は本著作集のページ数のみしるす）。

（7）Walter Benjamin ; Ursprung des deutschen Trauerspiels in "Benjamin Schritten I-1" Suhrkamp の "erkenntmskntische Vorrede" 参照。

※　なお「自然史の理念」の解釈に関しては、W. Martin Lüdke ; Anmerkungen zu einer »Logik des Zerfalls« : Adorno-Beckett Suhrkamp. が参考になった。

第五章　異化する〈事実〉　ドイツ・ドキュメンタリー演劇について

一

　ドキュメンタリーという言葉から私たちは何を連想するだろうか。古いところだとロバート・キャパや写真家集団マグナムの戦場報道写真を、新しいところではマイケル・ムーア監督の「ボウリング・フォー・コロンバイン」や「華氏９１１」などのドキュメンタリー映画を想い起こす人もいるだろうし、もう少し一般的にテレビで放映されるドキュメンタリー番組のことを思い出す人もいるだろう。いずれにせよドキュメンタリーという言葉は、フィクションや物語の対極にあるありのままの事実、より端的にいえば「真実」を忠実に追い求め再現するという作業と結びつけられたかたちで語られるのが常である。そしてありのままの事実を再現するには、事実そのものを最も忠実に表現することが出来る映像という手段がいちばん向いていると信じられているからこそ、ドキュメンタリーという言葉は写真、映画やテレビなどの映像メディアと結びつけられるのである。

　ではそうしたドキュメンタリーという概念が演劇と結びつくことははたして可能なのだろうか。舞台という非日常的かつ特殊な空間において、演技者の肉体、表情、言語を通じて造型化される演劇の世界は、最初から事実そのものとは絶対的なかたちで区別される虚構性を、すなわち反事実的なフィクションとしての性格を必然的なかたちで含んでいる。というよりもむしろ虚構性を通じた、事実そのものの再現とは本質上異質な「ドラマ」という表現空間の創造行為をわたしたちは演劇と呼ぶのである。そしてそこで原型的に働いているのは超越化と理念（理想）化への志向といってよいだろう。例えば古代ギリシア悲劇の世界においては、神々の課す過酷な運命に立ち向かい斃れるアガメムノーンやオイディプスといった英雄が登場するが、彼らは「仮象の仮象」（ニーチェ）が持つ理想化された「真実」の担い手としての、すなわち現実の人間が帯びている錯雑な性格をつき抜けたところに現れる人間の生の理念的範型としての意味を持つ。こうした古代ギリシア悲劇の英雄の理念性にプラトンやアリストテレスの哲学における形而上学的超越性が対応していることはいうまでもない。

ところでそうした演劇の根源としての超越化・理念化の作用は、より具体的に演劇のあり方にそくしていえば、事実、あるいは事実の水平な連鎖によって織りなされる状況を垂直に超越するかたちで出現する「真実の顕現《エピファニア》」の瞬間を通して働く。この「真実の顕現」は、ドラマを構成する筋、あるいは物語の流れを土台としながら、そうした筋、物語の内部で作動する力学（ドラマトゥルギー）を一挙に凝集させるクライマックスとして現出する。そしてこのドラマのクライマックスとしての「真実の顕現」は同時に観客の感情に対して深い喚起力を発揮することによって、かつそれが共有される状況を劇場の内部で創り出すことによって、観客を束縛していた日常生活の事実＝状況への囚われからの解放と感情の純化・高揚を実現する。これが、アリストテレスの『詩学』に登場する「カタルシス」（昇華）の瞬間であることはいうまでもない。演劇の超越化と理念化の作用はこのカタルシスの持つ喚起力によって可能となる。例えばアガメムノーンが登場するアイスキュロスの「オレステイア三部作」において、父アガメムノーンを殺害した母クリュタイメーストラーとその愛人アイギストスに対し息子であるオレステスが姉エレクトラの教唆によって復讐を果たす場面や、ソポクレスの「オイディプス王」において、父ライオスを殺し母イオカステと交わった自らの所業を予言者テイレシアスによって明らかにされたオイディプスがわれとわが目を潰して娘アンティゴネーとともにテーバイを去る場面などは、このカタルシスを喚起する「真実の顕現」の瞬間の典型例である。

このように見てくるとき演劇の根源には、明らかに事実と対立する演劇的意味での「真実」が存在するように思える。そして演劇における「真実」がおそらくは演劇の歴史的起源でもある神話的なもの、すなわち日々の事実＝状況の変転に関わらず存在し続ける人間の生の常数としての「根源」（ベンヤミン）に由来しているかぎりにおいて、演劇の「真実」はけっして事実＝状況には解消されえないのである。

二

演劇の持つこのような超越化・理念化の作用をふまえるならば、演劇が事実と結びつきつつドキュメンタリーとしての性格を発揮することは不可能なように見える。だが近代という時代を迎えると、演劇は二つの要因を通じて事実との本質的な関わりを持たざるを得なくなってゆく。そしてそこから近代演劇の一類型としてのドキュメンタリー演劇のジャンルが誕生するのである。

第一の要因は、近代世界における神話的なものの衰退である。宗教や祭儀の契機をも含む神話的なものは、近代以前の世界においては宇宙観や人間の存在感情を根源的に統べる役割を果たしていた。そしてすでに触れたように演劇はそうした神話的なものの根源性によって支えられていた。だが近代世界の誕生とともに神話的なものは衰退へと向かう。たとえば神という中心によって秩序づけられた有限な宇宙《コスモス》という考え方が、等質な空間からなる無限宇宙という考え方に取って代わられたこと、さらには天動説から地動説への転換が起きたこと、そしてこのような転換に対応するかたちで自然を事実性の次元において観察し認識する自然科学の方法が生まれたことなどは、まさしく神話的なものの衰退の証左に他ならない。逆にいえば神話的なものの衰退こそが近代社会を生み出す動因であったといってもよいだろう。マックス・ウェーバーのいう「脱呪術化」はこのような事態を指し示している。そして物事を認識し自らの思考にもとづいて実践する主体としての人間が神に代わって世界の中心となってゆく。超越者を中心とする神話的・宗教的世界秩序から、地上の世界に事実存在として帰属する人間と自然によって構成される世俗的な世界秩序への代位が起こったのである。

このことは文学の世界に即せば、かつて古代世界において人間の作り出した文明の進展とともに神話や祭祀から叙事詩、さらに抒情詩が分離していったのとちょうど同じように、人間と自然を事実としての存在の次元において包含する近代世界の確立に並行するかたちで、神話的なものから、事実の描写と人間の内面心理の表現を主眼としながら世俗的世界を形象化する小説というジャンルが分離してゆくという事態として捉えることが出来る。演劇においても中世の受難劇や宗教劇に代わり人間社会を舞台としながらそこで起きる様々な出来事を描出する近代劇が誕生する。

こうした推移・変化は、演劇の世界が舞台という限られた特権的な場から、あるいはそこで働く超越化と理念化の作用から、多様な事実が充満し蠢動する猥雑な人間の世界の広がりのうちへと解放されることへとつながる。この人間世界を、近代とともに生まれた世俗的人間の集合体である「社会」と呼ぶとすれば、演劇は近代の誕生とともに社会という事実的な性格を持つ世俗的空間へと踏み込んでいったといってもよいだろう。それとともに近代演劇は否応なく事実の世界と向き合わざるをえなくなった。

だがこの近代演劇における事実の契機の浮上は、ふつう考えられるようないわゆる「リアリズム」という表現手法にだけ結びついてゆくわけではない。ここで演劇と事実の関わりに関する第二の要因が問われなければならない。

＊

近代社会における事実とはいかなるものなのだろうか。このとき私が想起するのは、二〇世紀ハンガリーのマルクス主義思想家として知られるジェルジ・ルカーチが若いときに書いた『小説の理論』のなかに出てくる「第二の自然」という概念である。

人間形態という第二の自然は抒情的実体性を持たない。その形式は象徴をつくりだす瞬間に身をよせるにはあまりにも硬すぎるし、その法則の底に沈殿する内容はあまりにも規定され、抒情詩においてエッセー的な契機に転じる要素から、いつまでも離れえないのである。（中略）それは硬直し、よそよそしいものとなった、もはや内面性を目覚めさせることのない意味複合体なのだ。この自然は腐乱した内面性が髑髏となった刑場［Schädelstätte＝ゴルゴタの丘］であり、――もし可能ならば――それを生き返らせる力があるものといえば、それを以前の現存在のうちに、あるいは当為の現存在のうちにおいて創造し維持していた魂を、ふたたび呼びさます形而上学的行為によるほかはなかろう。（中略）第一の自然にたいするこの自然のよそよそしさ、すなわち近代的な感傷的自然感情は、みずからの創造した環境が人間にとってもはや父の家でなく、牢獄と化したのだとする体験の投影にすぎないのだ。[1]

ここでルカーチは、「第二の自然」という近代世界とともに生まれた人間の新しい環境が、「象徴をつくりだす瞬間」、あるいは「魂」という言葉によって示唆されている形而上学的なもの、私たちがこれまで使ってきた概念に従うならば神話的なものの根源性に裏打ちされて可能となる超越化・理念化の作用を決定的なかたちで喪った、よそよそしく硬直した世界に他ならないことを指摘している。それは、先に言及した神話的なものの衰退という事態の核心をなすものである。と同時に私たちは、ルカーチの指摘するこのような「第二の自然」としての世界のなかにおいて、そこに帰属する事実がいわば「刑場」に散乱する「髑髏」のような、「魂」も「実体」ももはや有していない遺骸、残欠にすぎなくなっていることも見ておかなければならない。神話的なものの衰退とちょうど表裏一体のかたちで、浮上してきたはずの事実の側においても、当の事実の生命喪失という事態が進行していることをルカーチはここで指摘しているのである。

　このことは少し角度を変えていうと、事実が世界を構成する主要要素として前面に出てきたにもかかわらず、そのままでは事実そのものとしての力や作用を発揮することが出来ないということを意味する。そしてそれは近代世界に特有な事態なのだ。ではなぜそうなってしまうのか。ルカーチは『小説の理論』において把捉した「第二の自然」という概念を、彼がマルクス主義者へと転じた後最初に書いた、彼の思想的主著というべき『歴史と階級意識』[2]において「物象化」という概念へとさらに練り上げてゆく。この概念はマルクスの『資本論』に由来するものだが、この概念へと至ることによってはじめて事実がなぜそのままでは事実そのものとしての力を発揮しえないのかが明らかになる。

＊

例えば私たちは近代世界の構成物、すなわち事実である商品や貨幣に関して、「商品にはあらかじめ価値（価格）が内在している」とか「貨幣は個々の商品に先行・優先するかたちで価値（価格）を決定するものである」というように通常考える。だがマルクスはそれがある種の錯誤でしかないことを明らかにする。商品が価格というかたちである価値を持つのは、商品にあらかじめ価値が備わっているからではなく、商品が交換されることによって、より正確にいえば、ある任意のモノAと他のモノBが交換されることによって、Aの価値がBという他のモノの存在を通して表示されるという事態が生じるとき――このときはじめてAは商品になる――派生的にモノが価値を帯びるようになるのである。言い換えれば「商品にはあらかじめ価値が内在している」という現象的な事実（認識）は、「交換が価値を形成する」という本源的な事実を顚倒・隠蔽することによって成立する仮象にすぎないのである。貨幣についてもまた同様に考えることが出来る。貨幣があらかじめ価値を表示するのではなく、モノの交換とその結果としての商品および価値の成立をまってその後にはじめて貨幣が生まれるのである。物象化とはこのような仮象としての事実によって本源的な事実が顚倒され隠蔽される事態を指し示す概念に他ならない。

近代世界においては、物象化の構造から生み出される仮象としての事実にもとづいた世界像が形成される。近代世界の事実はつねにこの物象化の構造によって導かれる仮象のヴェールに覆われているのだ。私たちの事実認識もまたこの仮象のヴェールを免れることはできない。ルカーチが『小説の理論』のなかで「第二の自然」に関して指摘した「よそよそしさ」「硬直」という性格は、こうした仮象としての事実の持つ性格に起因していると考えることが出来る。そして重要なのは、この仮象としての事実の世界が、本来事実を通して拓けるはずの「真実」への回路を閉ざし、むしろ逆に事実に対する本質的な意味での判断や思考の停止という事態を、言い換えれば事実（真実）に対する本質的な盲目性を生んでしまうことである。

このことは、近代世界における支配＝権力のメカニズムの問題と深く関わる。なるほど近代社会はそれ以前の社会にあったような残虐な拷問や殺戮などの直接的な暴力に訴えるような支配＝権力のあり方とは異質な――もちろんナチス・ドイツや天皇制ファシズムのような例外はあるが――ミシェル・フーコーの言い方に従えばソフトな監視や訓育に基づく「生権力」のメカニズムを生み出した。[3] だがそれは同時に、近代社会の支配＝権力の作動システムが、直接的な暴力に代わる「主体化＝服属化」（フーコー）のメカニズムという武器を手に入れたことを意味する。すなわち社会そのもの、その事実性の次元そのものを支配＝権力の作動する平面とすることによって、その事実性をありのままの現実として無抵抗・無批判に受け入れることがそのまま支配＝権力への服属過程となるようなメカニズムが生まれたのである。しかもその服属過程は、それがあたかも自分自身の自発的な選択や実践の結果であるかのように了解され意味づけられてしまう自発的服従のメカニズムを同時に伴なうのである。

このことを可能にするのが物象化のメカニズムであることはいうまでもない。日々商品を自発的に売ったり買ったりするという行為が経済社会における支配＝権力の作動そのものであり――なぜならそれによって貨幣＝資本の支配性が生み出されているからである――有権者という主体の一員として自発的に投票することが国家という支配＝権力の作動を可能にしているにもかかわらず、わたしたちはそれを自らの自発的行為として、自分の思考や判断にもとづいて行っていると信じ、かつそれを何の疑わしいところもない自明な事実として受けとめている。それをもたらすのが仮象としての事実を生み出す物象化のメカニズムに他ならない。

三

さて話を演劇にもどそう。演劇はすでに触れたように、近代世界において社会というかたちで現れる事実性の次元へと接近していった。そこで繰り広げられる多様な事実の展開こそが、新たな演劇世界の土台となるはずであった。だがその事実性の次元には、今見たように物象化のメカニズムが、つまり事実を仮象化するメカニズムが働いている。ただ無媒介なかたちで事実性の次元へと接近してゆくとき、演劇の世界もまたこの仮象としての事実の詐術に絡め取られてしまうことになる。裏返して言えば、もし演劇が「真実」への回路を拓くかたちで事実性の次元と向き合おうとするなら、この仮象としての事実に欺かれないための、言い換えれば仮象としての事実によって顛倒・隠蔽された本源的な事実（真実）を復元しうるための事実認識の方法を見出さねばならないはずである。

それは、演劇が支配＝権力にとって都合のよい仮象としての事実（現実）の単純な再現となることを拒否するための方法といってもよい。つまり近代の演劇は、事実性の次元への接近が不可避となるその時点において、事実を通して演劇的意味における「真実」を発現させる――それは超越的理想化を伴う「顕現」そのものではないが、そこで働く反事実化の働きとは深く関連する――という課題を、より正確にいえば、仮象としての事実によって織りなされる支配的現実に対して批判や抵抗、異化の視点をもって立ち向かいながら本源的事実（真実）を露わにさせるという課題を負うことになるのである。それはちょうどマルクスの『資本論』における物象化メカニズムの解析作業に「経済学批判」という副題が添えられていることに対応する。そしてこの批判と異化の視点に立つ事実認識が問われるとき、演劇ははじめて事実との本質的な関わりに根ざすドキュメンタリーの手法と出会うことになる。

＊

近代演劇においてこうした課題がどのように展開されたかを、ここでドイツ演劇の歴史に即して具体的に考えてみたい。仮象としての事実に対する批判的認識の視点は、すでに一九世紀においても例えばゲオルク・ビューヒナーの、フランス革命における理想と現実の葛藤を描いた『ダントンの死』や、虐げられた下層兵士による愛人殺しを題材にした『ヴォイツェック』に現れている。とくに愛するマリーという娼婦を自分が従卒を務めている上官に奪われた兵士ヴォイツエックが、ついには錯乱してマリーを殺してしまうという筋立ての後者のドラマには、一八三〇年代、いわゆる「三月前期《フォーアメルツ》」の時期のドイツにおいて、『ヘッセンの急使』というアジビラを通して、メッターニヒに主導された反動的な政治史配体制と急速に激化しつつあった産業資本主義化のもとでの階級対立に対してラディカルな闘いを挑んだ活動家でもあるビューヒナーの、先鋭な政治＝社会批判（事実批判）のまなざしを読みとることが出来る。

さらには一九世紀ヨーロッパ社会の女性差別の状況を告発したヘンリック・イプセンの『ノラ』や、一八四四年にシュレージエン地方で起きた織工たちの蜂起を題材に取ったゲルハルト・ハウプトマンの『織工』などに代表される、いわゆる自然主義演劇にもこうした事実批判の眼が現れている。とはいえ事実批判を通して事実そのものの次元における「真実」を浮かび上がらせるという課題が、とくにドキュメンタリーの手法との結びつきにおいてより本質的なかたちで深化されるのは二〇世紀に入ってからである。そしてその最初の旗手となったのはベルトルト・ブレヒトであった――その先行者には、ロシアのメイエルホリド、エイゼンシュテイン、ドイツにおける政治的演劇の創始者ピスカートルらがいる――。ブレヒトの「叙事的演劇」の概念こそは、仮象としての事実に対する批判と異化の視点をドキュメンタリー演劇の方法を通してはじめて具体化したモニュメントに他ならない。

ここでヴァルター・ベンヤミンが書いたブレヒト論「叙事的演劇とはなにか」の一節を引いておこう。このベンヤミンの所論は、ブレヒトの「叙事的演劇」の概念が意味するものをもっとも本質的なかたちで抉り出していると思えるからである。ついでに言えば、ベンヤミンは、例えば第一次大戦後の破局的インフレにあえぐドイツの現実をモンタージュした『一方通行路』[4]という断章集や、一九世紀パリの市民社会の現実を膨大な引用の堆積を通じて浮かび上がらせようとした『パサージュ論』[5]といったテクストに現れているように、微細な事実の連なりの中に隠れている「真実」を判じ絵のように抽き出すことの出来た稀有な思想家だった。例えば、彼がしばしば使った「ファンタスマゴリー」（幻影・幻灯）という言葉は、まさに仮象としての事実を「真実」に向かって読みぬくための認識＝批判の手法を暗示している。

ブレヒトはかれの演劇を叙事的とよんで、狭い意味での劇的演劇に対置する。劇的演劇の理論を定式化したのはアリストテレスだから、ブレヒトは叙事的演劇のドラマトゥルギーに非アリストテレス的という名を与えている。(中略) ブレヒト劇が取り去ったものは、アリストテレスのいわゆるカタルシス――すなわち、ヒーローの感動的な運命に感情移入することをつうじて、情緒を排出し、解消すること――である。(中略) ブレヒトの考えでは、叙事的演劇では、筋の展開よりも状況の表現のほうが、重要である。だが、ここでいう表現は、自然主義の理論家のいう再現とはちがう。第一に必要なことは、まず状況を発見することだ(状況を異化する〈verfremden〉こと、といってもよい)。この状況の発見(異化)を実現する手段が、劇の流れの中断である。(6)

ベンヤミンはまず、ブレヒトの「叙事的演劇」が、「カタルシス」の作用を核とする「劇的演劇」、すなわち超越化・理念化をもたらす「真実の顕現」の表現としての演劇とはまったく別なものであることを確認した上で、「叙事的演劇」の基本要素を、「状況の発見(異化)」とその手段としての「筋の中断」に求める。これに引用箇所より前のところでいっている「集団」としての「公衆」の要素を加えれば、ベンヤミンが捉える「叙事的演劇」の骨組みが明らかになる。それは、筋や物語の要素にではなく、事実=状況に、それも仮象としての事実ではなく、「発見(異化)」を通して見出されるべき事実=状況に依拠する演劇のあり方に他ならない。この文脈に立つならば、「公衆」(観客)は純一なカタルシスにむかって自らの感情を投企する存在としてではなく、ふだんは盲目となっている自らの帰属する事実=状況に対して、発見(異化)を通じて覚醒してゆく存在として、さらにはそうした覚醒を支配的現実そのものの発見(異化)として受けとめ、それを通してそうした現実に対する批判と抵抗を集団的なかたちで開始する――それは最終的に革命へとつながる――存在として規定されるのである。それは見方を変えていえば、演劇の場において舞台と客席の垣根が取り払われ、ドラマトゥルギーが公衆にとっての「今」そのものとして認知・体験されるということでもある。

このような「叙事的演劇」のあり方が、戦闘的なマルクス主義者でもあったブレヒトにとってマルクス的な意味における「物象化」の認識=批判の水位をさし示していることは言を俟たない。そしてドラマにおける筋や物語は、仮象としての事実の織りなす世界にあっては、公衆の仮象性を見抜く力を奪い感傷的な慰撫や充足感のなかでまどろませてしまう「ファンタスマゴリー」作用としてしか機能しないからこそ、「筋の中断」が、覚醒、すなわち事実＝状況の発見（異化）のためのもっとも重要な条件となるのである。こうした仮象を際立たせる批判・異化としての事実＝状況認識のあり方こそドキュメンタリーという手法の要諦に他ならない。

＊

周知のように二〇世紀のドイツは、仮象としての事実＝状況に対する盲目性が時の支配＝権力と結びつきながら最も恐るべき破局的な事態へと帰結する過程を、「アウシュヴィッツ」に象徴されるユダヤ人の集団虐殺というかたちで具現してみせた。「アウシュヴィッツ」が怖ろしいのは、たんに虐殺されたユダヤ人の数の多さゆえだけではない。反ユダヤ主義を呼号するナチスによる支配のもとで仮象としての事実＝状況の中にまどろんでいたドイツ人の途方もない無責任さ、盲目性が、資本制システムの凝集点というべき徹底した合理的メカニズムにもとづくベルトコンベアー式大量生産工場と原理的にはなんら変わらない「死の生産工場」としての「アウシュヴィッツ」における何の後ろめたさや罪障感も伴わない殺戮を可能にしたという事実こそ、「アウシュヴィッツ」の怖ろしさの核心なのである。なぜならその虐殺システムの合理性は、たとえ個別的な事実としての「アウシュヴィッツ」が消えても、資本や民主制のシステムの合理性のもとでいつでも再生しうるからである――マックス・ホルクハイマーとテオドーア・W・アドルノの共著『啓蒙の弁証法』[7]はそれを明らかにしている――。しかもその合理性の本質は仮象としての事実＝状況のなかに埋没し、私たちの日常意識にとっては認識しえないものとなっているのだ。

とするならば、ブレヒトの「叙事的演劇」における事実＝状況の「発見（異化）」の方法は、もっとも本質的な意味における「アウシュヴィッツ」批判（異化）の契機としてこそ捉え返されなければならないはずである。こうして「アウシュヴィッツ」に象徴されるナチスの全体主義的暴力へと帰結していった近代（現代）社会の仮象としての事実＝状況（支配的現実）を批判的なかたちで「発見（異化）」するという課題が、ブレヒトの「叙事的演劇」の文脈の中から生じてくる。これこそが戦後ドイツにおけるドキュメンタリー演劇の基本モティーフに他ならない。

法王ピウス一二世在位時のバチカン法王庁とナチス・ドイツの癒着を暴いたロルフ・ホッホフートの『神の代理人』[8]はその最初の成果である。この作品が惹起したほとんどスキャンダラスともいえるドイツ国内における論争状況は、この作品の持つ強い喚起力を逆に証明している。そしてホッホフートとともに、いなホッホフート以上に仮象としての事実＝状況の批判的な「発見（異化）」をドキュメンタリー演劇の手法を通してラディカルに追求したのが、『サド侯爵の演出のもとにシャラントン保護施設の演劇グループによって上演されたジャン・ポール・マラーの迫害と暗殺』『追究』[9]などの作品で知られるペーター・ヴァイスである。ヴァイスがナチスの支配を逃れスウェーデンへ移住した亡命者であったことは、ヴァイスの作品を理解するうえで重要な鍵になる。

『マラー／サド』においてヴァイスは、ロベスピエールと並ぶジャコバン派の指導者の一人であったマラーが二四歳の女性シャルロッテ・コルデに浴室で暗殺されるという、ダヴィッドの絵によって知られる事件を下敷きにしながら、革命のためなら大量殺戮も厭わない過激な急進主義者マラーと政治に絶望する過激な個人主義者サドの関係を軸に、かつ二人を取り巻く当時の事実＝状況を全体として「劇化した上で精神病患者にそれを演じさせるという反事実的イリュージョンの手法を駆使して、反転＝陰画的なかたちでマラー暗殺に象徴されるフランス革命の事実＝状況の「真実」、本質を浮かび上がらせようとする。したがってこの作品は厳密に言えばドキュメンタリー演劇とはいえない要素を含んでいる。とはいえ反事実的手法によって無媒介な事実＝状況に対して距離を置こうとするヴァイスのこの作品における姿勢が、ドキュメンタリー演劇の本質である仮象としての事実＝状況の批判的な発見（異化）のモティーフをかえってこれ以上ないほどに衝撃的かつ鮮やかなかたちで浮かび上がらせていることを見落としてはならないだろう。

そしてこの作品の背後に、「異端的マルクス主義者」を自認していたヴァイスにとって二〇世紀の革命の苦い帰趨として認識されていたであろうソ連社会主義のスターリン体制への変質の問題や、ローザ・ルクセンブルク、トロツキー――ヴァイスはトロツキー暗殺事件も劇化している[10]――を始めとする数多くの革命の犠牲者への哀悼の思いが読みとられうるとするならば、やはりこの作品はドキュメンタリー演劇の傑作として評価されるべきであろう。

もう一つの作品『追究』は文字通り「アウシュヴィッツ」を題材にした作品である。下敷きになっているのはフランクフルトで行われたアウシュヴィッツ関係者に対する裁判であった。この作品については十分検討する時間がなかったため詳論はひかえざるをえないが、ヴァイスのドキュメンタリーの手法がここでも単純な事実の再現ではなく、カンタータ形式という反事実的な迂回を通して「真実」へ迫ろうとしていることを指摘しておきたい。

四

現代においてドキュメンタリー演劇は極めて難しい条件を負っているように見える。最初にいったように、映像メディアのほうがはるかに事実を再現しやすいという「常識」が存在し、かつ作品も数多く生み出されているからだ。だが映像メディアがドキュメンタリーを追い求めようとするとき、そこに重大な隘路が生じていることもまた見ておかねばならないだろう。それは、現代社会の現実が、近代世界の誕生とともに生じた仮象としての事実＝状況をより深刻なかたちで負っているという問題である。二〇〇一年九月一一日、テレビを通して世界中に流れたあのツインタワー崩壊の映像は、それが映像であることによって奇妙な錯覚を私たちに喚起した。その錯覚は、これってハリウッド映画のどこかの場面で見たような映像じゃないか、という既視感に由来する。つまり映像がどこかで事実を追い越してしまっているという感覚である。このことはCG技術などの発達によってさらに加速される。その結果、事実を再現したと思っている映像が逆に事実を創り出しているのではないか、いやひょっとすると「捏造」しているのではないか、という疑問がつねに頭から離れないような状況が生まれている。

このことの先には、もはや映像（フィクション）と事実が区別し得ない状況が当然にも想定される。それは、監視や訓育を通して作動する支配のメカニズムと自分のものと信じられている感性や思考・認識が、事実と映像の区別が不可能な擬似現実のうちで完全に一体化する「生権力」的状況の極みともいえる。そうした中で映像表現が無媒介に事実の再現としてのドキュメンタリーを追い求めようとするならば、かえってこの徹底した事実の仮象化を加速させる役割を果たしてしまいかねない。例えば、戦争の犠牲になって死んでゆく者たちの姿を完全に消去し、あたかもTVゲームの画面上での出来事のように爆撃機のピンポイント攻撃を、爆撃機の操縦席のモニター画像にもとづいて映像化した、一九九一年の湾岸戦争時のアメリカのニュース映像はその先駆けだった。

こうした状況に対抗するためにあらためてドキュメンタリーの手法・意味が根底から問い直されなければならない。

そこでは発見・異化が何によって可能となるのかもう一度徹底的に考えつめてみる必要がある。もちろんかんたんに答えは見つかるはずもない。だが、例えば演劇が今見たような映像の逆説的な虚構性・仮象性と比べ、その表現構造および手法のうちに最後まで還元不能な――したがって仮象化しえない――役者の肉体や舞台空間そのものの持つ不透過な物質性、言い換えれば軽やかで自在な仮象としての事実の戯れへとストレートに向かうことを拒否するような鈍重な物質性の重みを潜ませていることは一つの手がかりとなりうるのではないだろうか。そしてそれは、かつてのギリシア悲劇における超越化と理念化を通じた「真実の顕現」が、事実＝状況の発見（異化）という回路を通じた「真実の発現」へと置き換えられる可能性の所在――不透過な物質性が事実＝仮象と擦れあうとき生じる摩擦感、あるいは抵抗感がその転轍点としての役割を果たす――を示唆しているように思える。

［註］
（1）ルカーチ『小説の理論』（大久保健二他訳）『ルカーチ著作集』2、白水社、六二一〜三頁。［　］内筆者。
（2）同（平井俊彦訳）、白水社。
（3）フーコー『監獄の誕生』（原題『監獄と処罰』田村叔訳）、新潮社、参照。
（4）ベンヤミン『一方通行路』（久保哲司訳）。『ベンヤミン・コレクション』3、ちくま学芸文庫。
（5）同（今村仁司他訳）、岩波現代文庫。
（6）同「叙事的演劇とはなにか」（野村修訳）、『ベンヤミン著作集』第九巻、晶文社。
（7）ホルクハイマー／アドルノ『啓蒙の弁証法』（徳永恂訳）、岩波文庫。
（8）ホツホフート『神の代理人』（森川俊夫訳）、白水社。
（9）『マラー／サド』（岩淵達治訳）、白水社。
（10）『亡命のトロツキー』（岩淵達治訳）、白水社。

第六章　埴谷雄高『幻視のなかの政治』をめぐって

二〇世紀においては、「政治」という言葉の持つ意味が極端なかたちで二つの相反する極へと分岐したように思われる。ひとつが、高度に複雑化してゆく現代社会のあり方に対応する利害調整やコンフリクト制御の技術的手段としての「政治」であることはいうまでもない。この「政治」には、これまたいうまでもなく現に存在する経済メカニズムや政治システムが相関するとともに、イデオロギー的なレヴェルにおける市場主義や自由主義の理念が正統性の根拠として関与している。そしてこのような「政治」のあり方が少なくとも現実社会において「政治」という言葉の持つ意味のスタンダードとなったことも疑問の余地のないところであろう。だがそうした「政治」の技術化・機能化という事態がその正統化も含めて進行すればするほど、そうした「政治」の捉え方とはまったく異質な、むしろ真っ正面から対立するような「政治」概念がもう一方で浮上してくる。それは、歴史上初めて総力戦というかたちで遂行された第一次世界大戦とそこから生じた最初の社会主義革命としてのロシア革命とともに登場し、それに続く二〇世紀という時代の運命を深く揺り動かすことにたる「反《コントラ》政治としての政治」という逆説的な「政治」概念であった。

一

技術化・機能化された「政治」が現代社会におけるスタンダードな「政治」概念となった背景にあるのは、近代社会において進行した「世俗化」の流れであった。この「世俗化」の流れは、マックス・ウェーバーやユルゲン・ハーバーマスがいうように近代社会における機能分化と諸機能の自律化を生んだ。すなわち近代以前の社会において宗教や王権が保有してきた社会全体にまで及ぶような政治支配の全能性が解体し、経済や学問＝科学といった個々の社会領域における活動の持つ固有性や価値が自律的なものとして承認されるようになったのである。その結果として支配を司る政治の持つ機能は限定的なものになっていった。

より具体的にいうならば、政治がかつて所有していた価値や理念の内容そのものに関わるような支配力が失われ、社会の諸領域において展開される様々な活動の過程で生じる利害対立や矛盾を調整するニュートラルな手段へとその機能が限定されていったのである。こうして「政治」は「心情なき専門人（＝テクノクラート）」（ウェーバー）の価値中立的な技術的行為へと次第に特化してゆくことになる。

＊

こうした「政治」の技術化・機能化は、しかし二重のかたちで批判にさらされることになる。一つは、このような「政治」のあり方が社会のあるべき価値や理念を全体的・包括的なかたちではもはや語りえないということに対する批判である。当然ともいえると同時に「ないものねだり」に近いイノセントなトーンを感じさせもするこの批判は、しかし意外に深い根を含んでいる。それは、こうした批判の背後に、その全体を確固としたかたちで見通すことがもはや不可能なまでに複雑化するとともに、その制御のための高度なシステムを限りなく更新し続ける近代社会のあり方に対する根強い違和の意識が潜んでいるからである。

たしかに近代社会における「世俗化」の進行は、それまで個々人の生活や行為に重苦しくのしかかっていた政治支配の束縛力を軽減してくれた。しかしその結果として、個々人の生活や行為が社会全体に有機的につながっているという確かな手応えが失われてしまった。自分が社会のなかでどこに位置し、どのような連関を負っているのかということを的確に捉えることが極めて困難になるとともに、茫漠とした得体のしれない巨大なシステムに一方的に組み込まれてしまっているという感覚が、そしてそのことによって自らの存在の根がどこにも存在しないという深い喪失感がそこに生じる。言い換えれば、自らの個としてのあり方がなんらかのかたちで全体＝普遍性へとつながっているという実感を持ちえないという「よるべなさ」の感覚が急速に拡大していったのである――二〇世紀に登場したカフカやサルトルの文学世界を見ればそのことは明らかであろう――。

このような喪失感が世俗化された「政治」に対する根深い不満を生み出してゆく。一挙に絶対的な価値へと到達したい、全体＝普遍性を獲得したいというぬきがたい欲求がそうした不満に対応することはいうまでもない。ここから「政治」に対して技術的・機能的な役割を超える、世界観や価値観に関わるようなよりラディカルかつ包括的・全体的な内容を求める志向が生じてくる。こうした志向が、近代社会を根本において規定し性格づけてきた「世俗化」の流れと根底的に対立することはいうまでもない。

二

技術的・機能的な「政治」に対する第二の批判は、第一の批判と一見正反対の方向から生じてくる。というのも、この批判は「政治」が技術化・機能化されながらも依然として支配という権能を手放さないことに、すなわち「政治」がその機能を限定化されながらもやはり支配に関わる行為であることを止めないことに由来しているからである。

いうまでもないことだが近代社会には依然として政府機構が存在し、その下で警察や軍隊といった暴力的な支配装置が実際に機能している。つまり「政治」は、限定されているとはいえ個々人の生活や行為を強制的に拘束する力を決して失ってはいないのである。そのことはより具体的にいえば、「政治」が個々人の生死を司る支配力としての権力を占有していることを意味している。このことに向けられる不満は、したがって「政治」による個々人の存在のあらゆる拘束を、すなわち権力を打破したいという欲求へとつながってゆく。端的にいうならば、「政治」による個々人への支配・拘束の一切合切を断ち切り廃絶したいという欲求へである。このいわば「政治」の消滅願望——権力廃絶願望と言い換えてもよい——とでもいうべき欲求もまた近代社会の裏面において生じてきた欲求に他ならない。すなわち個々人の存在を高度なシステムの一構成要素というところまで貶め管理・支配する近代社会のあり方の中からこそ、こうした「政治」の消滅願望も生まれてきたのである。

＊

この二つの「政治」に対する批判はすでに述べたようにその方向性において相反する性格を持っている。片方の批判は、現に存在する「政治」の欠落・非十全性に対する過剰要求ともいうべき性格を帯びている。すなわち価値や理念の内容を問わない中立的な技術・機能としての「政治」のあり方への不満が、個における全体=普遍性の全き実現を可能にしてくれるような価値観的・世界観的「政治」——「私生活」の存在の幅がまるごと「政治」の持つべき「公的価値・理念」の幅と重なりあうようなあり方——への欲求へと向うのである。

それに対して第二の批判の方は、むしろ近代社会における「政治」の機能が依然として保有している過剰な「大きさ」への不満に根ざしている。すなわち「政治」が技術・機能として価値中立的になってもなお個々人の生死に関わる巨大な拘束力としての権力を手放さないことへの批判が、すでに触れたように「政治」の廃絶欲求へと向うのである。一切の「政治」の消滅を通した個々人の存在の純粋な自律性・固有性の実現がそこでは目ざされる。

三

確かにこの二つの「政治」に対する批判はその方向性において相反する。一方は「政治」における全体＝普遍性の実現を求め、もう一方は「政治」の完全なる消滅を求めているからである。しかしこの一見対立する二つの批判は、少なくとも現に存在する「政治」の否定という意味での「反政治」的性格を帯びている点で共通している。そしてこの「反政治」への傾斜における二つの批判の共通性は、さらにより深いレヴェルにおける一個の共通した志向性へとつながってゆく。

それは「直接性」への欲求というかたちで言い表すことが出来るような志向性である。では「直接性」とは何だろうか。少し具体的に考えてみよう。歴史的にみたとき、技術化・機能化された「政治」への二つの批判を現実に担っていたのは、主としてアナーキズム・マルクス主義（社会主義＝共産主義）・極右ナショナリズムであった。そして近代社会の現実と真っ向から対決しようとしたこれらの運動・イデオロギーを根底において衝き動かしていたのは、二つの批判の分かちがたい絡み合いのなかから見えてくる「直接性」欲求に他ならなかったのである。

例えばアナーキズムを考えてみよう。いうまでもなくアナーキズムのもっとも中心的な思想は「国家の廃絶」である。その限りにおいてアナーキズムは「反政治」の第二の批判に根ざしている。だが同時にアナーキズムの欲求は「政治」が持っている「代理＝代表《リプレゼンテーション》」システムの否定を伴うがゆえに、「国家＝政治」（＝権力）という皮膜を取り去られた後に現れる純粋な個々人の絶対的な現前という事態とそれがもたらす個即全体という媒介なき直接性に基づいた極めてユートピア臭の強い社会イメージ――「社会」という言葉を使うことさえはばかられるようなイメージ――がそこには浮上してくる。そこでは「代理＝代表」システムが含みうる相対的なずれやぶれ――選挙制度のもとでのそのつどの世論動向に基づく政権交代や政治関係の流動性など――を一切許さないような絶対的な同一性＝直接性の実現（自―他の区別や制限が存在しない純粋な自己実現）が理念型として成立する。するとここでアナーキズムは、純粋な個の拘束なき自由という当初のモティーフとは裏腹に絶対的な同一性＝直接性の持つ決定論的世界へと帰結するのである。

こうしたアナーキズムの逆説は、先に触れた現に存在する「政治」に対する二つの相反する批判のあいだの相互循環の結果生み出されたものである。そしてそこに底流しているのは、「代理＝代表」システムの持つ間接性への敵意から生じた「直接性」欲求が帯びているユートピア主義の逆説に他ならない。すなわち最も極限的な自由の実現の根拠を個即全体という媒介なき直接性に求める発想が結局は一切の自由の廃棄につながってゆくということである。それはある単一の真理や価値の全面的な具現の持つ逆説と言い換えることも出来る。

こうしたアナーキズムの逆説は、かたちは異なるとはいえマルクス主義（社会主義＝共産主義）や極右ナショナリズムにも共通して見られるものである。そしてマルクス主義（社会主義＝共産主義）においてはとくに、「革命」を通じて実現されるべき社会主義＝共産主義社会のイメージとそれを実現するための媒体となるべき革命推進組織としての「党（＝前衛党）」への個々人の関わりにその逆説が集中的なかたちで現れてくる。また極右ナショナリズムにおいては、伝統的価値の源泉としての民族＝国家共同体の帯びる至上性への個々人の絶対的同致の構造にやはりそうした逆説が凝縮されて現れてくる。

いずれの場合にも、「代理＝代表」システムにおける形式的かつアドホックな意思決定や合意形成の枠組みを超え、一切の例外や逸脱を認めない完全な理念的・価値的内容の一致が自発的意志に基づく完全に自即他・個即全体の境位に立った共同性の実現によって達成されるという発想に貫かれている。そしてこの絶対的な共同性の実現が個々人の窮極の自由の実現と一体的なものであるとする発想は、二〇世紀という時代に刻印されたもっとも宿命的な問題へとつながってゆく。すなわち「戦争と革命」の問題へとである。

四

技術的・機能的な「政治」のあり方への批判は、そうした「政治」によって具現される、個々人を匿名化された「ひと」――ハイデガーのいう「ダス・マン」――へと追いやってゆく日常性への批判を含む。そしてそれは、カール・シュミットにならっていえば日常性の秩序を正統化する根拠となる法支配の現実を一挙に停止したいという欲求につながってゆく。二〇世紀に固有な問題としての「戦争と革命」がこの欲求と深い関連を持っていることはいうまでもない。

第一次大戦は史上はじめて「総力戦」として戦われた。それは、もはや「政治」――この「政治」が技術的・機能的なものを意味することはいうまでもない――の延長線上にある一手段としての戦争ではありえなかった。とりあえず問題を単純化していえば、「総力戦」としての第一次大戦の最大のポイントは、それがある種のイデオロギー動員を伴う戦争であったというところに求められる。すなわちイデオロギーというかたちで表現される価値や理念の内容をめぐる戦争としての性格を帯びたということである。したがって第一次大戦における諸国間の対立は政治的妥協を許さない非和解的なものにならざるをえなかったのであり、だからこそ第一次大戦は「総力戦」として戦われねばならなかったのである。その背景に十九世紀的世界への深い違和が存在していたことはいうまでもない。

ところでこうした第一次大戦の「総力戦」としての性格は、「総力戦」を通して表現される国家＝民族共同体の一体性の根源的な担い手として自らを位置づけ了解する個々人の「英雄」的なあり方と、そうした国家＝民族共同体を守護するためにも、またそれが内包する価値や理念を「敵」の撃滅をとおして現実化するためにももっとも重要な手段となる「暴力」の神聖化をもたらした。もう少し詳しくいうならば、前者の「英雄」としての自己了解の構図のなかで、「政治」（＝「代理＝代表」システムに根拠づけられる技術的・機能的に限定された「政治」のあり方）を超える価値観的・世界観的政治とそこで実現されるべき個即全体の一体性が志向され、後者の「暴力」の神聖化において、法秩序の日常性を一挙に停止する絶対性の具現としての「反政治」が志向されたのである。

このような「総力戦」における「英雄」的自己了解と「暴力」の神聖化の表裏一体的な関係は、第一次大戦に続く「革命」の勃発の過程においても同形的に現れる。いずれの場合においても、「英雄」的なあり方のなかに体現される価値・理念の一挙的な具現と結びついた個即全体の直接的同致構造とその手段としての、つまり日常性を支える法支配＝秩序の停止をもたらす手段としての「暴力」の神聖視がその基本的なファクターとして看てとれるのである。

このとき「暴力」をめぐって「反政治」への志向がはらむ重大な問題性が浮かび上がってくる。というのもこの「暴力」は価値・理念と結びつくとともに例外なき共同性――個と全体の完全な一体性――の中核的な契機としていかなる限定も拒否するような存在論的な絶対性を帯びるからである。ベンヤミンが、一九二一年というドイツ革命の余韻未ださめやらぬ中で書いた「暴力批判論」のなかで暗示的に提起している「神的暴力」には明らかにそうした神聖化された「暴力」の性格が現れている。

こうした「暴力」概念はいうまでもなく、それが「最後の暴力」、すなわち「最終解決の暴力」であるという自己規定を伴っている。そこには、この「暴力」が行使されることによって一切の嫌悪すべき日常性は終結し、「政治」＝法支配（「代理＝代表」システム）によってもたらされる個々人の間接化＝匿名化は消滅し、「英雄」として位置づけられる個々人の絶対的な自由――個即全体の境位における完全な共同性の実現――が可能になるという極度にユートピア主義的な、言い換えれば終末論的な発想が含まれている。

だがここで想い起こしてほしい、「反政治」への志向に不可避的なかたちで含まれる逆説を。絶対的な自由が例外なき共同性＝全体性と結びつくとき、その自由は窮極的な自由の喪失へと反転するのである。そしてこのような自由の反転＝逆説に神聖化された「暴力」の限定なき絶対性が結びつくときいかなる事態が生じるのか。私たちは二〇世紀においてそれを、スターリンとヒトラーという二人の独裁者が実現した世界を通して――もちろんそこにポル・ポトのカンボジアに代表される無数の小独裁体制の事例を加えることも出来る――如実に体験したのである。

「戦争と革命」の問題をもっともよく考え抜いた政治家の一人であるレーニンはそのことを見通していた。だからこそ「革命の暴力」の行使の過程にコンミューン原則に示されるような自己限定のメカニズムを付加しようとしたのだった。暴力が本当の意味で「最終解決」の手段となりうるためには、暴力の担い手が自らの暴力をあらかじめ死滅することが宿命づけられた暴力として自己限定しておくことが是非とも必要だ、というのがレーニンの認識であった。それは「党」というかたちで実現される「暴力」の担い手が、自らの存立基盤へとあらかじめ自己死滅過程を組み込んでおくというかたちで可能になるはずだった。だがスターリンはそうしたレーニンの認識を否定し「党」を永続化する。そのことによって「革命」は最悪の暴力支配の体制に転化していったのである。処刑される当事者に自らが裏切り者であり「悪」であることを告白させるという、絶対的にして神聖な共同性＝全体性と暴力のほとんどパロディと化した正統化行為を伴うかたちで行われたブハーリン裁判はそのおぞましさの証に他ならない。

レーニンの認識にもし弱さがあったとすれば、自己死滅過程が個々人の「倫理」にのみ依拠せざるをえなかったところにある。この「倫理」は、結局は自由を個即全体の境位に求めようとする志向と同形的である他はないのである。とするならば「戦争と革命」の状況へと登りつめていった「反政治」への志向のなかで強固に結びついているこうした自由の観念と絶対的な共同性＝全体性の観念、そして「暴力」の神聖化の観念が一旦切り離されて根底的に吟味されなければならないはずである。

五

埴谷雄高は本書（『幻視のなかの政治』）を通して、こうした問題について希有ともいえるほどにラディカルな思考を残してくれた。本書の冒頭に置かれた序詞「権力について」の冒頭にある言葉は埴谷雄高が政治と暴力の関わりの問題をどのように捉えようとしていたのかを如実に語っている。「政治の幅はつねに生活の幅より狭い。本来生活に支えられているところの政治が、にもかかわらず、屢々、生活を支配しているとひとびとから錯覚されるのは、それが重い死をもたらす権力をもっているからにほかならない。一瞬の死が百年の生を脅し得る秘密を知って以来、数千年にわたって、嘗て一度たりとも、政治がその掌のなかから死を手放したことはない」（九頁）。

ここで埴谷雄高は明らかに「政治」に対する第二の批判の視点に立っている。「政治」が「死」を握りしめていることによって人々を支配する力を得てきたという認識にそれは支えられている。そしてそこには埴谷が「権力」と呼ぶ「政治」の暴力の問題が関わっているのである。

ただこのことだけであれば――それ自体もまた傾聴に値いする議論であるが――埴谷雄高の政治思想はアナーキズムの流れと親近性を持った政治批判の思考の一類型として片づけることが出来るだろう。しかしそこで終わるには埴谷はあまりにも深く「革命」の政治に関わりすぎていた。もう少し正確にいえば、アナーキズムの洗礼を受けながらもレーニンの『国家と革命』に震憾させられ、自ら戦前の共産主義運動に身を投じた埴谷にとって、「革命」の政治の持つ問題性は一編のありきたりな政治批判ではすまないい重みを持っていたということである。

本書に結実した埴谷雄高の政治思想の原型となったのは、一九五六年――フルシチョフによるスターリン批判の秘密報告とハンガリー人民のソ連社会主義体制への叛乱が起きた年である――に書かれた「永久革命者の悲哀」という論文である。そこで埴谷は、『新日本文学』に依りながら党員文学者として活動をしていた花田清輝に呼びかけるかたちで、「革命」の政治（＝反政治）が孕むパラドクシカルな問題について極めてラディカルな議論を展開する。埴谷がここで主題化しているのは「党」の問題に他ならない。それは、「政治」の死滅の実現としての「革命」の担い手である「党」が、その内部にエゾテリックなかたちで占有している「革命」の真理＝知にもとづいてきわめて排他的な共同性を作り上げてしまうことから生じてくる問題であった。

レーニンのいう少数の自覚的な革命家の「鉄の規律」によってかたちづくられる「党」は、レーニンが一方で抱いてきた自己の死滅過程をあらかじめ組み込んだ「逆説の逆説」としての「党」ではなく、「革命」の真理＝知の占有によって与えられた絶対的な価値の具現体としての「党」である。それについて埴谷はこう言っている。

> そこには『階級の差異』があつた。それを乗りこえることはタブーであつた。私がこのような心理主義的な要素を重視するのは、それが単に党と党外大衆のあいだの心理的関係を表示しているだけでなく、さながら大ピラミッドのこちら側に中ピラミッドがあるごとく、同様な関係がまた党内に及ぼせるからである。党の一機関のひとびとが話しているところに一人の平党員が現われると、まったく同様の現象が起つた。このような階級心理は、さらにまた、党の所謂上部機関と下部機関とのあいだにも適用できるのであつて、党外大衆からはじまつた大ピラミッド、中ピラミッド、小ピラミッドの心理的関係の無限の系列にひとたびはいつてしまえば、怖るべきことに、そのような心理的関係がひとつの鉄則になってしまう。それは『鉄の規律』の心理的な部分になつてしまう。そして、その心理の柵を乗り越えたもの、『階級の差異』の鉄則を犯したものは、叛乱者である」（『鞭と獨樂』未来社、一六頁）。

絶対的な共同性＝全体性（個即全体としての自由＝直接性）は、内部にむかって閉じてゆく閉域を形成する。そしてこの閉域は不可避的に内／外の排他的な区別を生み出す。その区別は機能的なものではなく存在的な、そして「倫理的」なものである。なぜならばその区別には、真理／非真理、正義／罪といった価値的・理念的内容に関わる絶対的な差異が張りついているからである。したがってそれはただちに「味方／敵」という関係へと、それも「敵」の存在を窮極的なかたちで否定・抹殺せずにはおかないような非和解的な関係へとつながってゆく。そうした外部に向けての非和解的な敵対関係が内部に反照されるとき、共同性＝全体性に些かでも背違する者の否定・抹殺――それなしには個即全体の自由は保証されえないからだという事態が生じることはいうまでもない。

埴谷のいう「やつは敵である。敵を殺せ」（本書　二一頁）という政治の原則、あるいは「卑屈、傲岸、無知」（『鞭と獨樂』一七頁）という政治の性格は、技術化・機能化された「政治」の側からもやってくるかもしれないが、もっとも枢要にはむしろ「反政治」への志向から生まれてくるというべきである。少なくともこれまでの私たちの考察の文脈からすればそうならざるをえないのである。そしてこのような原則・性格に神聖化された「暴力」が結びついたとき、スターリンとヒトラーへの道は開かれる。

＊

さてそうした事態に対して埴谷はどのように対応しようとするのか。「永久革命者の悲哀」の冒頭に次のような文章がある。「ひとりの人物が革命家であるかないかの判定は、彼が組織の登録票をもつているか否かではなく、人類の頭蓋のなかで石のように硬化してしまつた或る思考法を根こそぎ顚覆してしまう思考法を打ちだしたか否かにかかっている」（同　九頁）。この文章で述べられている内容は「前衛とは、何か。或るものが大衆のなかで前衛として先頭に立つのは、彼が認識者であるからに過ぎない。彼が前衛として示し得るものは、一に理論、二に理論、三に理論、それはつねに理論にはじまつて理論に終る」（同　一五頁）という表現や、「永久革命者の悲哀」のなかでもっとも有名になった一句「私は、レーニンはただ一揃いのレーニン全集のなかにいて、そのほかの何処にも見出せないと、断言する」（同　二〇頁）につながってゆく。

これらの叙述を通して埴谷は、「革命」を一切の共同性＝全体性の具現の次元から切り離す。したがって「党」という共同性も否定される。そしてそれらから切り離された「革命」の拠り所となるのが「思考法＝理論」に他ならない。またこのことは同時に、「革命」が現に存在する現実的な諸関係からも切り離されることを意味する。それは「革命」が「政治」の次元と密通することを根源的なかたちで拒否するということである。「革命」（革命者）が依拠すべきなのは、「未来のみ」（同　一〇頁）なのである。

このような埴谷の思考が持つ最大の意味は、「革命」という概念を、「戦争と革命」に帰結する「反政治」への志向に内包された「神聖な暴力」からも、「政治」への転化から生じる「革命」の権力化の結果として生じる暴力からも解放するところにあった。それはある極限的な「否定」――アドルノ的にいえば「限定された否定」――の行使といえるだろう。「あれもだめ、これもだめ」という否定の無限行使に耐えることこそが「革命」ということであり、さらにいえば「革命」が限定なき暴力の野放図な横行に終わらないための担保となるのである。

六

本書（『幻視のなかの政治』）が最初に刊行されてからすでに四〇年あまりの歳月が流れた。そのあいだには、一九六〇年代の新左翼運動の高揚、連合赤軍と東アジア反日武装戦線のテロリズム、米中和解、ソ連社会主義の崩壊と多くの出来事が起こった。そして今二〇〇一年九月十一日の「アメリカ同時多発テロ」に始まる新たな戦争状況が出来している。こうしたなかで今なお本書に示された埴谷雄高の政治思想には読むにたる意義があるのだろうか。

詳しい議論は別な機会に譲りたいと思うが、ひとつだけ埴谷のテクストを久しぶりに読みながら想起したことを最後に記しておきたい。それは、埴谷雄高の思考のなかに潜む「革命」の非物質化＝非暴力化への志向とそれを支える「否定」の無限行使の姿勢が、ベンヤミンの「暴力批判論」から一九九〇年代におけるデリダの法＝権利・正義・暴力をめぐる思考へと引き継がれていった問題圏と類縁性を持っているのではないかということである。

埴谷雄高の政治思想に関してかつてしばしば「あれもだめ、これもだめ」という「否定」の構えが結局は「あれもよし、これもよし」というノンシャランな肯定の構えと表裏一体なのではないかという批判が行われた――とくに吉本隆明の「埴谷雄高」（『自立の思想的拠点』徳間書店所収）はその代表的な例である――。私自身、埴谷雄高が一部の党派との関係でアンケートに応えたり、「革命的選挙闘争」に一定の後援を行ったりすることに疑問を感じたこともある。たしかに埴谷雄高の「否定」の構えのなかにはそうした不整合が存在することは否めない。だがそれを埴谷雄高という一人間のなかの矛盾といってしまっていいのだろうか。ここで私は埴谷の思考がベンヤミン／デリダの問題圏へ接近しうるのではないかという思いを禁じえないのである。

デリダについて高橋哲哉が次のように書いている。「計算不可能なものの要求と計算の要求のどちらも放棄しないこと、二つの要求を同時に働かせつづけること。結局それは、正義と法＝権利という二つの次元が「その異質性において、事実上も権利上も互いに分離しえない」ということを再確認することである」（『デリダ』講談社　二一八頁）。高橋は、デリダの脱構築の思考の意味を、決定不能性（計算不可能性）のなかに身を置くことが決して相対性への自己放棄へとつながるのではなく、むしろつねに他者への責任＝応答のもとで――この他者はいうまでもなく表象化しえない他者である――決定ずみの世界に異議申立ての声を上げつづけることであるというところに求める。

そしてこのことは、ベンヤミンの「神的暴力」を無媒介に捉えたとき生じる、むしろシュミット的というべき最終的な解決＝停止の誘惑に決して屈することなく、決定不能性の宙づり状態のなかで自らの暴力性をも自覚的に相対化しながら法＝権利に随伴する暴力の最終的な死滅を問い続けるという「逆説の逆説」の道への決断も含んでいる。そう考えるとき、「あれもだめ、これもだめ」の否定と「あれもよし、これもよし」の肯定のあいだで揺れ動く埴谷雄高の思考は、矛盾や優柔不断さというよりも、デリダのいう意味での決定不能性への決断と考えるべきなのではないだろうか。「不可能性を思考する」という、文学者としての埴谷雄高の姿勢とのつながりも含めて、埴谷雄高の思考の持つ意味を捉え返す鍵はそのあたりにあるように思われる。

第七章　経験的＝超越的批評か物象化批判か？
——南剛『意志のかたち、希望のありか　カントとベンヤミンの近代』

> ヘーゲルがその政治哲学において生涯にわたって課題としたのは、個体の自律というカントの理念が、歴史的にはすでに効力を失ってしまっている社会的な現実の要素であることを理論的に示すことによって、たんなる当為の要請という性格をぬぐい去ることだった。（アクセル・ホネット『承認をめぐる闘争』、山本啓他訳、法政大学出版局、六頁）

問題の所在

今回取り上げる南剛の著作（人文書院）は極めて難解である。一回目に読んだときは、正直なところ著者が何をいわんとしているのか皆目理解出来なかった。もう一度読み始めたときに、Ⅰの第一章「希望のありか　ベンヤミンの「ゲーテの『親和力』について」」の半ばを過ぎたあたりで次のような文章が目にとまった。

> ベンヤミンは（中略）さらに言う、事象内実への完全な洞察は真理内実への完全な洞察と一致するのであり、『真理内実は、事象内実がもつ真理内実であることがわかる』（ベンヤミン『親和力論』からの引用）。事象内実と真理内実の区別は事実上なくなる。それにもかかわらず、事象内実と真理内実が区別されるのは、事象から一足とびに真理内実に至ることができないからである。[1]

この文章に触れてようやく著者の問題意識の一端に触れることが出来たと感じた。そしてその問題意識が、美的近代（die Moderne）をめぐって私が考えてきた課題と深い次元で共振するのを同時に感じた。それは一言で言えば、「神」という絶対的な中心を欠いた近代において、個別的なものとして現出する「事象」がそれ自体として、その固有性を損なうことなく普遍的なもの、言い換えれば「超越的なもの」へと架橋されることがはたして可能なのかという課題である。私には、著者もまた本書において猛烈ともいえる力業《ちからわざ》でもってその課題に肉迫しようとしているように思えた。だからといって著者の立場に全面的に賛成だというわけではない。むしろ批判や疑問を感じるところの方が多いくらいであった。その結果、本書を読み進めながら、だんだん著者と架空の対話・討議を交わしているような気分になっていった。そこでこの本から触発されて自分の中に生じた論議の内容について自分なりにまとめてゆくことからまず始めてみようと思う。通常の書評とはずいぶん異なったスタイルになりそうだが、かえってその方が、この、型破りな文体によってほとんど独善すれすれといってよいポレミックなトーンで論を展開している著作の流儀に相応しい気がする。

＊

ここに一個の「作品」がある。この「作品」が実在するものとして生成すること、あるいはそうした実在する「作品 Werk」を可能にする一個の固有な「経験」が生成するということはいったい何を意味するのだろうか。このとき私たちがまず見ておかなければならないのは、「作品」が成立するやいなや、そのうちに二つの相反する事態が同時に生じるという事実である。一つは、「作品」が、ベンヤミンの言葉に即して言えば、それを事実性の次元において実在化させる「事象内実（Sachgehalt）」と、そうした事象内実を通して生み出されながらも事象内実そのものの次元からは直接的には読み取ることの出来ない「真理内実（Wahrheitsgehalt）」とに分裂するという事態であり、もう一つは、にもかかわらず同時に「作品」の「事象内実」はつねに「作品」の「真理内実」へと媒介されることを志向しているという事態である。「作品」およびそれを生成させ実在へと至らしめる「経験」は、この矛盾する二重の事態のもとではじめて可能となるのである。

このとき、「作品」において真理内実がア・プリオリなかたちで事象内実を導き全面的に統括するというように考えることは誤りである。なぜなら「作品」の真理内実はたとえ権利上は事象内実に優先し先行するとしても――この想定自体じつは問題をはらんでいるのだが――、「作品」そのものが成立する事実性の次元においては、事象内実によって「作品」の事実性が成立した後にしか、あるいは少なくとも派生的なかたちでしか生成しえないからである。同時にこのことは、「作品」における事象内実の成立の瞬間において、早くもそのうちに事実性の次元を超える真理内実への志向的媒介が生じていること、言い換えれば事象内実の個別性・実在性とそれを超える真理内実の超越性への志向は、「作品」を生成へともたらす経験の一回性のうちで同時的に生じ二重化されるということを指し示している。だが繰り返しになるが、その二重性はおあつらえむきの調和的な関係の下にある二重性ではない。それは、権利上先行するものが事実上は後にやってくるという、時間的に先―後の関係がねじれ反転したかたちで現れてくるような二重性なのである。

この問題は少し角度を変えて言うと、カント（Immanuel Kant 1724-1804）において「叡知的なもの」と規定されている絶対的な超越性（Transzendenz）としての「物自体（Ding an sich）」が経験的なものにつなぎとめられている主観性によっては認識されえず、主観性に対して経験的なかたちで開示される現象世界のみが認識可能であるとされていること、にもかかわらず主観性による現象世界の認識可能性の構造のうちには、経験的なものに還元できない時間と空間というア・プリオリな形式性が権利上は経験に先行するかたちで備わっていなければならないとされていることの意味につながってくる。それは、経験的なものと超越的なもののあいだの権利的・時間的な前後関係のねじれをやはり含んだかたちで成立する二重性の問題なのである――『純粋理性批判』においてこの問題は、「先天的綜合判断（ein synthetisches Urteil a･priori）」の成立可能性の問題として扱われる――。

＊

超越的なものは経験的なものの持つ事象内実の個別性・実在性ぬきには成立し得ない。ところが経験的なものはそれが経験的なものとして生成し現出するその瞬間において、すでに超越的なものを自らの成立条件として前提にしているのである。これは明らかに矛盾である。いや、循環論証といった方がよいかもしれない。しかし「作品」はこの矛盾、循環論証ぬきには生まれ出ることが出来ないのである。『純粋理性批判』において超越論的主観性に、より正確にいえばその理性（認識）作用に課せられたアンチノミー（二律背反）――今私たちが論じようとしている問題の文脈に即して言えば、経験的なものから出発しても、超越的なものから出発してもどちらの場合も論証が成立するがゆえに、却って一義的な論証は成立しえていないという事態を意味する――を検証したカントは、だが『実践理性批判』の段階になると、『純粋理性批判』においては否定的なかたちで扱わざるをえなかった「作品」生成過程の条件としてのこの矛盾をむしろ肯定的なものへと反転させて、一個の倫理的契機をはらむ論理のかたちへと凝縮させる。

それが『実践理性批判』における「あなたの意志の格率が、つねに、同時に普遍的な立法の原理でありうるように、行動せよ」(2)（Kant: Kritik der praktischen Vernunft.I-1-7　ここでは六三頁の南による引用にしたがう）という定言命法（kategohischer Imperativ）の論理に他ならない。

この自己の自己に対する命令としての定言命法のうちには、物自体という絶対的な超越性に依拠することのできない経験的なものの次元において、その経験的なものそのものがそのものとして超越化されうるために、経験的なものの生成する過程が、経験の担い手としての主観性によって、あたかも超越的（普遍的）なものからやってくる命令の遂行過程のように読み換えられ了解されてゆくという機制が働いている。つまり事象内実の次元においては経験的なものがゼロから生成しながら前へと時間的に進んでゆく過程としてあるものを、その経験の担い手としての主観性が、真理内実の次元における超越性からあらかじめ規定されているア・プリオリな条件を指令（命令）に従って遂行する過程として読み換えてゆくということである。その結果、経験的なものの生成過程においてはそれ自体において、超越的なものへの遡行・遡及の過程と、先ほど言及した「作品」における事象内実の真理内実への志向的な関係づけを可能にする過程とが二重化され、超越的なものの側から経験的なものが導出されるという過程へと反転する。それは、時間的な順序関係のなかで前進と後退という相矛盾する運動が同時に遂行される過程といってもよい。しかもここで超越的なものの根拠および成立場は主観性の外部にではなく、あくまで主観性の内部に求められねばならないのである。

主観性がカントによって超越論的主観性（transzendentale Subjektivität）と名づけられていることの意味はまさにここにある。外部にある超越性をそのまま準拠点として受け入れるのが「超越的」であるとすれば、超越的なものの成立可能性をたえず主観性の内部において問い直すことを条件づけられているのが「超越論的」ということだからである。そしてカントはその過程をそのまま主観性にとって「そうあらねばならない」遂行的な（performativ）倫理、すなわち定言命法の倫理へと凝集させるのである。繰り返しになるが、この事態を、概念実在論に典型的なような超越的なものからの一方的・無媒介的な指令への経験的なものの従属——普遍的超越性（真理内実）からの一方的な下向過程としての経験的なものの個別性（事象内実）の導出——へと、あるいはノミナリズムにおける超越なき個別性としての経験的なものの自律化、自走化——超越性そのもののの廃絶——へと一義的に還元することは出来ない。カントが「統整的 regulativ」という概念を「規範的 normativ」とは別なものとして掲げた所以もそこにある。真理内実と事象内実の関係はけっして主観外的な超越性に依拠する「規範的」なものではなく、主観内的な超越性による指令にもとづく「統整的」なものなのである。

＊

こうしたカントの思考スタイルが生まれてきた背景には、歴史—存在論的にいうと、中世以来の概念（本質）実在論的な超越性にも、ノミナリスティックな個別性にも一方的な形で還元できない中間存在領域が、一八世紀後半のヨーロッパ人であるカントにとって、中世以後の新らしい世界の本質および構成がどのようなものであるのかを考える上での重要なファクターとして浮上してきたという事情が存在する。中世およびルネサンス・バロック期が過ぎ去り啓蒙的・古典主義的な初期近代の時代が到来するとともに形成され始めたこの、「具体的思考、ないしは概念の感覚的類似物」という性格を持ち「合理的なもの（超越性）と現実的なもの（経験性）の両方にかかわっている」[3]中間存在領域においては、超越性はもはや個別的な存在者の外にある絶対的なものとしては成立しえないし認識されえない。そのことがカントにおける物自体の認識不可能性につながっていることはいうまでもない。またイーグルトンの言葉にあるように、普遍と個別、精神と感覚、形式と内容等の二項対立図式もまたこの中間存在領域においては徹底的に相対・中和化される。カントの定言命法は、この伝統的な意味での超越性を欠いた、いまだ決定的なかたちではその統合・秩序原理が見出されずにいる中間存在領域に「法なき合法性」（イーグルトン）を定立し、新たな「超越なき超越性」にもとづく分節・秩序構造を与えるための、言い換えれば外側にある超越性からもたらされる法への服属によってではなく、経験的個別性に根ざす主観性としての自己を前提条件としながら作り出される超越性（自己のうちなる立法性）への服属によって、つまり「超越なき超越性」としてしか現れえない法の自己内的な妥当性に基づいて合法性が定立されるための論理に他ならない。

さらにいえば、こうした定言命法の論理は、その「超越なき超越性」の定立を目ざすという基本モティーフゆえに、中間存在領域の帯びている「感覚＝美的なもの（アイステーシス）」としてのあり方に対して、「共通感覚 sensus communis」と「趣味判断 Geschmacksurteil」を通して

「超越なき超越性」を土台とする分節・秩序構造を与えようとする『判断力批判』の第一部の議論と深い類縁関係を持つことになる。カントは、『純粋理性批判』における理性のアンチノミーの証明という隘路の中で陥った不可知論的（agnostisch）な無底性（Abgrund）を、こうした定言命法の論理および共通感覚・趣味判断の論理を通じた中間存在領域の「超越なき超越化」――『判断力批判』の議論に即せば、「美的なもの」において体現される「目的なき合目的化」――によって克服しようとしたともいえるであろう。それが『判断力批判』において美的なものの定義として示される「関心なき適意（interesseloses Wohlgefallen）」の意味になるのだが、重要なのはカントにおいて美的なものをめぐる「目的なき合目的性」（関心なき適意）の論理が、定言命法の論理から看て取ることが出来る「法なき合法性」（自己のうちなる立法性）の論理と正確に相似的であるということである。そして同時に、カントがこのような広義の意味での法的な言説モデルに根ざしたかたちでアプローチしようとした中間存在領域が、近代の歴史性を実定化するうえでの媒体となる「市民社会 Bürgertum」の存在論的基底をなしているということにも目を向けておかねばならない。

ちなみにここでは、このようなカントの議論の文脈の底流に、一八世紀スコットランドにおける一連の啓蒙主義的な初期市民哲学の流れが――その頂点にあるのが、アダム・スミスの（Adam Smith 1723-90）、『諸国民の富』と『道徳感情論』における、前提なき私人間の対等な交換的正義のあり様を明かにしようとした議論と、デイヴィッド・ヒューム（David Hume 1711-76）の『人性論』における、一切の形而上性を否定しつつ一種の不可知論・非決定論というべき立場に立とうとする経験主義的議論に他ならない――重要な前提として組み込まれていることに留意しなければならない。そしていわゆるスコットランド啓蒙の潮流が、なるほど一部ではすでに勃興しつつあった「市場」という、「経済《エコノミー》」に定位する社会的次元および機制に関心を払いながらも、基本的にはローマ法の伝統を含む自然法思想に根ざした法哲学を自らの理論基盤としていたことにも留意しておく必要があるだろう。そのことによってカントの考察の歴史的位置と構図が一層明瞭になるからである。

＊

ところでカントの目ざした中間存在領域における「超越なき超越化」が具体化される媒体として、「市民社会」の実定性の裏面に貼りつくかたちで「自然」が想定されていることにも留意しておく必要がある。このことには、「立法なき合法性」が外面的強制や規範化によってでなく、あくまで「自ずから成る」自生的なかたちでの自己立法化によって定立されるべきものとして想定されていることが対応する。それは言葉を換えていえば、「人為」という目的性が「自然《じねん》」という無目的性の実現に向けて合目的化されているということである。そしてそれが「美的なもの」の実現としての「芸術」――私たちの言葉で言えば「作品」――の本質ともなるのである。カントは、この「目的なき合目的性」を実現するものとしての芸術に関して次のように言っている。

自然は天才（Genie）を通じて学問にではなく、芸術（Kunst）に規則を書き加える。そしてこのことが可能になるのはただ、芸術が美的な技術（Kunst）である限りにおいてである。[4]

「人為＝技術」を通した「自然」の法則性の実現がそのまま「目的なき合目的性」の実現としての「芸術」（作品）の実現になるというカントの見方には、中間存在領域における「超越なき超越性」（＝立法なき合法性）の確立に関するカント的な議論モデルのあり様・性格が典型的なかたちで現れている。こうした「自然」を最終目的として理想化する「芸術（作品）」のあり方によって、『純粋理性批判』において陥った不可知論的な無底性という世界存在の最深部に穿たれた亀裂を埋める補填剤としての芸術＝美的なものの役割と意味が、もっとも明確なかたちで提示されるのである。

そしてこのことは、中間存在領域における感覚的＝美的な現われの構造と意味を解明し、同時にそこに秩序原理を与える「具体性の科学」（イーグルトン）としての美学の機能――それは最終的に非制度的な道徳科学としての機能へとつながる――が、中間存在領域のもう一つの秩序原理として浮上してきた「法」（Recht）の次元における経験的なものと超越的なものの遂行的な二重性、すなわち一回一回生起する経験的なものの遂行過程――ふだんの生活の中で一定の陶冶・枠組みを踏まえたかたちで行われる理にかなった行為のあり方――をまってはじめて実在するにもかかわらず、同時にその遂行過程をあらかじめ統整するア・プリオリかつ超越的な参照点・基準点として法の超越性がすでに機能しているという逆説的な二重性へと結びつきながら、外的な強制や暴力というかたちで現出する支配権力の直接的な威力によらない定言命法的＝自己内統整的な秩序の自生的性格（自然としての「目的なき合目的性」）を生み出してゆくという、もっとも原理的・本質的な意味における「市民的（bürgerlich）」な統治構造の成立の基底をなしているのを指し示している。このような定言命法と感覚＝美的なものをめぐる議論から共通して浮かび上がってくる論理がカントにとっての「作品」生成の論理であり、同時にそれは近代市民社会の統治構造の基底を明らかにする論理でもある、という意味において、極めて強い歴史的かつ政治的な性格を帯びていのである。だがその一方、ミシェル・フーコー（Michel Foucault 1926-84）ならばそこで働いている統治メカニズムを「主体化＝服属化 assujettissement」の過程と呼び、その結果生じる自生的秩序を「生権力 biopouvoir」による支配状況として批判的に捉えるであろう[5]。おそらくそこにはカント的な法＝美学モデルに含まれる逆説の問題が現れている。

＊

問題はこうである。こうしたいわば歴史―存在論的な次元において生成する「自然」のイデア化による「超越なき超越化」の遂行は、本当に「作品」の抱える問題性の解決になるのだろうか。そのことをさらに考えるために、ここでカントから目を転じ、ヘーゲル（Georg Wilhelm Friedrich Hegel 1770-1831）の「作品」をめぐる議論を見てみよう。そこでまず、かつて『イェーナ実在哲学』と呼ばれ、現在では『イェーナ体系草稿』と呼ばれている一八〇五年――『精神現象学』刊行の二年前である――の草稿の一節を引いてみたいと思う。

――自我（ich）の作品、自我はそれ〔作品〕を通して自らの行い（Tun）を知る。すなわち自分を、あらかじめ〔自分自身の〕内部において存在としてあった自我として知るのである――。〔知られるのは〕行いとして〔の自我〕であって想起〔＝内化（Erinnerung）〕において〔知られる自我〕ではない。そうではなく〔対象＝作品の〕内容それ自体が自我を通じて存在するのである。というのも〔対象＝作品と自我の〕区別それ自体が自我のものだからである[6]。

この若きヘーゲルの草稿の一節には、早くもヘーゲルの弁証法的思考の核心ともいうべき独自な論理が現れている。ヘーゲルにとって「作品」は、「自我」によって措定されるものでありながら、同時に「自我」の外にあるものである。逆に言えば、「作品」を措定する過程のうちにある「自我」の存在は、それ自体において「自我」の外部へと越境している（entgrenzen）ということである。つまり「作品」において「自我」は、「自我」の外部、より端的にいえば「自我」にとって他なるもの（das Andere）へと媒介される「自我」となるのである。この「自我」と「自我」にとって他なるものとの「区別」を内に含む「自我」こそが、ヘーゲルにおける「作品」としての「自我」に他ならない。

こうしたヘーゲルの弁証法的論理は、「作品」が自己内統整的な関係にもとづいて捉えられているカントの「超越なき超越化」の論理とは明らかに異なっている。ついでにいえば、事行（Tathandlung）を通して非我を措定するフィヒテ（Johann Gottlieb Fiehte 1762-1814）の論理とも異なる。ヘーゲルにおいてはカントおよびフィヒテの場合とは異なり、自己（自我）存在そのもののなかに切断線（区別）が設けられており、自己は自己でないものとの区別と媒介を通じてはじめて自己となることが出来るのである。ではそこにおいて「作品」が生成する論理とはどのようなものとなるのか。

いうまでもなく「作品」はヘーゲルにおいて自己そのものの内容である。だが同時にそれは自己の外部にある対象でもある。この同一性（自己）と非同一性（対象）が重ねあわされる「作品」の論理の核心を、ヘーゲルは「労働（Arbeit）」の論理を通して捉え返そうとする。そして「労働」の論理とはヘーゲルにとって、「自分自身を―物に―すること（Sich-zum-Dinge-Machen）」（自己物化）の論理に他ならない。

満たされた欲動（Trieb）は**揚棄された自我の労働**である。このことが自我の対象である。そしてこの対象は自我の場所において労働（arbeiten）するのである。**労働は自分自身を―物に―することである。**欲動―である自我（Trieb-seiendes Ich）の［自我と対象への］二重化とはまさしく自分自身を―対象に―すること（Sich-zum Gegenstand-Machen）なのである。（欲望（Begierde）はいつもあらかじめ始まっていなければならない。そして欲望が労働を自分から分離することはありえない。）しかしながら欲動は、物となった自我としての自我の統一性なのである。[7]

ここにおいて若きヘーゲルは明らかにカントにとっては

未知であった領域へと足を踏み入れている。「労働」を通して生み出される「作品」は、もはや超越的なものと経験的なものが「法なき合法性」（目的なき合目的性）に基づいて自足的に二重化されうるような自己内統整関係の産物でしかありえない。「作品」は自己外的な「物」の次元に定位されるのである。それは同時に、「作品」がもはやカントによって理想化＝イデア化された「自然」ではありえないことも意味する。「物」としての「作品」には、カント的な意味における「自然」の持つ「目的なき合目的性」という性格、言い換えれば「人為（技術）」によって生み出されながら「人為」の痕跡を完全に消去してしまっている同一化＝超越化の玲瓏たる具現体としての「自然」という性格が決定的なかたちで欠けているからである。自己物化としての労働の論理は、そうした同一化＝超越化のただ中に深い切断線を刻み込むのである。

　このことがヘーゲルの思考において何を意味しているのかをよりはっきりさせるために、『イェーナ体系草稿』よりさらに数年前に書かれた『人倫の体系』と呼ばれる草稿の内容を見ておこうと思う。そこで問題にされているのは「欲求（Bedürfnis）」と「享受（Genuß）」の分離という事態である。ヘーゲルはまず「分離の感情は欲求であり、それが揚棄される感情が享受である」[8]ことを確認した上で次のように言う。

　α）完全かつ絶対的に同一的なもの、〔すなわち〕意識なきものの揚棄、分離、この分離は感情ないしは欲求としての分離〔である〕。β）差異（Differenz）であり、かつ否定的なものであるこの分離に対抗する差異、すなわち分離の否定（欄外書き込み：欲望、客体（Objekt）のイデアールな規定）、かくして〔それは、〕主観的なものと客観的なものの、欲求の対象が外部に置かれることとなる経験的・客観的直観の否定、ないしは努め（Be-muhung）と労働〔である〕。γ）客体が否定された存在、ないしは最初の二つの契機（Moment）〔分離とその否定〕の同一性〔同一性と非同一性の同一性〕、〔それは〕自覚された（bewußt）感情、すなわち差異から生じた感情〔としての〕享受〔である〕[9]。

絶対的な同一性の境位――それは始原状態にある「自然」に他ならない――に対して、外部（客体）へと向かう欲求を通じてまず区別・差異がもたらされる。この区別・差異は客体の否定としての享受によってもう一度同一性へ、すなわち始原状態における同一性と区別・差異（非同一性）とのあいだの同一性へと還帰するのだが、このとき問題なのは欲求（区別・差異の生起）と享受（区別・差異の否定）とのあいだに自己物化の契機を含む労働が差しはさまれることである。このことによってヘーゲルの論理は、作品の生成過程において経験的なものと超越的なものとの二重性が自己内統整的な関係を通じて接合され、「目的なき合目的性」としての「自然」の同一性へと統合されるカントの論理とは決定的なかたちで異なったものとなる。

カントにおいては、経験的なものの生起がそのまま自己の内部で超越的なものからの指令へと読み換えられる。それは、カントにおいて経験的なものをもたらす行為の過程が基本的に自己の内部で完結しているからである、だが労働に付随する自己物化の論理においては、自己は自己内部で完結せず他なるものへと転化する。つまり労働を通して自己は非自己化されるのである。このことを端的なかたちで示しているのが欲求と享受の分離に他ならない。つまり欲求を通じて生起する経験的な自己と、非自己化としての労働を担いそれがもたらす作品の生成を享受する自己、つまりカントに即せば経験的なものを超越的なものへと置換する自己とは、もはや同一ではありえなくなるのである。

しかもこの後者の自己のあり方の論証に関してヘーゲルは、A・スミスによってすでに確立されていた分業の論理、すなわち交換関係として現出する労働過程の編制原理をひそかに忍び込ませているように見える。それは、自己とその非自己化としてのもう一つの自己を分業＝交換の論理に従って関係づけるとともに、そこにこうした分業＝交換の論理によって編制される自己（欲求）―非自己（労働＝作品）―他者（享受）の関係を生み出す。これが市場交換モデルに基づく「社会 die Gesellschaft」を意味しているのはいうまでもない。

なるほどヘーゲルは弁証法の論理を通じてこの二つの異なる自己を、同一性と非同一性の同一性としての自己へと還帰＝統合してみせる。だがそれは、経験的な自己（個別的な自己）の外側に、自己と他なるものの媒介関係を通して形成される非自己としての自己を通して、さらには分業＝交換の論理を通して、自己と非自己および他者の関係を包み込んだ間主観的な（intersubjektiv）定在としての社会関係によってはじめて可能となるのである。逆に言えば、こうした間主観的定在としての社会関係を通してはじめて自己と非自己の媒介・再結合が可能になるのである。それがヘーゲルによって「人倫（Sitte）」と呼ばれたものなのだが、カントにおける経験的なものと超越的なものの二重化に対応するのは、こうした自己の外部に定立される対象的定在（間主観的な定位としての社会関係）を通して再度自己が確立される「人倫」の形成過程なのである。そしてなによりも重要なのは、この二つの自己の分離に対しヘーゲルが、いわば理論や概念以前の原基的な感性の次元――それはヘーゲルの時代感性といってよい――で、カントの自律を支えていた古典的な近代の時代感性から決定的に逸脱するものを投影していたということである。それが何であったかをもっともよく示しているのが、イェーナ時代に先立つフランクフルト時代に書かれた『初期神学論集』に出てくる「疎遠な（fremd）」という言葉に他ならない。つまりこの分離過程の基底には自己の自己に対する疎遠さの契機がはりついているのである。この契機が、「疎遠な」に由来するヘーゲルのもっとも枢要な概念の一つである「疎外（Entfremdung）」へとつながってゆくことは言を俟たぬであろう。そしてこのことは、作品における事象内実と真理内実のあいだの深い乖離・疎隔という事態としても捉えられうるのである。

＊

このような事態の背景には何があるのだろうか。カントの経験的なものと超越的なものが二重化される自己内統整の論理、そしてその論理を支えている広義の意味での法的言説モデルに基づくディスクルスと対応しているのは、いうまでもなく感覚＝美的なものへと収斂する「市民的なもの」としての中間存在領域であった。それは、フランコ・モレッティが次のように描く世界に他ならない。

社会秩序は「合法的」であるだけではじゅうぶんではない。それは象徴的に合法であるように見えなければならない……また、「自由な個人」として、恐れをいだくる主体としてではなく確信をもった市民として、ひとが社会規範を自分自身のものとして知覚することも必要である。ひとは、規範を内面化し、外的な強制と内的な衝動が弁別しがたくなるところまで両者を融合させて、新たな単位をつくりあげなければならない。このような融合を指して、われわれはふつう「同意」とか「合法化」と呼んでいる。[10]

この「市民的もの」としての中間存在領域の基軸となっているのは、モレッティがいっている「同意」「合法化」を自己内統整関係において引き受ける「自由な個人」としての「市民（Bürger）」である。それは、自己内部で確立される経験的＝超越的な「法なき合法性」に基づく自己決定と自律の権利を有する主体に他ならない。そしてその主体の存立条件を具体的に肉づけするのが、イーグルトンが「社会生活の美学化」と呼ぶ美的なものと道徳の融合なのである。

ではヘーゲルの場合はどうか。先ほど引用した『人倫の体系』の先の部分に次のような記述がある。

α）客体の否定、ないしは直観、しかしながら〔それは〕次のような契機（Moment）として〔把握される〕。すなわちこの否定は別な直観ないし客体によって置き換えられる、あるいは純粋な同一性はこうした否定の行為（Tätigkeit）によって固定化される、という契機としてである。かくして同じ否定のなかで享受の抽象＝度外視〔否定〕（abstrahiert）が生じる。すなわち享受は達成されなくなるのである。なぜならここで実在するのはあらゆる抽象〔否定〕であり、それが存在となっているからである。客体が否定されるのは、客体一般としてではない。他なるものへと置き換えられる〔ことが客体の否定なのである〕。というのも客体は、この抽象〔否定〕としての否定においては客体ではないからである。あるいは客体は享受ではないからである。さてこの否定が労働（Arbeit）である。[11]

たいへん分かりにくい記述だが、ポイントとなっているのは、「労働」として規定される「否定」が「客体」の「他なるものへの置き換え」であり、それが「享受」へと達しないという点である。これは、労働という概念がヘーゲルにおいて「置き換え」＝交換可能性という文脈のなかに位置づけられていることを、言い換えれば労働において欲求と享受の分離が生じるのは、労働が交換可能なものとしてあることに基づいているのを示している。同時にここでは、交換というかたちで生起する自己の非自己化＝自己物化を通じて、交換の対象となる他の労働とともに形成される共同的・間主観的な交換関係が個々の自己に対して疎遠な自立化した定在として定立されるという事態も示唆されている。先ほど触れた間主観的な定在としての社会関係とはこの交換関係の対象態に他ならない。ふたたび『人倫の体系』から引いておこう。

最初の段階においてすべての個別性（Individualität）

の帯びている特殊性（Besonderheit）が否定される。彼〔所有者としての市民＝ブルジョア〕は、このように〔特殊性の否定を通して〕規定される普遍的なもの（Allgemeines）としての第二の段階に対してもそのように振舞う。しかし〔この普遍的なものは〕彼において所有が確保されるためにのみある、形式的に普遍的なものであり、〔実際には〕絶対的に個別的なもの（ein absolut Einzelnes）なのである。労働も同じように普遍的なものとなることで、そして労働がその物質的内容（Materie）にしたがって欲求の総体性を目ざしているのではなく、その概念（Begriff）にしたがって普遍的な依存関係（Abhängigkeit）が物理的な欲求の充足のために措定されることで、〔市民＝ブルジョアの場合と〕同様の事態となる。労働の価値と労働および生産物の価格はすべての欲求の普遍的な体系（System）にもとづいて規定されるのである。そして他者の特殊な必要（Not）に基づいて根拠づけられる価値（Wert）内部の恣意性（Willkür）は、他者のために過剰〔な年産物〕が必要かどうかへの無自覚さと同様に完全に揚棄される――。労働の普遍性、ないしはすべての〔労働の〕無差別性（Indifferenz）は、労働を同等化するとともに、個々の労働が直接的にそれへと転化することが出来る〔基準・尺度である〕中心（Mitte）として、すなわち一個の確固とした実在の（ein Reelles）である貨幣（Geld）として措定される。[12]

労働において、経験的＝個別的なものと普遍的なものの関係は経験的＝超越的二重化の論理によっては成立しえない。カントにおける、「自己のうちなる立法性」に基いて経験的＝超越的な二重性（自己内統整関係）として定立された主体は、ヘーゲルにあっては「普遍的な依存関係＝普遍的な体系」の内部で同等かつ交換可能なものとして規定される個々の労働の担い手へと変貌する。そして普遍的なものと個別的なものの関係は、「貨幣」へと凝固する普遍的なもののあり方を前提にしつつ、当の貨幣を基準・尺度とするかたちでその個々の「価値＝価格」が反照的に決定されるという商品―貨幣関係――それは、後にマルクス（Karl Marx 1818-1883）が『資本論』で根源的なかたちで解明してみせた「価値形態」のことである――として規定されるようになるのである。そしてこの瞬間、労働の担い手は商品＝貨幣所有者としてのブルジョアになる。このブルジョアは、カントの「私は出来る（Ich kann）」に支えられる自律的な主体ではなく、商品―貨幣関係という交換の体系に従属する――ヘーゲルの言葉を借りれば、自己の意志とは無関係に「理性の詭計（List der Vernunft）」によって操られている――函数項のごときものに過ぎない。

このことから明らかなように、ここでヘーゲルが依拠しているのは、カントの言説モデルの依拠する法の次元とは異なる「経済」の次元、より正確にいえば「市場経済」の次元である。つまりヘーゲルは、近代市民社会を法の次元ではなく、市場経済の次元から捉えようとするのである。ヘーゲルが後に『法の哲学』のなかで近代市民社会を「欲求の体系」として捉え、そのもっとも重要な特性を、社会が「富めるもの（Reichtum）」と「賎民（Pöbel）」へとたえず分裂してゆくところに求めていったこと――市民社会の絶対的な宥和不可能性の認識――の起源はまさにここにある。そしてこのようなヘーゲルの考察は近代市民社会の認識に根本的な転換をもたらすことになる。

というのも、この市場経済の次元においては、もはや感覚＝美的なものへと収斂するような中間存在領域は自律的には成立しえないからである。つまり主体は自己決定と自律の担い手としての「市民」ではありえなくなるのである。主体の経験的＝超越的な自己内統整関係にもとづく二重化に代わって登場するのは、自らの遂行する労働とその生産物がたえず自己にとって疎遠なものとして非同一化される過程、個々の主体の自己了解の構造に即していえば、たとえ労働がそれを担い遂行する主体にとって自己の行為として即時的には認識されるとしても、それは本質的には、他なるものによる労働の疎遠化＝簒奪の顚倒され仮象化された認識に過ぎなくなるような過程なのである。念のために言い添えておけば、この他なるものは具体的な他者ではない。それは、すでに述べたようにあらゆる個々の自己から疎遠化され、かつ自立的な定在となった普遍的依存関係の凝固体としての「貨幣」――これも後のマルクスに即して言えば「資本（Kapital）」――なのである。そして各々の自己はこの「貨幣」から反照される仮象となる。この、個々の個別的・経験的な自己の生成・展開過程がもはや自己内部の超越性へと還帰することなく、外部にある「貨幣」としての擬似超越性によって仮象化されざるをえなくなる過程をヘーゲルは「疎外」と呼んだのだが、ヘーゲル自身の自己物化としての労働の捉え方を踏まえるならば、それは、やはりマルクスが『資本論』において用いた「物象化（Verdinglichung）」という言葉で呼ばれるのがもっとも適切なのではないかと思われる。こうしてヘーゲルを起源とするかたちで、物象化という事態をもたらす近代市民社会の編制論理の所在が明らかになる。

＊

この物象化の論理の背景に透けて見えるのは、近代市民社会において不可抗なかたちで自己存在の基盤が掘り崩されてゆく過程である。その過程は、カント的自律がいかなる意味でも不可能となる地点まで進んでゆく。カント的に言えば経験的なものの生成が自己に明瞭な輪郭を与え、その内実を豊かにしてくれたと確信される瞬間、つまり自己という場において事象内実が真理内実と出会えたと感受される瞬間、そしてそれを通じて自己が自らを超える普遍的なものにつながっていると感じられるまさにその瞬間に、それらの一切が顛倒された仮象にすぎず、自己はもはや教養小説《ビルドゥングスロマーン》におけるそれのように「作品」とはなりえないという真実が物象化の論理を通して一挙に露呈するのである。この真実の露呈の前にはいかなる自律の努力も実践も空虚なものでしかなくなる。ではこのような物象化の論理に対して主体は完全に無力でしかないのだろうか。

ヘーゲルはよく知られているように、『美学講義』において「芸術の終焉」を語っている。ふつうこの言葉は、近代においてはもはや古代ギリシア芸術のような「直接性や生命感や現實味」を持った「高き美」[13]の現われ、すなわち完璧なかたちでの「理念的なものの感性的顕現」――真なる「作品」の生成――は不可能になってしまったというヘーゲルの同時代に対する否定的な診たての表現として理解される。そしてそれは、カントやシラー（Friedrich Schiller 1759-1805）が行ったような芸術美に対する高い評価が同時代においては成り立ちえなくなったという慨嘆としても理解されている。

だがこの言葉はじつは一つの始まりの宣言でもあるのだ。すなわち、直接的・無媒介的な芸術＝美の顕現の時代が終ったところから、学（Wissenchaft）の時代としてのわれわれの時代が始まるという宣言である。それは、これまでの私たちの議論の文脈に即せば、経験的＝超越的二重化の論理が終焉し物象化の論理がそれに取って代わった時代にあって、自分たちの認識および実践は、学という概念に象徴されるような物象化に瞞着されないための反省性・批判性を持たねばならないという一個の当為の宣言でもある。つまりヘーゲルは「芸術の終焉」を、物象化の論理へのもっとも本質的な対抗戦略としての「批評（Kritik）」の始まりとして読み換えるのである。こうして物象化の論理のもと、「作品」の時代が終わり「批評」の時代が始まる。

＊

ここで想い起されるのは、若きルカーチ（György Lukács 1885-1971）がヘーゲルの影響の下に書いた二〇世紀文学批評の傑作『小説の理論』のなかの叙述である。ルカーチでは、マルクス主義者へと転じた後に書かれた『歴史と階級意識』が、「物象化」という概念を最初に普及させた著作として名高いが、それ以前に書かれた『小説の理論』のなかにもすでに物象化の論理を先取りする議論が登場している。そしてそれは明らかにヘーゲルからつかみ取られた批評精神の表現であるといってよい。

さてルカーチは次のように言っている。

第一の自然〔始原としての自然〕にたいするこの自然〔人間が作り出した環境としての「第二の自然」〕のよそよそしさ、すなわち近代的な感傷的自然感情は、みずからの創造した環境が人間にとってもはや父の家ではなく、牢獄と化したのだとする体験の投影にすぎないのだ。(14)

この「第二の自然」はいうまでもなくカントの議論に即せば、「目的なき合目的性」として理念化される自然である。だがルカーチはそれを「よそよそしいもの」、つまり疎遠なものとして捉えようとする。それがヘーゲル的な意味での物象化という事態を意味することは言うまでもない。そしてルカーチは、カント的な経験的＝超越的二重化の論理が物象化を隠蔽する仮象論理に過ぎないことを明らかにして見せるのである。このルカーチの議論からさらに影響を受けて書かれたのが、細見和之によって「『啓蒙の弁証法』という著作全体を貫いているモティーフは、まさしくベンヤミン-アドルノ的な意味での「自然史」の理念にもとづく歴史哲学の試み、と見なすことができる(15)」とその意義が評価されているアドルノ（Theodor Wiesengrund Adorno 1904-1969）の実質的な処女作「自然史の理念(16)」に他ならない。このことをことさら強調するのは、「自然史の理念」から『啓蒙の弁証法』を経て、『否定弁証法』『美学理論』へと至るアドルノの思想的軌跡のなかで、ヘーゲルにおいて胚胎されマルクスへと受け継がれた物象化の論理に対する批判的な認識、つまり先に定義した意味での批評の核心的モティーフがもっとも根底的なかたちで掘り下げられ深化されていると考えることが出来るからである。ところで南の本においてもっとも苛烈な批判にさらされているのが、他ならぬ『啓蒙の弁証法』なのである。そしてその批判には、批評精神の現在的な根拠についての南なりの診たてが込められている。ここでようやく本書から触発されて私のなかに芽生えた論議の内容が、本書との具体的な接点を持つことになる。

南の『啓蒙の弁証法』批判について

ここであらかじめ南が本書において取ろうとしている基本的な姿勢、立場を示しておきたい。それはまさに、『啓蒙の弁証法』におけるアドルノの思考論理への批判が展開される箇所において登場する。なお本書では第二章「啓蒙の弁証論—アドルノの『啓蒙の弁証法』またはカントの理性私的使用論・倫理学・美学について—」と第五章「特異点と真への意志—アドルノの『啓蒙の弁証法』またはカントにおける根拠としての理性と崇高について—」の二つの章で『啓蒙の弁証法』が扱われている。

「普遍的立法」は、「私という理性的存在者と、べつの理性的存在者たちとに普遍」のことだという、一般的(およびカント自身の)解釈は、むしろ普遍性を損ない、社会の他律的要素をひそかに持ちこんでしまったものにすぎないのである。実際には、「他律的原理はまっぴらだが、まあ、私の節操としての、私の原理、私が分裂してしまわないような私の原理があるとすれば」という意味のほかは、自律的には解しようがないところなのだ。「善」の根本法則としての定言命法が、自律的にほんとうに意味することは、「私の節操においては、私は私にとって、私が変節して私でなくなるような恒常の筋だけは決して曲げないように行動する」(命令法としては、「私」を「あなた」に、「行動する」を「行動せよ」におきかえる)ということでこそあるにほかならない。無頼の極致における、しかしここは筋はまげられないという、ぎりぎりの節操の、自律なのである(六七頁)。

この南の文章には、カントの定言命法の論理を万人に妥当するふやけた一般性へと決して堕めてはならないという強烈な当為がみなぎっている。それは、万人向けの一般性こそが「他律」、すなわち非自己化としての物象化の導入路に他ならないからである。南はカント自身に対してすら、あいまいな一般性に媚を売ることでこの「他律」の危機に対して鈍感になっていると——引用箇所の少し前に、「カント自身がほとんど見落としてしまった」(六六頁)という表現がある——不満を鳴らし、「他律」との緊張に満ちた対峙を通してかろうじて確保される、「節操」ないしは「恒常の筋」としての「自律」に賭けようとする。そして南のなかでそうした当為を支えているのは、カントの思考に関する次のような解釈に典型的なかたちで表現されている経験的＝超越的自己統整の論理である。それは南にとって、カントの思考における一般性への還元を許さない「特異点」（一二六頁）を意味している。

カントが追い求めていることは、ただ人間の能力のより上位の働き〔自己内超越性の働き〕の中に、価値あるものを自律的に基礎づけるということなのである。カントにおいては、正しくは普遍〔超越性〕と特殊〔経験性〕は同質なのではなく、あくまで、認識回路の中でことがらがつながって認識がまさに可能となるその接点として、同致するのである（六三頁）。

他律＝物象化が支配する世界に対し、この「普遍と特殊」の認識回路のなかでの接合・同致という経験的＝超越的二重性の論理をもって立ち向かおうとする南を、ドン・キホーテに擬するとするならば、あるいは不謹慎のそしりを免れないかもしれない。だが、南の手にする経験的＝超越的批評という槍が本当に敵を打ち倒すことが出来る槍であるのかどうか、敵がじつは風車であり、ドルシネア姫は農婦にすぎず、ロシナンテは驢馬だったというかたちで「真実」が露呈しないかどうかは保証の限りではないように私には思える。だからこそ、南が敵とみなすアドルノの『啓蒙の弁証法』の捉え方についての今一度の検証が必要なのである。そしてそれは、ヘーゲル以降の「批評の時代」における批評の真の意味での成立根拠を根底から問い直す作業でもある。

＊

南によれば、アドルノの『啓蒙の弁証法』における批評戦略の要諦は、「啓蒙の持つ非真理的要素を読みあかすことによってこそ真の啓蒙にいたる」という「限定的否定〔bestimmte Negation〕」の論理にある。逆に言えば、『啓蒙の弁証法』のなかではそれ以外に批評のための「具体的方策は提示され」（五八頁）ていないということである。

このことは、アドルノの啓蒙批判がもっぱら「神話はすでに啓蒙である」というテーゼと「啓蒙は神話に転化する」というテーゼによって根拠づけられた啓蒙の野蛮への頽落の過程に対する批判に終始しており――その批判は具体的には、「啓蒙の論理的な考え方が、数学的機械的論理をなかだちとすることで、必然的に反省や思想を非論理的なものとして失墜させてしまう」（五七～八頁）という事態を暴くことによって遂行される――、カントのなかにある理性問題を見落としてしまっていることを指し示している。それは言い換えれば、アドルノにおいて啓蒙の論理、あるいはその体現者であるとされるカントの思考論理の「すべてが悟性の作用の中に放りこまれ、片づけられている」（二一七頁）ことと表裏一体の関係にある。その結果アドルノにとって理性は、「欠落というかたちをとって、不可知な、神秘的な真理として、威丈高に、すべてのものに対して自らに近づくように厳命を下」（二一八頁）すものとして規定されることになる。ここに「アドルノの根底的な欺瞞性」（同）があると南はいう。

　これに対し南は、カントの理性概念にはたしかに「感性の空間的時間的形式や、悟性がカテゴリー表に従って感性に働くことで認識が成立するというコペルニクス的転回のしくみを、細かく見定める働き」としての「超越論的な作用」（二一六頁）という側面があることを認めた上で、南がカントのなかに探り当てようとする理性概念には、じつはカント自身においても「忘れ去られてしまった」（同）もう一つのより重要な働きである「原理そのもの・根拠そのものを問うはたらき」（同）の側面があることを指摘する。このことは、すでに引用した箇所にある、「カントが追い求めていることは、ただ人間の能力のより上位の働きの中に、価値あるものを自律的に基礎づけるということ」（六三頁）に対応する。より普遍化して言えばそれは、「真への意志」として、かくあれかしという当為の次元に定位される経験的＝超越的自己内統整関係を志向する「原理を求める」人間の欲求能力の現われに他ならない。そしてこの「根拠自体を他にまかせるのでなく問いつづける」（一二六頁）意志・欲求の彼方に見えてくるのは、南の自律への当為を端的に表す「徹底した自律と、自前の思想の展開のみによる理念」（一二六頁）という格率《カノン》に他ならない。この視点に立つとき、理性（啓蒙）の働きを悟性の作用に切り縮めた上で、いかなる経験的＝超越的な理性に関するポジティヴな提案――それが南にとっての批評の成立根拠となる――も示すことなく、悟性化した限りでの理性への限定的な否定としての批判を悪無限的に繰り返すだけのアドルノの思考論理は欺瞞でしかないことになる。

*

　このような南の『啓蒙の弁証法』に対する批判を受けて、まず『啓蒙の弁証法』における思考論理の核心ともいうべき「主体（観）性の根源史（Urgeschichte der Subjektivitat）」[17]の内容の確認を行いたい。

後期資本主義において明らかに狂気の相を帯びてきているる手段の目的という王位への就任（Inthronisierung）〔手段の目的化〕は、すでに主体（観）性の根源史として認識されうる。人間が自らの自己を根拠付けるために行う自己自身に対する支配は、主体に奉仕すべく行われているにもかかわらず、つねに潜在的には主体の否定を意味している。というのも支配の対象となっている、抑圧され、自己保存によって解消される実体は、当の自己保存を作動させる機能としてのみ規定される生けるもの（das Lebendige）以外の何ものでもないからである。そして自己保存の対象となるのは本来この生けるものであるはずなのだ。⒅

「主体（観）性の根源史」という概念が指し示しているのは、自己の自己に対する支配、すなわち少なくとも形式的には経験的＝超越的自己内統整関係によって根拠づけられている主体の自律と同じかたちを取って現れる自己の自己に対する相等性が、じつは自己の自己に対する抑圧・否定に他ならないという逆説的な事態である。この相等性と抑圧・否定がイコールで結ばれる事態は、より詳しく見るならば二つの契機を含んでいる。一つは、もともと自己は自己と等式で結ばれる関係のうちには存在しないという契機である。これは、ヘーゲルの自己物化の論理によって示されている自己が他なるものへと非自己化されるという事態にもとづいている。というのもヘーゲル的に言えば、自己自体が根源的に非同一的な他なるものとの媒介関係をもって成立しているからである。このことは別な角度から見たとき、自己内部における支配―被支配の関係として現れる自己の自己に対する抑圧そのものが、自己の相等性の起源に他ならないという「主体（観）性の根源史」の二つ目の契機へとつながってゆく。つまり自己の自己に対する相等性とは、自己の自己に対する支配＝抑圧を媒介として生じる自己の非自己化の過程の顚倒・仮象表現に他ならないということである。

ここで想起されるのは、『啓蒙の弁証法』において「主体（観）性の根源史」のプロトタイプを表すアレゴリカルな挿話として取り上げられている、ホメーロスの『オデュッセイア』のなかのセイレーンの物語（『オデュッセイア』第十二巻）である。周知のように、トロイアから故郷であるイタケー島へと戻る航海の途次でオデュッセウスたちは数々の危難と試練に遭遇するが、それをアドルノは、神話における自然支配の段階から啓蒙における主体の自己支配の段階への離脱の過程のアレゴリーとして捉える[19]。なかでも航海にあたってスキュラとカリュブディスという怪物にはさまれた狭い水路を抜けてゆかねばならないという試練を課せられる場面はそのクライマックスといってよいだろう。この巨岩のあいだを通る以外にイタケー島へと至る道はない。しかもこの水路にはセイレーンという水妖が棲み、通りかかる船の船乗りたちをあやかしの歌声で魅惑する。その歌声を聴いた船乗りたちは我を忘れてその歌声に聴き入り、船は巨岩に激突して難破してしまう。だがあらかじめ女神キルケーがオデュッセウスに警告しているように、このセイレーンの歌声を聴かずにこの水路を抜けることも、この水路を迂回することも人間には許されていない。ではオデュッセウスたちはこの試練に対してどのように立ち向かったのか。

彼〔オデュッセウス〕は逃走するためには二つの可能性しかないことを知っていた。その一つは、彼が同伴者たちに命じたことである。すなわち彼は同伴者たちの耳を蠟でふさがせたのであり、その結果彼らは肉体の力に従ってひたすら漕がねばならなくなる。（中略）もう一つの可能性はオデュッセウス自身、すなわち他の者たちを自分のために働かせる主人（Grundherr）として彼自身が選択したものである。彼はセイレーンの歌を聴く。だがマストに体を縛りつけられているため無力である。誘惑が大きくなればなるほど、彼はより強く緊縛されるのである[20]。

オデュッセウスたちが運命に立ち向かうために案出した手段は、危難を回避するために案出された神話的自然を騙し出し抜く知恵、「詭計（List）」であった。このことは、一見するとオデュッセウスたちが、暴力が直接的に噴出する神話段階とそこでの「目には目を」式の対決の構図を脱し、知恵（理性と自律）にもとづく相互了解（コミュニケーション）を通した合意の形成）が成り立つ啓蒙段階へと移行していることを示しているように見える。だがこの知恵は詭計であるがゆえに、じつは本来の意味での相互了解ではなく「欺き」「騙し」にもとづいているのである。そして大切なのは、この詭計（欺き・騙し）のうちに、アドルノが啓蒙の基底において働いている原理的な機制として捉えようとした二つの要素が見出されることなのである。

＊

一つは、体をマストに縛りつけてセイレーンの歌を聴くオデュッセウスと、耳を蠟で塞ぎひたすら櫂を漕ぎ続ける同伴者とのあいだで成立する「分業」の要素である。この分業は、本来統一的な生のもとにあるはずの自己が二つの極に分裂している事態のアレゴリカルな表現と見ることが出来る。そしてこの分業には、単純な水平的分業、つまり機能上の役割分担という以上の意味が隠されている。

周知のようにマルクスは『ドイツ・イデオロギー』において、分業の始原的形態を「精神労働と肉体労働」の分離に見ようとする。

> 分業に伴って、精神的（労働）**活動**と物質的（労働）**活動**、**†活動と思考、つまり思想なき活動と活動なき思想**、†享受と労働、**生産と消費**とが、別々の個々人に帰属する可能性、いや現実性が与えられるからである。[21]

ここでは、若きヘーゲルがすでに洞察していた欲求―労働―享受の過程における自己の非自己化（自己の分裂）という事態が、マルクスによって精神労働と肉体労働の分離というかたちでの分業の生成として捉え返されている。そしてこの分業の生成の過程には、マストに体を縛りつけることによって「活動なき思想」と化した精神労働の担い手としてのオデュッセウスが、耳に蠟をしたまま「肉体の力に従ってひたすら漕がねばならない」肉体労働の担い手として「思想なき活動」と化した同伴者に対し「主人」として指令を発するという垂直な支配―被支配関係――それは、甲板上のオデュッセウスと船底の同伴者という空間的垂直関係によってアレゴリカルに表現される――の発生という事態が内包されている。つまり精神労働と肉体労働の分離は、支配―被支配関係の発生の起源としての意味を同時に帯びているのである。そしてそこにはさらに、肉体的に無力なままセイレーンの歌声に耳を傾けるオデュッセウスの内部で、始原的な自然からの呼びかけ・誘惑として神話的な力を有していたはずのセイレーンの歌が、「ブルジョアの根源史においてすでに、通り過ぎるものにとっての憧れ（Sehnsucht）へと相対化されている（neutralisiert）」[22]という事態が生じている。このオデュッセウスにおけるセイレーンの歌の威力の相対化に対応するのが、セイレーンの歌を封印されたまま船底で漕ぎ続ける同伴者の存在であることはいうまでもない。つまりここでは神話的な威力を失ってただの憧れの対象に過ぎなくなったセイレーンの歌声を享受するオデュッセウスと、その享受から切り離されて肉体労働に専念する同伴者の二元的な関係が指し示されているのである。

この二元的関係は、神話的な力、カントに即すならば、「目的なき合目的性」の実現によって始原的な自然の純一性を再現する力ということになるが、そうした力を失って漠とした憧憬の対象へと堕してしまった無力な芸術と、一切の精神的な要素を失って非自己化してしまっている労働の対称関係としても捉えられうる。このことによって、中間存在領域における「社会生活の美学化」と結びつくはずだった芸術（美）の役割は、そもそも「ブルジョアの根源史」の段階からして虚構でしかなかったことが明らかになる。無力化された芸術と自己の非自己化としての無慈悲な労働の並立という事態が、「ブルジョアの根源史」の段階においてすでにはっきりと露呈している「市民的なもの」、あるいはそこにおける「自律」の原理の裏面であり真相なのである。アドルノは次のように言う。

オデュッセウスとセイレーンの幸福にして不幸な出会い以来、すべての歌（Lieder）は病んでいる。そして西欧音楽の総体が文明のなかの歌に潜む狂気によって煩わされている（laboriert）のだが、同時にそれは、すべての芸術音楽の持つ聴くものを動かす力（bewegende Kraft）を再び与えるのである。[23]

ここでアドルノは病理をはらんだ音楽芸術のあり様を抉り出すとともに、そうした芸術が「煩い」のうちにしかないことを抉り出す。「煩い」とは、中間存在領域において調和的な関係のうちに自足することの出来なくなった芸術が、労働の支配する社会との対抗的関係のなかで、もう少し正確に言えば、芸術のなかに病んだかたちで潜勢的に生き延びているセイレーンの歌の核心としての神話的なものが、社会に対していわば矛盾や異化を強いる力として対抗的に働くことのなかで、かろうじて「聴くものを動かす力」を得るという事態を示しているのだが、これはアドルノのモダニズム芸術の意味についての診たての出発点に位置する認識に他ならない。とはいえそれはここでは先走った議論になるのでこれ以上詳論することは控えよう。問題なのは、分業の論理に潜む、自己の自己に対する支配の真相としての自己の非自己化（自己物化）を介した抑圧と疎遠化という事態であり、「自律」の根拠としての経験的＝超越的二重化に支えられる自己内統整関係がこうした垂直な支配―被支配関係の顚倒的・仮象的な置き換えに過ぎないということなのである。ここでふたたびマルクスの『ドイツ・イデオロギー』から引用しておこう。

そして最後に、分業は次のことについての最初の例を、早速われわれに提供してくれる。すなわち、〈人間たち自身の行為は、その行為が《現実に》自由な社会的行為でない限り〉人間たちが自然発生的な社会の内にある限り、したがって特殊な利害と共通な利害の分裂が実存する限り、したがって（労働）**活動**が自由意志的にではなく自然発生的に分掌されている限り、人間自身の行為が人間にとって疎遠な、対抗的な威力となり、人間がそれを支配するのではなく、この威力の方が人間を（支配する）**圧服する**、ということである。[24]

こうして分業の論理のなかで自律の論理の仮象性・虚偽性が完全なかたちで露わになる。

＊

さて第二の要素とは何か。それは「詭計」としての啓蒙が「欺き」「騙し」となることの意味に関わる。そしてその意味を明らかにするためには、今言及した分業の論理にある意味でもっとも根源的な考察の光をあてているヘーゲルの『精神現象学』における「主と僕の弁証法（Dielektik der Herrschaft und Knechtschaft）」の議論に立ち帰る必要がある。実際アドルノ（およびホルクハイマー）のセイレーンの物語の解釈には、この「主と僕の弁証法」の論理的機制が明らかに投影されている。

さてヘーゲルは次のように言う。

直接的な自己意識において単純な自我が絶対的な対象となる。しかしそれは、われわれにとって、あるいはそれ自体にとって（für sich）絶対的な媒介（Vermittelung）であり、存立する自立性（bestehende Selbstständigkeit）が本質的な契機となる。あの単純な統一性の解体は最初の経験の結果である。この解体を通じて直接的な自己意識は、純粋な自己意識と、純粋にそれ自体ではなく対他的な（für ein anderes）、すなわち存在する意識ないしは事物性の形態のうちにある意識としての意識とに〔分裂したかたちで〕措定される。この二つの契機は本質的なものである。両者は最初互いに不等であり対抗しあっていて、まだ統一への反照（Reflexion）が生じていないので、両者は互いに対立する意識の形態となる。一方は自立的な意識形態であり、対自的存在（Für-sichsein）がその本質となる。他方は非自立的な意識形態であり、生命（Leben）ないしは対他的な存在であることがその本質となる。前者が主（Herr）であり、後者が僕（Knecht）である。[25]

この「自立的な意識形態」としての「主」と「非自立的な意識形態」としての「僕」の二元的な関係は、事実性の次元においては異なる自己同士の関係ということになるだろうが、より本質的には自己そのものの存立構造内部のあり様として捉えられるべき事態である。そしてそのように見るとき、この主と僕の関係から、先ほど分業の問題において触れた支配―被支配関係の発生という事態に含まれているもう一つの側面が明らかになる。それは、自己の自己に対する支配＝抑圧が同時に自己に対する「欺き」「騙し」に他ならないということである。つまり詭計によってセイレーンを欺き無事水路を通り抜けるオデュッセウスの狡知には、じつは自己自身の瞞着という事態が張りついているのである。

＊

さてもう一度ヘーゲルに戻ろう。ヘーゲルは自己意識における主と僕の関係について次のように言っている。

僕を物と自分のあいだに差し挟む主は、それを通じて物の非自立性とのみ関わる。そしてそれを純粋に享受するのである。その一方物の自立性の側面は、物に働きかけを行う（bearbeitet）僕に委ねられる。[26]

ここから、主がマルクス的に言えば享受の側に立つ精神労働であり、僕が欲求の側に立つ肉体労働であること、そして両者の関係が文字通り主と僕という表現に示されているように支配―被支配の関係であることが見えてくる。より端的にいえば、主は僕に自己物化としての労働を押し付け、純粋な享受を自分だけで独占する――セイレーンの歌を聴くオデュッセウス――自己同一的な主体なのである。この事態を自己内部のあり方に移し変えて捉えなおすと、主はデカルト的な意味での精神＝実体であり、僕は身体＝延長であることになる。つまり心身二元論的な構図のなかで、主のみが精神＝実体として自己の本質を形づくり、僕の身体＝延長としての側面、言い換えれば「生命」としての側面は、自己外にある諸々の物と同様自己の本質からは排除されるということである。このことをもって自己が、享受のみに関わる純粋な自己意識の同一性としての主と、労働を通じて自己外の物のみに関わる――労働を通した自己物化＝自己の非自己化――僕との二元的関係というかたちで規定されるのである。

だがヘーゲルの主と僕の関係についての考察はそこで終らない。一見すると自己同一性の担い手として支配する側にいる主と、非自己化＝非同一化され被支配＝抑圧の側へと追いやられる僕のあいだの不平等な関係というところで完結するかに見える両者の位置関係が、最後になって驚くべき反転へと至るのである。ヘーゲルの記述を追ってみよう。

> ここにおいて〔主が僕の労働を通じて自らの承認を得ること〕非自立的な意識〔僕〕が主にとっての、自己自身への確信の真理をなす対象となる。しかし明らかに、この対象はその〔主の〕概念に一致しておらず、主が自己を完成させたその時点において、自立的意識〔主〕とは別な何かが生成したのである。主に対して存在しているのは〔主を主たらしめているものは〕そうした自立的意識ではなく、むしろ非自立的な意識〔僕〕なのである。かくして主は真理であることを確信するものとしての対立的存在（Fürsichsein）ではなく、非本質的な意識およびその意識の行為がむしろ主の真理となるのである。このように見てくるとき、自立的な意識の真理は僕の意識なのである。このことはたしかにまず自己の外で現れ、自己意識の真理としては現れない。だが主であること（Herrschaft）〔＝支配〕の本質はそれが望んでいるものの逆であることが示しているように、僕であること（Knechtschaft）もまたその実現においては、直接そうであるものとは逆なものになる。すなわち僕であることは、自己に押し返された意識として自己へと帰り、真の自立性〔主であること〕へと反転するのである。(27)

「非自立的な意識」であったはずの僕は、それが物への働きかけ、つまり労働を行うことによって「自立的な意識」へと反転する。僕が主となるのである。逆に言えば主は僕に従属する立場となる。それは、支配―被支配の関係が逆転することを意味する。これはいかなる事態を意味するのだろうが。

主の自立性は、じつはその内実をもともと非自立的な僕に、より具体的に言えば僕の労働に負っているのである。このことは同時に、主の自立性の内実が、労働の自己物化＝非自己化に他ならないことを、言い換えれば自己の核心としての自立性の内実が、自己にとって疎遠な力となった物との関係に依存していることを意味する。そしてそれは、自己を構成する主と僕の関係の内部において二つの、次元を異にする仮象化――自立性の内実剝奪を覆い隠す仮象として主の自立性が表象されること――が起こっていることを示している。

一つは、主の自立性がじつは自己にとって疎遠なものとしての労働＝自己物化の対象的定在である物からの反照にすぎない、という次元で起こる仮象化である。ただしこの物は、モノとしての個別性ではない。むしろすでに触れたヘーゲルの「人倫」、あるいは「客観的精神」に比定されるべきものであり、より端的に言えば物象化の凝固体としての「貨幣」にこそその本質が求められるような労働―物連関（相互交換関係）の対象態なのである。自立性として、言い換えれば自ら立ち上がる（aufstehen）ものとして表象される主の本質は、じつはこの自己にとって疎遠な対象的定在としての労働―物連関への服属＝下に立つ（unter-stehen）ものとして捉え返されるのである。つまり自己が自立的なものとして表象されるということは、この「上」と「下」の反転関係を通じて生み出される仮象化の結果に他ならないということである。それは、フーコーが主体化＝服属化と呼んだ事態に他ならない。

あらためて『啓蒙の弁証法』の文脈に戻ってこのことの意味を考えてみると、それは、神話段階を超えて啓蒙段階へと到達した主体によってセイレーンの歌声に象徴される神話的なものの力に打ち克つために行使された詭計が、このような仮象化の過程に内包される自分自身への瞞着を含んでいることを、つまり「欺き」「騙し」がセイレーンという主体の外側にいる敵ばかりではなく、自己に対しても行使されていることを示しているといえよう。神話的な力という自己の外側にある支配の威力に対抗することは、その代償として自己を自己にとって疎遠な労働―物連関へと服属させるという、もうひとつの「外部」の力の支配への自己委譲＝自己喪失を生みだす。しかもこの自己委譲＝自己喪失の過程総体が、仮象的に主体の自己支配の確立過程として表象されるのである。これが自己に対する瞞着の核心に他ならない。

こうした自己に対する「欺き」「騙し」としての自己委譲＝自己喪失が、自己の内部における主と僕の位置の反転の本質となるのだが、それはより微細に見るならば自己の自己に対する支配の意味が自己の内部において根源的に変容することへとつながってゆく。それが仮象化の第二の次元をもたらすのである。

すでに言及したように、アドルノは「主体（観）性の根源史」の核心を、主体にとって本来当の自己保存の対象となるべき「生けるもの（Lebendiges）」が、自己保存の実現のために抑圧・解消されるという逆説的な事態のうちに求めた。このことは、『啓蒙の弁証法』のなかでより具体的には「犠牲（Opfer）」の論理として展開される。この犠牲の論理について、アドルノは次のように言っている。

> 犠牲の原理はその非合理性ゆえに過ぎ去ったものとして証明されるが、同時にそれはその合理性によって生き延びるのである。この合理性は変化してきたが消えることはなかった。自己は、常に犠牲を要求する盲目的な自然の中へ解消されてしまうという事態から無理やり身をもぎ離す。だがその際自然的なものとの連関に張りついたまま残るのは、生けるものに対抗しつつ自己の存在を主張しようとする生けるものなのである。自己保存的な合理性によって犠牲を排除することが交換（Tausch）なのだが、それに劣らず犠牲もまた交換だった。犠牲の克服によって生まれた同一性に固執する自己は、そのまま（unmittelbar）再び、硬直して石のように固着してしまった犠牲の儀式（Opferritual）となる。そしてこの犠牲の儀式を人間は、自然との連関に自分の意識を対置することによって、自分自身に対して執行する（zelebriert）のである。[28]

犠牲の論理は、二つの「生けるもの」の「合理的」な「交換」にもとづいている。すなわち「生けるもの」とその「生けるものに対抗しつつ自己の存在を主張しようとする生けるもの」のあいだの「交換」に、である。前者の「生けるもの」は、ヘーゲルが僕に関していっていた「生命」に対応する。あるいはデカルト的な心身二元論の文脈に立てば「身体」の側に対応するということが出来る。これに対して後者の「生けるもの」は、「盲目的な自然（神話的な力）の中に解消されてしまう事態から無理やり身をもぎ離す」ことによって確保された「精神」としての自己、言い換えれば「犠牲の克服によって生まれた同一性に固執する自己」に対応する。ではこの両者のあいだの交換は何を意味するのであろうか。

神話段階における犠牲の論理を具現化するのは、本来自分の身に振りかかってくるはずの災忌——神話的な暴力——を、自分の身代わりになる犠牲（いけにえ）をたてることによって回避する術《すべ》である。つまり犠牲の論理とは、自己と犠牲（いけにえ）のあいだの交換の論理に他ならないのである。この交換の論理としての犠牲の論理には、神話的な力に対して正面から対抗する代わりに、その力の矛先を犠牲の方へとそらしてやり過ごす――自己保存を図る――という合理的な「欺き」「騙し」としての性格が含まれる。だがそこには同時に、単純な瞞着という以上の要素がじつは隠されているのである。

たしかに犠牲（いけにえ）の論理は、例えば燔祭に捧げられる犠牲の山羊《スケープゴート》のように、自分以外の身代わり存在へと神話的な力を振り向けることとして現れるように見える。だが例えば、ギリシア悲劇作家アイスキュロスの傑作『アガメムノーン』においてコロスの語る次のような悲痛な挿話は、はたしてそうした自分以外のものへの犠牲の転化という埒内に収まるのだろうか。それは、「トロイア遠征の途次ギリシア軍はアウリスの浜で先へと進めなくなった。ギリシア軍の中に不満が高まる。予言者カルカスは、それがギリシア軍の総大将アガメムノーンに対して女神が下した罰であり、もしアガメムノーンが初めての娘イピゲネイアをいけにえとして捧げるならばその罰は解け無事出航がかなうであろうと宣告する。アガメムノーンは泣く泣く最愛の娘をいけにえの祭壇に捧げる」という挿話である。[29] アガメムノーンにとって娘イピゲネイアはたんなる自分以外の存在とは到底いえない、むしろ自分自身の命にも等しいかけがえのない存在である。犠牲の論理はここでそうしたアガメムノーン自身の存在にも等しいものをいけにえとして求めているのである。そしてイピゲネイアの犠牲によってはじめてアガメムノーンは、ギリシア軍総大将としての自己を全うすること――自己同一性の確立と自己保存の成就――が出来たのである。

この挿話から読みとることが出来るのは、神話的な力による犠牲の要求が自分外の、自分自身には何の関係のない存在によっては本質的に満たされえないという事実である。犠牲の論理には、自己の中のかけがえのないものを交換の対象として差し出すことが絶対不可欠であるという要素が原理的には含まれているのである。ここで犠牲の論理は、アドルノの記述に従うならば「断念（Entsagung）」の論理へと読み換えられることになる。もっともかけがえのないものをこそ犠牲として差し出すこと、それが断念の論理に他ならない。そしてそこからは、犠牲における交換が過剰なもの・不等価なものの交換という性格を含んでいるという事態がさらに明らかになってゆく。「各々の断念する者

(Entsagende) は、与えられるもの以上に多くのものを自らの生の中から与える。すなわち彼が守るべき生以上のものを与えるのである。(30)

「断念」とは、この「守るべき生以上のもの」を「自らの生の中から与える」ことを、そしてそうした過剰なものの贈与という不等価交換によって初めて神話的な力を回避することとしての自己保存が成就することを、さらにはそうした自己保存の成果としての「同一性に固執する自己」の確立もまた可能になることを指し示す概念である。逆に言えば、「断念」というかたちを取って現れるもっともかけがえのないものとしての第一の生けるもの＝生命の放棄・喪失こそが、第二の生けるものの自己保存成就の真相であり本質なのである。つまり自己保存の成就を起源に持つ〈自己の確立―支配する主体の形成―自律の達成―啓蒙の目標到達〉という近代市民社会における「市民的なもの」にまつわる文脈の起源には、自己の放棄・喪失を意味する「断念」によって構造化された自己外部の超越的な力への服属（他律＝被支配）という要素がビルト・インされているのである。この自己保存（第二の生けるもの）と自己放棄・喪失（第一の生けるもの）の「交換」こそが「欺き」「騙し」の本質に他ならない。「文明の歴史は、犠牲の内面化の歴史である。別な言葉で言えば断念の歴史である」(31)。こうして人間が自らの自己を根拠づけるために行う自己自身に対する支配は、主体に奉仕すべく行われているのにもかかわらず、つねに潜在的には主体の否定を意味していることになる。

そしてこの犠牲＝断念の論理が、ヘーゲルの「主と僕の弁証法」における、僕の担う労働の自己物化＝自己の非自己化を通した労働―物連関という対象的定在への服属が主の、言い換えれば自己意識の本質となるという「反転」の核心ともなるのである。物象化の論理がこのような地点へと至りつくことによって、その批評的機能を問い直すための前提条件が初めて全面的に明らかになる。ふたたび『アガメムノーン』の物語に戻れば、イピゲネイアを犠牲に供したアガメムノーンはその代償を、自らの妻、つまりイピゲネイアの母であるクリュタイメストーラに殺されることによって、つまりイピゲネイアの死＝自からの生命の喪失という窮極的な犠牲の論理によって贖わねばならなかった。このことはまことに象徴的である。

＊

これまで見てきた『啓蒙の弁証法』の「主体（観）性の根源史」に関する診たてに従うならば、理性の根拠はもはや自己内部における「自己自身に対する支配」としての経験的＝超越的統整関係のなかには見出されえないことは明白である。そして南のいう「人間の能力のより上位の働きの中に、価値あるものを自律的に基礎づける」理性の自律への過程は、上位を問うこと自体が物象化の論理の網の目の中で自己放棄・喪失へと転化してしまうがゆえに仮象に過ぎなくなる。したがって物象化の論理に立つならば、「徹底した自律と、自前の思想の展開のみによる理念」をまずは放棄することが、真の意味で理性の「真理内実」を問い直すための前提となるのである。

　アドルノにとって理性の行使は、上位に訴えることでも、あるポジティヴな提案を行うことでもない。物象化の論理が強いる理性の無根拠化・仮象化という事態——「無底性(Abgrund)」といってもよい——を徹底して認識し尽しながら、理性が支配の仮象へと転落してゆくその様をじっと見続けること、つまり仮象としての理性を行使する自己そのものの無根拠性・仮象性を容赦なく暴きながら、その暴く過程・暴かれる自己のうちにかろうじて踏みとどまることで、言い換えればそこからの脱却のためのよすがを仮象化される自分、より正確にいえば仮象化される自分を見つめる自分以外の何ものにも求めないし根拠の還元も行わないという意味での「自律」を貫き通すことで理性の自律の無根拠性・仮象性と対峙し続けること——これが「限定的否定」の行使であり、自律の真の意味はそこにしかない——が、アドルノにとっての理性の行使となるのである。ここから見えてくるのは、いかなる最終審級も持たない、そのつどの「限定的な否定」の行使にのみ根拠づけられ検証されうる過程的な理性、つまり「過程＝訴訟のうちにある理性（die Vernunft im Prozess）」——いうまでもなくこれはジュリア・クリステヴァ（Juria Kristeva 1941-）の「過程＝訴訟のうちにある主体」（sujet du procés）という概念のもじりである——という理性像であり、これこそが、理性の「真理」に他ならないのである。そしてこうした理性の「真理」の発現としての徹底した「限定的な否定」の行使は、決してポジティヴな提案というかたちはとらないにせよ、そのメタ・レヴェルにおいて理性の目標設定をじつは陰画的なかたちで含んでいる。それは、アドルノが次のように一見さりげなく言っている言葉の中に現れている。

　しかしながらオデュッセウスは同時に犠牲の廃絶のための犠牲である。彼［オデュッセウス］に支配をもたらす断念、神話との闘いは、ある社会を代弁（stellvertretend）している。すなわち断念も支配ももはや必要のない、自己と他者に暴力（Gewalt）を加えるためではなく、宥和（Versohnung）のために自己自身への制御が行われる（ihrer selbstmachtig wird）ような社会を、である」[32]。

ベンヤミンをめぐって

限定的な否定の行使の過程に求められる理性の「真理」は、ではどのようなかたちで批評的な実践へと結びついてゆくのか。このとき、南が自らの批評的実践の方向性を見定めるための手がかりとしてベンヤミンを取り上げているのはさすがに慧眼というべきである。私自身もベンヤミンの批評精神に、現代における批評の可能性を検証するための参照点を求めたいと思うからである。ただし南とは異なり、ヘーゲル―マルクス―アドルノの思考線を通して明らかになった物象化の論理の批判的剔抉という問題圏の延長線上において可能となる批評的実践のための参照点としてなのだが。その場合、『啓蒙の弁証法』におけるアドルノが、物象化の論理がどのような機制でもって「硬直した、石のように固着した」世界、ルカーチの言葉を使えば、髑髏が散乱する「ゴルゴタの丘」のような荒涼とした世界をもたらしたのかを解明することに力点を置いているのに対し、ベンヤミンの批評では物象化され切った世界に散乱する完全に生命を喪ったように見える「髑髏」から、まだ微かに残されている蘇りの、つまり「救済（Erlösung）」の可能性を探り当てることに力点が置かれている。それは、先ほどのアドルノの引用にあった「断念も支配ももはや必要のない」社会という言葉につなげて言えば、「階級なき社会」[33]に向かう運動としての「救済」の可能性である。その意味ではベンヤミンの批評は「救済する批評（die rettende Kritik）」（ハーバーマス Jürgen Habermas 1929-）なのである。それは、南の要求するポジティヴな提案そのものではないにせよ、作品以後の世界における批評のアクチュアルな意味を掘り起こし、世界に向かってそれを突きつけてゆく手がかりとなるはずである。

＊

それにしても南の議論につきあってゆくのは本当に気骨の折れる作業である。それをあらためて感じたのは、ベンヤミンとカントの関係について論じられている第十章「ベンヤミンのカント論――真に「来たるべき」哲学のプログラムのために――」を読んでいたときであった。そこでの南の議論は、私が抱いている問題意識をすれすれのところで掠めながら、ある決定的な地点で分岐してゆく。そしてその分岐のしかたは、神経を逆なでされるような苛立ちをかきたてると同時に、そこから逃げ出して議論を回避するわけにはゆかないという思いも喚起する。いずれにせよ南の議論には、牽引と反発を同時に喚起する強力な問題の磁場の所在が感じられるのである。
例えばこの章で南は次のように言う。

カントは、無定義語と公理をたてるのとはまったくちがったやり方で、およそ、根拠を問い続ける。根拠を思考方法自身のうちに内在するものとして、思考法そのものと根拠とを、カントは同時に問う（二五一頁）。

こういう箇所に出会うと、おやっと感じる。南が言っていることは、私が経験的＝超越的二重化を通した自己内統整関係（＝自己内超越性の措定）と名づけた事態と正確に照応している。その限りでは、それを認めるか否かは別として、論旨そのものには何の不思議なところもない。だが問題なのは、南のここでの言述に、そうしたかたちで指摘される事態から微妙にずれる要素が含まれていることである。というのも、私の理解では、南の議論におけるカントの自己超越化の論理の捉え方は、『純粋理性批判』におけるアンチノミーの検証を通した外的な超越性の否定――「純粋理性の誤謬推理」――を第一段階として、それをポジティヴな倫理的要請へと反転させる定言命法の定立――「自己のうちなる立法性＝立法なき合法性」――という『実践理性批判』における第二段階、そしてさらに感覚的＝美的なものに「共通感覚」と「趣味判断」の一般的な妥当性にもとづいて自足的な秩序を与える――「目的なき合目的性」――『判断力批判』における第三段階という位置づけを含む、総体としては中間存在領域を統べるものとしての「作品」生成の論理に凝集する歴史―存在論的ディスクルスによって枠付けられているように見えていたからである。
それに対しここでの「思考と、思考法そのものの根拠を問う」ことの並存という視点は、明らかに「作品」生成の論理を超えて批評の原理の問題に踏み込んでいる。南のこの本が、批評精神の「今」における根拠のありかを探るという課題を含む以上、それはある意味で当たり前ともいえるが、同時にそこには歴史―存在論的というよりも、例えばマルクスが「経済学批判」といったときに含意されている対象と対象をそうあらしめている認識の両方を同時に捉え返し反省化する、むしろ物象化批判的、ないしはエピステモロジック――『マルクスのために』『資本論を読む』においてアルチュセール（Louis Althusser 1918-1990）が目ざした認識＝イデオロギー生産の過程そのものの構造因果論的な解析の方法としての――と呼びうるような思考論理が看て取れるのである。(34) だとするならば、南の批評精神の目ざすものは存外私などが考えていることと近いところにあるのではないかという気がしてくる。

*

そのことをもっとも強く感じさせたのは、南が若きベンヤミンのカント論である「来るべき哲学のプログラム」について」に関連する草稿「同一性の問題についての諸テーゼ」(35)について論じているくだりである。

　そこで南は、同一律において現れる「a＝a」という命題について、ベンヤミンの思考を踏まえながら考察を加える。「［ベンヤミンの］論は、「＝」の意味・性質全般をめぐってでなく、ことに右辺の「a」をめぐる局面に集約されていく。左辺のaは、まだaですらないから、右辺においてaが初めて与えられる規定となることとなる。（中略）ベンヤミンが問題とするのは、左辺が「a」ですらない場面なのである」（二五七頁）。

　同一律における「a＝a」における左辺のaは、それ自体として絶対的なもの、始元に位置するものとして定立されるわけではない。もしそうであるならば「a＝a」は始元に位置するaの絶対的な同一性に属性としてのaを付加する述語判断に過ぎなくなり、すでに同一律がア・プリオリに証明済みであるにもかかわらず屋上屋を重ねるかたちで述語判断としての「a＝a」が付け加わるというおかしなことになる――〈(a als「a＝a」)＝a〉ということである――。「a＝a」という同一律命題において明らかになっているのは、じつは「a＝a」という出来事がそこにあるということだけである。この出来事があるということが、左辺のaの規定にも右辺のaの規定にも絶対的に先行するのである。裏返して言えば、左辺のaは、まだ一切の規定を持たない空虚ななにものか（etwas）でしかないのであり、しいて規定するとすれば同一律命題の言逃を可能にするため設定される仮設的・仮言的提題（Hypothese）であるとしかいいようがないものである。このことを南は「ここで、およそ「＝」ということについても、イクオールづけが問題ではなくて、その等置されているということ全体の抽象性が問題なのだ」（二五八頁）といっているが、この記述には、南の認識の正確さと、にもかかわらず私の神経を逆なでしてやまない認識のずれが同時に現れている。

南はこの「等置」という出来事を「抽象性」だと断じるが
はたしてそうか。

たしかに私たちに対して現出してくる次元においていかなる具体性を帯びていないという意味ではこの出来事は抽象的である。だがここで問題なのはむしろ、現実的で具体的なものこそ抽象的なのであり、そうした現実的で具体的なものに対して抽象的であるとされ、現実的・具体的現われの次元において見えなくされている出来事のほうが真の意味で「現実的」かつ「具体的」なものであるということではないだろうか。引用した箇所に続くところで南は、そうした「抽象性」が「貨幣」となるといっているが、正確には出来事性を隠蔽し消去することによって顚倒された現実性・具体性――じつは「抽象性」――をもたらすものが「貨幣」なのである。したがって私たちは、単純に現実性・具体性から出発することは出来ないし、顚倒された抽象性から出発することも出来ない。その両者が総体として形づくっている出来事性において、事前と事後が顚倒的に同時出現するという事態から出発する他はないのである。

ちなみにマルクスの『資本論』第一巻「資本の生産過程」第一篇「商品と貨幣」第二章「交換過程」の末尾に、この問題に関するマルクスのエピステモロジーの極致ともいうべき文章があるので、少し長いが引用しておこう。

すでに見たように、**貨幣形態**は他のすべての商品［ここで商品は何か特定されている具体的なモノ一般ではなく、「a＝a」が二つのモノのあいだの交換関係として現出する事態を指し示している」の関係がひとつの商品に**反射**して、それに固着したものすぎない。貨幣が商品であるという事実は、貨幣の完成した姿から出発して事後的にそれを分析するものにとって、発見であるにすぎない。交換過程は、貨幣に変容させる商品に、その**価値**［現実的・具体的性格］を与えるのではなくて、それ独自の**価値形態**［出来事性］を与える。この二つの規定〔価値と価値形態〕を混同したために、ある種の人びとは、あやまって金・銀の価値を**想像上のもの**とみなすようになった。また貨幣は特定の機能の面ではそれ自身もたんなる記号によって置き換えることができるため、そこから貨幣はたんなる記号であるというもうひとつの誤謬が生まれた。他面では、こうした誤謬のなかには、貨幣形態は物自身にとっては外面的であり、物の背後に隠れている人間関係のたんなる現象形態にすぎないという予感もあった。この意味でなら、どの商品も一個の記号であろう。なぜなら、商品は価値であるかぎりでは商品に支出された人間労働の**物的な覆い**にすぎないからである。しかし、特定の生産様式を基礎にして物たちがうけとる社会的性格、または**労働の社会的規定**がうけとる**物的性格**［物象化形態］をたんなる記号とみなすとすれば、それは同時にそれらの性格を人間の恣意的な反省の産物だと説いているようなものである。これは十八世紀の啓蒙主義者たち［カントもそこに含まれる］が好んでやる説明の仕方であって、彼らは人間の諸関係の謎めいた姿――その発生過程はまだ解読できなかったとはいえ――から、少なくとも一時的にではあれ見知らぬものとしての仮象をはぎとろうとしたのである。(36)

仮象を仮象として露わにすることは、仮象の下に隠れている「素顔」、すなわち最終審級としての実体を露わにさせることではない。仮象が仮象として産出される過程を、仮象が仮象として産出されてしまった、言い換えれば仮象というかたちを取る現実性・具体性が確立されてしまった地点から事後的に明らかにすることによって、初めて仮象は仮象として露わになるのである。この過程にはいかなる超越的な根拠――外的にも内的にも――も存在しえないし、終局的な到達点（テロス）、つまり実体も存在しない。認識は完全に解明の過程それ自体のなかに埋没し純粋な運動となるのである。それがアドルノのいう意味での「限定的な否定」の行使を意味することは言うまでもないだろう。ここであらためて本稿冒頭の「作品」成立における事象内実と真理内実の関係という問題に立ち帰るならば、作品の持つ真理内実の事象内実に対する先行という設定自体の問題性がここで明らかになる。事前―事後性のねじれた相互循環ともいうべき事態を露わにすることが、マルクスの引用に現れているエピステモロジックな認識の課題であるとき、そこからは「作品」自身もまた事象内実と真理内実のあいだの永久に閉じることのないスパイラル運動の過程的な具現態であることが明らかになるのである。

＊

こうしたことがベンヤミンの思考論理の解読にとって何を意味するのか。まず踏まえておかねばならないのは、ベンヤミンにおいてかかるエピステモロジックな問題設定がストレートなかたちで批評的実践へと結びついてゆくわけではないということである。たしかにベンヤミンはその生涯において二度エピステモロジックな主題を正面から扱ったテクストを書いている。一つは、『ドイツ悲劇の根源』

に付された「認識批判論的序論」[37]であり、もう一つは『パサージュ論』のなかの「N　認識論的なもの　進歩の理論」という項の諸断章[38]――この内容には、さらにベンヤミンにとって文字通り最後の遺稿となった断章集『歴史の概念について（歴史哲学テーゼ）』[39]の内容が結びつく――である。だがその二つのテクストを読めばわかることだが、ベンヤミンはそこで認識の問題を扱いつつ、そこから取り出されてくる諸問題要素を歴史哲学的な問題圏へと移し変えてゆくのである。このエピステモロジックな問題要素と歴史哲学の問題圏の接合こそベンヤミンの批評的実践の起源というべきものである。

　そこでは、仮象を仮象として暴いてゆく過程的な理性による「限定的な否定」の行使という物象化批判の遂行過程は、始原的な自然からの隔たりを累乗してゆく時間的過程としての歴史という場において、始原的自然、言い換えれば神話的なものが不可逆的な時間的過程というもう一つの「自然」――ルカーチのいう「ゴルゴタの丘」としての「第二の自然」――の領域に向かってどのように移行・変容してゆくのかを細密に探り当ててゆく過程に置き換わってゆく。例えば『ドイツ悲劇の根源』ならば、「断片（Stuck）」「はかないもの（das Ephemere）」「哀しみ（Trauer）」「腐朽化（Verfall）」などの独特な概念を通じて、「罪へと堕ちた自然（die gefallene Natur）」[40]へと向かう歴史過程が描出されてゆく。その過程の中心に置かれている概念が「アレゴリー（Allegorie）」であることはいうまでもない。だがその過程の先には、アドルノがオデュッセウスを「犠牲の廃絶のための犠牲」として捉えることによって暗示した「もはや犠牲も断念も必要としない社会」のモティーフと結びつく、物象化された世界の圏域からの「救済」の主題もまた同時に提示されるのである。

　髑髏の転がるゴルゴタの丘の慰めを欠いた混乱は、その時代〔ドイツ・バロック時代〕の数多い銅版画や記述に由来するアレゴリー的な図像（Figur）の図式から読みとることができるが、それはたんに全ての人間存在の荒廃を表す寓意画（Sinnbild）であるだけではない。この荒廃においてうつろいやすさ（Vergangenheit）がアレゴリー的に描出されているというよりもむしろ、意味されている（bedeutet）のである。つまり自ら意味しつつアレゴリーとして提示されるのである。復活（Auferstehung）のアレゴリーとして。[41]

アレゴリーはたんに仮象状態を外側から描く表現媒体であるだけではない。アレゴリー自身が仮象状態を担う存在そのものとして歴史の過程に内在し、そのアレゴリー存在の内部で腐朽化の極みにおける救済（復活）への反転が起こるのである。

一方『パサージュ論』のほうでは、「弁証法的形象（das dialektische Bild）」という概念がアレゴリーに対応するかたちで登場する。そしてこの概念にはさらに「破局（Katastrophe）」という概念が結びついてゆく。

なにから現象は救われるのだろうか。その現象が悪評を被ったり、軽視されたりしている状態から救われるだけではない。いや、むしろその現象が伝承される一定の仕方、すなわち非常にしばしば「遺産として尊重」するという伝承の仕方が引き起こす破局から救われるのである。——現象はそのうちに潜む亀裂を明らかにすることによって救われる。——破局である伝承が存在する。[42]

「破局」という概念は、現象が歴史の腐朽化の過程へと完全に埋没してしまっている状態、つまり「伝承」される「遺産として尊重」の対象となることで、かえって完全に過ぎ去ってしまったものになっているという状態を示している。とするならばそこからの「救い」は、腐朽化がもたらす「うつろいやすさ」という状態、つまり「今（Jetztzeit）」（ベンヤミン『歴史の概念について』参照）の喪失という事態——これが仮象状態を意味する——に対して認識と思考を通して介入し、この「今」を取り戻させること以外にはないはずである。そうした仮象状態を「今」の介入によって揺り動かし蘇生させるための媒体となるのが「弁証法的形象」である。そしてこの「弁証法的像」もまた仮象状態の外にある表現媒体などではなく、それ自身が歴史過程に内属しながら仮象化の窮極的な到達地点において一閃するような転回をもたらす一個の現象なのである。

弁証法的な形象は一瞬ひらめく形象である。こうして、この認識可能性としてのこの今において一瞬ひらめく形象として、かつてあったものが補足されうるのである。このようになされる——このようにしかなされえない——以上、救いはいつも、次の瞬間にはもう救いえないものとして失われるであろう形象においてのみ成就されうる。（中略）過去のもろもろの頂きにふれて見者のまなざし（Seherblick）が一瞬きらめく、というのである。[43]

こうしたかたちで提示されるベンヤミンの歴史哲学の構図がもっとも凝縮したかたちで叙述されている文章を、ふたたび『ドイツ悲劇の根源』に戻って引用しておこう。

徹底して断片化され、死に果て、散乱しきってしまったものの暗号でもそれ〔神の世界でアレゴリカーが目覚めること〕は解読してみせる。もちろんそれによってアレゴリーは自らに固有なものとして帰属している全てのものを喪う。すなわち秘密の特権化された知が、死んだ物の領域における恣意的なものの支配が、希望など限りなく虚しいという推測が消えるのである。これら全てはあの一回限りの転回とともに飛散する。そしてその転回のなかでアレゴリー的な沈潜は客観的なものの最後の幻影（Phantasmagorie）を払いのけねばならず、完全に自己自身によって立ち、もはや大地に根づいた物の世界のなかで戯れることはなく、真剣に天のもとで自分を再発見するのである。メランコリー的な沈潜の本質となるのはまさに、その最後の諸対象のうちで忌まわしいものを完全に捕捉していると信じているメランコリー的沈潜がアレゴリーへと変容することであり、さらには最後の諸対象が、自らのうちで描出する無を満たすと同時に否定するのである。それはちょうど志向性が最後には、死体の眺めに忠実に固執するわけにはいかず、忠実さを捨てて復活へと飛躍するのと同じである。(44)

ところでこの最後の「復活」に向けた急速な転回に関しては、南が指摘するように外部にある超越的な根拠を梃子として導入することがひそかに行われているように見える。

ベンヤミンがやはり、歴史の総体に――ここではふれていないがベンヤミンの思考のあり方によれば、たとえば歴史外の最後の審判、およびそれが歴史世界内にまさしくそれこそがベンヤミンにとって「歴史的」ということとなるのであるおよそものの見方において与える影響、またそのメシア性――、カントの第一批判〔『純粋理性批判』〕における現実世界に時々刻々と内在する根拠というのではやはりすまぬような、総体としての哲学的な神を、求める、という点である。これは、カントにおいては、根拠としての内在以外には、世界内で、とりあえず意に任せぬ他者他物問題として、第三批判〔『判断力批判』〕的に「要請」ではなく「希望」としてあるはずのものである。（中略）ベンヤミンの歴史哲学は、認識論的には世界外であるもの（最後の審判など）を、少なくとも認識論的な立場からすれば思考実験上のいわば補助線のような虚点でもあるようなものとして、どうしても要求することになるからである（二六六頁）。

どうやら南の物象化の論理に対する批判、あるいはその批判の文脈に立ったかたちでのベンヤミンの批評精神の捉え返しをめぐる最終的な問題の焦点がここで見えてきたようだ。ポイントは二つある。ひとつは、ベンヤミンのアレゴリー概念、つまり私の立場からすれば物象化の論理が強いる仮象状態を「救済」の当為に向けて転轍させるための核心的な方法概念としてのそれが、はたして南がいうように「哲学的な神」を、認識過程の外部に超越的な「虚点」として設定することをほんとうに必要としているのかという問題である。そして二点目は、その必要性をいわば前提とするかたちで南がベンヤミンの歴史哲学のあり様に対して介入させるカント的論理の持つ意味とその当否である。このことへの解答が、長々しく続けられてきたこの論考をとりあえず締めくくるための結節点となるように思われる。

まず第一の問題だが、たしかにベンヤミンの、とくに『ドイツ悲劇の根源』の「認識批判的序論」には、そのエピステモロジックな立場のうちに、ネオプラトニズムやグノーシス主義、あるいはユダヤ神秘主義との深い類縁関係を想起させるような超越的なものへの強い志向が感じられるのも事実である。それは例えば、「個物であること（Einelheiten）は、理念のうちにあることでそれまでとは異なったものになるとき一総体性となる。これが個物のプラトン的《救済》（cinc platonische《Rettung》）である(45)」というような言い回しに端的に現れている。だがベンヤミンにおいてこの、個物が総体性のうちへと救いとられる過程のなかで理念と関係づけられてゆくことが「救済」の構図の核心をなしているとしても、そこではけっして理念の絶対的な同一性が前提とされているわけではない。むしろ理念は個物のランダムな生起の渦のなかから事後的に現れるものであり、そうした事後的なもの、つまり結果（個物の生起）の「強度」（J・ドゥルーズ）としてはじめて同定されうる原因というあり様のなかで初めて理念は個物への関係を持つことが出来るのである——すでに言及したことだがこれは、アルチュセールがマルクスの『資本論』からエピステモロジックな方法概念として抽き出した「構造因果性」の考え方につながる——。かりにベンヤミンの論議の形式が、この理念、ベンヤミンが用いる別な言葉に置き換えれば「根源」を、一見すると個物の生起、すなわち「現象」の外側に超越的な起源として設定しているように見えたとしても、言い換えれば理念＝根源と個物＝現象のあいだに「本質↓顕現」というネオプラトニズム的な流出論（Emanationslehre）の構図を思わせる要素が存在しているように見えるとしても、それは結果と原因のそうした事前―事後関係の顛倒された仮象にすぎない。ベンヤミンがそうした論述形式を必要としたのは、逆説的な言い方になるが、バロック時代のアレゴリカーの当事者意識に内在すること、より端的にいえばその意識を扮技することによって、つまりはアレゴリカーの意識のなかにある超越的構図をなぞることによって、かえってそこに隠れている仮象性を真の意味で露わにさせることが出来るからであった。それは、ベンヤミンが歴史の外に立って歴史に対する裁きを行う絶対的な審判者となることを拒否したということをも意味している。南は、それ自体としてはじつに鋭い洞察といってよいと思うのだが、「カント・ゲーテ時代（中略）の知は、時代的特質として、まさに事象内実を欠いたものでこそあったのだ」（二六五頁）と指摘している。この「事象内実」の欠落は、翻って言えば個物なき理念が「真理内実」という相貌を帯びて直接的に顕現するという超越的な事態を指し示している――少なくとも当事者意識においては――といえるが、ベンヤミンから見ればまさにそれこそが仮象中の仮象の現われ、言い換えればアレゴリーの現われに他ならないといえよう。だからこそ本稿の冒頭で引用した南の言葉にあるように、「事象内実から一足とびに真理内実へ至ることができない」のである。

　ちなみにこのことは、『パサージュ論』においては、例えば万国博覧会に典型的な、商品の「物神の巡礼場（Wallfahrtsstätten）」[43]において、商品がたんなるモノであることを超えて「ファンタスマゴリー」としての「超越性」を帯びながら現出する状況とパラレルな関係にある。ベンヤミンがアドルノをかんかんに怒らせてまで一九世紀の首都パリを舞台に現出するこの「ファンタスマゴリー」――アドルノが物象化の極みとして見たもの――の領域へと沈潜することに固執しつつ、そのもっとも深い次元からの覚醒を目ざそうとしたことのうちにも、基本的には『ドイツ悲劇の根源』における彼のアレゴリーとの付き合い方と同じ構図が看て取れるのである。この覚醒の結果として見えてくるのは、ある意味でシェリング（Friedrich Wilhelm von Schelling 1775-854）の「潜勢力（Potenz）」の概念が内包する存在＝自然の自己産出の論理に近似しながらも、そこからすべての超越（論）的要素を剝ぎ取ることによって初めて可能となる広義の意味での唯物論的な「自然の主体（Subjekt der Natur）」の思想なのである（ベンヤミン『歴史の概念について』XI参照）。ただしその「自然の主体」は歴史のうちに参入するやいなやただちに仮象のヴェールに覆われ直接には認識しえないものとなるのだが。ここに事象内実と真理内実の分離の起源がある。と同時に本来この分離になんら超越的なものが関与していないことも明らかになる。

このようなベンヤミンの立場には、当事者意識（für es）と学知的観望（für uns）のあいだの弁証法的な「舞台廻しの論理」[47]によって事象内実から真理内実への道を見出そうとしたヘーゲルや、物象化の論理を「物神性（Fetischismus）」という顚倒された「超越性」の産出メカニズムとして読み解こうとした[48]マルクスの視点が、依然として生きている。そしてここにおいて提示されているのは、事象内実と真理内実の分離という事態を、いかなる外部の超越性に訴えることなく仮象生成それ自体の過程の内部から物象化批判の視点に立って読み解こうとする、語の真の意味における「唯物論」的立場なのである。ベンヤミン自身もまたまぎれもなくそうした意味での「唯物論者（Materialist）」であった。このようなベンヤミンの思考の持つ性格がもっともよく読み取れる叙述を、あらためて『ドイツ悲劇の根源』の「認識批判的序論」から引用しておこう。

根源は、一貫して歴史的カテゴリーであるにもかかわらず、成立〔の起源〕（Entstehung）とは無関係である。根源において含意されているのは発生したもの（das Entsprungene）の生成（Werden）ではなく、むしろ生成や消失（Vergehen）から生まれ出るもの（das Entspringende）なのである。根源は、生成の流れのなかで渦（Strudel）として存立しており、そのリズムのなかに成立の素材（Material）を引き込む。事実的なものがむき出しになっている状態において根源的なものが自分を認識させることは決してない。唯一二重の洞察〔「復活（Restauration）」に対応する根源の「前史（Vorgeschichte）」と、「未完成なもの（Unvollendetes）」「未完結なもの（Unabgeschlossenes）」に対応する根源の「後史（Nachgeschichte）」〔に対する洞察〕に対してのみ根源のリズムは開示されるのである。[49]

ここから仮象として与えられる歴史的現実は力動的な覚醒への過程を歩み始める。まずはその過程に寄り添うことが批評の始まりであると私は考える。

＊

さてもう一つの、カント的論理の介入の問題について最後に見ておこう。先に引用した箇所のすぐ後のところで、南は次のように言っている。「しかし、『希望』としてのみ、実践がある、というカント的事態は、ベンヤミンの歴史哲学に対して、ある種の解明の光を、おぼろげに投げかけもするものである。なぜならばそれは、その『歴史内での完成』と『実践』と『希望』の関係によって、ベンヤミンの、世界外と関係する歴史哲学に対する（中略）、現実の歴史時間世界内のみからする、整理になっているものだからだ」（二六七頁）。ここで南が言っているベンヤミンの歴史哲学における「世界外」との関係は、すでに見たように基本的にはベンヤミンの歴史哲学の枠組み、あるいはその基底に潜むエピステモロジックな機制の埒内で処理されうるものである。何もカント的論理の介入など必要ないのだ。したがって南の指摘は、カントへの過重な思い入れから来る勇み足であると一蹴することも可能なのだが、このようにカント的論理をベンヤミンの歴史哲学へ介入させようとする南の発想の背後にある、南のカント読解のモティーフには、そうした簡単な片付け方を拒む重みを持った論点が含まれている。それは、カントにおける「要請」と「希望」の関係についての南の論述から見えてくる論点である。

南は、『実践理性批判』において、『純粋理性批判』にあっては「純粋理性の誤謬推理」として展開された事態――超越論的弁証論におけるアンチノミーの問題である――が、定言命法に形式化される「要請」の論理として、しかも「世界外の位置に『要請』」（二六三頁）するかたちで描きなおされていると指摘する。だがそこに含まれているのはほんとうは、「超越論的統覚に内在する、根拠そのものが、日常の時々刻々にとかしこまれたかたちで、さながらその神に相当するものを、持つ」（同　傍点筆者）ということなのだ。だからこそ「要請」は同時に「誤謬」ともなる。なぜなら世界外の参照点などもともと存在しないからである。そしてそのことはさらに、じつは「要請」が、感覚的＝美的なものの世界を扱う『判断力批判』においては、「不随意の他物・他者からなる、進展が知的に必然であるようなことのありえない（その意味で偶然的な）世界」（同）を相手にすることによって「希望」へと置き換わるという事態につながってゆく。

この「希望」という概念は基本的には主観性の側に属している。だが同時に希望は、明らかに経験的＝超越的二重化、つまり超越的自己内統整関係を超えるものでもある。南の捉え方はこうだ。いうまでもなく希望は自分の意志に根ざしている。その限りでは主観的なものである。だが同時に形式的には世界的であるがゆえに超主観的な超越性から生じる「要請」を「希望」へと読み換えてゆくことは、今述べたような意味での客観性から主観性への転回だけにとどまらず、むしろ両者の区別の揚棄をも意味しているのである。この揚棄が、カントにおいて最終的に全てを統括するものとしての「美」において具現される。つまりたんなる主観的なものを超える超越論的な妥当性をも含む世界（現実）との関わりが美に収斂するのである。

それはおそらく、「要請」という言葉に含意される「統整」的論理、つまり自己内という枠組みにおいてではあるにせよぎりぎりな所で残ってしまう「外側からの介入と規範化」というかたちの「超越化」が、端的にそれ自体、あるいはその現われとしての「経験的なもの」自体の次元における、カントによって「自然」の「目的なき合目的性」に比定される美（作品）としての超越性のかたちを借りながらも決して「自律」の構図へは回収されえない自体的な現出――それは、先ほどベンヤミンに関連して言及した「自然の自己産出の論理」と対応する――に置き換わるということを意味している。したがってこの美は、カント的自律とは本質的な意味で異質な、むしろジル・ドゥルーズが「表現」と呼んだものにいちばん近いのではないかと思われる（ドゥルーズ『スピノザと表現の問題』法政大学出版局参照）。つまりここには、ある意味においてはもっともラディカルなスピノテストであるにもかかわらず、同時に現代最良のカンティアーナでもあるドゥルーズが遂行した、超越性をめぐる根本的な理論転換の問題と同質な問題状況が見られるということなのだ（江川隆男『死の哲学』河出書房新社参照）。そこでは事実上存在論と認識論の区別が無意味となる。話を戻すと、そのような美において希望が作動するということが、南によって次のような、ある意味では恐ろしいほどの論理的飛躍を含んだ無茶な、だが決して誤りと片付けることの出来ない驚くべき認識へとつなげられてゆく。

> ベンヤミンは（中略）、資本主義下における芸術に、下部構造との、直接な弁証的な関係を考えており、その弁証的直接関係によってこそ、資本主義社会を射ぬこう

とする意図を、根本的に秘めている。（中略）ベンヤミンにおいては、現代芸術の構造としては、思想的意味が「非美的」なものをまといつつ、また、表現が時代の水準に合った場合には、直接的快〔美〕をも、そのまま形成もする。技術的水準に合わない場合には、逆にわざわざひどい不快な感覚が、その同じ社会的意味・政治的意味・弁証的意味を、になう（中略）。繰り返せば、生産条件の諸関係と上部構造（中略）の発展傾向が、直接にとる、弁証法的関係なのである。これはこれでまた、カントにおける、個人の領域における倫理学や美学とも関連づけて（中略）、その内容・場面を拡大させ発展させることが可能であろう。それが、さらにわれわれの思想に、決定的に重要な方向性をあたえるものと、なるにちがいない（二六七〜八頁）。

すべてが美へと帰着し、そこにおいて「要請」が「希望」へと置き換わることは、ここで明らかに自律へと充足する超越的＝経験的二重化の論理を逸脱して、むしろエピステモロジックな批評の論理へと越境している。そして同時に、「希望」という言葉に含まれる解放と救済の当為が、そうした批評の論理と重ね合わされながら提示されるのである。ただし南の了解ではおそらくその論理（倫理）は、依然として存在論的文脈に根ざしているのと考えられているのであるが。

驚くべきなのは、まったく違う回路を経てきたにもかかわらず――事実引用を省いた箇所には相変わらずアドルノへの批判的言辞が含まれている――基本的に私が考えていたこととほぼ同じ内容へと南の議論が逢着したことである。だからこそあらためて問いたいのは、南の、カントを経由して獲得した経験的＝超越的二重化による自己内統整的な自律の論理はほんとうに必要なのか、それははたして物象化の論理に対してほんとうに対抗しえているのかという点なのである。

しめくくりに代えて

ここで論を締めくくってもいいのだが、南のベンヤミンについての論究を追っていくうちに、私自身のベンヤミンの歴史哲学に関する見方を提示しておきたいという欲求に抗し難くなって来た。そこで最後にベンヤミン歴史哲学についての私自身の見方を簡単にまとめておきたい。

私にとってベンヤミンの歴史哲学を捉える上での出発点となったのは、『ドイツ悲劇の根源』のなかの次のような文章である。

シンボルにおいては、没落が浄化されることによって変貌した自然の顔貌が救済の光のなかでつかの間その姿を垣間見せるのだが、アレゴリーのうちに存在するのは、見る者の眼に硬化してしまった原風景として映る、歴史の死相（facies hippocratica）なのである。時宜を得ないもの、苦悩に満ちたもの、失敗してしまったもののすべてを最初から身に帯びている歴史は、一個の顔貌のうちに、――いや一個の髑髏（Totenkopf）のうちに現出する。そしてこのような髑髏には、『シンボル的な』表現の自由、形態の古典的調和、ヒューマンなものがことごとく欠落しているのだが、――それが表現しているのは人間という現存在の本質そのものだけではない。個々人の伝記的なかたちを取る歴史性もまた、こうしたもっとも深く自然へと頽落してしまっている形姿のうちで謎に満ちた問いかけとして意義深く表現されているのである。これが、アレゴリーにもとづく考察、すなわち世界というものを受苦の歴史（Leidensgeschichte）として捉えるバロック的、世俗的な歴史構成のあり方の核心である。この受苦の歴史は、世界の凋落の宿駅（Stationen）としてのみ有意的である。意味が存在し、死への頽落が存在するのは、死が自然（Physis）と意味のあいだにぎざぎざした境界線をもっとも深く刻み込んでいるからである。しかし自然が昔から死への頽落のうちにあるとすれば、自然は昔からアレゴリー的でもあったのである。意味と死は歴史の展開のなかで熟してゆくのだが、両者は被造物の恩寵を欠いた罪過のうちに萌芽として深く絡み合ってもいたのである。(50)

ベンヤミンの歴史哲学にはつねに「死」がまとわりついている。その意味ではベンヤミンは「メメント・メモリ《死を思え》」の思考にとりつかれた思想家といってよい。ではベンヤミンにおける死の問題の核心をなしているものは何か。

死は自然現象としてみた場合、言うまでもなく生命の連続過程が絶たれることを意味する。そしてそれは、生命が自然の絶対的な連続過程に還ることを同時に意味する。つまり死とは、自然の絶対的な連続性に非連続的な裂開点（異和）を穿つものとしてあった生命（吉本隆明『心的現象論序説』参照）が、自らの連続性を通して形成する第二の「自然」から離脱して、ふたたび自然の絶対的連続性へと同帰することに他ならない。だがここには二つの逆説的な問題要素が隠されている。

一つは、自然の連続性への回帰が少なくとも生命の側から言えば絶対的な非連続性として受けとめられることである。それは生命の有限性の自覚といってもよい。そしてこの非連続性・有限性の自覚——衝撃といってもよい——は、生命に対して、とりわけ生命と自然のあいだの弁証法的過程のなかで意識を持つに至った人間という生命体に対して、死への違和と恐怖をもたらす。そこまで強い感情でないとしても、ある種の「悲哀（Trauer）」、つまり「うつろいやすさ」「はかなさ」の自覚から生まれる哀しみが確実に生まれ残り続ける。それは生への執着の裏返しでもあり、自然に対する異和としての生の世界の自立化の裏面とも言える。

もう一つは、今言った問題の延長線上に出てくるのであるが、一個一個の生命の有限性、つまり非連続性にもかかわらず、生命が総体としては連続的であることの意味である。これは、マルクスに即して言えば個としての生の有限性と類としての生の連続性の矛盾的な一体関係といってもよい[51]。

このことが意識を持った人間においては、人間が自然に対して対抗・自立したかたちで作り出す固有な世界の根拠となると同時に、そこへと刻印される根源的な矛盾、つまり人間にとって固有な世界がその起源と同時に負わねばならない、「死ぬことのない」この世界の連続性を担保するものが個々の「死なねばならない」有限な存在としての生であるという矛盾に内包された宿命（悲哀）として受けとめられることになる。この人間にとって固有な世界が、「第二の自然」としての社会を、さらには歴史を意味することはあらためて言うまでもないだろう。そしてそれが負っている矛盾に満ちた運命に対する対応のなかから、個々の生の有限性を総体としての世界の連続性へと解消するための、より正確に言えばそうした解消を個々の意識に納得させるための心的機制としてメカニズムの中心をなすのが宗教が生み出されたこと、その心的機制を作動させる超越性の措定であることもまた自明であるといってよいだろう。またさらにこの超越性の機制が世俗化されるとき、個と全体の橋渡しを行う哲学と呼ばれる世界の解釈装置と、個がそのまま全体、すなわち世界の連続性、言い換えれば普遍性の体現者でありうることを弁証する芸術という表現装置が生まれることも付け加えておこう。「作品」の根源はそこにある。

だがこうした超越性の措定によって「死ぬことのない」

世界（超越＝全体性・普遍性）と「死なねばならない」個々の存在者（個別的な生命）の根源的矛盾はほんとうに解消されるのだろうか。ほんとうに悲哀は消えるのだろうか。そうではないことが、先の引用に現れているベンヤミンの歴史哲学の根本的なモティーフによって明らかにされる。そしてそれが明らかになることは、ベンヤミンにとってすでに何度も言及したようにこの世界における個々の存在者の「救済」の可能性、つまり悲哀をはらんだまま死の絶対性の前で硬直し、うちひしがれてしまっている個々の存在者の織りなす歴史――それが「受苦の歴史」、「凋落の宿駅」の諸段階としての歴史に他ならない――を「救済の歴史」として読み換える可能性の前提となるのである。

もう一度死の問題に帰ってこのことを考えてみよう。そのためにはあらためて「死ぬことない」ことと「死なねばならない」ことのあいだの関係を徹底的に考え抜いてみる必要がある。例えば『パサージュ論』のなかにある次のような断章に、それを考えるヒントが隠されていると私は考える。

ここではモード（Mode）は、女と商品の間に――快楽と死体の間に――弁証法的な積み替え地を開いた。モードに長く仕えているなまいきな手先である死は、世紀を物差しで測り、節約のためにマネキンを自分で作り上げ、自分の手で在庫一掃をはかろうとする。このことをフランス語では「革命《レヴォリュシオン》（＝回転）」と言う。というのもモードはいままで、色とりどりの死体のパロディ以外の何ものでもなかったからだ。モードは、女を使った死の挑発であり、忘れえぬかん高い笑いのはざまで苦々しくひそひそ声で交わされる腐敗との対話にほかならない。(52)

ここで「女」が自然を暗示し、「モード」が歴史のなかの現象、つまり「商品」を暗示していることはすぐに推測がつく。とするならばここでは何よりも「商品」こそが、「受苦の歴史」における「うつろいやすさ」「はかなさ」の、つまりは死のアレゴリーとなっていることも容易に推測されうるだろう。「快楽」としての「自然＝女」と、「死体」としての「商品」が、「自然と意味のあいだのぎざぎざした境界線」をはさみながら結びついているのである。そしてその結合関係の全体が「モード」という現象となり、そこから歴史が発動されるのである。ではなぜ死は商品として現れるのか。そこに歴史における「死ぬことのない」ことと「死なねばならない」ことの関係を本質的なかたちで捉えるための鍵が潜んでいる。

すでに見たように商品は貨幣の論理の実体をなしている。それは現実的には、商品が資本のもとにあることを示している。そしてこの商品＝資本と、それを産出する主体としての労働との関係に、今問題にしようとしている死の核心が存在するのである。というのも個々の労働が生産と消費というかたちで生成消滅を繰り返す「死なねばならない」ものであるのに対し、資本はその循環（Zirkulation）と再生産（Reproduktion）によって「死ぬことのない」ものとして現出するからである。では資本は根源としての自然と本質的に変わらない連続性を備えているということになるのだろうか。そうではないのだ。マルクスは資本を「対象化された労働」として捉えるが、[53]それは「生きた労働」との交換の産物であるがゆえにである。とするならばマルクスは明らかに資本を「死んだ労働」として捉えていることになる。[54]このマルクスの洞察は重要である――マルクスもまたベンヤミンと同様「メメント・モリ」の思想家であった――。

マルクスの規定にしたがうならば、「死ぬことのない」という事態こそがむしろ死であるという反転が生じる。もう少し正確にいえば、資本が「死ぬことのない」ものとして現れるということは、資本が「死なねばならない」ものとしての「生きた労働」の否定＝死、つまり「死の死」であることを示しているのである。それは、この「死の死」のもとで、「死なねばならない」ことがむしろ生の証しであるところの「生きた労働」の否定＝死――それが資本による労働の包摂であり、その結果労働は資本のなかで対象化されむしろ「死ねなくなる」のである――が、つまり生が「死の死」としての死に包摂されるというかたちを取った「交換」（顚倒）が生じているということである。

もう明らかであると思うが、こうした「死の死」としての資本の様相にこそ、「歴史の死相」が看て取れるのである。つまり歴史における死のアレゴリー的様相が、である。そしてそれはまた物象化の論理の窮極的な境位でもある。

ベンヤミンが歴史に見ようとした悲哀とは、このような死のアレゴリー的様相のうちで自らの「死にうる」生、つまりはかりそめのはかなさの内にあるとはいえこの一回限りの「今」を精一杯生きることが可能であったはずの自らの生を全うすることなく「死の死」へと簒奪されてしまった個々の存在者の哀しみ（Trauer）に他ならない。それは、アドルノに即せば「自己保存」の真の対象であるべき「生けるもの」を失ったかたちで実現する「自己保存（＝自己喪失)」の様相ということが出来よう。とするならば、ベンヤミンの歴史哲学の核心をなしているのが、そうした「死の死」の軛から個々の生を救済しようとする解放関心に裏打ちされた、「うつろってしまったもの」――「死の死」の犠牲となったもの――への深い哀悼（Trauer）であることが自ずと明らかになるであろう。ただしそれは俗流疎外論における、ありうべき「本来の生」や「素顔」の全き回復とはまったく別なものである。その限りにおいてアドルノおよびベンヤミンの批評精神は一貫して「偶像破壊（Ikonokrafismus)」的であるといわねばならない。「仮象」を解体するその都度の「限定された否定」の運動には、ヘーゲルの目論見とは異なり決して終わりはないからである。ここではもはや詳述する余裕はないが、このような「偶像破壊」的な「限定された否定」の無限行使から見えてくるのは、ヘーゲルよりもむしろスピノザの哲学の問題になるはずである。

［註］

（1）南剛『意志のかたち　希望のありか　カントとベンヤミンの近代』人文書院、三九頁。［　］肉筆者による補足（以下同じ）。なお以後本書からの引用は頁数のみ示す。

（2）Kant: Kritik der praktischen Vernunft. Werke in Sechs Bänden. Bd. 3. Könemann. 1995. S.191. ここでは六三頁の南による翻訳引用にしたがう。

（3）テリー・イーグルトン『美のイデオロギー』（鈴木聡他訳）、紀伊国屋書店、二九頁。

（4）Kant; Kritik der Urteilskraft. Bd, 4. S.191.

（5）フーコー『性の歴史』第一巻「知への意志」（田村淑訳）、新潮社参照。

（6）Hegel: Jenaer Philosophie. Philosophische Bibliothek 67. Felix Meiner. 1969. S. 196. 太字はゴチック原文（以下同じ）。

（7）a. a. O. S.187.

（8）ders.: System der Sittlichkeit. Philosophische Bibliothek 144a. Felix Meiner. 1967. S.10. 傍点は原文ゲシュペルト（以下同じ）。

（9）ders.

（10）Franco Moretti: The way of the world, London. 1987. p. 16. イーグルトン、前掲書、六六頁より引用。

（11）Hegel: a, a. O. S,12,

（12）ders. s. 65-66.

（13）Hegel: Vorlesung über Ästhetik. Werke in zwanzig Bänden. Bd. 13. Suhrkamp. 1971. 『美學』第一巻の上（竹内敏雄訳）、岩波書店、一二六頁。

（14）Lukács: Die Theorie des Romans. Luchterhand. 1963. 『小説の理論』（大久保健治他訳）、『ルカーチ著作集』第二巻所収、六三頁。

（15）細見和之『アドルノの場所』、みすず書房、三二六頁、本書第三部第三章参照。

（16）Adorno: Die Idee der Naturgeschichte. Gesammelte Schriften. Bd. 1 Suhrkamp. 1973.（本書第三部第七章参照）

（17）Max Horkheimer/Adorno : Dialektik der Aufklärung. Fischer Taschenbuch 6144. 1977 S.51,
（18）ders.
（19）Vgl. a. a. o. S.42ff.
（20）a. a. O. S.33f,
（21）Karl Marx/Friedrich Engels : Deutsche Ideologie. Neu herausgeben von Wataru Hiromatsu. 河出書房新杜　新編輯版『ドイツ・イデオロギー』（廣松渉編訳・小林昌人補記）、岩波文庫、六三頁。
（22）Dialektik der Aufklärung. S.55.
（23）a. a. O. S.56.
（24）『ドイツ・イデオロギー』、六六頁。
（25）Hegel : Phänomenologie des Geistes. Werke in zwanzig Bänden. Bd.3 Suhrkamp. 1979, S. 150.
（26）a. a. O. S. 151.
（27）a. a. O. S. 152.
（28）Dialektik der Auiklärung. S. 50f.
（29）『世界文学大系2　ギリシア・ローマ古典劇集』（呉茂一訳）、筑摩書房参照。
（30）Dialektik der Auiklärung. S. 51f.
（31）a. a. O. S.53.
（32）a. a. O. S.52.
（33）Benjamin : Paris, die Hauptstadt des XIX Jahrhundrts. Das Passagen-Werk. Gesammelte Schriften. Bd. V･1 Suhrkamp. 1982 S.47.『パサージュ論』（全五巻）第一巻（今村仁司他訳）、岩波現代文庫、八頁。
（34）アルチュセール／バリバール値『資本論を読む』（今村仁司他訳）、全三巻、ちくま学芸文庫およびアルチュセール『マルクスのために』（河野健二他訳）、平凡杜ライブラリー参照。
（35）Benjamin : Über das Programm der kommenden Philosophie. Gesammelte Schriften, Bd. II. S. 157f. 1980 und Thesen über das Identitätsproblem. Bd. VI. S. 27ff. 1985.
（36）Marx : Das Kapital. Erster Band Buch I, Marx/Engels Werke. Bd.23 Dietz , 1965 『資本論』第1巻上（今村仁司他訳）、『マルクス・コレクション』Ⅳ、筑摩書房、一三七～八頁、傍点および［ ］内傍点筆者による補足。
（37）Benjamin : Ursprung des deutschen Trauerspiels. Suhrkamp Taschenbuch 69. 1972.
（38）ders. : Das Passagen-Werk. Bd. V･1. 1982.
（39）ders. : Über den Begriff der Gschichte. Bd. I. 1980
（40）ders. : Ursprung des deutschen Trauerspiels, S. 254.
（41）a. a. O. S. 263. 傍点および〔 〕内筆者による補足。
（42）ders. : Das Passagen-Werk. N9, 4. 『パサージュ論』第三巻、一二一頁。
（43）ders. : N9, 7. 同一二三頁。
（44）ders. : Ursprung des deutschen Trauerspiels. S. 264. 傍点原文イタリック〔 〕内筆者による補足。
（45）a. a. O.S. 31.
（46）ders. : Das Passagen-Werk. 『パサージュ論』第一巻、一四頁。
（47）廣松渉『弁証法の論理』、青土杜参照。
（48）『資本論』第一巻第一篇第一章第四節「商品のフェティッシュ的性格とその秘密」参照。
（49）Benjamin : Ursprung des deutschen Trauerspiel. S. 30. 〔 〕内筆者による補足

（50）　a. a. O. S. 182f.
（51）　マルクス『経済学＝哲学草稿』第三草稿「私的所有と共産主義」の中の、「死は、特定の個人にたいする類の無常な勝利として、両者の一体性に矛盾するように見える。だが個人とは一定の類的存在者であるにすぎず、そのようなものとして死をまぬかれない」（藤野渉訳、大月書店国民文庫、一五〇頁）という叙述を参照。
（52）　Das Passagen-Werk. Bl. 4. 『パサージュ論』第一巻、一三一頁。以下本書第二部第二章参照。
（53）　『経済学批判要綱』「労働と資本」参照。『資本論草稿集』（全九冊）第一分冊、大月書店。
（54）　『資本論』第一巻第三篇第六章「不変資本および可変資本」参照。

あとがき

本書は、私が一九八〇年代から現在に至るまで折りにふれて書いてきたベンヤミンと直接、間接に関連する文章をまとめたものである。

近現代ドイツ思想を中心とする思想史研究を表看板に掲げてきた私にとってベンヤミンはアドルノと並ぶもっとも重要な思考上の光源であった。とはいえ私のベンヤミンへの取り組みは、鬱蒼とした原始の森のようなベンヤミンのテクスト世界のほんの一部を覗いただけの極めて不十分なものに留まっている。一九九一年に講談社現代新書の一冊として『ヴァルター・ベンヤミン』を公刊したとき、私はあとがきで残された課題としてベンヤミンのカフカ論の問題や言語哲学の問題を挙げておいたのだが、本書をお読みいただけば分かる通りその宿題は依然として果たせていない――勤務校で二〇〇八年度、二〇〇九年度の二年間にわたってこの二つの問題について講義を行ったが、論考としてまとめるには至らなかった――。

そしていつのまにか私も馬齢を重ねて六〇歳を迎えようとしている。藤沢周平の『三屋清左衛門残日録』ではないが、「日残りて昏るるに未だ遠し」ではあっても、確実に残された時間は少なくなっているといわねばならない。私にはやはり長年望んできながらまだ果たせていないアドルノ論をまとめるという宿題が残っている。だとすればこのあたりでベンヤミンに対する私の取り組みの軌跡を不十分なままではあってもまとめておくことは、少なくとも私自身にとっては意味のあることなのかもしれない、と考えるに至った。そこで社会評論社の松田健二氏からのお勧めに従い本書を編むに至った次第である。

まず最初にお断りしておかなければならないのは、本書に収められている二〇年を超える年月の中で書き継がれてきた諸論考の中に、多くの繰り返しや論点の移動、場合によっては論旨の矛盾さえもが含まれていることである。

あらためてふりかえってみると、私のベンヤミンの読み方の中にはあきれるほど変わらない要素とかなり変化した要素が混在しているように思える。そのひとつの理由として、本書の諸論考のうちで「バブル」時代とちょうど重なった一九八〇年代の後半から九〇年代初頭にかけての時期に書かれたものに、「モノの消費から意味の消費へ」「記号空間としての都市」などのキャッチフレーズに象徴される消費社会論やポストモダニズム論の影響が影を落としていることが挙げられる。あの頃、西武セゾングループの総帥だった堤清二（辻井喬）氏の発案で今村仁司氏と多木浩二氏を中心に「セゾン社史編纂委員会」が組織され、私もしばらく参加していたことがあった。そこでは上記のようなテーマをめぐる議論が多くのメンバーを交えて活発に行われ、その成果は最終的に『トランスモダンの作法』と『零の修辞学』（リブロポート）にまとめられた。その中でベンヤミンはしばしばキーパーソンとして議論の中に登場した。

しかしバブル崩壊後の経済危機の中でセゾングループは解体されて跡形もなくなり（リブロポートもなくなった）、消費社会論もポストモダニズム論もどこかに消えてしまった。文字通り「つわものどもが夢の跡」である。今となってはバブル景気に踊らされた徒花に過ぎない感のするそうした議論の影が、ベンヤミンの思想的ラディカリズムの理解の妨げにならないことを祈るしかない。とはいえあえて強弁すれば、あの頃の消費社会論やポストモダニズム論にまったく意味がなかったとはいえないように思う。少なくとも同時代的には、それらの議論が産業資本主義や近代世界システムに対する批判の要素をはらんでいたことは否定出来ないからである。ちょうどベンヤミンにおいて、「パサージュ」という消費の殿堂がかもし出すファンタスマゴリーへのまなざしの中に解放—救済への志向がはらまれているのと同じように——。ともあれそのあたりの事情を理解していただいた上で本書をお読みいただければと思う。なお今回本書をまとめるにあたり、全篇にわたってかなり大幅な加筆・修正を加えた。

*

それにしてもかつて野村修氏（『スヴェンボルの対話』『ベンヤミンの生涯』平凡社、『ベンヤミン著作集』全一五巻　晶文社の訳業）によって先鞭がつけられたわが国のベンヤミン研究の進捗ぶりには目を見張るものがある。野村氏に続く三島憲一氏（『ベンヤミン破壊・収集・記憶』講談社学術文庫、今村氏らとの『パサージュ論』全五巻　岩波現代文庫の訳業ほか）や今村仁司氏（『ベンヤミン「歴史哲学テーゼ」精読』岩波現代文庫ほか）、浅井健二郎氏（『ドイツ悲劇の根源』ちくま学芸文庫他の訳業など）、三宅晶子氏（同前）らの世代のすぐれた研究成果を受け、多くの若手研究者たちが一昔前には考えられなかったような精密かつ詳細なベンヤミン研究を続々と世に問いつつある。大宮勘一郎氏（『ベンヤミンの通行路』未来社）、久保哲司氏（『ベンヤミン・コレクション』全四冊　ちくま学芸文庫の訳業など）、山口裕之氏（『ベンヤミンのアレゴリー的思考』人文書院）、細見和之氏（『ベンヤミン『言語一般および人間の言語について』を読む』岩波書店）らの仕事はその一例にすぎない。

こうした中であえて本書を公刊する意味がどこにあるのか——、じつはこのことも本書をまとめるにあたっていささかの躊躇を感じざるをえない理由だった。私のベンヤミン読解は一読者としてのかなり主観的な思い、問題意識から出発している。そんなものがはたして客観的な評価に耐えうるのかを考えるとき、不安と逡巡がなかったといえば嘘になる。そうした中で私の頭をよぎったのは、本書を「啓蒙の書」として位置づけることだった。およそ啓蒙の趣旨からは遠い、率直にいってかなり読みにくい私の文章——加筆・訂正によってその印象を和らげようと努力したつもりだが——からすれば、本書のどこが「啓蒙の書」なのかとお叱りをこうむりそうだが、それでも私には私なりに本書を「啓蒙の書」と位置づけたい理由があるのだ。

＊

私は本書の読者として、まだベンヤミンについてよく知らない若い世代の人たちを第一に考えている。今若い世代を取り巻く環境はかつてないほどに苛酷である。ここ三〇年あまり、とりわけ二〇年前の冷戦崩壊の後に本格化したグローバリゼーションの過程で猛威をふるったあげく二〇〇八年の世界経済危機の中で自滅していった新自由主義と新保守主義は、市場競争の自由による経済全体の活性化と冷戦終結後の世界における安全の確保を口実にしながら極端な市場原理主義と治安第一主義を推し進めた。その結果、競争に勝つためには何をしても許されるという傲慢かつ強欲なエゴイズムがおおっぴらにまかり通るようになった。

それは勝者、強者だけが是認され尊重される格差・選別社会を公然と正当化することにもつながった。今私たちは新自由主義と新保守主義の真の狙いが、競争の勝者には莫大な富と特権を保証する一方、敗者には貧困状態に甘んじることを強制するような、さらにはそうした貧困状態に不満を持ち反抗するものたちを「テロリスト」と名指しして容赦なく暴力によって抑圧し排除してゆくような社会を、言い換えれば勝者たちエリート富裕層が格差と選別を生み出すメカニズムの中で安心して金儲けと自分たちの特権・地位の確保に邁進できる社会を作ることだったことにようやく気づき始めている（ポール・クルーグマン『格差は作られた』）。

アメリカでオバマが大統領に当選し日本で政権交代が起きた最大の理由は、多くの人たちがこのことに気づき始めたからである。とはいえ依然として私たちの社会が新自由主義と新保守主義から受けた傷は癒えていない。癒えるどころか傷は二〇〇八年以降もますます拡大している。相変わらず多くの企業が競争に勝つため正社員の削減と非正規雇用の増大、さらには解雇を通した人件費の圧縮に狂奔し、働く人たちは収入の低下に加えたえず職を失うことへの不安に苛まれている。そうした社会の傷がとりわけ集中しているのがこれから社会に向かって巣立ってゆく若い世代である。将来の見通しの立てにくさ、自分の存在理由《レゾン・デートル》への疑い、さらには不安がもたらす心や精神の失調などが若者たちを苦しめている。今多くの若者たちは、社会を支える基盤の破壊、さらには人間そのものの存在基盤の破壊とさえ呼びうるような深刻な時代状況の中で途方にくれ行き暮れているように思える。

ベンヤミンは「ゲーテの『親和力』」の末尾で、「彼らが戦さのために力を蓄えることがなかったとしたとて、それがどうしたというのか？　希望なき人びとのためにのみ、希望はわたしたちに与えられている」（久保哲司訳）と書き記している。これほど今若者たちに贈るのに相応しい言葉はないのではないだろうか。若者たちはこの不正極まりない現実と戦うすべを持っていない。だからこそ彼らには希望が必要なのだ。ベンヤミンの思想の核心には、虐げられ蔑まれ歴史の舞台から消去されていった敗者たちへの「哀悼的想起《アインゲデンケン》」を成し遂げたいというモティーフが働いている。それは敗者、あるいは死者の真の哀悼と救済の成就への志向といってもよい。そしてこの哀悼と救済は勝者が跋扈してきた歴史の根本的な顚倒を通してのみ可能となる。ベンヤミンの残した仕事はこうした歴史の顚倒に向けた戦いのドキュメントに他ならない。この戦いに勝利するためには、勝者たちのどんな些細なすきも見逃してはならない。そこに最後のどんでん返し、勝者と敗者の立場の一挙逆転の可能性の糸口が潜んでいるからだ。

ベンヤミンは、一方で労働や技術の発展を手放しで礼賛する進歩信仰が勝者の正当化の口実にすぎないことを指摘している、金融工学を偉大なる進歩と礼賛した新自由主義者たちの手口とはこれなのだ。その一方そうした進歩信仰が支配的な社会の中で怪しげなオカルティズムがはびこるのは貧困の現われだとも指摘する。昨今の占いブームなどまさに貧困や不安の裏返しといえるだろう。そう、ベンヤミンは私たちが生きる社会において、この社会を支配し特権を享受している連中が自分たちの立場を正当化するために作り出したいろいろなまやかしや彼らが無意識に残しているすきを見破るヒント、ものの見方をふんだんに提供してくれる頼もしい助っ人なのだ、いや、問題は勝者の側だけにとどまらない、敗者の側に存在するいじけた負け犬根性、怯懦な現状肯定への安住に対してもベンヤミンは覚醒を迫るのである。ベンヤミンを読むことは、なによりも不正に満ちた世界と戦う思考の武器を手に入れることを意味する。私はそのことをぜひ今苦しんでいる若者たちに伝えたいと思う。本書が「啓蒙の書」であることの意味はそこにある。

ベンヤミンというのはこんな痛快な言葉を残した人間なのだ。「破壊的性格がかかげるのは、〈**道をあけろ！**〉というスローガンだけであり、その行動も、〈とりのぞき作業〉のほかはない。さわやかな空気と自由な空間への希望は、いかなる憎悪よりもつよい」（「破壊的性格」（高原宏平訳）『ベンヤミン著作集』第一巻所収　ゴチック筆者　九二頁）。

もちろん本書はそうしたベンヤミンの理解のためのささやかな道案内にすぎない。後はぜひベンヤミンのテクストを自分自身の眼と精神を駆使してどんどん読み進めてほしい――どんどん読むにはいささか難解かもしれないが――。繰り返していおう、ベンヤミンを読むこととは何よりもこの世界に残る不正や欺瞞、桎梏を打ち破るための戦いの武器を手に入れることを意味するのだと。

すでに触れたように本書は松田健二氏のお勧めの賜物である。出版事情が悪化する中で本書の公刊が社会評論社にダメージを与えないことを切に願うとともに、あらためて松田氏に深く御礼申し上げます。

二〇一〇年二月三日

高橋順一

高橋順一（たかはし・じゅんいち）

1950年宮城県生まれ。早稲田大学教育・総合科学学術院教授。専攻思想史。2010年4月から1年間ライプツィヒ大学東アジア研究所客員教授。

立教大学文学部ドイツ文学科卒業。埼玉大学大学院文化科学研究科修士課程修了。

主要著作は『市民社会の弁証法』（弘文堂）、『ヴァルター・ベンヤミン』（講談社現代新書）、『響きと思考のあいだ―リヒャルト・ヴァーグナーと一九世紀近代』（青弓社）、『戦争と暴力の系譜学』（実践社）、『ニーチェ事典』（共編著　弘文堂）ほか。翻訳にベンヤミン『パサージュ論』（全5巻、共訳、岩波現代文庫）がある。

雑誌『情況』編集委員。「変革のアソシエ」共同代表。


ヴァルター・ベンヤミン解読——希望なき時代の希望の根源

2010年3月25日　初版第1刷発行

著　者：高橋順一
装　幀：中野多恵子
発行人：松田健二
発行所：株式会社社会評論社
東京都文京区本郷2-3-10　☎ 03(3814)3861　FAX 03(3818)2808
http://www.shahyo.com
印刷：スマイル企画＋技秀堂
製本：東和製本

ISBN978-4-7845-0887-7

ヘーゲル現代思想の起点

● 滝口清栄・合澤清編
A5判★ 4200円／0877-8

若きヘーゲルの思索が結晶した『精神現象学』刊行から200年。現代思想にとって豊かな知的源泉である同書をめぐる論究集。哲学者・長谷川宏氏推薦。(2008・4)

論理哲学論考

●ルートヴィヒ・ヴィトゲンシュタイン著／木村洋平訳
A5判★ 2000円／0873-0

極限まで切りつめられ、鋭く研ぎ済まれた内容とことばでつづられたヴィトゲンシュタインの古典的作品『論考』。その「鋼鉄」の文体を、厳格な解釈に基づき、若き学徒が、初めて「詩」として新訳。(2007・1)

ホルクハイマーの社会研究と初期ドイツ社会学

●楠秀樹
A5判★ 3200円／0882-2

二つの世界大戦、ロシア革命、ナチズム、迫害、亡命、この激動の時代。ドイツ・フランクフルト学派の代表者・ホルクハイマーが「経験」を問うた知の軌跡から、社会を批判する社会思想の一原型が浮かび上がる。(2007・1)

ハイデガー解釈

●荒岱介
四六判★ 2200円／0319-3

哲学者マルティン・ハイデガーはなぜナチス党員であったのか。近代物質文明における人間存在の実存的在り方を越えようとしたその哲学に対する独自の解釈を試み、ナチズムに帰依した根拠を探る。 (1996・6)

弁証法の復権

三浦つとむ再読
●津田道夫
A5判★ 3600円／0844-0

革命の変質＝原理的堕落は、レーニン、スターリン、毛沢東と時代を下るごとに進行した。それに対する先駆的批判を行った三浦つとむの仕事を素材にして、マルクス理論の原理的再生を試みる論考。(2000・5)

K・A・ウィットフォーゲルの東洋的社会論

●石井知章
四六判★ 2800円／0879-2

帝国主義支配の「正当化」論、あるいはオリエンタリズムとして今なお厳しい批判のまなざしにさらされているウィットフォーゲルのテキストに内在しつつ、その思想的・現在的な意義を再審する。(2008・4)

スラッファの謎を楽しむ

『商品による商品の生産』を読むために
●片桐幸雄
A5判★ 3400円／0875-4

アントニオ・グラムシやルートヴィヒ・ヴィトゲンシュタインとも親交のあった20世紀の経済学の巨人ピエロ・スラッファ。難解で知られるその主著『商品による商品の生産』の謎解きを楽しむ。(2007・9)